英雄台·铁观音

民国武侠小说典藏文库·徐春羽卷

徐春羽◎著

中国文史出版社

"京味武侠"徐春羽（代序）

顾　臻

徐春羽，民国北派武侠作家，活跃在上个世纪三四十年代，作品常见诸京津两地的报纸杂志，尤其受到北京本地读者的喜爱。

1941年出版的第161期《立言画刊》上有一则广告，内容是："武侠小说家徐春羽君著《铁观音》、还珠楼主著《边塞英雄谱》、白羽著《大泽龙蛇传》，三君均为第一流武侠小说家……"文中徐春羽排第一位，以次是还珠楼主和白羽。或许排名并非有意，但徐春羽的名气可见一斑。

六年后，北京有家叫《游艺报》的杂志刊登了一篇名为《本报作家介绍：徐春羽》的文章，里面有这样一段话："提起武侠小说家来，在十几年前，有'南有不肖生（向恺然），北有赵焕亭'之谚。曾几何时，向、赵二位的作品，我们已读不到了，而华北的武侠作家，却又分成了三派：一派是还珠楼主的'剑侠神仙派'，一派是郑证因先生、白羽先生的'江湖异闻派'，另一派就是徐春羽先生的'技击评话派'。现在还珠楼主在上海，白羽在天津，北平就仅有郑、徐两位了！于是这两位的文债，也就忙得不可开交。"

此时的徐春羽，不仅名气不减，而且居然自成一派，与还珠楼主、白羽和郑证因分庭抗礼，其小说显然相当受欢迎。笔者翻查民国旧报纸时曾经粗略统计了一下，1946—1948两年时间里，徐春羽在四家北京本地小报上先后连载过八部武侠小说，在其他如《游艺报》《艺威画报》等杂志或画报这类刊物上也连载过武侠小说，前文提到的《游艺报》上那篇文章还写着这样一句话："打开报纸，若没有他（郑证因、徐春羽）两位的小说，真有'那个'之感。"

老北京的百姓看不到徐春羽的小说会觉得"那个"，武侠小说研究人员看到徐春羽的生平时却也有"那个"之感，因为名声如此响亮的徐春羽，竟仅在1991年出版的《民国通俗小说论稿》（作者张赣生）中有一点少得可怜的介绍：

"徐春羽（约1905—?），北京人。据说是旗人。他通医术，曾开业以中医应诊；四十年代至天津，自办《天津新小报》；五十年代初，曾在北京西直门一家百货商店当售货员。其余不详。"连标点符号在内不过八十余字。

除了台湾武侠研究专家叶洪生先生曾在《武侠小说谈艺录》（1994年出版）一书中对徐春羽略提两句外，再无关于其人其作的只言片语，更谈不上研究了。

近年，随着武侠小说逐渐为更多研究者所重视，关于民国武侠小说的研究也获得不少新进展，天津学者王振良撰写了《徐春羽家世生平初探》一文，内容系采访徐家后人与亲友，获得颇多第一手新资料。尽管因为年代久远，受访人年纪偏大，记忆减退，以及这样或那样的原因，徐春羽生平中仍留下不少空白，但较之以往已有很大改观，而张赣生先生留下的徐春羽简介也由此得到了修正和补充。

现在可以确定的是，徐春羽是江苏武进（即今江苏常州）人，并非北京人，也不在旗。他的出生时间是清光绪三十一年乙巳十月二十一日（1905年11月17日），属蛇。

关于徐春羽的生平，青少年时期是空白，据其妹徐帼英女士说，抗战前徐春羽在天津教育局工作，按时间推算差不多三十岁。在津期间，徐春羽还应邀主持周孝怀创办的《天津新小报》，并经常撰写评论。笔者据此推测，1935年6月有一位署名"春羽"的人在北京的《新北平报》副刊上开了一个评论专栏，写下了诸如《抽烟卷

2

儿》《扯淡·说媒》《扯淡·牛皮税》等一批"豆腐块"大小的杂评，嬉笑调侃，京腔京味十足，此人或许就是徐春羽。同在 1935 年，北平《益世报》上刊登了一篇署名"春羽"的武侠小说连载，篇名是《英雄本色》，遗憾的是仅连载了几十期就不见了踪迹。目前没有发现更早的关于徐春羽写作武侠小说的资料，此"春羽"若是徐本人，或许这篇无疾而终的连载可以视为他的武侠小说处女作。

抗战开始，华北沦陷长达八年，徐春羽在这一时期应该就居住在北京或天津，是否有正当职业尚不清楚，所能够知道的就是他写了几部武侠小说在北平的落水报纸上连载，并以此知名。另在《新民半月刊》杂志上发表过一部十一幕的历史旧剧剧本《林则徐》。

抗战胜利后，徐春羽似乎显得相当活跃，频频在京津各报刊上发表武侠小说，数量远超抗战期间，但半途而废者较多，也许是文债太多之故，也许本是玩票心态，终有为德不卒之憾，这一点后面还要谈到。

1949 年后，他似乎与过去的生活做了彻底的切割，小说和文章不写了，大半时间在家行医。他也曾经短暂地打过零工，一次是在西直门一家商店做售货员，结果被一位通俗作家耿小的（本名郁溪）偶然发现，然后就没了人影；另一次是在新成立的中国科学院待过一段时间，1952 年因故离开。

徐春羽的父亲做过伪满洲国"御医"。从能够找到的信息来看，做父亲的比做儿子的要多得多，也清楚得多。

徐父名思允，字裕斋（又作豫斋、愈斋），号苕雪，又号裕家，生于 1876 年 2 月 13 日。青少年时期情况不详，1906 年（三十岁）入张之洞幕府，任两湖师范学堂文学教员。次年初，调充学部书记并在编译局任职。1911 年，徐思允被京师大学堂聘为法政科教员，主讲《大清会典》。据徐春羽之妹徐帼英所述，其父于 1912 年任北京政府铨叙局勋章科科长，后又外放任安徽省宿县县长等职。

1919 年，徐思允拜杨氏太极传人杨澄甫为师，习练太极拳，后又拜师李景林，学习武当剑法。徐思允的武功练得如何不得而知，以四十几岁的年纪学武，该是以健身、养生为目的。不过他所拜的均是当时的名家，与武术圈中人定有不少往来，其人文化水平在武术圈里大约也无人能比，杨澄甫门下陈微明曾撰《太极拳术》一书，就是请同门徐思允作的序。徐春羽小说中有不少武术功夫和江湖切口的描写与介绍，或许与其父的这段经历不无关系。

大约在二十世纪二十年代中后期，经周孝怀介绍，徐思允成为溥仪的随身医生。1931年溥仪出逃东北，徐思允也追随前往"新京"（今长春市），任伪满宫廷"御医"，并教授皇族子弟国文。

1945年苏军进入东北，徐思允随伪满皇后婉容等流亡至临江县大果子沟（今吉林省临江市大果子街道），婉容临终前，他就在其身边。他后来被苏军俘虏，送至伯力（今俄罗斯哈巴罗夫斯克），1949年获释回到长春，同年5月被接回北京，次年12月病逝。

徐思允国学功底很好，工诗，与陈衍、陈曾寿、郑孝胥、许宝蘅等人有长期的交游，彼此间屡有唱和。陈衍眼界很高，一般瞧不上什么人，而其《石遗室诗话》中收有徐诗数首，评价是"有古意无俗艳"，可谓相当不低。徐去世后，其儿女亲家许宝蘅（前清进士，曾任袁世凯秘书处秘书，解放后任中央文史馆馆员）整理其遗稿，编有《苕雪诗》二卷。

写诗之外，徐思允还会下围棋，水平应该不低。1935年，吴清源访问长春，与当时的日本名手木谷实在溥仪"御前"对局，连下三天，吴清源胜。对局结束的那天下午，溥仪要求吴让徐思允五子，再下一盘。他给吴的要求是使劲吃子，越多越好，结果徐思允死命求活，吴未能完成任务。徐可谓虽败犹荣，他的这段经历肯定让今天的围棋迷们羡慕得要死。

根据徐思允的经历再看他儿子徐春羽，其中隐有脉络可循。做父亲的偏重与社会上层人士——清末官宦和民国遗老往来，做儿子的则更钟情于市民阶层。从已知资料看，徐春羽确实颇为混得开，没有几把刷子肯定不行。

1947年，北京的《一四七画报》上刊登了一篇文章，报道徐春羽受聘于北洋大学北平部讲授国文，说一周要上十几个钟点的课，标题中称他为"教授"。虽然看起来像玩笑话，但徐春羽的旧学根底已可见一斑，这一点在他的武侠小说里也能看得出来。这一方面应得力于家学渊源，正应"有其父必有其子"那句俗话，另一方面则是徐春羽确有天赋。其表舅父巢章甫在《海天楼艺话》中说他"少即聪颖好弄，未尝力学，而自然通顺"。由此看来他可能上过私塾，也许进过西式学堂，但不是一个肯吃苦念书的老实学生。

徐春羽显然赋性聪慧跳脱，某消闲画刊上曾有文章介绍其人绝顶聪明，多才多艺，"刻骨治印、唱戏说书，无不能之，且尤擅'岐黄之术'"，据说他还精通随园食谱，喜欢邀人到家里，亲自下厨。

"岐黄之术"是徐春羽世代家传的本事。前文已言及其父给溥仪当"御医"十多年，水平可想而知。他自己在这方面也肯定下过功夫，所以造诣不浅。据当时的报纸报道，徐氏经常主动为人诊病，且不取分文，还联合北京的药铺搞过义诊。

唱戏是徐春羽的一大爱好，自二十世纪三十年代在天津期间就喜欢票戏。据说他工丑角，常请艺人到家中交流，也多次粉墨登台。天津报人沙大风、北京名报人景孤血与编剧家翁偶虹等人曾在北京长安戏院合演《群英会》，分派给徐春羽的角色是扮后部的蒋干。

评书则是他的又一大爱好。1947年3月1日，他开始在北平广播电台播讲其小说《琥珀连环》，播出时间是每天下午二时至三时。目前尚不清楚他是否拜过师正式进入评书界，但他的说书水平已见诸当时的报刊。《戏世界》杂志曾刊出专文，称其"口才便给，笔下生花，舌底翻莲，寓庄于谐，寄警于讽，当非一般低级趣味所能比拟也"。

应当说，唱戏和评书这两大爱好对于徐春羽的武侠小说创作，显然有着非常直接的影响。

张赣生先生在《民国通俗小说论稿》中，以徐春羽《铁观音》第一回中一个小兵官出场的一段描写为例，指出："这个人物的衣着、神态，以及出场后那几句话的口气，活生生是戏曲舞台上的一个丑角，尤其是最后一段，小兵官冲红船里头喊：'哥儿们，先别斗了，出来瞧瞧吧！'随后四个兵上场，更活像戏台上的景象。徐氏无论是直接将自戏曲还是经评书间接将自戏曲，总之是戏曲味很浓。"

民国武侠作家中精通戏曲、喜欢戏曲的人很多，但这样直接把戏台场面搬入小说里的，倒也少见。评书特色的化用也是如此。北派作家如赵焕亭、朱贞木等人，有时也用一下"说书口吻"或者流露出一些"说书意识"，而没有人像徐春羽那样，大部分小说的叙事风格如同演说评书一般。他在很多小说开头，都爱用说书人的口吻讲一段引子，譬如《草泽群龙》的开篇：

写刀枪架子的小说，不杀不砍，看的主儿说太瘟，大杀大砍，又说太乱。嘴损的主儿，还得说两句俏皮话儿："他写着不累，也不管打的主儿受得了受不了？"稍涉神怪，就说提倡迷信；偶写男女，就说妨碍风化。其实神仙传、述异记又何尝不是满纸荒唐，但是并没列入禁书。《红楼梦》《金瓶梅》不但粉红而且近于猩红，反被称为才子选当课本，这又应做如何解释？据在下想，小说一道先不管在学术上有无地位，最低限度总要能够帮助国家社会刑、政教法之不足，而使人人略有警惕去取。尽管文笔拙笨，立意总不应当离开本旨。不过看书同听戏一样，看马思远他就注意调情那一场，到了骑驴游街，他骂编戏的煞风景，那就是他生有劣根性，纵然每天您拿道德真经把他裹起来，他也要杀人放火抢男霸女，不挨刽子手那一刀他绝改不了。在下写的虽是武侠小说，宗旨仍在讽劝社会，敬忠教孝福善祸淫，连带着提倡一点儿尚武精神。至于有效无效，既属无法证明，更不敢乱下考语，只有抄袭药铺两句成语"修合无人见，存心有天知"，聊以解嘲吧。

再随便从《宝马神枪》中拎出一段报字号：

你这小子，也不用大话欺人，我要不告诉你名儿姓儿，你还觉乎谁怕了你。现在你把耳朵伸长着点儿，我告诉完了你，你死了也好明白，下辈子转世为人，也好找我报仇。你家小太爷姓黎，单名一个金字，江湖道儿上送你家小太爷外号叫插翅熊。至于我师父他老人家，早就嘱咐过我，不叫我在外头说出他老人家名姓，现在你既一定要问，我告诉你就告诉你，你可站稳了，省得吓破了你的苦胆。我师父他老人家住家在安徽凤阳府，双姓"闻人"，单名一个喜字，江湖人称神砂手就是他老人家。你问我的，我告诉你了，你要听着害怕，赶紧走道儿，我也不能跟你过不去，你要觉乎着非得找死不可，你也说个名儿姓儿，还是那句话，等我把你弄死之后，等你转世投生，也好找我报仇。

这样的内容，喜欢评书的读者当不陌生。类似这样的江湖声口，在徐春羽武侠小说中俯拾即是，其人物的外貌描写、语言也是演说江湖草莽类型评书中的常用套路和用语。值得一说的是，徐春羽使用的语言基本是轻快流利的京白，尤其带点老北京说话时常有那点"假招子"的劲头，这可算是他的独家特色。他虽然是江苏人，但对北京的热爱却是发自内心的，这从他的小说中经常可以体会到，其绝大部分武侠小说的开头，都要说上一段老北京的风土人情，内容也大多涉及北京，比如《屠沽英雄》的开头：

讲究吃喝，真得让北京。不怕住家在雍和宫，为吃两块臭豆腐，可以出趟顺治门，不是王致和的地道货，宁可不吃。住家在德胜门，为喝一包茶叶末，可以到趟大栅栏，不是东鸿记的好双熏，宁可不喝。再往细里一考究，什么字号鼻烟好？什么字号酱菜好？水葡萄得吃哪块地长的？旱香瓜得吃谁家园的？应时当令，年糕、月饼、粽子、花糕、腊八粥、关东糖、春饼烤肉煮饽饽，不怕从身上现往下扒，当二钱银子，也不能不应个景儿。因为"要谱儿"的爷们儿一多，做买卖的自然就得迎合主顾心理，除去将本图利之外，还得搭上一副脑子，没有特别另样的，干脆这买卖就不用打算长里做。所以，久住北京的主儿谁都知道，北京城里的买卖，没有一家没"绝活儿"的。

这是说的老北京人讲究吃喝的劲头。还有赞扬北京人性格的，比如《龙凤侠》开头说：

"无风三尺土，有雨一街泥"，凡是久住这北京的哥们儿差不离都有这么一点印象。可是事实适得其反，不怕在屋里四六句骂着狂风，在街上三七成蹚着烂泥，破口骂着天地时利，恨不得当时脱离这块黄天黑地，只要风一住，水一干，就算您给他买好了飞机票，请他到西湖去住洋楼儿，他准能跟您摇头表示不去。

其实并非出乎反乎说了不算，说真的，北京这个城圈里，除去这两样有点小包涵之外，其他好的地方太多，两下一比较，还是北京城强似他处。

第一中国是个礼教之邦，北京是建都之地，风俗淳朴，人情忠厚，虽说为了窝头有时候耍切菜刀，但仍然没有离开"以直报怨"的美德。至于说到挖心思用脑子，上头说好话，底下使绊子，不能说是绝对一个没有，总在少数。

尤其讲究义气，路见不平，就能拍胸脯子加入战团，上刀山下油锅到死绝不含糊。轻财重脸，舍身任侠。"朋友谱"，"虚子论"，别瞧土地文章，那一腔子鲜血，满肚子热气，荆轲聂政不过如此。"为朋友两肋插刀"，的确可以夸一句是响当当硬绷绷好汉子！古称燕赵多慷慨悲歌之士，看来确是不假。

8

徐春羽概括的老北京人身上的特点，在其小说中的很多小人物如茶馆、酒肆的伙计、客人、公人、地痞、混混等身上，都能或多或少地有所发现。而市民社会中各色人等的言谈话语、举手投足，生活气息极为浓郁，非长期浸淫其间有亲身经历者不能道出。老北京逢年过节的庙会盛况与一些风俗习惯，都在徐春羽的武侠小说中有所展现。相比之下，赵焕亭、王度庐等人在小说中虽也都有对老北京风土人物的描写和追忆，但也仅限几部作品，不如徐书普遍，徐春羽的武侠小说或许可以称得上是真正的"京味武侠"。

近年来，对老北京文化感兴趣的人越来越多，徐氏武侠小说或许是座值得有心人深入挖掘的富矿亦未可知。

徐氏武侠小说的特点是非常鲜明的，缺点也是毋庸置疑的。

其一，小说评书味道浓郁是特色，但也多少是个缺点，因为评书属于口头文学，追求的是讲说加肢体动作带来的现场效果，一件小事经常会用大段的言语来铺叙、表白，有时还要穿插评论在其间，听者会觉得过瘾，可是一旦形诸文字，就难免有时显得啰唆和絮叨，如前面所举的《宝马神枪》中那段报字号。类似的段落如果看得太多，会令读者产生枯燥和乏味的感觉，影响到阅读效果。徐春羽的文字表现能力当然很强，但也无法克服这样的先天缺陷。

其二，前面已经提到，就是作品半途而废的不少，其中报纸连载最为突出。比如《红粉青莲》仅连载十余期就消失不见，《铁血千金》则连载到三十七期即告失踪，其他连载了百十期后又无影无踪的还有若干，这里面或许有报纸方面的原因，但徐春羽的创作态度也多少是有些问题的，甚至不排除存在读者提意见而告停刊的可能。无论如何，这些烂尾连载直接影响到作品的质量和读者的观感。单行本的情况略好，然而也存在类似问题。再加上解放前的兵荒马乱以及解放后的历次政治运动，尤其是五十年代初的禁止武侠小说出版与出租，都造成武侠小说的大量散佚和损毁。时至今日，包括徐春羽在内的不少武侠作家的作品，都很难证实小说的烂尾究竟是作者造成的，还是书的流散造成的，这自然也给后来的研究人员增加了很多困难。

　　本作品集的底本系由上海武侠小说收藏家卢军先生与著名还珠楼主专家周清霖先生提供，共计十二种，是目前能够见到的徐春羽武侠小说的全部民国版单行本了。这些作品绝大多数是解放后第一次出版，其中的《碧血鸳鸯》虽然曾由某出版社在 1989 年出版过一次，但版本问题很大。该书民国原刊本共有九集，是徐春羽武侠小说中最长的，但 1989 年版的内容仅大致相当于原刊本的第三至八集，第一、二、九集内容全部付之阙如，且原刊本第六集第三回《背城借一飞来异士，为国丧元气走豪雄》、第七集第四回《痛师占卜孙刚射雁，喜友偕行丁威打虎》也均不见踪影。另外，该版的开头始自原刊本第三集第一回的三分之二处，前三分之一的三千多字内容全部消失，代之以似由什么人写的故事简介，最后一回则多了一千多字，作为全书的结束，其回目"救老侠火孤独显能，得国宝鸳鸯双殉情"也与原刊本完全两样。这些问题都已经通过这次整理得到全部解决，也算功德圆满，只是若干部徐氏小说因为前面提到的原因，明显没有结束，令人不无遗憾，但若换个角度想，这些书能够保留下来且再次公之于众，已属难得之至了。

　　今蒙本作品集出版者见重，嘱为序言，以方便读者，故捃拾近年搜集的资料与新的研究成果，勉力拉杂成篇，以不负出版方之雅爱。希识者一哂之余，有以教也！

中国武侠文学学会副秘书长　顾臻
2018 年 4 月 10 日写于琴雨箫风斋

目　录

英 雄 台

铁 观 音

1

英雄台

在清朝中季时候，江湖上有个成了名的武术家，此人姓焦名柱，外号人称花面天王，一向是以开镖局子为业。局子里几个老弟兄，一个叫石天柱，一个叫商洪吕，还有自己的儿子焦宝应，徒弟常太平郝吉祥，开着镖店，买卖很是不坏。只因幼年和一个朋友杜章，得罪了一位江湖上出名的英雄赤面游龙线引，线引一口气不出，几次三番打算找焦柱报仇出气，焦柱也知道是躲不过，这才约定八月十五在金钟湾神心寺摆设一百天英雄台，彼此开台比武，焦柱也答应了。于是大家都在十五以前赶到了神心寺，寺里住持是位侠尼，名叫慈静大师，当下把两下全都安置好了地方，静等十五开台了。线引这边约的朋友太多，也有真是帮忙的，也有原和焦柱有仇的，不到日子，已然来了不少。

内中单说有小龙山百虫里头几个匪类，因为从前和焦柱有仇，便借了这个机会来到当地。内中一个叫郎新，一个叫苟费，一个叫苗倚，一个叫申久，这四个人原和焦柱有仇，一看机会到了，四个人早就来了。大家正在商量怎么想个法子，不到当天就叫焦柱受点损害，方觉痛快，恰好正有两个小鱼湾的水贼，也和焦柱有仇，这两个贼，一个叫贾仁，一个叫甄丕。当下贾仁向大家道："那焦柱没有住庙里头，住的地方是一片大山洞，我想咱们想个什么法子，到那里来个痛快的。"

贾仁说完了，一看甄丕哼了一声道："我可不是拦你高兴，咱们

3

人数实在来得太少，你可别把事情看易了。这里来的，都是英雄，都是汉子，你可不要小看了人，临完了叫人家把咱们收拾了，那可是丢人对不起鬼。"甄丕说着，用眼看着郎新、苟费。

郎新老奸巨猾，什么听不懂，什么看不出来？心说，这两个小子，可真是圣人门前卖《三字经》，跟我还来这一套呢，对不过，今天我要不叫你们两个逮上一下子苦子，大概你也不知道马王爷是三只眼。想到这里，早把主意打好了，向甄贾两个一笑道："二位所说，一点不假，其实他们是欺人太过，二位如果真是有心跟他斗一下子，我倒有个主意，准要照着我说的行事，准能闹出个样儿来，只不知你们二位有点胆子没有？"

贾仁道："这话您是怎么说的？要别的没有，要胆子怕您嫌大。您的高见，我听上一听，可行则行，不能行再想别的法子，您说吧。"

郎新笑了一笑道："说出这个法子，其实也没有什么。我听说他们那边来人，就在前山神心寺石洞里头住着，我这里有一种药，只要能够到了洞口，把药面子往里头一扔一撒，这种药是见风就着，借着山风往里一吹，有一股子香味儿，不拘多大英雄，只要闻上一点儿，当时就会气闭死了过去，没有什么解药，无论如何不能回醒。朋友要是有胆子，我送你一包儿药，到神心寺去试验一下子，只要香气一进去，当时就得栽倒，咱们拣那没名儿的杀上三个五个，出出心里气，便中也算把他们拴好了，朋友看着怎么样？"

他们这里说着，苟费始终一句话没有，等他们说完了，苟费才笑了一笑道："你们几位这话简直就叫白费，也不是咱们长人家威风，灭自己锐气，人家姓焦的，不用说人比咱们多，就是姓焦的一个人，咱们也不是人家对手，不拘你有什么拿手的到不了人家面前，就让人家给看破了，当着许多人，一挖苦一损，咱们就受不了，不用说还有性命危险，依我说趁早儿不用打这个主意。"

郎新知道苟费这是给自己垫话，便赶紧接过来道："要照你这么一说，咱们就不用进行了。"

苟费道："要是打算去办也行，第一得要有一个有胆子有能耐的朋友，身上带上东西，假装进去找朋友，到了里头，趁人不备，掏出使完了就走，或者能够有一点办法。不过就凭咱们两个，干脆就叫不行，就拿我说，干脆没有那个胆子。"

贾仁、甄丕两个，虽都是贼，不过一来岁数小，阅历不多，没有见过什么大局面，不知天多高地多厚，二则贪功心盛，总想在人前显贵，鳌里夺尊，尤其是听说郎新身上有那种特别的毒药暗器，主要是自己能够诓到手里，将来凭着这个东西，可以横行江湖。有了这种念头，当时利令智昏，哪里还能顾及利害。贾仁头一个抢着说："二位，咱们可是一头儿的，虽说没有多大交往，咱们可是谁都知道谁。既是二位身上有这样的东西，不知可能交给我，我虽然没有多大能耐，但是胆子却并不小，我愿意到洞里去探一探险，不知二位看我能去不能去？"

甄丕一听，贾仁要抢先，便也赶紧搭话道："这件事他一个人去着可有一点儿悬，不如我们两个一块儿去，彼此还可以有个照应。"

郎新一看这两个人，已然上套儿，心里高兴，怕工夫一大两个人醒过腔儿来，便赶紧说道："既是二位朋友愿意露脸成名，那可太好不过，焉有不成之理。"说着就要从兜里往外掏，苟费忽然哼了一声道："你瞧你这个人性子老是这么急，难道真个的就叫他们二位去？咱们也得跟了去才是意思，至不济还可以巡风瞭望呢。走，咱们一块儿走。"

郎新一听，当时就明白了，苟费果然心细，怕是贾甄两个把东西一到手，暗中一走，这就是把这两个轰到神心寺里去领死一样。想着不由点头道："好，不是你这么一说，我还真忘了，既是这样，咱们就一块儿走吧。"

这四个人说着，便转过前山，勾奔神心寺而来。才一转过山坡，就听前边有小孩子嚷："平哥哥，我说别往这边来，怕是迷了道找不回去，你偏说不要紧。这个姓线的，是个上年纪的，还是个年轻的，咱们全不知道，跟人家又不认得，虽说我们跟姓焦的有仇，人家并不知道，咱们可怎么能够见着姓线的呢？"

又一个道："祥儿，你也是太笨了，这个算得了什么？咱们找的是姓焦的，咱们就不能畏刀避剑，怕死贪生。你要有胆子，就跟我闯进去，鼻子底下是嘴，见了人不是可以去问问吗？是姓线的，咱们帮忙；是姓焦的，咱们报仇。废话不用说，你就随我来，要是没有胆子，你可以赶紧走开这里，不必在这里丢人现眼，我要自己闯进去，去看一个水落石出。"越说声音越近，抬头一看，与这两个小孩儿就见了面儿了。长得天生一对儿，地长一双，真是特别聪明可爱。这两个小孩儿，每人背着一个包裹，不知道里头装的是什么。

这里头贾仁就答了话了："嘿！你们看这两个小孩儿都这么好看，要留下一个当干儿子够多好？"

说着已然来到临近，苟费忽然心里一动，何不如此。想着便向那两个小孩儿道："你们这两个小孩儿，姓什么，叫什么？你们要到什么地方去？可以跟我谈一下吗？"

这两个小孩儿，正是常太平跟郝吉祥，两个人一边商量着，一边往前走，叫小火狐周益藏在后头，怕是被别位看见，要是对熟脸就过不去了。才要转过山去，听见前边有人说话，郝吉祥一摆手，一条黑影过去，正是小火狐周益，一句话没有说出来，又向大家一摆手，再找人影，踪迹不见。幸亏小火狐周益退得快，不然一步赶上恰好是郎新、苟费，这两个人对于周益不但认识，而且还真吃过他的大亏，今天要是一见面，虽不一定就能把这三个人怎样，可是一有警觉，底下那些事情，可就不易探听出来了。小火狐退得快，郎苟两个并没有看见，一听常太平跟郝吉祥这么一念叨，还真以为这两个孩子是线引所约，或是听说线引约人跟焦柱了结前案，这两个孩子，一定是从前跟焦柱结过"横梁子"（注，深仇），今天特意借着机会前来报仇找场。看着这两个孩子，又长得清秀可爱，这一

6

来可就错把丧门当了喜神了。过去一搭话，这两个孩子本是找他来的，就是他们不问，这两个孩子还要去问，何况他们还要自投罗网，哪焉有放过之理？不过因为彼此躲得一急，小火狐周益没说完就走了，仅仅就听见一句是："这里头有两个是郎新、苟费。"这两个人名字也特别一点儿，常太平跟郝吉祥就这样误会了，他以为这四个人里头，有两个是狼心狗肺，那两个也许是好人，不过话没有听清楚，究竟哪两个是好人，哪两个是狼心狗肺，全都长得一样，哪里分得出来？没有法子，只好是慢慢地往下问吧。听苟费一说话，赶紧答言道："您是什么人？是不是姓焦？"

苟费一听，原来这两个孩子，连焦柱也不认识，便笑了一笑道："我不姓焦，小孩儿你找姓焦的干什么？"

常太平道："你既不姓焦，你就不用问我们找他干什么了。"

郝吉祥忙道："平哥哥，这话别这么说，咱们又不认识姓焦的，这位既是这样说，也许是跟姓焦的认识，咱们何妨打听打听，倘若能够指引给咱们，不是找他报仇……"

常太平赶紧拦住他道："你还要说什么？咱们跟姓焦的有什么仇？"

苟费一看，这两个孩子合着还不愿意说出跟姓焦的有仇，看起来一定仇还是不小了，借着这个茬儿，倒可以支使他们一下子。便又一笑道："两位小朋友，你们不必疑心，我们跟姓焦的也不是朋友。听你们两个人的意思，是跟姓焦的有点儿什么过节，不妨说一说，我们倒是可以帮忙。"

郝吉祥忙道："平哥哥你看是不是？你还隐瞒什么？不瞒几位说，我姓郝我叫吉祥，他姓常，他叫常太平，我们跟姓焦的有一天二地三江四海之仇，如果几位肯指点我们一点明路，我们自己就可去报仇雪恨，用不着你们几位帮忙。"

苟费一听，这可太好，如果打算搅个天翻地覆，正好利用这两个小孩儿。便又赶紧一笑道："既是你们两个跟姓焦的有仇，我倒可以帮忙，尤其你们是生脸儿，更是再好没有。我们这里有一种毒药暗器，可以交给你们使用，只要能够混到姓焦的身旁，掏出来一甩，姓焦的当时就完，你们的大仇可报。"

常太平一听连连点头："那个可是太好了，你就把东西交给我吧，准保到了那里，叫他们一个也活不了。"

苟费一听心里高兴，一伸手从兜里掏出一个小竹筒子，上头有一根红绒绳儿，递给常太平道："你到了里头，用手一揪红绳儿，使劲一甩，当时就可以叫他们全都迷倒。你跟什么人有仇，你就过去杀老实的，你看好不好？"

常太平才要伸手接，猛听有人喊叫："苟大哥，可别把东西交给他，他可是奸细。"

常太平一听，这两个小人，无论如何，也得把东西抢过来，先给他消灭了，不能叫他留在世上留害。想到这里，伸手就要去抢。苟费往后一撤，把东西又拿回去了，往兜里一带，跟着向常太平一笑道："小朋友，这件事可是有点对你不起，等问明白了再给你吧。"

一句话才说完，一个人早已飞跑而至。常太平郝吉祥一看，就知道满完了。原来来的这个人正是莲花庵漏网小龙山百虫之一的大贼八臂螳螂苗倚、醉螃蟹申久，万没想到这么个工夫，他会钻出来了，这个事情可是麻烦。正在想着，苗倚已然走过来了，用手一指苟费道："你怎么会不认识他们两个，这两个孩子，可是比那个小火狐周益不在以下，我要一步来迟，这件事情可就糟到了家了。"说着又用手一指常太平道："你这个孩子，真是胆子不小，前者饶你不死，你怎么又跑到这里来了？今天可是再也饶你不过。趁早儿把家伙一扔，跟我去见姓线的，当面把你的来意一说，好在你是个小孩子，谁也不能跟你一般见识，只要把实话一说，谁也不便跟你为难。你要是不去，可是自找苦吃，这话你听明白了没有？"说完话一伸手拿出兵器，一对钉钉狼牙棒，双棒一磕，当啷啷一声响，站在那里耀武扬威。

常太平哈哈一笑道："这里风大，留神闪了你的舌头。你家小太爷别的没有，要是要胆子的话，浑身上下，没有一处没有胆子。你要是个有种的，你就亮你的家伙，过来比下子，站着是我，躺下属你。要是就凭嘴一说，对不过，你家小太爷还留着精神杀贼吧，却没有工夫跟你多说废话。你有什么能耐，你就施展出来吧，要是不敢动手，趁早儿退去，不要招我生气。"

八臂螳螂苗倚一听，简直要把肺气坏了，一个小孩子，说出话来这么可恶，不由就有点挂火儿，一磕手里双棒，一声喊道："娃娃，你有多大能耐，敢说朗言大话，今天我要不叫你带伤回去，我就不叫八臂螳螂！"说到这句，呼的一声，双棒就奔了常太平砸来，左手棒打右肩头，右手棒砸软肋。常太平一看家伙到了，往后一撒身，一抖手里双头枪，左手枪架住右手棒，右边枪架住左边棒，双手往里一合，跟着往外一翻，苗倚两根棒就对了头，当啷一声响。常太平一笑道："小子，误不了你上鬼门关挂号，你忙什么？别走，接叉！"哗啦一声，叉盘子一响，两条叉分为一上一下奔了苗倚。苗倚一看双叉又细又小，准知道没有多大力量，故意往里一斗。他的意思，只要常太平一贪功，往里头一进身儿，对不过就得给他一下子厉害的，小说着也得把他双叉磕飞了。他手里一没家伙，赢起他来，不是容易了吗？看着一叉往里一够，心里高兴，运足了劲，等着双叉。万没想到常太平唰的一下子，又把叉撤回去了。苗倚想好的主意，一看常太平不上当，心里事都说出来了："你怎么不再往前进哪？"常太平一笑道："我往前进，你好翻手先震我的家伙，然后就把我打倒了。主意倒是不错，可惜这个门儿我懂，这个当我却不能上，你有什么新鲜的，可以拿出来咱们打一架看一看；你有什么拿手的，只管拿出来，否则死在我的手里，我却是毫不知情。"苗倚哈哈一笑道："你只管放心，既是来催命的，早晚也得叫你有个去处，你就拿好儿吧！"常太平听完，双枪一摆，一照面儿就是十几下儿，两条枪耍得成了两根软绳一样，唰，唰，唰，一个劲儿往苗倚攻了进来。苗倚真没想到，小孩儿会有这么好的功夫，出其不意，倒弄了一个手忙脚乱。

醉螃蟹申久一看这个小孩儿真叫扎手，凭着时候长了，苗倚就许落败，刚刚到了这里，当着外人，要是输在两个小孩儿手里，未免面子太不好看，一着急从身上摘下荷叶铲，往前一纵身过去助战。他这往前一纵身，旁边也有人搭话："姓申的，你太不体面，一个大人跟一个小孩子动手，就够泄气的了，怎么还打算两个打一个，那你未免太不够朋友了。也许你觉着没人跟你动手，死晚了阎王爷那里不收你，不要紧，等我把你打发走了也就完了。"说着话往前一抢身，亮出吕公拐，一把钩镰刀，单刀夹拐，就蹦出去了。

申久一看，人家还有人呢，可也就没了法子了，向苟费、郎新道："二位大哥给我看着一点儿，等我过去。"

才说到这句，旁边贾仁、甄丕瞧出便宜来了："申大哥你先等一等，一个小孩儿能有多大了不得，何必劳你去动手，看我们哥儿两个拿他开开心，打个哈哈。"

说着话两个人全上去了，一个是双锤，一个是双钩，往前才要道叫，郝吉祥就等不得了，把刀拐一横，一阵冷笑道："怎么样？你们两个打算先去给他们报仇吗？好啦，我先把你们两个打发走！"嘴里说着，家伙就到了。刀奔了贾仁，拐奔了甄丕。这两个人也是输急了眼了，在他们想着，一个小孩子，就算是有好师父，生下来就练，又能够练到什么样儿，不过是大人溺爱，把两个孩子带到这个地方来开眼。虽说跟小孩儿无冤无仇，不该致他死命，不过这次出头，所为的是把两家的火儿勾起来，好坐山观虎斗，只要把这两个小孩儿全都弄躺下，这件事就算成了。有了这一念轻敌，不容申久过去，他们就蹦过去了。本想说上两句，然后一动手，无论如何，这两个孩子也不是他们三个大人的对手，这个脸不是露定了吗？想着挺好，谁知到了面前，没容分说，郝吉祥家伙就到了，刀奔贾仁。贾仁左手锤往上一磕，右手锤照着郝吉祥软肋就砸。郝吉祥递刀立个虚势,一看锤到了,斜身一闪,往后一撤刀,跟着一翻腕子,绕着贾仁的胳膊往里一剪。这种钩镰刀,两面有刃,上头有钩儿,往里一剪,贾仁自然一撤,往起一绞,正在腕子上,哧的一声,血就下来了。贾仁一哎哟,跟着当啷一声,锤也掉在地下了。这时候甄丕的钩就到了,他看着这是便宜,郝吉祥前头只顾了贾仁,当然就顾不到后头了,这下子至少也得叫郝吉祥带点儿伤。哪里想到,郝吉祥身手太快,前边一翻一绞,把贾仁腕子削了一大块肉,跟着一转身儿,左手刀迎面一晃。甄丕本是探着身子一个进势,如今郝吉祥猛地这么一转身儿,他可就扎空了,身子去得太急,又不容易撤回来,一看刀到了,准知道这一手是个虚招,不过自己要是不让,他就许把他坐实了。一着急,只好是往斜岔里去吧。他这里一条腿才迈出去,还没有落下,郝吉祥右手拐就到了,正在胯股上,叭的一下子,就抽上了,疼得小子一咧嘴,连嚷都没嚷出来,扑咚当啷,家伙撒手,人就倒下去了,往里一吸气,疼得晕死过去。贾仁一哎哟,甄丕一扑咚,把郎新、苟费两个可给吓坏了,心说可真没看起这两个小孩儿,要不是甄贾二位抢着过去,自己大概也难免挨上一下子,这个事情,可是太玄一点儿。就凭这两个小孩儿,就有这么大的能耐,恐怕是这回又要凶多吉少。想到这里,正要招呼苗倚、申久特别留神,苗倚也是哎呀一声,倒退出去有十几步,才扑咚一声晕倒地下。原来郝吉祥一出手,赢了贾仁、甄丕,彼此距离不远,常太平看得挺清楚,心里有点着急,不过苗倚非甄贾之比,原有一身好功夫,二则苗倚又见过这两个孩子,非比甄贾是头次见面,莫测高深,一时之间,按说常太平赢不了苗倚,偏是苗倚也是贪功心盛,一看甄贾两个全已落败,自己要再输给常太平,未免太不是意思,心里想着,无论如何,我也得把他弄躺下,遮掩遮掩面子。心里着急,手底下加快,这要是换个别人,真许输给他,唯独常太平,别看年纪小,久走江湖,真见过特别的高人,一看苗倚换招变式,就知道他是急了,心想这可真是机会,干脆痛痛快快给他一下子吧,

11

不然工夫一大，再来了接应，反倒没有多大意思了。心里想着，反倒装出手忙脚乱的样子，并且故意把出入气一加紧，可就显出喘来了。苗倚一看，心里高兴，手里双棒一棒比一棒紧，一棒比一棒快，耍得跟风车儿一样，真可以说是滴水不漏。常太平一边打，一边喘，一边想坏主意。正赶上苗倚双棒一砸当顶，常太平斜身一跨，手里双头枪一支，苗倚举棒一砸他左肩头，常太平不躲，往下一矮身儿，棒才一砸肩头，常太平就左右两晃，脚尖一转，做出要跑的样儿。苗倚一看常太平要跑，如何能放他走，一抢步，照定常太平脊背便砸。常太平回头一看，步儿够上了，把双头枪往胳膊下头一夹，顺手一掏，把铁马掌掏出来一个，拿在手里，假意脚下一滑，往斜里一个前失，摔出去一个趔趄。苗倚不知是计，以为这下子可够上他了，往前一抢，双棒一举，照着常太平脊背就砸。常太平一弯左腿，一蹬右腿，回过头来，横腰一抖手，这叫"卧看巧云投梭式"，又叫"回头望月"，一抖手，哧的一声，便奔了苗倚的大腿根儿。苗倚做梦也没想到有这么一手儿，听见哧的一声，跟着一个白圈儿，奔了自己大腿，明知道不好，是上了小孩儿的当了，不过还想着一个小孩儿，还能有什么大不了的暗器呢？本来他还能躲开，可是他不躲，打算来个出手儿的，给他硬顶回去。心里这么一想，暗器到了，使劲一绷。这种铁马掌是枣核镖，全是这两个孩子自己想出来的，铁马掌是用纯钢仿照马掌形式打成的，三面是刃，后头一道横梁儿，打的时候，用手揪住横梁子一甩，要打什么地方就打什么地方，说起真比镖箭这路暗器都好使。因为刃儿占的地方太大，抢出去只要够得着就能打得中。今天常太平本来救急，恨不得一下子把他置之死地，二则苗倚又过于轻敌，再加上迫得首尾相连，地方太近，劲头儿很大，苗倚又一逞能，打算硬顶回去，这下子可就打得又准又重，等到苗倚也觉乎出来不是滋味了，家伙也到了，再打算躲就叫办不到了。哧，哧，哧，噗！这一下子，横着一滚，就在苗倚的大腿里砸上，滚进去足有一寸五六，长下里是有三四寸，血往外一涌，皮往里卷，肉往外翻，八臂螳螂苗倚哎呀了一声，把双棒一扔，两只手不住乱搓，身子往后紧退，退出去足有十几步，这才扑咚一声摔了下去。

常太平哈哈一笑道："我当着你们都是什么多大的英雄，原来不过是鸡毛蒜皮，这个地方是凭真功夫看好朋友的地方，像你这样的，给人家提鞋，人家都不要，何必跑到这么远丢人现眼。可不要看我们年纪不大，都有好生之德，绝不能赶尽杀绝，快快逃命去吧。"

郎新、苟费一听，一个要气迷了心，一个要气炸了肺，可是论能耐，自己比苗倚都差得远，苗倚既是不成，自己过去更是不成。这里只剩下申久一个人了，心里这份为难就不用提了，自己这边六个大人，人家那里两个孩子，叫人家打了个落花流水，就剩了自己一个人，不过去是对不起这拨儿朋友，过去绝不是人家对手，又听小孩儿一骂，真有点从心里冒火。

正在为难之际，猛听有人高喊："你们几位拦着一点儿，别放这两个小孩儿跑了，待我来！"话嚷完了，人也到了。郝吉祥、常太平一看，原来正是从前在莲花庵见过的那个八面观音尚玉娥，手里拿了一把单刀，提身一纵，已然到了郝吉祥的面前，用刀一指道："你们这两个孩子，可还认得你家姑娘吗？"

郝吉祥把嘴一撇道："姑姑，你是我孩子的姑姑，我都嫌脏了我的名姓儿。上回饶你不死，这回又跑来了，合着你是该当死在我的手里，好吧，我一定成全你！"嘴里说着，一歪膀子，左手刀就出去了，一扎尚玉娥的小肚子。尚玉娥看郝吉祥说着话就动手，心里也不大痛快，一看刀到，斜身一闪，用刀一撩，没等进招，郝吉祥的右手拐又到了，从上往下一砸，锵的一声响，尚玉娥的刀就掉下来了，喊声"不好！"抹头就跑。郝吉祥轧家伙就追，常太平才说不用追，一句话没说完，两个人已追了个首尾相连。尚玉娥猛地一回头，把手一抬一抖，仿佛是冒了一阵红烟，郝吉祥阿嚏一声，扑咚摔倒。尚玉娥先捡刀，然后蹦过去微微一笑道："我叫你还能嘴巧舌能！"

一咬牙刀就下来了，咔吧一声响，手背上挨了一下子重的，当时血也下来了，腕子也甩上了，刀也掉下去了，跟着就听常太平一阵狂笑道："瞎了眼的女贼，这里还站着一个呢！"嘴里喊着，双头枪一声响，咻的一声就到尚玉娥的面门。尚玉娥这时候也顾不得再捡刀了，长腰一仰身儿，枪从面门上滑过去，甩腰一拧双腿，人就翻过去了。不等常太平再往里进枪，抖手一甩，一股子红烟，扑奔常太平面门。常太平也知道不好，再打算躲可就不行了，正抽在脸上，闻着一股子香味儿，脑袋一晕，哎呀一声，扑咚摔倒。尚玉娥又翻回来捡起刀来，右手是拿不住了，刀交左手，抡起来照着常太平脑袋就刺，就听咔吧一声，红光四溅血就下来了。八面观音尚玉娥是个无恶不作的女淫贼，武艺不见高明，可是她手里有一样暗器，这种暗器是下三门的配出来的，名叫五色销魂袋，是一条绸子做的口袋，里头装的是一种药面子，用的时候，自己先闻解药，或是占位上风，用手一抖，这种面子，便从里头撒了出去，不论是什么样的人物，只要闻上，当时头脑晕迷，四肢无力，就得躺下。她就使用这种东西，在江湖道儿上很毁了不少有名的能人。今天一看这两个小孩儿实在扎手，工夫一长，难免失招落败，因此她才使出这种暗器，头一下子把郝吉祥给甩倒了，心里还没打算就把郝吉祥杀死，不过当着一干众人，要道叫道叫显显自己的能耐，万没想到叫常太平给了她一铁马掌，把手掌打破，从心里一恨，走过去不三招，又把常太平给甩倒。这回往下一甩，还真是时候，真想一下子把他剁了，并且明明看见就是这两个小孩子，没有别人，心里一宽，这一刀唰的一声就剁下去了。眼看着刀离常太平脖子不到两三寸，咔吧又是一声响，一支袖箭从前边山坡上又奔了那只手背，这回更是出其不意，打得又准又狠，喳的一声，从手背到手掌，打了个透明的窟窿。血也下来了，刀又撒手了，疼得哎呀一声，连汗都下来了，抬头往前边一看，连个人影儿都没有。

郎新就骂上了："这是什么人，怎么暗地算计人？还不快快过来领死？"一句话没说完，咔吧一声响，一道乌黑的光亮奔了郎新的面门，郎新一看是个铁弹儿，用手里刀偏着一迎一挡，磕个正着，哧，哧，叭嚓，这个铁弹儿就碎了，从里头冒出一股子黄烟，迎风一晃，呼的一声，一片火光，就把郎新连头发带胡子全都烧着了，烧得郎新在地下来回乱转。苟费心里还明白，赶紧就嚷："在地下打滚儿！"郎新这时候都糊涂了，嚷了半天，他连听都没听见。苟费真急了，过去一脚把他踢倒，无奈郎新智识已然没了，躺在地下连动都不动，火是越烧越旺，越烧越臭，眨眼之间，把个郎新烧热心了，大家看着是真惨，可是谁也没有法子救他。

苗倚一拉申久道："八成儿又是那个主儿来了吧，要来绝不能就是他一个，咱们可以趁早儿走，走晚了照样儿也得遭受火化。"申久一点头，两个人喊声："风紧！扯活！"抹头就跑了。贾仁、甄丕一看，连人家那样能耐都跑了，自己站在这里也绝找不出便宜，干脆也跑，这两个人一使眼神也跑了。尚玉娥一看打弹儿这个主儿太厉害了，火烧活人，实在手黑，自己两手受伤，再不逃走，恐怕来个火烧连营，自己也难免一死，趁早儿跑，想着一掉头流着血出着汗就跑了。剩下苟费心里好生难过，自己跟郎新是多年交情，共过患难，如今要是眼看他被人家烧死，自己不给他报仇，太已不够交情，不过就凭自己过去也是白饶。忽然一想，祸从这两个孩子身上所起，不如过去，把两个孩子杀死，给郎新报去一半儿仇也对得起他。想到这里拿起刀来，假装要跑，应当往东，他却迷了方向往西跑。常太平这时候知觉全失，躺在地下，一动不动。苟费一看离着常太平最近，他就一溜歪斜奔了常太平，到了跟前，举起手里刀来，照着常太平脑袋就砍下去了。不过这个主儿，虽然在贼里头混了半辈子，他却任什么也不会，只是凭着两行伶俐齿、三寸不烂舌，说说道道，要是真叫他拿刀动杖，不用说是杀人，就是宰鸡他都没敢过。今天虽是深恨常太平、郝吉祥，要给朋友报仇雪恨，恨不得一刀下去把常太平剁成两截儿，无奈心虚胆怯，手下得没准儿，本是奔脖子去的，手一软，刀一沉，全改了方向，奔了前胸，这一刀子也泄了劲儿，砍倒是砍上了，就听咔嚓一声，衣裳砍破了，血没出来，倒冒起了一股子白烟儿。刀往下一沉，他也跟着往下一坠，身子往前一栽，正好迎上那股白烟儿，阿嚏一声，刀也撒手了，人也躺下了，正倒在常太平身上。跟着咔吧一声，一个乌黑放亮的铁弹儿，又奔了苟费身上打来。幸亏他这一栽，身子矮了下去，铁弹儿从头上飞了过去，有七八尺远，掉在地下，咔吧一声，铁弹儿就碎了，从里头冒出一股子黄烟，跟着呼的一声，火就起来了。随着从山石后头，飞下一个人来，正是小火狐周益。

周益原想跟着常太平、郝吉祥到对方探听一回那边全是什么人物，没想到走在半路上碰见郎新、苟费，自己跟这两个人全是熟脸儿，准知道自己一露面儿，他们就得跑，因此才叫他们在头里走，自己藏在后头。郝吉祥独战苗倚，斗申久，常太平一人智取双寇，心里看着点头，不愧是名师之徒，果然出手不错，将来必不在自己以下。跟着尚玉娥一上场，周益就知道不好，一看她那种轻狂神气，定不是什么高人，手里难免有那不体面的家伙。果然尚玉娥战不过郝吉祥，迷魂袋出手，郝吉祥一倒，常太平打了尚玉娥一铁马掌，跟着蹦了过去，周益真急，可是准知道他过去也不成，自己就把镖掏出来了。果然常太平也照样栽倒，尚玉娥捡起刀来蹦过去就剁，周益就急了，一抖手就是一镖，打伤了尚玉娥。郎新找便宜，要伤常太平、郝吉祥，周益因为从前吃过他的亏，最是恨他，如今又见他要伤自己好友，他可真急了，一抬手神火弩就出去了。这种暗器可不是跟他师父一个人学的，江湖上使带火暗器的主儿，像什么瞎火神纪玉、穷火神巴德、烟火大圣项充，也是他的老师，从前他就仗着这种火器成名江湖，非常厉害，多少成了名的英雄，全都在他手里栽过跟斗。不过纪玉再三嘱咐，这种家伙打出去轻则受伤，重则丧命，不许无故就使，恐怕有伤德之处，因此周益不到十分要紧的时候，绝不胡乱使用。今天一看郎新、苟费，从心里就有气，所以毫不犹疑，一抬手神火弩咔吧一响，弹儿就出去了。郎新正站在那里卖味儿，所为叫人知道他是英雄，他可不知道藏着的是周益，要知道是周益，他早就跑了。他本想道叫完了，然后把郝吉祥一杀，一则露脸，二则出气，没想到咔吧一声，弹儿就到了，横刀一磕，弹儿一破，火一扑到身上，当时烧了个乌焦巴弓。苗倚一看，认出是神火弩，跟申久一啾咕，两个人一跑，贾仁、甄丕也跑了，尚玉娥也跑了，周益倒没有杀苟费的心，盼着他也跑了，好想法子去救常太平、郝吉祥，也没想到苟费由恨生愤，打算伤了常太平再走。等到他的刀也到了，周益这才知道这个东西要自己找死，可是把他打死也救不了常太平，一着急神火弩就出去了，又没想到苟费手一软刀一沉人一栽，当嘟一声，刀也撒手了，人也躺下了。倒是把周益吓了一跳，可是不敢再迟缓，提身一纵就蹦出去了，手里是双头画戟，纵到临近，才待要往下扎时，就听得一片喊嚷的声音，如同震天动地般，从身后拥出足有二三十号人来。周益一看，就知道糟了，原来领头的正是八臂螳螂苗倚、醉螃蟹申久两个，后面是一个弯腰驼背的老头子，跟着二三十个全是高一头矮一背的汉子，各人全都捧着各人的长枪短刀，连嚷带喊就全到了。

苗倚用手一指道："老英雄您看一看，我们弟兄又被这个小孩子给弄伤害了一个，我们可是冲着您来的，这件事情您可得给我们做个主才好。"

老头子点了一点头道："你先不要乱，等我过去问一问再说。"说着便分开众人，到了临近，用手一指周益道："这位小朋友，您姓什么，叫什么？为什么在这里无故伤人？难道不知道两家有约在先，没到正式比试之先，不许两下里私自寻事吗？"

周益一看这个老头子，虽然没有见过，可是看他那个样子以及派头儿，猜着八成儿就是那个赤面游龙线引。一则人单势孤，人家来人太多，二则自己这次带了常太平、郝吉祥出来，并没有跟师父说明，现在常郝已然被人摔倒在地，自己已然难辞其咎，再要惹出别的事来，益发难免师父见怪。便赶紧把家伙往身后别好，然后恭恭敬敬向老头子一揖到地道："小子我叫周益，我师父是瞽目鱼钟老师，您老人家必是线老前辈。你听我说，像这回两下大事，我们晚生下辈，不过是跟着观光开眼，看个热闹，哪里敢无故寻事。只因我这两兄弟，听说金钟湾地方景致不错，叫我带着他们出来走走，我想也没有什么，谁知走在此地，便遇见一位姓郎的一位姓苟的，他们把我们拦住，一句好话没说，抽冷子就动手；又出来一位姑娘，使的是下三门不体面的家伙，把我两个兄弟全都迷了过去。姓郎的更不体面，蹦过来拿刀就剁什么都不知道的人。是我一时情急，我又想着您老人家是当今的英雄，约来的人定是世外高人，既不能容有下三门采花淫贼在里头赶着搅乱，更不能够约出这样意狠心毒的人来，因此我才用师父末技神火弩把他伤了。至于那个姓苟的，本是过来拿刀杀人的，不知是怎样一股子劲儿，他自己忽然晕倒，我正要过去看的时候，您老人家就到了。这是以往实情，您老人家看着办吧，直到如今，我们这两个兄弟，还在昏迷不醒呢。"

来人正是赤面游龙线引，正跟大家商谈到了日子如何布置的时候，苗倚、申久就到了，一身是泪又是血，进来一说，大家大怒，仗着几个有头有脸的人，就出去要跟来人见一个阵仗儿。赤面游龙一听，不大愿意，因为跟人家定规好了日子，才能正式比试，到了那天，不怕有本事把来人一网打尽，也是英雄汉子。唯有今天要是跟人家一动手，不用说来人还是几个小孩子，就是多大英雄，把他打倒也不体面。再者又知道小龙山上没有什么好人，这不过是朋友转约而来，并非出于自己的意，一个闹不好，就许上了他们的当，也绝不能听信他们的片面之词，就出去跟人家拼命。一看大家的意思，赶紧出头拦住道："不用忙，什么事都有个理，我可也不是怕谁，不要叫人家骂我小气，咱们先到那里看看，倘若来人到了指定的地方，就是他们不尊信约，故意伤人，咱们却不能容他这样，也不用多少人，就是我一个人，大概拿一个小孩子，还许不至于费事。

18

等我把他拿来之后，必须到了当日，当着他们的师长，把他报出来，羞辱他们一场，叫他们有话说不出来，那才是个办法。倘若我们的人，无缘无故跑到人家那边去，也没有跟我说一声，说一句不怕众位恼我的话，我可是向理不向人，不能瞪眼不讲理，无论什么事，咱们也得弄一个一清二白才叫对。走，走，咱们瞧瞧去。"

苗倚一听，这件事就叫不好办，谁知他们怎么分的地界，事到如今也没了法子，只有求老头子出去，到了地方一看，也许一时忍不住气，就许动起手来。要是到了地头，他要看着不管，那时只有约了自己人，大家一走，从此不再理他，另想别的法子，替死者报仇也就完了，想着也就不再说话了。

大家全都看着线引，一到山口，线引就说："这里已是界限了，怎么还是闹到人家这边去了？这件事情，可是有点不大好办了！"申久、苗倚一听，就知道老头子不愿意管这件事了，正要想个什么法子打动老头子，恰好周益正从山石后头蹦了出来，申久这才看见苟费原来也躺下了，还以为周益是要杀苟费呢，赶紧一拉线引道："老爷子您看，咱们这边人已然叫他们弄倒了，他还不饶，大概又要用火烧了。"

线引虽是满心腻味他们，不过当着许多朋友，不愿意为了疙瘩碍着好肉，这才点头过去，及至一听周益所说的话年纪虽然不大，居然条条是道，并且非常有礼貌，线引从心里就爱，听了微微一笑道："小朋友，原来你就是瞽目鱼钟老师的高足，怨不得手里那么好呢。不过小朋友你总是年轻，办事差了一点儿，既是我们这方跟你们过不去，你们就不该动手，或是禀明令师，或者径来见我，万事都有办法。这样一来，连伤了我们两三个朋友，这件事任是如何说法，也是不好办了。依着我的意思，你那二位朋友，既是受了蒙药所伤，我可以负责把他们救了过来，只是小朋友却要到我那边去坐一坐，等我把事情问清楚，自会放你回去，如今却不得不委屈你们一会儿了。"

申苗两个先前一听，老头子对于周益有了爱惜之心，心说这可是糟，我们这两个人要白死，听到后来，才放下一半儿心。跟着就听周益道："老爷子您别听别人的，我们三个人里头，就是我最大，我带着他们出来绕个弯儿，要是把两个人逛丢了，就算是把我放回去，我也不能回去。不用说还叫我跟您去一趟，既是老前辈这样说着，我小孩子绝对听您的。不过我有一点事得跟您商量一下子，他们两个是我的兄弟，祸由我一个人身上所起，倘若到了您的那里，人心隔肚皮，谁也看不见谁肚子里的事儿，您要把我一个人带去，我当然就跟您去，您可得先把他们两个救过来，放他们回去，是罚是打，我一个人担着。不过有人气不出，就是要我这条命，我小孩儿要是一皱眉，我就不是我师父的徒弟。您要是连他们都不放，要把我们三个人全都弄了去，对不过老爷子，有我小孩儿一口气在，我绝不能再叫他们受着一点委屈，这个话您老人家听明白了没有？你可饶恕我小孩儿无知，什么都不懂，连话都不会说。"

　　线引一听，要不是当着众人，差一点叫出好儿来，人家这个徒弟是怎么收的，说出话来，又柔和又好听，又不失身份，真是不可多得。他这一喜爱，当然脸上就带出笑容来了，正要回头跟申、苗等人商量，死尸搭回去，叫这三个孩子走。一句话还没说出来，耳边就听咔吧咔吧三声响，三样暗器全都奔了周益，分成三路，向咽喉胸口小肚子打来。线引一看，不由把脚一跺，准知道这小孩子就是武功不错，也绝挡不了这三样暗器一块儿来，至少也得挨上一样。心里一急一气，一摸手里揉的铁球，必要回头向那发暗器的讲理说公事。

　　正在这个工夫，就听周益一声微笑道："原来都是这路的英雄汉子呀！我可要失陪了！"三路暗器，分成上中下三路奔向周益，只见他并不慌忙，先把身子往后一仰，让过上头一"花装弩"，又往下一下腰，这手功夫叫"铁板桥"，又让过了胸口上一支神箭，借着身子往后一仰的劲儿，头下脚上，一个反提倒扯旗，身子往后一折，两手挨地，脚往上一翻，双腿一劈，成了一根扁担相仿，这手功夫叫"倒顶一字岔"。他这里才一翻起，恰好一支钢镖从裆里打了过去，嗒的一声，咔嚓一声，当啷一声，"花装弩"袖箭满折了，钢镖也打在前边山石上头，三样暗器一样也没挨上。跟着两手支地，哧哧一阵乱响，这手儿叫作"蝎子爬"。爬了几步，双脚一并一拍，叭的一声响，跟着一下腰，噌的一声纵起来是有一丈五六，却落在一块斜尖儿山石上头，单腿一搬"朝天蹬"，后手扯了一个"单鞭势"，这手儿叫"丹凤朝阳"。不用说是线引从心里爱，就是那些憋着拼命打架的主儿，虽不好意思明着叫好儿，也不时把头乱点，这个孩子功夫实在太好了。

大家正在一怔，周益把腿搭下来向线引一抱拳道："老前辈，老爷子，您这就不对了，怎么前边说好话，后头发暗器？幸亏是我小孩儿不懂害臊，就知道跑，才逃了一条活命，这要是换个大英雄大朋友，说不定身上就许来上三个大窟窿，死活倒不要紧，这个人谁丢得起呀？得了，咱们往事不提，还说现在的，镖、箭、弩，我是全领教了，幸而跑得快打得慢，居然油皮儿未掉，总算众位手下留情。还是那句话，我小孩子说一句算一句，就请众位把我们那两位小朋友放走，我情愿一个人去给众位赔罪。"

线引这时候越听越难受，自己闯荡江湖几十年，今天就叫栽了，又恨后头这拨儿人，实在没有出息，人家一个小孩子，他们是三路进兵，结果是一个没伤着，还叫人家说了一套便宜话，这不是咎由自取吗？既爱周益，又恨这拨儿不做脸的朋友，便冷笑一声道："众位，这是谁招出来的？人家小朋友问下来了。既是有胆子惹事，就该有本事了事，我虽是跟对方有过节，却不愿意做出这种不体面的事来。众位要是自问能敌这小朋友，无妨过去过过招，准能够得手，我不但打板儿高供，并且这位小朋友任他满意处置。要是自问不是人家对手，不要贸然出头，受了误伤，可是怨不上谁来，我可就要叫这位小朋友带那两位小朋友走了。"

一句话没说完，旁边有人喊："姓线的，你闭了你那张臭嘴，我要单斗这小畜生！"

　　线引一听，心里就不大高兴，不管你是谁，也得分个宾主不是，怎么我正在这里跟人家说着话，忽然你跑出来干什么。及至回头一看，就知道一定是跟焦柱那一面另有私仇。原来出来这个人，正是从前久占刺儿岭的一家寨主姓于名德芳，外号是海底乌龙，提起来在江湖上还真享过大名，只不知道怎么全跟周益过不去。这个人不但能为出奇，而且性情也是非常特别，不管事情大小是非曲直，一向只以自己喜怒而定。这回到这里来，还真是很大面子，知道他不出来便罢，既是出来了，绝不能就善罢甘休回去，劝也无益，不过替周益可有些担心，准知道这个老头子心狠手黑，说得出，办得来，怕是周益闹不出好儿来，不过自己又不能点破，他这时候倒愿意有人出来给他们把这场围给解了。

　　这时候于德芳已然走过去，赤手空拳，冲着周益把手一指道："娃娃，你还认得我吗？"

　　小火狐周益早就看出他来了，心里也吓了一跳，想当年五雄七义十杰三打刺儿岭，自己把这个老头子戏耍一个够，今天他这一出来，定是凶多吉少。不过有一样，自己既是敢到这个地方来，当然就是什么都不怕，要是自己往回一跑，不但叫大家耻笑，并且也跑不了，莫若大大方方再气他一下子，能够走运来个二回，那是该自己露脸，即使败在他的手里，他是成了名的英雄，自己也不难看。想到这里，胆气往上一撞，笑着向于德芳一点头道："我当是谁呢，原来是老于呀，怎么你还活着呢？这可是应了那句话了，说死在张三手里，李四杀不了你。来吧，我打听你好几回了，没想到会在这里遇见你，总是咱们有缘，来吧，我今天必成全你。"

　　周益这几句一说不要紧，不用说于德芳气得颜色改变，就是旁边那些人都往回吸了一口凉气，暗道一声"好险！"于德芳又往前走了一步道："娃娃，不要满嘴乱说，我这大年纪，还能跟你一般斗口齿吗？你从前的事当然你还记得，我要报从前三镖一弩之仇，你可要小心了。你要还能胜我，自然一条老命由你处置，倘若落到我的手里，娃娃，我要吃你的心，喝你的血，都出不了我胸头恶气。废话还是少说，娃娃你就拿命来吧！"

周益一听，知道老头子把自己恨疯了，再说什么也没用，便把身上预备的暗器都问了一问，一架手里吕公拐，向于德芳又一笑道："你别看你岁数，也不过是多吃几年盐，一点出息都没有。你有能耐只管施展，只要把我姓周的弄躺下，不用说是吃心喝血完全由你，就是把姓周的搬到你们家里去立祖，姓周的也不含糊了你。说大的没有用，有什么高的只管使出来，姓周的在这里等你。"说着话往前一探身，胳膊一横，手里拐就奔了于德芳的肚子。

于德芳一声怪叫："好小子，说着好话，动手伤人，我要让你走了我一头撞死！"说着斜身一闪，顺手一捞，周益慢了一点儿，恰好被掠在手里，往里一带，周益不敢不撒手，家伙不撒手，后腿跟着一腿，自己准得捞上，那下子可就苦了，撒手兵器往后一撒身儿，于德芳哈哈一阵大笑："娃娃！你还想跑吗？"一撒手当啷一声响，吕公拐扔在地下，二次一进身儿又扑了周益。周益往后一撒身儿，早把镖扽出来三支，看于德芳果然又扑来了，心里也是打鼓，这三镖只要中上一支，今天自己可以逃得开，倘若一支中不上，自己今天苦子可就大了。心里想着，回头一看，于德芳已就追了一个首尾相连。周益故意脚下一个不稳，往前一栽，手一扶地，身子就转过来了，一抖手哧的一声，镖打小肚子，又往起一长身，哧哧又是两镖，一支哽嗓，一支左肋，三支镖全打出去了，就听当啷当啷当啷三声响，没看见怎么躲，反正三支镖全掉在地下了。周益可就慌了，用手方要摸神火弩，猛觉一股子罡风，从后面就来，叭的一下子，正打在后腰上，就觉浑身一软，腿哪里还站得住，扑咚一声，晕倒在地。于德芳又是哈哈一阵大笑道："娃娃，我看你是往哪里走！拿命来吧！"脚下一使劲，便奔了周益。

赤面游龙线引自从一见周益，从心里就爱，虽是恨他不该口出大言，故意气人，可是还不愿见他身遭惨死，一看于德芳奔他去，知道积怨已深，这要是到了他的手里，绝闹不出好儿来，可惜这么一个好孩子，今天要完，可是又知道于德芳的为人，只要结了怨绝不能解除去，有死没活，更没有第二条路。如今一看不由一跺脚说道："这个孩子完了。"至于那些贼可高兴了，尤其是什么申久、苗倚这些人，平常都吃过周益的亏，无奈自己本事不争气，过去照样儿还不是人家对手。今天这小子可出了气了，一见于德芳奔周益，大家全都瞪眼看着，就盼于德芳过去之后，一把把周益掐死，这一来大家可就出了气了。

眼看于德芳离着周益还有个两三步就到了，猛听山上有人嚷："五魁子，八十儿，你们看，咱们平哥跟祥哥可叫人家给弄死了，咱们来迟了一步，咱们可得给他们报仇，这个老头子就是凶手，别放他走了。呔！接家伙吧！"咔吧咔吧两声响，两道寒光直奔了于德芳面门而来。于德芳也是一时大意，本来这块地除去地下躺着两个站着一个之外，并没有别人，眼看到手的事，心花一放，哪里想到凭空会闹出这么一档子来，等到听见有人说话，身子已然弯下去了，眼看就要到手，忽然一阵哨子响奔了自己面门。于德芳本是久经大敌，一听暗器带哨儿，就知道来人不软，一定是周益的师父到了，赶紧斜身一闪，身子可就离开了周益。千不该万不该，他用手也是那样一抄，这下子这个当可上大了，手倒是拿着了，才要往外扔还没扔出去，这个暗器在手里就炸了，好在是没有多大劲儿，叭的一声，跟着就是一股子黄烟儿，于德芳怕是熏香毒药暗器，赶紧就往回纵。

他这里才一离开，山坡上跳下三个人来，每人亮家伙往那里一站，嘴里还说："燕哥哥你看咱们这炮放得高不高?"说着三个全都一阵哈哈大笑。

大家有站着离得近又站在下风的，全都闻着有一股子硫黄味儿，别看大家全都久走江湖多年，对这种暗器还真没有见过，叭的一声响，响完之后，飞出许多纸花纸末儿。大家有眼快的，可就看见了，原来是小孩子玩儿的那爆竹里头的一种，名字叫作"起火"，又叫"起花"，不知这几个孩子怎么会手里有这种玩意儿。出其不意，连于德芳那么大的人物字号，全都退了回去，因为这种"起火"形式仿佛像个爆竹，后头有一根苇子棍儿，只要把它点着，咻的一声，当时就能钻出三十丈五十丈，可是没有见过会响还冒烟的，当然就要疑心里头有什么东西。

于德芳往下一退，那边周益也借着这个机会就起来了。周益先把家伙捡起来，向这三个小孩儿一看道："这三位兄弟，你们这是从什么地方来呀？我这里先谢了。"

这三个小孩儿一听，彼此对看了一眼，才出一个黑胖子说出三个人的来历。周益一听，这才明白，原来这三个人，正是石燕飞、商阳武、宇文澜。这三个孩子，自从郝吉祥三个人一走，彼此商量开了，到底这件事应当怎办，还是商阳武出的主意，无论如何，也不能叫老人家知道。如果知道三个人在外头闯祸，轻者挨顿骂，重一点就许挨顿打，并且在家里一看守，从此不准出门，那可就算糟了。因此三个人一商量，干脆一字不提，由石燕飞在家里弄出一笔钱来，三个人商量好了，偷偷地跑了出来。虽是问明白了怎样走，无奈三个孩子连大门都没出过，这一登山涉水，自然不免生疏，好在这三个孩子长得全都各有人缘，并且嘴也会说，就这样走一段打听一段，走一天歇半天，一看前边是个高岗，打算上去看个清楚，没有想到这一看正是地方。石燕飞眼睛快，早已看见地下躺的是郝吉祥、常太平，另外还有一个老头子一个年轻的，全都躺在地下，虽看不明白是怎么回事，却是看出两方都是什么人物。一看于德芳往前一抢身，要伤周益，宇文澜就急了，正要往上蹦，石燕飞一把把他揪住道："你先不用着急，你瞧我给他一炮。"说着从背后摘下包袱，从身上取出一个小爆竹，从地下捡起一根苇子棍，往上一插，打火种往外一吹，这根改良的"起火"就奔了于德芳。于德芳还是真没留神这一手儿，等到也看见了，也打上了，于德芳赶紧就地打滚，把火扑灭，站起来一声儿没言语，只看了一眼，便自转身走了。正在这个时候，焦柱也到了，焦柱一到，先把几个孩子镇住，叫他们全都回去，又向线引道歉，线引无法，也带了自己人抬了受伤的也全回去了。焦柱再把常太平、郝吉祥用解药救醒领了回去。

到了十五这天，两边人都来了。先是线引出来说了一回这次立擂的意思，跟着焦柱出来向大家一交代，说起事非本愿，事到如今，很愿有人出来调停，自己愿意服输。神尼慈静以地主资格来给双方调解，谁知线引冷笑一声，把那天的事说了一遍，事到如今，绝无退缩之理。

那方话才说完，却听有人哈哈大笑道："姓焦的少说废话，难道还能为你三言两语把这么一件大事散了不成？不过虽说群雄大会，实在说起来，还是你跟姓孙的那点儿过节。现在我有一个法子，可以两全其美，全无亏损，并且对于青年后进，大小还都有点好处！"

花面天王焦柱焦擎天一听，这个人说话的声音很熟，抬头一看，不由就是一怔，心说他怎么也来了。这个人跟自己虽不能说是有不共戴天之仇，可是他从前确实是在自己手里栽过跟斗，这些年一直没有见他，想不到今天他也跑到这里来了。来者不善，善者不来，他既是在这个地方出头露面，当然他就是下了苦功夫，练好了特别的能耐，不然就是请了特别的朋友到这里来助阵，势在必胜。并且这个人是出了名的坏蛋，在他身上还要多多留神，不要上了他的恶当。输赢是小事，可是得在明处，要是叫他当着天下英雄使出诡计，一个不留神上了他的当，还要教大家耻笑，那可不是意思。想到这里，便向那人把双掌一拱道："我当着是谁呢，原来是五爪云龙尚金章尚二爷，多年不见，想不到今天会来到此地。尚二爷我听人说，自从当年在烂泥渡承你见让以后，金盆打水冲着祖师爷烧香磕头，起誓洗手，从此时起不再步进绿林道的圈子里，要退归林园，种粮种树，绝不再提武林道上一个字。后来这些年，果然没有看见大驾，我还真是从心里佩服，实在不愧人称尚二侠。但是不知今天为了什么缘故，忽然出头露面，又来加入到这个圈子里。尚二爷，这可是我拦您高兴，我跟线朋友这件事，原本是由彼此误会而起，事隔这么多年，忽然又想起这件事来，一定要往回找一找场。其实线朋友也是想不开，从前彼此都在年轻，彼此都有不对的地方，事情既是过去，彼此又都是这么大的年纪，好吃好喝好休养，还不定哪一天说完就完。固然说练把式的除去到了口眼闭上，不定哪一天就许死在刀刃枪尖子上，不过能够不致如此，何必定要弄到惨死后已，那又何苦？我可不怕死，我也不怕事，可是我总想着能够不弄得两败俱伤，总还善罢甘休，叫我受什么委屈我都认可。没想到线朋友还没有说什么，你却从旁边钻出来，我看尚二爷你还是站在旁边，听我们交代完了好不好？"

擎云太保郝吉祥、多臂童子常太平、小火狐周益、石燕飞、商阳武，这几个孩子都在年轻无知，不管大人着什么急，他们满不往心里去，他们唯一的想头，就是愿意看两下打起，越打越热闹，越热闹越有意思，本想两下交代完了开始就打，艺高人胆大，真没把这些人放在心上，心想凭着自己的本事，过去杀他们三个五个，叫他们也知道厉害，一个一个全都摸着家伙瞪眼看着焦柱，支着耳朵听着焦柱。及至焦柱一说完，大有两下收兵讲和之意，这几个孩子心说这可真没有的事，费了半天劲，请了这么多的人，三言五语就算吹了，那可没意思。可是常太平、郝吉祥全都怕焦柱，谁也不敢言语，那三个又听常太平的，虽然全都不愿意，可是谁也没说出什么来。正在这个工夫，五爪云龙尚金章出头一答话，这几个孩子可是全不认识他，本来尚金章不出来已有二十来年了，这些孩子如何能够认得，一看说话的也是个老头子，身量儿特别的矮，大伙儿就整上了。其实，花面天王焦柱早就听见有人报告这几个孩子，怎么由周益带领，他们去寻仇找事，本想加以申斥，不过因为有周益在内，不好意思遽然说出，可是早就留上神了，今天一看这几个孩子的神气，知道他们又没有好事，今天这事关系南北两派英雄，一个弄不好，自己万一站不住，恐怕要受人家指摘。想着不如早点把他们全都镇住，但是当着许多人，自己又不便明说出来，一看常太平，忽然想出一个主意来，准知这拨儿人里，就是他一个人的主意多，准要把他制住，不许他多说乱道，也许能够少出一点事。想着便把手一点道："平儿过来。"常太平正在说得兴高采烈，被焦柱这一喊，吓了一跳，赶紧走了过来。焦柱道："我派你一点事，今天来人太多，回头要是比试起来，必须有个人在旁边给记一下子，不拘哪一个是伤是死，都得有人给照料一下子。我看就是你精明，又认识字，赶紧预备纸笔，回头可是不许误事。"常太平一听，就知道坏了，可是不敢不答应，应了一声是，转身去找纸笔，怎么商量暂时不提。焦柱一看安置好了常太平，这才向尚金章道："尚大哥，据我想冤，仇宜解不宜结，总是化解了的好，两下既没有十分深仇，何苦要闹到不可收拾，这不过是我个人这么一点意思。如果尚大哥另有什么高见，也无妨快说出来，可行即行，在下并不一定执拗，尚大哥你就说吧。"

尚金章冷笑一声道："焦大哥，你这话是不错，可惜说晚了。想当初你也是吃绿林饭的朋友，谁知后来你又反手跟绿林道为仇起来，绿林道的朋友，在你手里也不知毁了多少。线朋友从前吃了你的亏，隐姓埋名，一晃几十年，前回出去找你，你就应当明白，就应当托出朋友想主意说和了事，你又倚仗你的人多，给线朋友一个极大的难堪，又定下这里的约会，又惊动了这么多的朋友。今天既是到了日子，你就该拿出你平常的手段，一个比一个，倒看谁行谁不行，那才是个英雄汉子所作所为。怎么你反倒吞吞吐吐，说打不打，说不打你又约了这么多的人。你的意思我倒明白，大概你也知道众怒难犯，大家既是都在当场，难找公道，故意说出这种话来，所为叫不知内情的朋友听着，这一个过节不在你身上。其实你这叫瞎费心思，事情到了这个时候，假仁假义一概可以用不着。我倒有个说辞，两边朋友太多，当然不便混战，最好两方主持人先不用下场动手，约请两边的朋友，谁有一技之长，谁就无妨下场子练一练。或是单练，或是对练，谁把谁练短了，谁再换人，到了派不出人来算输，末了你跟线朋友也可以当着天下英雄，下场子走个三招五式，那时谁胜谁负自有公论，我看倒可以让大家看着心平气和。否则就凭你这样一说，打算轻描淡写把这件事过去，我想是恐怕不成，这话你听明白了没有？如果照我的话办，先叫他们小一辈的徒弟侄上场比试，贺号簪花，可是自问不行千万不要上手，因为当场无大小，举手不留情，要是一死一伤，这里可没有地方讲理。焦大哥，你想一想，可办则办，你要认为不妥，你再想别的法子，也未为不可。"

焦柱也知道今天这局事，绝不能善罢甘休，听尚金章这么一说，只好是点头认可。两个人站在当场，又把方才的话高声说了一遍，然后连个人往下一退，各归自己那边。这时场子上连一点声儿都听不见，神尼慈静用手打了一下金钟儿，铛的一声响，又向众人喊了一声："既是众位檀越，不愿和平了事，也是劫数难逃，那么现在就可以开始上场了。不过在未上场之先，自己还是忖量一点儿，自问手下不行，最好是不要上前，枉自丢了性命。现在请头一场吧。"

正在说着，就见南边山坡之上，有人高喊一声："这回先见我的。"随着声音蹦过一个人来，身高五尺，膀阔腰圆，穿着一身青绸子衣裳，年纪在四十多岁，用手向两边作了一个揖道："在下奚德，有一个外号是滚山虎，这次是被线老前辈约到这里来热闹场子的。论起我的能耐，当着天下英雄，可以说是任什么不会一样，按说不该出头露面，自找无趣，不过既受人托，便忠人事，自知不行，先来一个抛砖引玉，笨鸟儿先飞。我练了一趟花拳，自问确无根底，不过就算是一个开场，求众位英雄侠义多多指教。我练完了这一场，哪位朋友愿意赏脸高抬，在下愿意给他做个活架子。"说到这句，把衣襟儿一掀，双手并着往起一扬，跟着往下一迈步，踢了一腿，跟着又是一扬手，又踢了一脚，如是在场子里绕了一个弯儿，踢了有十来腿。大家看着，不知这叫哪一门、哪一势。踢完了又站在那里，向大家道："我这趟练完了，哪位陪着我走个一趟两趟，赏个三招五招？"

一句话没说完，北边山坡上哧的一声响，便像一个小鸟一样，一点儿声音没有，飞似的纵过一个人来，大家一看认得的，原来是焦柱的老朋友虎面弥勒杜章。花面天王焦柱焦擎天，一看自己这边出来的人是虎面弥勒杜章，不由心里一动，因为想起从前枫陵渡结仇那件事，全是由三手金刚齐芳一镖闹出来的，以致线引怀仇多年，直到现在，怨气未消，就是今天这节事，也是由于那回事而起。从前天齐芳他们这几个人就赶到了，当然是为了朋友义气，可是另有一种意思，还是为了当初那两件事，既是由他闹出来的，现在当着天下英雄，还要把这件事解开。以现在情形来说，当然不是三句话五句话可以说得开的，那么就难免要弄到动手一拼。说实在的，杜章跟自己在一起多年，能为虽是不坏，实在说起来，可也不算太高，线引所约的人太杂，多半是穷凶极恶，并且每个人都在从前结过横梁子，打算借着今天这个场面报仇出气，恐怕杜章不是他们的对手。好朋友为了自己，不远千里而来，真要叫他受了委屈，自己于心不忍，不过杜章已经过去了，胜负不分，不用说是叫不回来，即使回来，面子上也是过于难看。心里盘算正在没有主意，一看在杜章身后又跟下去一位，焦柱一看这个人，心就放下一半，准知道有这个人跟着，杜章就不至于再有多大危险了。

这个时候杜章已然跳进场子里，向奚德把双拳一拱道："奚朋友，在下杜章久闻朋友大名，今天能得在这里遇见，实在是有缘得很。按说到了这种场子，应当插拳比武，谁胜谁是英雄，说不到别的话，不过杜某有点心事，却是不能不说，请朋友稍等一等，等我把这几句话交代完了，咱们再动手，我再领教。想当初我们焦朋友在枫陵渡跟朋友那一点儿过节，完全不在姓焦的身上，却在我们身

30

上，要论交情，我们跟姓焦的义共生死，原不分彼此，不过冤有头债有主，大丈夫要恩怨分明，绝不可因为一个伤一片，故此在我们得着信息以后，全都赶到此地。论能为武术，比起众位实实不敢自高，哪一个都比我们弟兄强过百倍，不过我们虽知不行，却也不能畏刀避剑、怕死贪生的。自己惹的祸，却来连累旁人，所以才赶到此地，要把这件事情说清。线朋友有什么过不去，应当找我们弟兄，不应当找姓焦的，尤其不用劳师动众，越闹事情越大。现在我们弟兄赶到此地，所为就是送上门来，请线朋友过来比试一下儿，我们能力不敌，虽死无恨，只要对得起朋友，于愿已足。可是头一场线朋友并没有出来，反是这位奚朋友头一个就来替朋友拔剑。奚朋友肯为朋友拼死上场，我们原是祸头，哪有反倒观望之理，杜某明知不成，也要赶来凑这一场。我想奚朋友既是上场，当然没有再回去之理，就由我陪奚朋友先走这一趟，把我打倒了自不用说，倘若奚朋友一个失神，或是存心容让，杜某头一场占了点面子，最好就是请线朋友本人出场，希望他把我们弟兄全都打倒，出了一口怨气，给焦朋友化解了此事，就是把我们全都置于死地，也绝不怨线朋友心黑手狠。总之，无论如何不能因为上回一点小事，结仇越来越多，我们就是一死也赎不过来，要先不叫天下咒骂我们弟兄。话就是这几句，众位想也听明白了，人位太多，时间太短，不要耽误了众位正事，就请奚朋友赐招吧。"说完了依然抱拳一站。

这个滚山虎奚德这时已有后悔，因为在接请帖时候，虽知道是南北群雄会，比武献艺，不过是为一个蔓儿，多交几个朋友，不以为意，所以便自己一时兴起，头一个就出来了，谁知道这里头还有这么多的乱七八糟。早知如此，自己就不该先出来，当着这么些人，出来自不便再回去，可是对于两边全无恩怨，也犯不上为人家拼命。越想越不是滋味儿，但是骑在虎背上，再打算下来，可就不易了。忽然一想，有了一个主意，便也向杜章一拱手道："原来是杜大哥，久仰久仰。在下虽是被人所邀，可是与两边全无恩怨，朋友的话我也听明白了，可不是我怕死贪生，但是我也不愿意无故跟人拼命，今天既受朋友之约，也不能出来再回去。我倒有个两全其美的办法，咱们二位可以不必动手，每人在这场子里各练一手自己见长的能耐，要是谁也练不下来，谁就算输，自己赶紧下去，另换别人。等到后来，谁跟谁有仇，再动家伙拼生死决胜负，我看倒也没有什么不可，不知杜大哥以为如何？"

杜章一看奚德脸上为难神气，就知道他必是早受别人蛊惑，到了这里，也说不上不算来了，看这个人倒是不错，自己也不愿意再多结仇，他既是说到这样的办法，只好就这么办吧。当下一点头道："既是朋友乐意这个比试，在下求之不得，就请朋友你先一显绝技吧。"

奚德道："就那么办，我来个笨鸟先飞，请杜大哥多多指教吧。我这手功夫，确实是一种笨功夫，我从前练过一种叫'蛤蟆功'，这种功夫，这手玩意儿，练出来不值众位一笑，我先说说怎么练，说完了就练一回。这种功夫，讲究刀枪不入，砸压不伤，一气托三元，避水三寒箭，百步以外，喷山山倒，喷石石碎，我今天不练这些功夫。这手玩意儿，是我自己想出来的，这手功夫我给它起了个名儿，叫作'金蟾十三式'，我往地下一爬，要用我的肚子在地皮上练一套功夫，两手两脚，全都不许帮忙儿，一口气把这'十三式'练下来，再瞧杜大哥你的。"

杜章一听，就倒吸了一口凉气，这种功夫不用说是叫自己照样儿练，简直活这么大，闯江湖这么些年，不但没有见过，连听都没有听过。可是已然答应人家，不能说了不算，只好先看他练完了，再说吧。就见滚山虎奚德，先把衣襟儿往起一撩，在褡包上掖好了，跟着一回手，把家伙摘下来往地下远远一放，蹭了一蹭鞋，把袖子挽了一挽，然后双手往上一伸，往里一吸气，就看他那个肚子，登时就缩得成了一层瘪皮一样，跟着又一鼓气，肚子又鼓起来仿佛扣了一个大盆，浑身骨头筋儿咯叭咯叭直响，照这个样儿一呼一吸一收一放，来了有个三五回，一回肚子比一回大，一回比一回鼓，浑身的肉全都越来越缩，脸上的肉也没了，胳膊上的肉也没了，就胖了一个肚子，脸上颜色也由黄变红，由红而紫，后来发白，仿佛一点儿血色都没有了，知道的他这是练功夫，不知道的还以为他是得了膨症，离着皮开肚裂没有多远了。杜章正在看着新鲜，猛见他这回又把胳膀往上一伸，双脚一点，跟着往起一蹦，蹦起足有三四尺高，两手往前一探，两脚往后一踢，身子往下一伏，就听嘭的一声，仿佛一面大鼓掉在地下一样声响。又见他两手向后一背，从脊梁上掏过去，两只手一扣，扣了一个挺紧，两只脚往里头一搭，搭成一个十字架儿，脑袋往起一抬，翻着两只白眼，眼珠子往外努着，跟着一梗脖子，整个儿身子颠起来足有二尺来高，往下一落，嘭的一声，又一梗脖子，又是嘭的一声，这回是来过了二尺，一起一伏，有个三五回。这回把脖子往左一歪，身子便向右一转，嗖的一下子在半空里来了一个翻身，砰的一声，又落在了地下，又把脖子往右一歪，身子便向左边一转，嗖的一声，又是一个大翻身。就是这样儿，左翻过来，右翻过去，翻了足有七八回，这才落到地下，忽然把脑袋往回一缩，这下子可更新鲜了，脑袋往里一缩，跟着往外一拱，唰的一下子，直着纵出去足有五尺多远，跟着脑袋往上一扬，身子往起一挺，凭空纵起足有丈数来高，一个"云里翻"的式子，头下脚上，从上头翻了下来，跟着脑袋一摆，在半空里就是一个"鹞子翻身"，再一摆又是一个，一共翻了五六个，这才落到地下，双手一伸，双腿一踹，站了起来，用两只手左边打右边，右边打左边，打一下儿肉蹦一下儿，打过十来下子以后，两条胳膊已然能够伸缩自如，然后才出手一捶胸脯子，砰砰两声响，就听肚子里咕噜噜一阵响，跟着肚子就往下缩，这响完了，肚子也恢复了原状。往当地一站，向杜章一笑道："献丑！献丑！这十三式我就练了六式，还有底下七式这么办，底下归杜朋友你练。你要练上来这七式，比我多了一式，就算你胜了，我败了，我当时就走，你要是不能接着练，对不过请你下去，尽着你们那边那些位，不拘是哪一位，接着把这七式练下来，我也认输，当时我也就走。如果一位能练的没有，对不过，我要出个题目，请焦当家的避点屈，当着天下英雄，给线朋友磕三个头，我的主意，两下冤怨算是一笔勾销，从此算是好朋友，谁也不许再找谁的过节儿，哪位不服，我要用我独门'蛤蟆气''大力法'，凭着胳膊了这一件事。时候已然不早，是能是不能，可快一点儿，别耽延时刻，今天一天完不了，那可没有多大意思。"

杜章在看奚德练这趟功夫时候，心里已然有点后悔，自己不该大意，在自己想着，头一场出来的，一定没有高手，万没想到会出来这么一个滚山虎，就凭他这一身绝技，不用说自己不是他的对手，恐怕焦柱所有的这些人里，也未必有一个准能敌得过他，这头场就馁了锐气，底下可就不好办了。看奚德他既是有这么一身功夫，当然就是有"金钟罩""混元一气"护身，等闲之人绝不能伤他，这一来可真是不好办了。心里正在犹疑，奚德忽然练了一半，不往下再练，却叫自己接着他往下练，心里这份难受就不用提了。别的不说，就学他这身功夫，自己连名字都不知道，长这么大，真没有见过有第二个人练这种功夫，却叫自己怎么去练。有心亮家伙跟他拼下子，知道也是白拼，反叫别人笑话，要是不拼，自己真要退下来，不用说自己难看，连焦柱今天这一天全都不好再往下动手了，越想越不是味儿，未免心里有点难受。

就在他这一犯心思，未免就说不出话来怔在那里。奚德哈哈一笑道："我听人说花面天王焦柱焦擎天，是当今成了名的人物，仿佛一手按住半边天，怎么到了今天，这才头一阵，像我这点小玩意儿，不过是哄个孩子，哪里算得什么功夫，怎么问了半天，这位杜爷连一句话都没有，难道是看不起我这一点笨功夫？其实你想不开，只要照样儿练下七式来，我是当时就走，你再跟别位施展高手，并耽误不了事，要是不肯动手，可别说我对不过了！"说到这句，一伸手哗啷一声，从腰里掏出家伙，大家一看，又是一怔。这种家伙又是

34

头一次看见，其形仿佛是十三节鞭，可没有十三节，当中也没有环子，一共也看不出是多少节来，反正准是软家伙，每一节有七寸多不到八寸长，看不出是铁是钢，又黑又亮，仿佛上头上了一道漆相似，用手一抖，噗噜一响，便像一条长虫，在头儿上有两个铁珠，一抖手哗啷带响儿，在手里这头儿，是一个护手盘，四面有刃，又像一个月牙叉子，手在当中一拿，叭地一抖，足有九尺多，看神气分量还真是不小。他一抖这条兵器向杜章一笑道："杜朋友，你既不肯接着练那'蛤蟆十三式'，你又不肯退下去，你在这里一站，别位有心过来，也不好意思过来。你的意思我也明白，一定是说'蛤蟆十三式'不值你老一练，另外有特别惊人的本事，你老还没施展出来，那个也不要紧，那'蛤蟆十三式'本是我自己琢磨出来的，原算不了什么高的功夫，现在换一套兵器，请来指教。"

杜章一想，刚才人家使的什么招数、什么门路，全不知道，现在人家拿的家伙，自己都不认得，那还怎么动手？不过有一节，方才第一次比功夫，自己就没有接下来，等到人家换了兵器，打算过招了，自己再要不动手，那么自己出来是干什么的？想到这里，心就横了，准知道自己过去必败，并且一败没有轻的，因为听这个人说话非常嘴损，手底下也一定狠不可言，不过到了这个时候，可也就说不上不算来了，一咬牙一撩衣襟，从身上扯出自己常用的家伙，把截头三挺刀，把刀扯出来，往怀里一抱，方要跟奚德道叫两句，然后过去动手。

就在他刀才一扯出来，后头有人一声喊道："杜大哥你先等一等，你是客角，你应当后上，像这开场玩意儿，应当叫我们这鸡毛蒜皮先出来，不然等到后来，我们就没有出来现眼的地方了。大哥您躲开，您怕把衣裳弄脏了，不愿意赶小孩子似的往地下整个儿打滚，我倒不在乎，我是滚车辙出身，几天不在地下打滚，浑身连骨头都难过。杜大哥，您先在一边看一会儿，等到我滚完了这一场，有那好把式出来，您再动手不晚，这一场您可得让我。"这条嗓子又尖又窄又毛又劈，非常刺耳，一边喊着，人就到了。杜章回头一看，并不认得。这时候正是八月十五，虽说南方天气暖一点儿，差不多也还穿着夹袍，唯独这位，穿着一件白夏布大褂儿，白大褂儿差不多洗得都快成了黑的，上头是补丁叠补丁，又是油又是泥，连一块好的地方都没有了，腰里系着一根凉带儿，紫带子白玉的扣带，底下穿着皮裤子，火狐的皮裤子，毛儿冲着外，底下两只袜子，袜子大，脚小，上头系了两根带子，带子头儿上，一边一个铃铛，走一步一哗啷，走一步一哗啷，手里拿了一把桑皮纸的折扇，可是尺寸太大，连大股子是九根儿，长有一尺八，宽有二寸四，底下扇子坠儿，也是一个大铃铛，铃铛下头还有一挂粉红水线的长穗子，一晃三摇，走进圈子里。走近一看，只见这个人是又黑又瘦，除去骨头没有肉，大鼻子，小眼睛，上身长，下身短，小眉毛，大嘴岔儿，两只扇风耳朵，脑袋上还顶着一顶青呢得胜盔，凉带上还挂着扇子套儿、眼镜盒、筷子套、烟荷包、锞子包、筋斗褡裢，简直看不出这个人是个干什么的。只见他走到奚德面前深深一揖到地道："这位奚大哥，您练的那手功夫太有意思了，您方才那个是不是叫'蛤蟆十三式'？"奚德一点头，那人道："我也会一手玩意儿，王八滚七蛋。"

擒龙手杨昱，自从武家完事，回去把差事一交，唯恐当着官差，再出一点别的事，自己就更干不了啦，莫如见好就收，这么一想，当堂一辞差事。县官还不大高兴，留了他两回，他是执意不肯，那也只好准其辞差吧。他原本不是当地人，不过在地面上维持得不错，大家一听杨昱要走，全都置酒款待，热闹了一两天，便离了扬州，因为惦着焦柱这点事，自己便奔了神心寺。他来了不久，跟常太平他们是前后脚儿，到了这里一看，来的人位很是不少，并且里头真有特别高人，多年不见的人物全都出来了，心里既是欢喜又佩服焦柱，果然是个英雄，就凭这么一号召，居然会有了这么多的人，实在人家够个英雄。自己受了人家很大的好处，无论如何，自己也得想法子报答人家，所以在今天一开始，头一个虎面弥勒上来要跟滚山虎奚德动手，他就知道不行，因为他知道奚德虽不是成了名的人物，可是他近来也很有一点小名声儿。他的师父是云南普洱山野熊岭翻天鹞子张有德，独门的功夫，是"地躺三十六招"。这种功夫，看着是满地打滚，算不了一回正经武术，实在说起来，这种功夫，非有硬功夫内功夫的真练不到成功。奚德自幼拜了张有德，跟张有德学了二十年，把他一身功夫完全学会，并且他还有"十三太保横练儿""蛤蟆气"，软硬功夫，都很可以说得下去。从前杨昱在镖局子走镖，见过奚德，知道他的能耐实在不坏，杜章绝对不是此人对手，自己对于地躺功夫虽然没有什么实学，一则听人说过，二则自己擅长的是"燕子十翻"，比起他这种功夫，却是大同小异，过去固然不一定准能取胜，可是走在一起，或者还能对付，因此在杜章才一出场，他就跟下来了。果然奚德道叫完了，第一手儿就使的"蛤蟆气"，跟着拿出他的兵器"避血流星"。这种东西，专讲点人周身穴道，杨昱一看，就知道杜章绝不是人家对手，那大年纪，真要栽个硬跟斗，岂不太没面子，没等杜章亮兵器，他就喊出来了。

杜章这时候还真是为难，自己不过去动手，未免虎头蛇尾，叫人家看着耻笑，真要是过去，自己第一不认得人家招数，过去是有输没赢，正在不得主意，杨昱这么一喊，他可就松了心了，赶紧向奚德一抱拳道："奚朋友，按说我应当跟你老走上三招两式，不过这种地躺功夫，在下已然上了年纪，跳动不开了。我们这位朋友，对于这种功夫，倒是十分喜爱，愿意和你比试下子，我先下去歇歇，等你们练完了，换了别位，我再上来，对不过，奚朋友你要小心了。"说到这句，双脚一点，早已跳出圈外。

奚德这个气可就大了，合着我一个人练了半天，到了该他现眼的时候了，他倒退下去了，这种场子，不比真是动手拼命，还可以追过去把他拦住，这个没有那种规矩，只好让他出去吧。就在杜章才退到圈外头，擒龙手杨昱早已蹦了进来，双手一拱，脸上带笑道：

"奚朋友，在下是擒龙手杨昱，久仰台驾十三太保横练儿，一身蛤蟆功，这两种功夫，我可是一样儿不会，并不想这里成名露脸，不过我听人家说过这种功夫，今天是头一次见面儿，我要领教领教您这两手儿绝技，并且也叫您看一看我这手儿功夫，王八滚七蛋。"

奚德一听，就知杨昱是个高手，他不但知道名字认得招数，大概手底下还是错不了，莫若等他一等，叫他先练一回，看看他是怎么一个路子，然后再过兵器动手，不要上了他的恶当，那可太冤了。想到这里，也把双拳一拱道："原来是杨捕头，久仰大名，想不到今天在此相遇。早就听说尊驾能耐实有过人之处，在下愿意开一开眼，饱一饱眼福，打算求尊驾先跟我练的那两样儿练个一手两手儿，也叫我们开开眼，然后咱们再比不晚。"

杨昱一听，正中心机，准知道要真是跟他动手，还未必准是他的对手，有了他这句话，不如把自己看家的本事，拿出来施展施展，能够叫他知道难处，平平安安退了回去，比什么都好。想到这里，便向奚德一笑道："奚朋友，既是你肯赏脸，点到我的脸上，没什么说的，舍命陪君子，我愿意当面献丑。"杨昱把话交代完了，一看奚德似乎是犯了犹疑，知道这下子可以成了，便笑着向奚德一点头道："朋友，咱们彼此既没有深仇大怨，我看咱们还是不必动手过招，省得伤了和气，底下的事倒不好办，莫若还依着以前那个法儿，咱们各练一手自己拿手的，谁要练不上来，就算输了，再让第二，你看可好？"

奚德道："我已然练过了，再练应该看你的了。"

杨昱道："那是当然哪，不过有一节，你练的那些手儿，我要是接着练，似乎也没有多大意思了，这么办，我也练一手，你要也能接着练上来，我再换一套新的或是你再练一手儿，那都没有什么不可以，还是谁接不上来谁也下去，再换别位。"

奚德道："好吧，我就先看你的，你练完了我再练。"

杨昱点头，往后一退步，把身上带的雁翎刀先摘了下来，然后向四周围一拱手道："众位英雄、前辈，在下擒龙手杨昱，受了敝友焦柱所约，到这里来参加这次南北群雄会。要按我姓杨的，虽是早年间给武圣人磕过头，实在说起来，可是一点真能实学没有，不过既受朋友之托，就忠朋友之事，已然来到这里，不拘三拳两腿，也得蹦跶一下儿。方才我跟这位奚朋友说好，我们不动手过招，先练一点软硬的功夫，人家奚朋友已然练过了，这该看我的了。我这点功夫，要是跟人家奚朋友一比，那就叫作小巫见大巫，玩意儿虽是不好，也是几年苦功夫，就求诸位看一个前后进退，干净利落。我练完了这两手笨功夫，再看别位的绝技，众位英雄前辈，可要多多指教，先看我练这头一手儿。"说到这里，把身子后退了两步，又往前走了两步，又后退了一步，又往前走了两步，打了一个转身儿，又往前走了两步，又往后退了两步，然后双手向上一伸，双脚一点，唰的一声，起来足有一丈多高，两手伸指，一提一转，在半空中就打了一个转儿，双脚一蹦，唰的一声又落在地下，又前进两步，后退三步，就地一揖，跟着双脚一蹬，当时头下脚上，砰的一声，又复起在空中。这下子起来也有一丈来高，双手一摆，在半空中又是一晃，跟着便是一个大转身儿，左右来回，一共在半空中绕了两个弯儿。说得慢，那时候可快，转完了两个弯儿，双手往下一伸，跟着往外一抄，一个"云里翻"，便把身子整个儿翻了过来，唰的一声，脚落实地。拱手一抱拳，向奚德一笑道："奚朋友，你方才练的是'蛤蟆气'，我就是照样儿练下来，也分不出谁高谁低，故此我才改了个样儿。这是一种笨功夫，要比你所练的，可就相差太远，不过我就会这么一手儿笨功夫，可也没有了别的法子，我已然练完了，该看朋友你的了。"

奚德一看杨昱练的这手功夫，在武学里叫作"燕子梯云七纵法"，他又添上了"云里十三翻"，别看就是这么两手儿，不是轻功到了绝顶，都练不了这个样儿。这种功夫还是听师父说过，今天头一次看见，跟自己"蛤蟆气"虽然同是气功，他这个比自己只有特别加难的，自己无论如何也练不上来。就凭姓焦的今天头一次约的人，头一场就有这样好手，底下的自不必说，当然一个比一个好，就凭自己这点能耐，恐怕找不出体面，再说跟姓线的也没有深交，不过朋友辗转约了出来，已然给他开了头子，没有丢人现眼，趁早儿退下来，爱看看一会儿，不爱看，可以离开这个是非之地，不要弄得下不来台，再打算走就不容易了。这就是有了能耐，又有了修养，自己就得服气，也就能免去矜躁，所谓知己知彼，这才是真正有了能耐呢。当下奚德这么想，除去心平气和之外，另有一番佩服，满脸带笑向杨昱一拱手道："久仰擒龙手的大名，今天一见，实在是语不虚传，在下学了几手庄稼笨拳笨脚，绝不敢跟杨爷献丑，好在已然把场子给他们双方领开，要依着我说，咱们彼此既都没有受着伤害，不如咱们全都退下去。好在天下英雄都在此地，再请他们别位上场，这一场就算咱们两下平平，也可以说是在下甘拜下风，杨朋友你看着怎么样？"

杨昱一听这个人，不但功夫好，而且也知进退，要讲实的论起来，真要跟他一刀一枪动手，还不一定准是怎么样，自己仇人是多的，即使这一场能够把他赢了，底下能人太多，也未必准能全赢，像这个样子下去，倒是满盘子满盅，全头全尾，实是不错。略一寻思，赶紧又一抱拳道："不，不，还是奚朋友的武术高强，让着在下，在下全是小巧之能，实说不上是什么武术来。既是奚朋友不愿再多赐教，在下是求之不得，改日有了工夫，还要登门拜访，求奚朋友多多指教呢。好，现在咱们这一场，就算和平过去，咱们赶紧退下，让他们别位好上来大显身手。"

奚德一点头，说声："谢教。"双脚一点，早已出了圈子，退回自己那面去了。杨昱一看奚德已然退下去了，自己也在准备跟着走下去，却听有人高喊一声："姓杨的，你先等一等下去，我要领教领教你这'梯云纵''云里翻'两手绝技。"话到人就到了，从场子东北角上，跟电一样，这个人就到了。到了场子里，挺腰一探身形，略微一晃，便已站住。

杨昱一看来人，身高在六尺壮，年纪在三十多岁不到四十岁，长得方头大脸，精神满足，穿着一件蓝绸子衣裳，脚上一双快靴，手里也是一条十三节亮银鞭。杨昱一看认得，正是在扬州府采花作案，被自己约了焦柱假扮跑马解的，夜探武家园当场被获遭擒的山东崂山野马岭圣手伽蓝毕纲得意的大弟子，怒目金刚一轮明月赵九州。这个人是自己把他亲解扬州大狱，判了凌迟的犯人，怎么他今天会跑到此地？不用说也是越了狱了，跑出来了，好在自己已然辞事不干，不然还得是自己的事呢。今天来到此地，当然不是线引所约，一定是为报仇而来，这倒不可不多加一层防备。

杨昱刚刚想到这里，赵九州早已把眉毛一挑道："姓杨的，你可还认得你家赵大太爷吗？我只当这辈子再看不见了，谁知会在此处无心巧遇，也是你的命该送在此地。姓杨的你要是个有骨头的，凭着咱们两个手里鞭，分胜负论高低，我要是输给了你，二话没有，我跟你到官廷认罪，你可以升官发财。你要是一个大意，当场落败，对不过，我要取你项上人头，给我的好朋友伍七雄报仇雪恨。谁要是找人一帮忙，谁就是两截穿衣的人物。废话少说，不要耽延时间，妨碍人家正事。"说完一举手里鞭就预备动手了。

杨昱一看赵九州突然赶到，不用说是在自己走后，看牢的一大意，被他越狱脱逃，跟自己前后脚来到此地，不用说就是为了报仇而来，他既是有了这种心思，当然是再说好的也是没用。不过这小子是善者不来，自己不把话说明，恐怕线引不知底里。并且还有一件事，赵九州外号儿是怒目金刚，他是崂山野马岭圣手伽蓝唯一要徒，毕纲为人虽是正直，对于自己徒弟却是一向偏爱。赵九州在外头所作所为，毕纲未必知道，今天野马岭来人不少，并且是冲焦柱这一面儿来的，如果当地把他打伤，一定会得罪毕纲，一事未完，反树强敌，这却十分不妥。但是事情已然迫在眉睫，更不容单个毕纲申辩。最可怪还是毕纲，既然是冲了焦柱来的，就应当帮助焦柱这一面才对，怎么自己才赢了线引那边一阵，他不是没看清，为什么他自己徒弟出来捣乱，他却一声不言语，这是怎么个意思？自己跟他一动手，输给他固属丢人，赢了他也完不了。这件事倒是有个法子，虽然当着这么多人，不该揭发人家短处，但是事情挤到这里，除去这样，自己实在站不住脚步儿。想到这里，便向赵九州一声断喝道："你先不用忙，这件事既是你自己找到这里来，我却不能不说一说。今天这个场子，是花面天王焦当家的，跟赤面游龙线当家，从前因为有点儿小过节，今天特约天下英雄，到这里较量短长，实说了不过是以武会友，打算是多交几个朋友，然后彼此一说和，还是两派一家，原没有什么事。就是来的这些英雄，我全打板高供，不拘哪位都是好朋友。唯有你姓赵的，咱们可是得单说，按说你的宗派，谁都知道，你是崂山野马岭毕老当家门下，要说人家毕老当家虽然山居多年，一向是奉公守法，种粮织布为生，手下百十多位金刚山徒，全是洁身自爱的好朋友。不是毕老当家上了年纪，不爱多管闲事，就是你趁着毕老当家耳目不周的时候，私自下了野马岭，不但在外头胡作非为，并且你胆敢结交匪类，仗着你一身的本事，在扬州地面采花作案，因奸不允，刀伤十几条人命。姓杨的没有出息，在地面上当着一个小差事，奉了官中严印，好容易找出你的踪迹，你又跑到伍家园，又敢勾结当地土霸伍七雄趁势抢人。姓杨的同了朋友，把你拿住，送回扬州，你既是好汉子，就该懂得一命抵一命，在狱中等死的才对，怎么你又越狱逃跑，更该隐姓埋名了，了此残生，当然我们自不便去找你。谁知你真是胆大包天，居然还敢跑到这里来寻苦恼，今天当着天下英雄，只要你能够说出个理来，姓杨的当时死在你的面前，绝不能贪生怕死。你要一个字说不上来，对不过，我还要二次把你拿住，交给毕当家的，叫他自整教规。姓赵的你说说你那露脸的事吧。"

杨昱这一套话，本是冲着毕纲说话，嗓门儿挺大，南山坡之上听得很真，当时里头，就起了一阵骚乱。杨昱说完，赵九州把牙一

42

咬，咯吱咯吱乱响，然后向杨昱呸的一口啐道："姓杨的，你趁早闭了你的嘴，赵大太爷是光明磊落的大丈夫，焉能做出那种没脸的事？你今天当着这些人位，给我造出这些谣言，姓杨的，咱们废话少说，鞭下定局。"说到这句，脸上一阵惨白，唰的一声，鞭就到了。杨昱一看，底下已然是无话可说，斜身一闪，让过这一鞭，横手一抖，哗啦一响，自己鞭也出去了。平常比武，都得讲得招数，一进一退，都得有个说辞，唯有今天，这两个人完全是拼命的意思。杨昱鞭到了赵九州不躲，赵九州鞭到了，杨昱也不闪，并且匆匆带风，全都奔致命处，打了总有十几个照面，谁也没见高下。

正在这个时候，忽听有人一声喊道："赵大哥你先后退，歇息歇息，待我来会会这个擒龙手！"随着声音，蹦过一个人来，手里一对荷叶铲两下一分，便把两个人全都截开。杨昱一看，这个人平常没有见过，这副相貌却是实在难看，身高也就有上四尺五六，大脑袋细脖子，挺大一个肚子，脸上是又黄又瘦，眉毛似有如无，太阳穴也塌着，腮帮子也嗛着，一点血色儿都没有，乍看仿佛是痨病都到了日子，眼看着离入土没有多远，可是手里拿的那对家伙，分量可是不轻。自己既是不认得，一定是赵九州的朋友了。这下子还真是猜着了，赵九州一见这个人，赶紧满脸堆下笑容叫了一声："师哥。"那人却把脸一整道："赵亮，你这些日子到哪里去了？今天会在此地出现，不先去看看师父，反倒下了场子，你知道是谁请来的？你怎么帮助那边，倒跟这边捣起麻烦来了？方才我听这位杨朋友所说，你在外面还有不法之事，你真是胆大妄为，丧心病狂了，你先站在一边，等我问完了杨朋友，带你去见师父。"说着便把双铲一合，向杨昱把手一横道："杨朋友，在下是病金刚林潇，家师是野马岭毕纲，老朋友想也知道。"说着用手一指赵九州道，"这位是我一个师弟，在半年前奉了家师之命，到芜湖地方去购一点米粮，谁知他拿了钱，直到如今，他也没有回去，不知他怎么会来到这里。方才听朋友所说，他似乎有在外头胡作非为情事，家师为了清理门户，绝

43

不容许有这样弟子存留在世，特派在下来打听个明白，以便家师处置。"

杨昱一听，不怪人家称为圣手伽蓝，实在真不含糊，遂把自己在扬州怎样身当捕快，扬州当地如何出了采花匪人，因奸不允，刀伤了十几条人命案，自己如何访出是赵九州，赵九州如何跑到伍家园，自己怎样约了焦柱假扮跑马解的，才能把赵九州当场擒住，解回了扬州。自己辞差不干，没想到赵九州越狱脱逃，来到这里，从头至尾细说了一遍。正在说得高高兴兴，忽然往前一抢步，迎面照着林潇就是一掌，林潇出其不意，被这一掌打得身形一晃。林潇大怒，正要瞪眼，猛听叮当一声，这才明白，赶紧一转身，双锤向赵九州一挫，怒喝一声道："好赵亮，你竟敢要暗杀了！这就不用说了，人家所说一切全是真的了，今天我要把你立毙铲下，给这门里除害！"说着话双铲一分，便奔了赵九州。赵九州这一肚子委屈可就说不出来了，他本来没有安心伤害林潇，他是打算趁着杨昱说话不备，给他一暗器，先把杨昱除了，底下就可以死无对证了。他可不知道杨昱是久经大敌，嘴里说着话，眼里还留着赵九州的神，一看他眼珠子乱转，就知道他没有安着好心，见他一抖手，只道是家伙出手了，故意往前一抢身儿，迎面一掌，林潇一退，镖正掉在地下，两人站得本近，可就分不出这镖是打谁的了。赵九州一看弄巧成拙，师哥已然动手，再申辩也没用了，斜身一闪，让出铲去，抖手一鞭，便剪林潇的腕子。林潇左手铲往起一挑，右手铲就递进去了。病金刚林潇在野马岭六十四金刚里头，他是头一个，天分既好，用功又勤，素为毕纲钟爱，为人亢爽好交，朋友最多，眼皮子也最杂，在毕门中称为大弟子，在江湖上也是数一数二好汉子。平常对于赵九州很是喜爱，自从赵九州出去未回，有人在毕纲面前说，赵九州行动漂浮，难免他有什么轨外的行动，对于他们崂山的名气，可是说出去不好听，林潇还很是不高兴。因为怒目金刚赵九州，他原不叫赵九州，他单名一个亮字，号叫荣枋，这个主儿，本是毕纲心爱的

44

门徒，不但武学好，而且人也特别机警，从前圣手伽蓝七义，三打野马岭，赵棨枋随着师父会过天下英雄，他本来年纪还轻，又是个血气未定之人，在山上的时候，曾经认识过一个女的，名叫玉罗刹邢翠娘，两个人彼此性情很是投合。只因邢翠娘为了父兄之仇，跟江南七义结下不解之怨，邢翠娘两次寻仇，都被江南七义头一位云中灰鹤神弩手孙刚孙志柔把她战败。邢翠娘又约一个野马岭最小的一个小英雄小伽蓝褚雄，一同去找江南七义。恰遇庄疯子假意游巡，正赶上他们这档子，不但把褚雄打败，而且还一直跟了下来，到了山上，跟毕纲闹僵了，当时把邢翠娘、褚雄、赵棨枋全都绑了，非要杀去三人，以正山规。还是卢春从中说和，化了僵局，放下这三个人来。谁知褚雄年轻气盛，当时自刎死了，邢翠娘因为褚雄之死是由于自己，便也触石丧命。只剩下一个赵棨枋，隐痛在心，当时没有表示，越想越不是滋味儿，一直等到五老说和，野马岭事情完了之后（详见拙著《碧血鸳鸯》第八集），他才借了机会到芜湖去买米，便是一去不回。手里有的是钱，任意乱花乱用，又加着有一身本事，他便胡作非为，就在扬州采花作案闹了起来，在扬州连作了十二起人命案，并且是到处都留下了名字，一轮明月赵九州。扬州府快班头儿就是擒龙手杨昱，奉公府里指派要擒贼人归案问罪，赵九州一看这里闹得风声太大了，并且他也知道杨昱是个好手，唯恐折在这里，便连夜走了，一直到了伍家园。没想到杨昱又带人进了伍家园，赵九州被获遭擒，解回扬州问了一堂，他全部招了，当堂画供，问了死罪。杨昱一走，他已然从管狱的口里打听出来，不到三天，他便越狱走了。出来之后六神无主，准知道野马岭是不能再回去了，毕纲的山规他是深深知道，回去之后必闹不出好儿来。走在路上，碰见小龙山上两个寨主，一个赤火蛇姚平，一个乌风蛇姚仲，本来是好朋友，一问之下，才知道是焦柱跟线引在金钟湾设下擂台，约请当今天下英雄，摆下这个南北群雄会，赵九州本来正没有去处，一听这个信儿太好了，他这一高兴，他可就忘了问问约的都是什么人了，他要知道有崂山野马岭圣手伽蓝跟五老七义这些人都在这里，他也就不来了。等来到这里一看，毕纲这班人全在这里哪，他当时傻了，可是已经到了，再打算回去，是不可能了，捏着头皮到毕纲面前叫了一声师父。毕纲虽是一腔子不高兴，当着许多人喊出来也不是意思，只好是听其自然，等完了事再说吧。赵九州又见过许多师兄弟，这里头病金刚林潇对他是特别亲近，问寒问暖，问他在外头这些时是怎么一个过法。赵九州看师兄对于自己这样关心，受了良心感动，自己也觉着很不是滋味儿，只搭讪着说了几句瞎话。林潇看他这种魂不守舍，心里很是难过，告诉他这里事情完了，还是跟着师父回野马岭，拼着受师父一点责罚，有这些师兄弟在旁边替你说好话，大概也不至于怎样难为你。当下赵九州搭讪了几句他可就走了，谁知后来越闹越不像，越闹风声越大，连林潇他们都后悔了，这样一个人在外头，将来连师兄的名誉都叫他毁了。线引派人来请，林潇很想去探探赵九州的下落，便自走下山来，到了金钟湾，一看赵九州果然在这里，又是高兴，又是难受，一看他敌不过杨昱，自己这才出来。

杨昱一看是林潇，知道他是毕纲掌门的大弟子，论起能耐来，真不亚生龙活虎一样，当时就没敢轻敌。当下便也把虯龙鞭在手里一拿，向林潇说："林大哥，久仰久仰，今天能够在这里见着，十分有幸。不过方才我可已经说过，你的这位师弟，他可在扬州府做了不少的案子，并且都是花儿案。我想这种事，实在是你门里头的丑事，可是我要不把这件事始末根由说一下儿，怕是你那位师弟，一定会认为他是理直气壮，再在诸位面前搬弄是非，恐怕事情越闹越大，将来伤了两方的和气。即如今天的事吧，毕老当家诸位来到这里，也是为了焦当家的，在下来到这里，也是为了焦当家的，两家既然都是冲一个人的，当然就要彼此站在一边说话，不管另外有什么仇恨，也得等这里事情完了之后，另定地方，彼此说话，无论如何，也不应当就在这个时候，自己人跟自己人打起来，这总不是办法。现在话是这么说，如果林大哥认为咱们是帮姓焦的来的，最好你先请回，过了今天，不拘哪一天，找我姓杨的，就是刀山油锅，姓杨的也不在乎，准时必到。如果一味倚仗野马岭的威风，对不过，姓杨的只要有一口气在，绝不能说上奉陪来，林大哥你想吧。"

病金刚林潇这时候也为了难了，本来人家说的全是实话，自己没有法子跟人家辩正，不过自己已然出来了，要是就这样回去，也未免有点难看。旁边赵九州一看林潇为难，知道今天事已然闹到这步田地，回去之后，毕纲这个人向例是不论亲疏，是非分明，自己做的事，想必早有耳闻，今天又有杨昱这一证明，自己是百口难辩，不如跟姓杨的一死相拼，能够杀一个够本儿，杀两个赚一个，这倒不错。想到这里，用手一推林潇道："师哥，你老人家先请回去，我跟姓杨的另有一段事，既不沾姓焦的，也不沾姓线的，更不用师父跟众位师兄弟帮忙，就看我一个人的就行了。"说到这句，往前一抢身儿，一抖手里鞭，哗棱一声响，便奔了杨昱当头砸来。

擒龙手杨昱论起真能耐来，比怒目金刚赵九州，只高不矮，不过方才交代这一片话，一则因为赵九州是圣手伽蓝毕纲的门徒，毕纲这次来到金钟湾，原是为给花面天王焦柱帮拳助阵，彼此都是一线儿上的，自不好意思跟赵九州变脸，怕是得罪了毕纲，因此才扯着嗓子喊了一阵。等到林潇过来，又表白了一番，心想林潇无论如何，他们是师兄弟，既然明白是非，对于赵九州一切不法的行为，必有一番公论，至不济也得把赵九州拉开，等到这里事情完了，单说单论。万没想到，赵九州不容分说，过来抢鞭就砸，林潇在旁边看着一句话不说，杨昱不由从心里往上撞气，一边闪身，把双手一拱道："林大哥，今天要在当场捉拿采花之贼，哪位一拦，就是助贼拘捕，我可要对不过，召集当地官人，要按着公事办。"说到这句，赵九州的鞭二次又砸到了，到了这个时候，杨昱知道事情已然闹出来了，他可就不敢怠慢，连身一闪，抖手也是一鞭，照着赵九州当腰围去。赵九州往后一撤步，让过这一鞭，一硬腕子，哗啦一声响，鞭走中盘，名儿叫玉带围腰。杨昱提身一纵，蹦起来足有一丈多高，鞭从脚下过去，不等赵九州换招，双腿一蹬，头下脚上，长胳膊一抖鞭。赵九州躲闪不及，正在脊背之上，这一鞭就抽上了。就凭赵九州那样的功夫，会打得吭哧了一声，扑通摔倒，当啷一声，手里鞭也出手了。杨昱收鞭，两手往上一扬，脚踏实地，过去把赵九州踩在脚下。

正要说上两句，猛不防身后有人一声喊嚷："姓杨的，你敢在大庭广众之间，鞭伤我家师弟，真是大胆，病金刚今天要会会你这擒龙手。"杨昱一听，就知道坏了，方才说了半天，合着全没听见，现在瞪眼动手，要给他师弟报仇雪恨。这个主儿，可不比赵九州，赵九州功夫虽然不错，怎奈他在外头花天酒地，功夫回了不少，说到病金刚林潇，可非赵九州所比。第一自幼儿就入野马岭，一身功夫，全是毕纲真传实授，并且他是好学不倦，没黑夜没白天，一个劲儿苦练，不要看他长得像个病夫，论起真能耐，在野马岭，除去圣手伽蓝毕纲以外，他得算头一个，一身的横功夫，刀枪不入，力大无穷，手里的兵器又是独门创造。普通荷叶铲，尺寸小，分量少，他这副荷叶铲，乃是单打另造，尺寸既大，分量也沉，一对铲足有六十多斤，自己的单鞭，是种软家伙，遇上他这对铲，恐怕难找公道。不过事情已然到这步田地，万没有临阵退回的道理，只好是硬着头皮，先打一场再说吧！凡到动手比武，最怕的就是心里惧敌，如果未曾动手，心里先有了一种避忌，这下子无论如何，也不能够占上风，因为心里先输了气儿了，今天擒龙手杨昱也是犯了这个毛病，一上手他先害怕，等到一上手，不由就有一点心慌意乱，鞭出去了也慢了，地方也不准了。林潇今天一则是要在人前显能，二来有点敌忾同仇，一看赵九州被杨昱一下子就给弄倒了，心里未免有点挂火，到了这个时候，已然忘了出来时候，毕纲怎么嘱咐的了，一上手就下了狠招。杨昱鞭才往下一砸，他把右手铲往上一挂，就把杨昱的鞭给支起来了，没等杨昱还手，左手铲就进来了，照着杨昱当胸戳去。杨昱一看自己家伙被他支住，就知道不好，打算撤又撤不动，生怕他左手进招，人家真就是左手进招了，一看兵器来得又快又猛，这一下子只要砸上，当时就得废命。一着急就顾不得什么叫体面，右手鞭往前一送，左手一扬，一声高喊："着暗器！"林潇不由得就往后一闪，杨昱右手挽手一松，鞭也不要了，一个反提，便纵了出去。

林潇想不到上了这么一当，不由一声怪叫道："姓杨的你也是人物字号，怎么动手不到三个照面儿，你就跑了，看起来你可不够一个英雄。在下林潇，是崂山野马岭毕老师父门下，这次来到这里，是受了这里焦老当家之请，由我们师父带领前来参加这个盛会，到这里来本无非帮着姓焦的助威，万没想到这位杨朋友，也是姓焦的所约，却和我们崂山上弟兄当场变脸动手，在下实在忍不下去，因此才出头要和杨朋友领教领教。谁知杨朋友看我不够料儿，不愿跟我过来，只一个照面儿，人家就退回去了，当着天下英雄，在下可不敢狂妄无知，现在杨朋友既是退出去了，在下斗胆，要会一会天下英雄，好叫我开一开眼界。不过有一节，我们是受姓焦的所约，当然还得捧下这一场事来，自不便和姓焦的所约朋友动手，线老当家约的朋友太多，无妨请过来一位两位，大家凑个热闹，在下我愿意奉陪！"

林潇这一番儿实在出乎大家意料，他明知杨昱是焦柱这一面儿的，他可把杨昱打跑了，可是又向线引这头儿叫阵，这种不顺南不顺北的派头儿，可是真有一点儿意思。再看林潇不出三个照面儿打去了杨昱，杨昱也是成了名的英雄，他要是不行，不如杨昱的，当然就更不敢往前轻手一试了。林潇连问了两遍，一个搭茬儿的都没有，他就冷笑了一声道："南北群雄会，是天下英雄都聚在一起了，应当头里藏龙卧虎，像在下我这个样儿的，不过是车载斗量，充个数目而已，怎么我连问了好几句，一个捧场的没有，是全看不起在下，还是众位不肯赏脸，这可未免太笑话了！"说着又是哈哈一笑。

就在他笑声未完，便见从北山坡上，嗖的一声，纵起一个人来，真像一个小燕儿一样，落在地下，连一点声儿都没有，一纵一抄，便到了场子当中，长身站起来，向林潇一抱拳道："病金刚林潇，在下追云燕梁大方，久仰大名，今天能够在这里见着，实在是有幸得很。在下虽是练过几十年的功夫，不过是好练而已，实在说起来，真不值大家一笑。按说当着天下英雄，在下可不该强自出头，一则此来是受了朋友之托，不得不来，二则练了几手笨功夫，一向没有遇见一位能手指正，心里也觉烦闷，今天好容易遇见这种机会，要是再要错过，将来不易再找，因此才斗胆跑了出来，愿意给朋友当个刀枪架儿，接上几招，也叫我多学几手儿能耐。没什么说的，还得求林朋友多多指教。"说着话从腰间一扯，把兵器拿到手里，原是一对判官双笔。梁大方说完了这一套话，丁字步儿一站，把双笔一分，说了一个请字，便把双笔分开，一支护住面门，一支等势还招。林潇点点头喊了一声："好，你接招吧！"双铲往前一推一分，左手铲奔了梁大方的左肋，右手铲连奔了梁大方的头顶，一戳一砸，两铲全下去了。梁大方一见双铲到了，只把身子微微一闪，右手笔一勾左边铲，往下一塌腰，左手笔便奔了林潇胸口点去。追云燕子梁大方这主儿手底下原本不弱，不过他跟林潇比在一处，他还是差了一点儿，右手笔一晃，左手笔便奔了林潇当胸点去，左手铲往起一扇，勾住了判官笔，往外一推，右手铲便奔了梁大方的左肋。梁大方急切之中撤不回笔来，又不能往左右闪动，一看铲到了，再不撤手判官笔，这下子非挨上不可，只好往后一蹬双腿，一个小燕倒翻云的架势，把左手笔一撤手，人便半空退了下去，只有二三十步，这才站住脚步。

　　梁大方出去得急，回来得快，招得林潇哈哈一笑道："像这样功夫，连两合勇战都没有，还出来干什么？有能耐的主儿再出来，没有真实能耐的，趁早儿不必出来现眼。"

　　这句话还没说完，从北边又蹦出一个来。年纪也就在三十上下，

50

穿青褂皂，手里是一对双刀，唯独这种双刀，差不多都是女的使用，男的使这种兵器的可是太少。这个主儿拿双刀来到当场，报名通姓，双刀无敌潘良玉，动手不到几个照面，叫林潇一铲把刀磕飞，伸腿一踢，来了一个跟斗，跑了回去。

接连着林潇共打了九个，赤面游龙线引可就沉不住气了，一撩衣襟，就要拉兵器走出去，旁边有人吭哧一笑，回头一看，这个主儿气死病鬼，不让要饭的，身上衣裳是破烂不堪，身上脸上是油泥多厚，手里拿了一根木头棍儿，仿佛打狗棒相仿。线引他可知道这个主儿，别瞧穿章打扮不济，人家名头只在自己之上，不在自己之下。这个主儿是邓四公，他是宣化五霸之一里的四霸。这个主儿能为武艺不但高强，而且可以说是独成一家，已然够了侠义的资格，这次被线引约来，也是情逼无奈，从前线引有过好儿，不得不到这里来助助威风。可是到了这里以后，一看线引所约的人里，什么江湖大道、采花淫贼，应有尽有，他就有点不高兴，跟线引说了两回，既是天下英雄会，就应当多约一点硬手，像这路角色，来了之后，不但对于这件事没有好处，还难免丢人现眼。线引告诉他这个全没办法，大家都是自己愿意来帮忙，怎好说出不叫人家帮忙的话，只好是听其自然。今天这一上手，自己这边真是连输了六七阵，邓四公的话果然没有说错，如今一给他冷笑，赶紧说道："四哥，你老别笑啊，兄弟我丢人，你老也不好看哪，你老何妨过去施展施展你的绝技，一则叫晚生下辈们多开一开眼，二则也比较姓林的在那里狂傲臭美，四哥你老就辛苦一趟吧。"

邓四公一笑道："我本打算多看几场，等他们那边出来够个角儿，我再过去，你现在就叫我出去，多好的厚铁，也抬不了二百钉子，你可想主意预备后阵，把我换下来。"线引一点头，邓四公就出去了。手捏着那根棍，一步三晃就奔了当场。

场上慈静神尼早已看出是邓四公，就给林潇捏一把汗了，邓四公一摇三晃，来到场子临近，二尺多高的绳儿，他不从上头蹦，用手一提绳子，从底下钻了过去。病金刚林潇连胜了不少阵，未免有点放份儿，一看外头进来一个老要饭的，他可就有了气了："嘿！嘿！你没看见这里是把式场子吗！刀枪没眼，碰上就没了命，你可往旁边去站着，这些看热闹的，有那心慈面软的，也许给你几个零花儿。你要是不出去，这里打死人可不偿命。"

林潇这几句话不要紧，差一点儿把命送在上头。邓四公一翻眼皮，吭哧了一声道："想不到在贼窝里会找出好人来了，你真会有这么样的好心，可怜穷老大人？我告诉你吧，我到这里，既不告帮，也不求钱，所为就是找口棺材。您既是慈悲主儿，就求你可怜可怜我，成全成全我，或是一拳，或是一脚，把我给踢死打死，我就感谢不尽。可是话又说回来了，你要肯把我打死，我自是十分感谢，如果你踢人不疼，打人不死，你可留神，我的手里虽没有刀枪，可是也许把你活活掐死，我再给你抵命，你就痛痛快快给我一下子啊。"

林潇这个可是真心粗，他就没有听出邓四公这套话儿是怎么一个话儿，听完之后，冷笑一声道："噢！说了半天，我明白了你是来找死的，这个可太容易了，我就成全你吧。"说完了双铲立着往前一戳。他倒真是无心伤害邓四公，他想着把双铲往前一推，把老头子推出去也就完了。幸而他是有了这么一点念头，如果不是这样，他这条命当时就可以交待了。就在他双铲眼看到了老头子面前，老头子把手里棍往前一横，铛的一声，正磕在双铲之上，震得林潇双臂发麻，这才知道不好，可是已然晚了，老头子往起一捻步，一伸胳膊就把林潇手腕子揪住，只一抖便听铛的一声，双铲落地。病金刚也知道不好，可是再打算夺出手去，便不大容易，当啷一声，双铲落地。邓四公捏住了林潇的腕子，哈哈一笑道："我看着你是怎么样个金刚呢，原来不过如此，这可对不住，我今天要把你这金刚毁去了！"一边说一抬腿，横着一脚，便要向林潇胯股上踢去。

就在他这里才一提起腿，北边比燕子还快飞过一个人来，脚才到了场子里就嚷："邓老前辈那可使不得，请看在在下面子上，饶过他这一次吧。"话到人到，用双手从底下一掏，邓四公一撒手，林潇倒退出去有七八步，才算站住无精打采走了回去。

邓四公一看来人原来认识，这个人也就在三十多岁，方面大耳，唇红齿白，鼻直眼大，脸上带着笑容，透出十分和气，穿着一身青绸子衣裳，手里是一口青铜峨眉刺，笑嘻嘻地站在自己面前。这个主儿也是野马岭六十四金刚之一，笑金刚秦光，邓四公跟他原是素识，并且还沾着有一点亲戚，如今一看是他，便向他笑了一笑道："秦子辉吗？怎么你也来了！方才那个主儿面苦语辣，仿佛世界上除去他再没有练把式的了，我看他有点狂，所以才把他制住，正要打发他回老家，这个工夫，你赶到了，难道咱们还打算比画比画吗？要依我说，你大可以不必蹚这种浑水，趁早你干你的去，省得耽误了咱们从前的交情。"

秦光把峨眉刺向地下一凿道："老爷子，咱爷儿两个谁跟谁，您就是借我一点胆子，我也不敢跟你过手，实在是我那个师兄，身在危急，我不得不出来，现在他既回去了，我也回去，也不想跟你过手。不过我可也有两句话，要跟你说一说。今天这个场子，明着是南北英雄会，实在里头可还有别的事故由儿，这话我就是不说，大概你也能明白，以你这样身份，可是犯不上加入这一场。要依我说，你高兴可以找个高爽地方，看个热闹，你都可以不用贪，你趁早儿去办别的事，我们要是准知道是这种情形，连我们都不来。这话可是跟你这么说，听不听在你，我可不敢过于拦你高兴，我先跟你告假。"说完这句话，一撒身又下去了。

邓四公点了一点头，一想秦光的话全对，今天这个局面，绝没有什么好事，不过自己已然出来了，再要回去，也未免难看，不如再看个一两场，能够善退，自是最好，如果退不回去，抖擞精神，多见几个小伙子也是好的。想到这里，才要想两句什么话说，猛听南边有人喊道："姓邓的，你不要倚老卖老，我今天要叫你栽个厉害

53

的，也叫你知道知道张天师的徒弟是怎么一个人物!"话到人到，从南面人群里头跑下一个来。线引这边人一看，又是可气，又是可笑，焦柱这边人一看，又是赞美，又是着急。出来的是个小孩儿，往大里说，也就是十四五岁，长得是天庭饱满，地阁方圆，高鼻梁儿，大眼睛，眉毛又细又长，又黑又润，脸皮又白又红，又嫩又细，红嘴唇，白牙齿，两只大耳朵，又长又厚，左右两颊上，有两面自来的酒窝儿，脑袋上梳着冲天杵的小辫儿，上头系着五彩绒线，上身穿着藕色的对襟绸褂子，周身沾着青缎子云头儿缭边儿，下边是深玫瑰紫的绸子裤儿，扎着裤腿儿，腿里系了一条雪白的绸子汗巾儿，两头儿绣着黑团花，大致字儿，底下是白布袜子，青缎子鱼鳞大掰巴洒鞋，上头满挂着白绿线穗子，象鼻子分水倒须钩儿，上头挂着有小铃铛儿，一进一退哗棱棱乱响。手里拿了一对双头枪，满脸带着淘气的样儿，一摇三晃连蹿带蹦，他就蹦进来了。线引这边有认得他的，有不认得他的。认得他的，全知道这个孩子扎手，别看邓四公名头高人，一个不留神，就许上了他的当，这个孩子诡计多端，可不是什么好惹的。那些不认得的，一看这个孩子，站在那里，还到不了邓四公肩膀底下，不由全都好笑，想着焦柱不对，就是打算看看邓四公出手的路子，也应当找一个半斤八两的一块儿走几招，那倒还差不了什么，可不该打发出这么一个孩子来，这不是白白送死吗？可惜这个孩子，长得挺体面，还是非常有人缘儿，这一来恐怕性命难保。焦柱那边纳闷，谁叫他出去的，场上上来的是出了名的人物，不用说是这么一个孩子，就是走南闯北有了一点小名的汉子，也未必就是人家对手，这一来可是麻烦。不过这个孩子，比谁也不糊涂，也不傻，场上这样好手，他也不是不明白，他居然敢出去，这个胆子实在是令人可佩。或者这个孩子，又憋了什么坏出息，他才出去的，离着很远，也没有法子给他送信儿，叫他多加小心，只好是听其自然，多预备几个人给他打个接应吧。及至往两旁边一看，这一拨儿六个孩子，连一个都没有了，再仔细一看，原来这哥儿几个，全都到了场子旁边，分成四围，瞪眼看着里头，就知道他们是商量好了，要对付老头子一个人了。这一来焦柱倒着上急了，因为今天这一档子事，主动是在线引这一边，焦柱念着，从前这个误会，本来就没有多大意思，两个人都到了这个岁数，只要把这件事能消灭，自己吃一点亏都没有什么，因为这个才四下里约了不少的人，原不想越闹越大，所以请出这些朋友来，为的是到了时候，托这些人出头结了这回事，不怕自己下个礼儿，都无不可。万没想到今天一看，线引约的人太杂，还有许多跟自己是有仇的，就知道今天这件事，绝难善罢甘休，自己可就犯上犹疑了。如今一看自己这边人要斗邓四公，这个急可着大了，因为邓四公早已成名，提起这个主儿来，竟是无人不知，并且这个人性情孤僻，不论是非，只凭自己志气，半生之中，在他手里毁了也不知道有多少成了名的英雄。如果叫他胜了，自己这边人，轻者带伤，重则丧命，事情自是越闹越凶，越来仇恨越深。如果自己这边占了上风，他们是出了名的五霸，他既是出头露面，那四霸也必来了，各有惊人绝艺，也难以完全取胜，到那时又应当如何？

心里正在犹疑，那边已然搭上话了："你这个娃娃，放着书房不去，跑到这里来干什么？这里不是你能玩儿的地方，你快快退回去吧，倘若是受了一点误伤，岂不叫你家里人着急。依我良言相劝，你还是快快离开这里的好。"

要按邓四公这个人说，他平常可没有那种纳气，实在是这个小孩儿太可爱，他从心里这么一爱，才说了这么几句可听的话，这在他已然是很少很少的举动了。谁知这个小孩儿一听，微微一笑道："邓四老侠客，你老对于我这份意思，我可是太感激你了，按说我就应该当时回去，别招你老人家生气才好，不过有一节，姓焦的是我师爷爷，师爷爷有了事，我这做徒弟的，不管能耐如何，也应当尽我一点心思。我知道我自己的能耐不行，是个人就能把我弄倒了，要是遇见一个心毒手黑的，我这条小性命就没了，那够多惨，我受伤倒是小事，我奶奶急得上吊，我爷爷急得抹脖子，我爸爸也活不了，不是投河，就是跳井，那样一来，我妈也想嫁人，我们一家子就全完了，你说够多惨！我奔了多天，看见你这个人倒是不错，我才想着跑出来，我跟你商量商量，你手底下多留一点情，该扎我三刀，扎我一刀，该把我弄成十成死，你把我弄伤八分死，只要我有一口气在，我就忘不了你待我这份好处，你要是成全成全我，连我们一家都感念你的好处。"

邓四公一边听，一边点头，等他说完，向他一笑道："叫你说得倒是有点意思，我绝不伤害你的性命。说了半天，你倒是姓什么叫什么呀？"

小孩儿一笑道："说了半天我还是真忘了，我姓常，我叫常太平，有个外号是多臂童子。邓四老侠，你说你怎么个成全我呢？"

多臂童子常太平这几句话一说，把一个久走江湖，成名南北号称五霸之一的四霸邓四公，听得又是爱，又是气，等他把话说完，便向他冷笑一声道："我当着你是什么人，原来你说是焦柱的门下，平常借着你师爷爷的那点淫威，到处对人完全用欺凌手段，在你手里，也不知毁了多少有名的英雄好汉、绿林中人，真是恨不得吃汝之肉，喝汝之血，睡你之皮。今天遇见你邓四公，也是你的恶贯满盈，该当你的数尽。你要是懂事的，趁早儿退回去，另换别人前来，你还可以晚个一两天死，如果不然，我可不管你是大人孩子，我是要把你立毙掌下。话已跟你说完，还不快快退去，难道你是一定找死不成吗？"

常太平一听，扑哧一笑道："邓四爷，这里可是山上，你说话可要留一点神，不要叫风把你舌头吹了。骡子大马大值钱，人大管得了什么，也不过就是多费二尺布。秤锤虽小，可以压住千斤。你觉着，你的岁数够了活埋的年头儿，这里可不是养老院，说出岁数大，有人舍棉袄，有人赏饭，你别看你小爷年纪不大，实在经过人传授，不用说像尊驾这个样儿的脓包，没有放在你当家眼里，就是成了名的侠客义士，准要走在一起，也未必能够叫他走出三个照面儿。你还别以为我是用大话吓你，当着天下英雄，咱们可以当面试验一下子。你自己以为是个英雄，你不敢站在那里，叫我点你面门上虚晃一掌，如果你敢站在那里受我一掌，眼睛不动不眨，当时我不用抹头就走，而且还要跪下当着天下英雄拜你为师，就怕你没有这个胆子。"

常太平摇头晃脑一阵胡说乱道，把邓四公脸都气白了，话也没有了，急得直搓手掌，真有把常太平揪过来把他撕成两片的心思。听他把话说完，气吁吁地道："你这小孩，真是无礼已极，今天要不叫你知道我的厉害，你也不知道天有多高地有多厚。这么办，你不是说先给我一掌吗？我就在这里，等你这一掌，你若能够把我打倒，从此隐姓埋名，绝不再出来；如果你要打不倒我，小孩，我可要对你不起，我要把你打发回老家去，省得留着你在世上害人。小孩，你就先动手吧。"

这时候两旁的人全都听清了，有替常太平出汗的，全知道邓四公心毒手黑，平常时候，动手都讲用黑招，何况今天叫常太平给气得变了颜色，这要是动上手，还能有他的便宜，准保是一下子就得把性命交待，可惜一条小命。有的受过常太平的害，吃过他的亏，看他把邓四公给招急了，谁都暗自趁愿，但愿邓四公下手重一点，一下子把他弄死，好给大家出气。至于焦柱、杜老大以及焦宝应、杜云凤这些人眼睛全都红了，每人拿着暗兵器，准备常太平只要身不涉险，当时大家动手，好把他救回来。

及至一看常太平满脸带笑，仿佛没有这回事似的，笑眯眯地道："邓老侠这么大的年纪，还是这么大的火性，一个比试着玩儿，何必生那么大的气，你看脸都气白了，这是何必呢？这么说，你先接我这一掌玩儿一下子，瞧瞧谁行谁不行。"说到这句，往前一捻身，右手就奔了邓四公的面门去了。邓四公双睛一瞪，一声高喊："好！"一个好字没喊完，一抡右手奔了常太平的小肚子，就听扑咚一声，摔倒在地下，常太平没有躺下，邓四公却仰面朝天躺在地下了。这下子可把这一场子的人全都吓坏了，这一场子足有七八百人，谁也没有看见常太平使的什么兵器，也没有看见兵器递到他的身上，邓四公不是什么无名之辈，要论能耐说话，不用说是一个常太平，像他那个样儿的过去十个八个，也不值邓四公一打，现在会叫常太平把邓四公弄倒了，谁能看着不诧异？这一来稍微差一点儿的，自是不敢出去，就是略有小名的主儿，也怕出去栽跟斗，谁也不敢再出去硬碰这一下子。

常太平这一来可就得了意了，在场子里一站，满脸带笑道："众位，要说论能耐的话，我可不是人家邓四侠客的对手，这不过当时的彩气叫我碰上了。话又是这么说，两下动手比武，凭的是什么？也不过就是谁把谁弄倒谁算英雄，现在姓邓的是躺下了，还有哪位过来赏脸赐招，小孩儿常太平，愿意当个刀枪架儿，给他接一接招，也好长一点儿经验阅历，话说到这里，哪位过来赏脸赐招？"

一句话没说完，又有人答话："嗬，这位常大英雄的能耐可是太高了，按说我不应该过去找死，不过受了朋友之托，就是刀山油锅我也不能不上，不能不下，来来来，我陪着常大英雄玩儿上一回。"一边说着，一边咳嗽，从里头就走出来了，大家当然全要看一看。只见那个主儿，身高不到四尺，肩膀儿宽，有三尺五六，大脑袋，满头的乱头发，有个二三寸长，全都往上滋着，脸上是特别瘦，高颧骨，抠眼睛，高鼻梁儿，红鼻子头儿，嗫着两腮，瘪着一张嘴，花白的胡子，也是乱成一个瞎团，身上衣裳又破又脏，一股子怪味儿，顺着风就能闻得见。走起道儿来，左边那条腿还有点毛病，一瘸一点，就奔了这个场子，到了临近，用手一揪，从那根绳儿底下钻了过去，伸手出来，好像两只鸡爪子，除去骨头，就是皮。用手一指向常太平道："这位常大英雄，你的手底下可是太高了，那么大的邓老四都叫你吹了一口法气就给定住了，你可实在是位高人。"

常太平一听，就打了一个冷战。原本他看着这位邓四公太凶了，无论能耐，大概除去几位特别高手，谁也不是他的敌手，不过那些位高手，还要留在后场，不能就扔在半边儿上，后来再出了能手，没有抵得住的了，不如自己出手，故意跟他逗话，只要把他心火逗上来，趁其不备，施展自己得来的迷魂药，把他吹过去，有什么话再说，因此才蹦了过来，用话一怄邓四公。邓四公虽然是老江湖，却是沉不住气，这下子常太平就得了手了，趁着邓四公往前一抢身的劲儿，他反倒迎着往上一蹿，一招胳膊，噗的一口，就给吹上了，邓四公往后一倒，常太平大功告成。心里正在高兴，想着再过来的未必便比邓四公还强，自己有的是药，再吹上了三个五个，不费多大力气，这也是活该自己成名露脸。正在想着高兴，忽然从对面跑出来这么一个残疾人，一见面话就刺耳，明是捧自己，暗中却是骂人。常太平心里还说，不拘你说什么，我也是不理你，等到赶上了步儿，我照样儿把你吹躺下，省得叫你面苦语辣。心里正在这么想着，没有想到这个主儿，说出这么一句"邓老四叫你一口法气给吹躺下了"，这下子可真吓了一跳，这不用说一定是他看出来了，这一来可是麻烦。本来这个主儿，看着就有点眼生，原就有点吓唬他，这一来更可以知道他是怎么一个人了，不过事到临头，害怕也是无益，不如硬着头皮，跟他迎来一下子，能够使得上更好，使不好还有一跑呢，碰巧还许他不过就是这么一句话，并不是真看出什么来了，别真叫他给唬了回去。想到这里，精神一长，依然满脸带笑道："你太夸奖了！我小孩子是误打误撞，邓大侠是诚心成全我小孩儿，别看他老人家躺下，那可不是我小孩儿真功夫赢法，全是他老人家护着我，现在你老英雄过来，不用说也是打算赏我招了。我小孩儿虽是经验不到，学艺不精，说到胆子，我小孩儿倒是还有一点儿，没别的说的，我给你当个架子，你施展两手绝艺，也叫天下英雄都开一开眼，那是再好不过。还有一节，我还没请问你呢，你老侠客是怎么一个称呼？你可以说说，叫我小孩儿多认识一位侠客吧。"

这个老头子一听常太平这套话，点了一点头道："好！你要问我，我也说不上什么称侠道义。我姓葛，单名一个弗字，在江湖上人家都叫我葛老大，小朋友提起来你也不知道，咱们也不便多说了，干脆我还是领教领教你那种吹法吧。"

常太平一听，又倒吸了一口凉气，原来是听得从前焦柱说过，宣化五霸，头一个就是葛弗。这个主儿，已然有八十多岁，长拳短打，马上马下，水旱两路，软硬两功，内外两家，他是无一不能的，无一不精，专长的是百步神拳，在五丈以上，他可以隔山打空，能耐太好，不过已然洗手多年，老早就不干这个来了，因此后生晚辈，差不多都不认得他，没有想到今天会在此出现，这一定因为是自己吹了四霸，他沉不住气跑出来了。这个主儿的外号儿神手无敌葛大公，今天碰上他，恐怕是难逃公道，但是当着这些人，自己打算退回去，面子也实在难看，不如自己跟他走上三招两式，能够吹他下子，自是再好没有。如果不成，赶紧退下来，反正不能叫他吃了亏。心里这么一想，又向葛大公道："我当着是谁呢，原来是大侠客到了。要按我小孩儿的能耐说，不用说是随你一块儿走，不用出三个照面儿，我就得死无葬身之地，就算我打算给你接一接招，我却没有那么大的气候。不过我小孩儿既是到了这里，也不好意思再回去，没别的说的，请你手下留情，我小孩儿给你接接招，开开眼！老侠客，你就赏招吧！"常太平真是初生犊子不怕虎，他也不管人家是怎么一个角儿，他就憋着一伸手，一张嘴，把拍花药使出去，当时把人家喷倒了。

葛弗一听，心里还是真爱，这么大的一个孩子，居然会有这么大的胆子，实在是有点难得，心里早存了一种爱惜的心，常太平可就赚了便宜了。他说完了老侠客赏招，早已展开攻势，左手一摞，右手掌已然奔了葛弗的肋上打去，他身上可是带着家伙呢，双头枪在背上一插，并没有拿出来使，实在他倒不是客气，因为他唯一的拿手，就是使用拍花药，要是一使双枪把两只手全都占住，可就没法子使那一招儿了，因此他才不使双枪，这就是他机变的地方。他只向着葛弗一欺身儿，够上脚步过去就是一喷，准能把他吹倒了，他可不知道五霸之一的葛弗是怎么一个人物，人家从十几岁就在江湖上闯道儿，如今已然八十来岁，什么阵仗儿没见过，不用说像常太平这样一个小孩儿，他没有看在眼里，就是普通成了名的英雄，也未必便能是他的对手。并且方才常太平利用拍花药，吹倒了邓四公，他也不是没有看见，既敢过来，当然他就有拿手，常太平他可不知道，还想照样儿把人家吹倒，那是焉能办到？他这里一掌打去，葛弗仿佛没有看见一样，连躲都没躲，立腕子一切，常太平不敢硬碰，准知道老头子手底下太高，他一下子要是磕上，不能骨断筋折，也得打个皮开肉绽，这可干不得。一看人家手掌立着劈下来了，赶紧往回就撤，双掌一穿，又换了一招，两手平着向葛弗小肚子上戳去，葛弗还是不躲不闪。这一回更新鲜了，一看掌到了，一鼓肚子往前一顶，迎着他的双手就上去了，常太平又没敢往上撞，唰的一声，又撤了回来。如是两次三番，始终葛弗也没有还招，常太平汗就下来了，两个人动手，就热闹了自己一个人，人家对方始终连身子都没有一动，这种武不用比，就是累也能把自己累死了，这可不是办法，无论如何冒险，也是吹他一下子，能把他吹倒，自是再好没有，倘若吹不倒他，自己还是赶紧退回去，不然的话，绝对找不出便宜来。想到这里，小眉毛一挑，眼珠子一转，当时主意就上来了，向葛弗一声喊道："葛老侠客，我小孩儿听说你有出奇的杀手，怎么今天跟你讨教，你是一手儿不露，一味躲躲闪闪，从今天打到明天，恐怕也打不出一个什么结果来，两方人位是多的，全都要用这个场子，比试高低输赢，怎么你一手儿不露，叫我小孩陪你乱转，我可没有那么大的工夫。最好你可以施展两手绝技，一则叫我们后辈开一开眼，二则你把我小孩儿打发下去，也好换别位上来，不便久占人家这块场子。葛老侠客，你不用客气，你就赏招吧。"

葛弗听了微然一笑道："好，好，我也怕你活活累死，我给你个台阶儿，你也好下去。还告诉你，你只要有能耐，不拘什么地方，你都可以吹口法气，倒看看我这个糟老头子禁得住禁不住。"

常太平一听又是一哆嗦，自己所仗恃的就是拍花药，听老头子所说，一定是他已看出来了，既是有了防备，当然使不上了，自己可拿什么能耐去赢人家，这下子可是麻烦大了。心里这么一想，当时心气就馁了，手下得也没了准儿了。忽然心里一狠，不管如何，自己也得把手递进去，这样下去，总不是一个办法。想到这里忽然把身子向下一矮，照着葛弗小肚子上就是一下儿。葛弗这次却把身子一转，往下也一矮身儿。常太平心里一喜，这回可是时候，陡地往上一纵身儿，右手往前一托，对准葛弗面门噗的就是一口，葛弗哎呀一声，一晃两晃身子便倒了下去。常太平一看，当时就高兴了，心说你是五霸之一，我也照样儿叫你躺下，省得你也是吹气冒烟儿。按说常太平应当不理葛弗，另外叫阵，也不至于上当，究属自己年轻好胜，一看葛弗这一躺下，未免从心里痛快，准知道他闻上了拍花药，不用解药，他一时起不来，莫如趁着这个时候，跟他道叫道叫，当着天下英雄，也叫人家知道知道自己是怎么一个人物。有了这种心思，一时先不叫阵，回过头来先冷笑了一声，然后指着葛弗道："葛老侠你怎么躺下了，说了半天，你还是上了年纪了，脚底下已然不大利落，这个地方又滑，一个没留神，你就摔倒了。没什么说的，我扶你一把，你起来活动活动你再赏招吧。"说着话，一弯腰过去就要扶葛弗。

谁知就在他才往下一弯腰，手还没有伸到，猛见葛弗腰板一挺，嗖的一声，人就起来了，伸右手二指，就在胳膊上轻轻一敲，常太平就觉半身一麻，往里一吸凉气，当时站在那里，便连一动也不动了。葛弗把怪眼一瞪，哈哈一笑道："你扶我怎么不把我扶起来，反站在那里发怔呀？这个你可不对，你不该拿我老头子开心哪！"

这时候场子里早就有人看出来了，葛弗往下一躺，根本就是假招子，常太平准得上当，因为常太平出口太狂，大家都愿意叫他当众出彩，大家好平一平心气儿，及至常太平被老头子轻轻点住，大家全都点头，不愧人称五霸之一，实在是出手太高。正在想着要说叫什么人过去，这种场子，可是一场比一场热闹起来了。这里没有想出人来，早听有人一声喊嚷："老残废不必说废话，得了便宜卖乖，咱们走几招。"大家一看，话到人到，从场子附近，跑进一个人去。大家一看，也是一个小孩儿，年纪比常太平还小，身个儿还矮，在常太平才一出场的时候，花面天王焦柱就看见了，常太平后头跟着好几个，先还怕是大家来个一拥齐上呢，心说那可不是办法，叫人家看着，可太不是个样儿。及至一看还好，就是常太平一个人过去了，等到常太平头一个吹倒了邓四公，焦柱真吓了一跳，因为常太平的拍花药，在与焦柱分手之后，并不知道他有这么一种东西，心里还很是纳闷，常太平应当见好儿就收，没想到他又跟葛弗走在一起。焦柱认得葛弗，在五霸里头比邓四公他们高得多几倍，并且手也最黑，要是遇到他的手里，绝不能讨出好儿来。等到常太平又是一扬手一探手，葛弗也躺下了，焦柱更纳闷了，这个孩子，又是跟什么人学了能耐了？怎么会把这么大的英雄全给制倒了，这可真是怪事。心里方在一喜，葛弗挺腰一伸手，就把常太平点住了。焦柱这一惊却非同小可，因为他知道葛弗一向手黑，常太平又伤了他的好朋友，他绝不能把常太平轻饶了。焦柱他可不知道葛弗这个人有怪脾气，只要这个是他心爱的，不怕当面骂他打他，他都能够不急，他今天还是真爱上了常太平，不用说还有人进去打接应，就是没有人，葛弗也绝不能伤他。就在焦柱这里，心才一动，场外头已然又进去一个，仔细一看，是跟那两个小孩儿一块儿来的之中一个小孩儿，连名字叫什么都不知道，一看这个孩子，比常太平还小呢，心说，怎么又进去这么一个小孩儿，也不是个样子，想着正要回头转过两位去，再看那个小孩儿已然进去了，只好是先预备下人，等打了一场吧，反正这个小孩儿，进去也工夫大不了。及至留神一看，这个孩子，不但比常太平好，而且比那些练花拳绣腿的强得多，心里可就放下一半儿来。再说葛弗在没动手之先，早已看出常太平手

63

力，不然他不能把邓四公吹倒，心里真爱小孩儿这份胆子，动起手，始终是一味退让，也为逗他使出最末那一招来。常太平可不知道，他还以为葛弗是真怕了他！几次三番，想着机会吹老头子一下子，老头子才故意假装上当，等着他来吹。果然常太平一抢身儿，葛弗等他吹上，人便借势倒了下去，原想这个法子不好，倘若这个孩子跟方才一样，他把邓四公吹倒，放在地下不理，自己应当是怎么一个办法？正在想着，常太平回来了，一边说着一边探身儿，葛弗一看成了，这要放在别人，葛弗手要一下去，不死也得带八成伤，因为心爱这个孩子，才在他腕子上轻轻地敲了他一下儿。就是这样常太平都经不住，扑咚一声，竟是摔倒。葛弗这一次出来，原本不想出头露面，只因跟线引也是老朋友，不得不出来，越看常太平越可爱，不但没有伤他的心思，还想把他弄走，带到没人地方，用言语试探一下儿，如果爷儿两个有缘，收他这么一个小徒弟，也倒不错。

心里这么想着，还没到缓过手来，从外头又进来一个，比常太平还矮还小，长得可没有常太平好看，又宽又扁，一个大扁脑袋，一头黄头发，两只牛泡子眼，塌鼻梁翻鼻孔，掀嘴唇，露出一嘴黄板牙，脸是又黑又紫，手里拿着一根狼牙棒，尺寸又短又小，挺胸叠肚从场子外头走了进来，见葛弗便用手里棒一指道："老头儿，你怎么把我哥哥弄躺下了？我跟你完不了！你趁早儿躺下叫我打你三十棒，算是饶了你，不然的话，我可就急了。"

葛弗一听，这都是谁给约出来的，真是天地不懂，未免太难一点儿。这个孩子可没有那个孩子可爱，趁早儿把他弄倒了，好容出工夫把那个小孩儿弄走。葛弗是从心里真爱这两个孩子，到了现在，一点旁的心思没有，只是想着用个什么法儿把这个孩子弄走。这个孩子看神气可没有那个机灵，不过相貌特别凝厚，又非先前那个可比。自己在江湖上混了半辈子，膝下没儿没女，就是一个老伴儿，还跟自己不大和美，可惜自己这身功夫，算是一点用都没有。如今忽然遇见了这么两个好资质的孩子，如果能够把他们弄走，找个地方，把一身本事全都传给他们两个，以后自己也就有了传人，岂不是一件美事？心里越想越高兴，他可就忘了问这个孩子是谁，全都会什么了，这个小孩儿可就到了，赤手空拳，任什么也没拿，挺胸叠肚，瞪着两只怪眼，到了葛弗面前，用手一指道："你这老头儿，这么大的年纪，不在家里等死，还跑到外头来干什么，并且一点好心没有。你用什么法子把我哥哥给弄躺下了？你要是打算多活几天，趁早把他救起来，我看在你这么大的年纪，再跟你说什么，放你过去，你要是一点好歹不懂，我可不管你是谁，我要叫你能够回去，我就不姓宇文。"

葛弗一听，这个孩子口气可真不小，这要放在别人身上，他早就沉不住气了。唯独今天，他是已然爱上这个孩子，也跟没听见一样，并且还觉得他说的话都好听，听他说完，只笑了一笑道："孩子，你的胆子真叫不小。我这人就是不怕大话，你有什么法子，只管使去，你有能耐，可以把我弄躺下，到了那个时候，我自然有法子把你哥哥救来，你要没有什么能耐就是会说大话，那个我可对你不过，我就照样儿把你也弄倒了，跟他躺在一块儿。你有什么能耐，就施展出来吧。"

出来这个孩子，正是宇文澜，他跟商阳武、石燕飞这三个孩子，自从跟郝吉祥常太平分手之后，依着宇文澜当时就要追下来，如果他要是怕老头子不敢出来，宇文澜自己就要一个人走了。其实石燕飞也想上了，是有点怕石天柱，现在叫宇文澜这一闹，自己也没了主意，只好是答应一块儿走吧。石燕飞跟商阳武每人在家里趁人不见，每人拿了一点银子，起了一个大黑早，说是到天齐庙去练功夫，瞒着家里人，三个人就走下来了。因为石燕飞跟石天柱常在外头跑，街面上的事他倒是全熟，白天赶路，晚上住店，好在身上有钱，一切都没什么，跟人家打听着，有时候起早，有时候坐船，没有几天他们就到了。头天到的，第二天就赶上比试，依着宇文澜头一个他就要过去，常太平把他拦住，常太平就过去了。葛弗点倒了常太平，宇文澜可就沉不住气了，怕是别人赶出去，不容分说，他就蹦进去了。葛弗因为爱他，可就忘了问他是谁的门徒，姓什么叫什么了，随便说了两句，想着就是这么一个孩子，手里任什么都没有哪，他还有什么了不得的。他可不知道宇文澜不但受过高人指点，并且得天独厚，手里还有特别家伙，就是这一大意不要紧，他可就上了当了。就见宇文澜往上一抢，双手一分，奔了自己两边耳门。葛弗也是太大意，没把他放在心上，看见他手到了，往下一矮身儿，意思是让过他的手去，横腰一把，把他举起来，大家看个笑话。他这里一矮身儿，宇文澜正合适，只见他把两只手往回一撤，斜着一抖，喊了一声："老头子，你也躺下歇歇吧。"葛弗原没把这个孩子放在心上，又看他赤手空拳的连个家伙都没拿，想着这也不知什么人收的徒弟，大概日子不多。关于江湖上一切的事，全都不大明白，要以自己本领来说，像他这个神气的，杀他不过是举手之劳，可是无论如何，也不能下这样狠手，最好是施展拿法，把他也照样儿定在那里，能够匀出工夫，把这两个孩子一块儿全都弄走，这倒是一件痛快事。心里这样想着，宇文澜的两只小手就到了，分为左右，奔了葛弗的两个耳朵，葛弗心想这可是机会，趁着他往里一抢身儿，自己一扣他的腕子，一定可以把他拿住。心中正在一高兴，伸手要扣小孩儿左脉搏，小孩儿往起一长身儿，一托自己的手掌，噗的一口，向自己脖子吹了一口凉气。葛弗心里还说，这个孩子可是真淘气，眼看就要落败，他还在这里没紧地玩儿呢，这一定得给他一个厉害的让他尝尝。才想到这里，可就没有防备这个孩子吹过来的这口气，不但凉，而且凉得厉害，不能抵挡。宇文澜手里现有独门宝物，不用说不知他底细的人，容易上当，就是知道他底细的人，恐怕也没有法子能够抵得过去，自己出去只凭一个快字，不要叫他看出痕迹，醒过腔来，只要叫自己够上步儿，这下就可以把他弄倒了；要是一个叫他看破了，容他一还过手来，自己这条命，当时就叫完。心里这么一想，他可就留上神了，过去一晃两晃，够上步位，他就把那根蛇角刺使出来了。葛弗没有留神，也真不知道，这下子正抽在葛弗脸上，葛弗就觉浑身一麻一凉，知道不好，可就没有法子了，身子一歪，扑咚一声，摔倒在地。

葛弗这一摔倒，旁边这些人可就吓坏了，别的不说，葛弗是什么样的英雄，是怎么一个人物，居然会叫一个小孩子给毁了，并且不知道是怎么把葛弗弄躺下的，如果自己不如葛弗，谁还敢过去？这一下子可就乱了，你听吧："众位要留神哪，这个孩子可是不同普通小孩儿，他比红孩儿可还厉害哪，要是自问不行，可是趁早扔家伙，别招人家小英雄生气，可是没有你们的便宜的呀！"线引一听，这是什么人，怎么给这个小孩儿捧上架子了，这可不能再等别人，只好是自己出去一趟吧。想到这里，一搂衣裳，就要勾奔当场。

赤面游龙线引，这个人虽是行为有些怪僻，其实却不失为正人，自从当初跟花面天王焦柱结仇之后，自己总是耿耿于心，认为这个仇是不能不报，及至后来在外头一打听，焦柱为人一向是光明正大，对于朋友，尤其交接热心，并非劫掠烧杀一流人物。线引一听，已有悔意，不过从前把话说满了，一时拉不回来，又加上焦柱仇家过多，赶上这个机会，唯恐天下不乱，没有说好话的，多是说坏话的，这一来线引越发成了骑虎之势，欲下而不可能了，越搁日子越多，心里总是系着这个扣儿。后来在曹八集无心相遇，又被凌云欺了一个够，他知道凌云是神心寺慈静大师的最末弟子，平常极得大师珍爱，自己不便多树强敌，并因了凌云一句话，遂定了八月十五这个约会。离开那里之后，先去见的慈静大师。慈静大师这时已具有天耳地耳的神通，早知内中另有一场因果，当下除去向他解释，叫他不要过于愤怒之外，对于这件事并没有十分拦阻他，并且还答应了他许他借用金钟湾后山。线引这时实想多约几个朋友，只求把焦柱当面也折辱一场，自己便算心平气和，原无大志，听得许他在此订约，自是心喜不过。当下谢了大师，自己便走到四外去约人。起初也不过约了有十家八家成了名的英雄，不过这些人对于焦柱不但没有仇恨，也倒替焦柱一阵解说，线引不大痛快，只说了句我请是请了，诸位爱去就去，不去就散，别的话说不着，只要有我姓线的一口气在，对于这个姓焦的，我也是斗定了，说完了话他就走了。由于一怒可就闹大了，不管是个什么角儿，只要是愿意帮忙斗教焦柱的，他是一律全请，这下子人可多了，有是他请的，有不是他请的，人是越来越多。到了十三这天，已然来了有三百多口子了。线引一看，里头成了名的，固然有个几位，至于那些无名小辈，也都不在少数，并且里头人位太杂，占山霸寨的，放响马的，卖熏香的，卖蒙汗药的，甚至于打白狼棍的也都混在了里头。线引一看可就烦了，不过都是朋友代约而来，自己也不敢慢待人家，一样儿好吃好喝好应酬。幸亏慈静大师特别帮忙，不但借给他地方，并且供给粮食茶水，又找二三十当地庄稼人，伺候这班人，管吃管喝。就是一样儿，除去后山这一块地，许他们在里头随便走动之外，别的地方一概不准随便乱走，如果要是乱走乱逛，出了岔子，慈静便不过问。线引他也知道，人家神心寺，是静修的禅林，并且女弟子甚多，自己这里来的人位太杂，如果惹出事来，不但树一强敌，而且行止有亏，当下答应之后，回来向大家一说，里头有几个不愿意的，可是知道人家师徒全有绝技，自己未必能够是人家对手，难得这回大师能够严守中立，不来出头干涉，已是好事，谁还敢多管闲事。内中也有一两个不大安分的，还在背地窃笑，可是当面谁也没敢说什么。

及至到了当日，慈静大师一清早就到了线引那里，告诉线引，这回比试，虽是两下里稍有过门，气愤不出，但是也不必过于意气用事，倘若一有死伤，冤仇越深，便弄得越发不能和解，所以自己不帮任何一面，外带着还要给两方做个公证人，只要金铲一响，须算胜负已分，不得恃强再斗，免得弄成不可开交之势，线引也答应了。等到正式一上场，南边焦柱那面，除去出来一个杨昱，比较还是个有头有脸的，余者全都是几个小孩子，心里本就不大高兴，谁知人小本事不小，常太平打倒邓四公，宇文澜又弄倒葛老大，这下子线引可就急了，自己一生气一撩衣襟儿就要赶赴当场。忽然旁边有人一拉线引道："线大哥，你先等一等，看我的。"

线引回头一看，又是一个老头儿，正是五霸之中第二位独行使者孟旭孟晓东，知道人家是亲兄弟，又是把兄弟，这一定是要替自己兄弟争这口气，便把头一点道："好吧，不过这个孩子可是诡计多端，你可要小心点儿。"

孟旭微然一笑，一点头，长腰一垫腿，嗖的一声，真跟一个小燕儿一样，便纵了出去。他这里才纵到场子里，那边也纵进一个人去，两个人全是同时到的。孟旭一看正是自己一把子兄弟老五万朵梅花金栾，不由心里不高兴，便把眼睛一瞪道："老五，你来干什么？"

金栾道："二哥你来干什么？"

孟旭道："我来跟这个小朋友，试试我的筋力。"

金栾道："我也是来试试我的腰腿。"

孟旭道："你先下去，等我不能时再过来。"

金栾道："二哥你先歇一歇，等我不行再过来。"

两个人正在争竞，旁边宇文澜答话道："二位不必争论，你们可以都过来，我要请你们二位一块儿躺下，倒是有点意思。"

孟旭孟晓东，这个人跟葛弗金栾邓洪这几个人全不一样，那几个人全都性情怪僻，并且非常暴躁，别看都是那么大的年岁，一点容忍劲儿都没有，讲话有一言不和，便瞪眼拼命，唯独孟旭他可不是那个样儿，在江湖上跑了几十年，见过不少阵仗儿，自己的女儿红衣观音孟素，也靠着一身武学成了大名。他的为人却是和气万分，不拘见着什么人，从来没有过疾言厉色，总是嘻嘻哈哈，笑容满面。今天到这里来参加这个群雄会，依着孟旭就不来了，因为这里头头一个就是邓洪邓四公，他说他跟线引是生死之交，别人都不来他也得来。因为这个缘故，孟旭没了法子，才约好了那四位，还瞒着自己那位姑娘，走了下来。及至到了这里一看，没有等到动手，两下局势，已然分得很清楚，线引这面人来的比那边多上五六倍，可是不但没有多少成名的英雄，并且还有不少大盗淫贼在内，孟旭就知道不好，赶紧找这哥儿几个一商量，不用动手，趁早退回去，省得丢人现眼。头一个邓四公就不爱听，他说无论如何，也得见上一招两式再走，免得叫人笑骂是虎头蛇尾，孟旭没有法子，只好是在旁边等着吧。邓四公头一个不是常太平的对手，叫常太平一下子吹倒，孟旭就要过去，可是葛弗过去了，孟旭一看葛弗这个意思，有点爱上小孩的意思，心里就知道不好，这个小孩儿，可不是普通小孩儿，一个大意，当时就得受他的制，还算好，第一次总算把常太平弄倒了。跟着又出来一个小孩儿，动手还没有两个照面儿，葛弗也躺下来，这下子孟旭可就沉不住气了。正要出去一看，线引也要往外蹦，自己赶紧拦住线引，一抢身到了场子里，一看正是万朵梅花金栾，心里好大不是意思，人家一个小孩子，自己一个老头子，已然不怎么样好看，如今再要闹成两个打一个，这不是更成了笑话了吗？

心里正在不得主意，小孩儿却哈哈一笑道："嗬！这回又出来两个老头儿，你也不用拧眉毛瞪眼睛，他也不用挺胸拔脯子，你们两个一块儿上手，我要不叫你们躺下一对儿，我就不是干这个的。"

孟旭一听，这个孩子口气还是真大，自己心里还是真犯了嘀咕，因为在江湖上，最怕遇见的就是出家人、老太太、大姑娘、小孩儿，皆因这几种人，都是能耐特别有独到的地方才能出来，一个不留神，就许把自己毁了。因为这个缘故，凡是遇上这路人，就要多加一番小心，尤其今天这个孩子，已然赢了一阵，并且不知道人家使什么招数赢的，这都是练武人之大忌。不过这个孩子，出口太狂，当着这些英雄，自己真要是往下一退，那真是一世英名付于流水了。想到这里，便向金栾道："你先过去，我在旁边看一看。"意思之间，是要看看他过门动手，他使的到底是什么招数，自己好想法子破他。

金栾哼了一声，一抬腿一撩衣襟，嗖的一声，从底下掏出来冷森森白晃晃一口宝刀。万朵梅花金栾这个主儿，在五霸之中，他的

70

手最黑，虽然能耐不一定比那四霸高强，可是因为他的心黑手狠，在江湖道上却是响过大名，他手里一口鱼鳞墨金刀，削钢如粉，碎铁如泥，确有切金断玉的钢口。此外他还会打十二支金钱镖，可说是百发百中，向无虚发。不过他的为人，却是极其正派，在江湖上，绝昏官，逐恶霸，杀土豪，诛劣绅，劝忠奖孝，偷富济贫，绿林之中，很是一个角色。今天来到这里，原非本愿，只因邓四公执意要来，这哥儿几个不放心，才一同跟到此地。及至两下里一动手，金栾就知道线引这边要输，人家那边不是侠客就是勇士，线引所约，采花贼倒占了一半儿，久经大敌，就知道事情不好，正要把自己人召集一起，像这样局面，趁早儿不用出头，省得丢人还要现眼。要说没得说，邓四公就出去了，又没想到会叫常太平一口吹倒。葛弗过去，赢了常太平，正想就坡儿下，面子已然挣回来，赶紧通知葛弗叫回来。这时候宇文澜就跑过去了，不到三个照面，又被宇文澜也不知道是用的什么法子，将他制倒在地。金栾一看不好，要是照这个样儿，来了五霸，人家有五个小孩儿，就全部完了，那可不是意思，并且准知道孟旭就要出去了，他的能耐虽然不错，可是已经上了年纪，恐怕一个斗不过这个孩子，一世英名付诸流水。不如自己赶紧过去，迎头把这个小孩儿拦住，只要有法子把这个孩子弄躺下，就算挣过一半儿脸来。想到这里，提身一纵，就到了场子里，果然不出他所料，孟旭也跳了进来，自己准知道孟旭绝不能跟自己两个人打一个小孩子，果然孟旭让了自己。金栾这时候，心里也有一点嘀咕，别的不说，就凭自己大哥，虽说年纪大了一点儿，要讲能为武学不用说是一个小孩儿，就是跟成了名的英雄走在一起，也得走个三五十个照面，怎么跟这个孩子，动手不过三招，会叫孩子给弄个跟斗，这可有点怪异，自己过去也要小心，不要叫小孩儿再把自己弄倒了，那可太不是意思。这样一想，才把黑鳞刀拿了出来，向宇文澜一笑道："小孩儿，你的胆子真叫不小呀，竟敢使用诡计，暗害前辈英雄，现有你家金栾金大太爷，要把你当场拿出，给大家逗一笑儿。我是不比别人，心慈面软，下不去狠手，只有你一招走空，难免性命有险。我手里可是宝刀，你要一个招架不住，躲闪不开，恐怕你要人头两分，这话你听明白了没有？"金栾这一套话，还真是一点假的没有，在场子的人全都听得明白，个个点头。这样绝不是人家姓金的吹大气，是跟宇文澜有关的人，不由全都倒吸了一口凉气，知道他这下子难逃公道。

谁知宇文澜听完了哈哈一笑道："大麻子，你不用吹气冒烟，我姓宇文的，向来还就是不怕这些个，你有什么能耐，只管用十成力量进招。你有宝刀，你可以施展施展，你要不敢往我致命处下手，你就不是好小子。大麻子，你就进招吧。"

金栾一听，一个紫脸气得变成了青的了，一声怪叫道："小子不要胡说乱道，你先接进一招！"唰的一声，这一刀就下来了，刀劈顶门，按着规矩，宇文澜应当是往左闪，或是往右闪，离开这招，再往里进身儿，谁知这个孩子，不左不右，反倒往上一纵，看他那个意思，是要拿头顶找宝刀，这下子把在场的人全都吓坏了。今天这一场南北群雄会，两下里来的人可以说都是出乎其类、拔乎其萃的英雄好汉，不过在这些人，又分成三六九等，其中真够朋友的固然不少，可是内中也很有些不大体面的。宇文澜一赢葛弗，线引那方早已出了一个小人，这个人正是小龙山上百虫之一赤火蛇姚仲。这个主儿，能为并不算坏，只是身入歧途，已成下流，无论如何，再也改不过来了，并且他的为人，一向是心狠手黑，最拿手的就是他使的暗器，名叫神火梭。这种暗器也是他自琢磨出来的，并不在兵器谱之列，其形仿佛是个织布的梭，两头儿是尖的，中间粗。在这粗的之中，有个小洞洞里装的是火药，上头有个小盖儿，用的时候，一扭那个盖儿，用手一推，这支梭就出去了，药面子掉在什么地方，什么地方就起火，除去在地下打滚之外，不拘什么东西，也救不灭他，极是厉害不过。今天他跟他们那一群早就来了，其实他们跟线引既没有交情，跟焦柱也没有仇，只因焦柱这边约的人里头有江南

72

七义，他们跟江南七义有仇，打算趁火打劫，找一点便宜，在常太平使用拍花药吹倒邓四公时候，他就看出来，这个孩子也不知是从什么地方找来的拍花药，可惜那么大的英雄，会叫一个孩子给制倒，实在可惨。葛弗打倒了常太平，宇文澜又制住了葛老大，姚仲他以为宇文澜也是使的拍花药呢。他忽然心中一动，这个场子，要论真能耐，像自己这个样能为，简直就叫说不着，莫若在这个时候，先下手为强，能够伤他们一个是一个，虽不能把已往怨气出净，总也可以稍泄恨意。他想着要过去远没有过去，孟旭金栾两个人就全都到了，姚仲一看，他也认得，人家是出了名的五霸，比起自己强胜多多，暂时看一看吧。一看金栾上前，孟旭没有上前动手，可是也没有退下来。忽然心里又是一动，自己就是过去，也未必便是人家对手，所仗着的也是自己这种暗器，现在虽然离得远一点儿，好在自己暗力量够大，何妨站在这里，暗中给他一下子呢？越想越对，他就把神火梭拿出来了，比准了对方，预备下手。正赶上金栾用刀一砍宇文澜脑门，宇文澜不但不躲，反倒往上一迎。姚仲认着，这个孩子一定是有十三太保横练儿，他可不知道这是宝刀，只要砍上，一样儿分为两半儿，这个孩子算是完了，自己兵器也白预备了。想着正要往回撤兵器，谁知两边这一嗓子，一叫好儿，差点自己没把神火梭掉在地下。赶紧一定心神，往那边一看，连自己都差点没叫出好儿来，原来金栾当头这一刀，本是虚招，想着这个孩子，一定往左右闪，只要他一闪，自己进步一腿，就把他踢个跟斗，把他打下去，救回自己弟兄，趁早儿离开此地，比什么都强。谁知道这一刀下去，大出自己意料，小孩儿不但不躲，反倒往前一进身，往上一抬手，用脑袋迎着刀就去了。这下子倒吓了金栾一跳，别看他伤了自己弟兄，他可是个孩子，自己已是成了名的人物，真要是这一刀下去，伤了这个孩子，当着天下英雄，恐无意味。金栾就仗着这口宝刀，成名江湖道，经过英雄好汉，不知多少，见招不过三合，只要是一大意被金栾刀一碰上，当时这口刀就能把来人兵器削折，

73

无论多大英雄，手里兵器一伤，也得落阵而去。金栾这个人虽是疾恶如仇，可是这个人但无大恶，他是绝不伤害，只把他的兵器削折，把人惊走也就完了。今天一上来也是这个意思，他看宇文澜是个小孩儿，从心里就不想伤他，只打算吓他一吓，叫他知难而退，也好转转面子，最苦就是这个孩子，手里没有拿着兵器，没有法子削折他的兵器，所以才用力一刀砍他当头，意思是他左右一闪，给他一腿把他踢个跟斗，也就跑了，自己再往回救自己两位好朋友。万没想到，刀下去了，小孩儿不但不闪，反倒往上一迎。金栾又是后悔，又是害怕，自己是成了名的英雄，跟一个小孩儿动手，小孩子没拿兵器，自己使的可是宝刀，本来就够不是意思的了，可真要一刀把小孩儿伤了，当着天下英雄，必要激起公愤，说自己没有容人之量，一着急，一偏腕子，把刀儿横着下去。他这一改招不要紧，才算把这口宝刀保住，如果还是那样儿下去，碰巧就要把这口刀毁了，蹦出去一看，饶是自己躲得快，在刀背之上，还缺了一口子，是有二分多宽一分多深。这下子把个金栾可给吓坏了，分明看着这个孩子，手里什么东西都没拿，自己这口兵器，又是纯钢百炼一口宝刀，难道这个孩子他的两只手还能斩金切玉不成？这可不是闹着玩儿的，自己半世英名，不是容易得来的，真要毁在一个小孩子手里，那可未免太觉不值，要是看样子，自己还真不一定能够把这个孩子制到怎样，这一来倒成了骑虎之势了。

心里正在为难，旁边孟旭孟晓东可就看出来了，在他们一动手的时候，他在旁边看得清楚，金栾刀一砍宇文澜，孟旭心里就不高兴，无论如何，人家是个小孩子，金栾是个成了名的人物，万不能以强压弱，拿着宝刀，砍一个手无寸铁的小孩儿。他可也知道这一招是个虚招，为的是小孩儿一闪，把小孩儿踢个跟斗，可就怕小孩儿一个手脚不利落，一个躲闪不及，就得劈成两半，那时天下英雄，一定不能甘休，恐怕要引火烧身，这下子可太不好办了。心里着急，嘴里又不能说，再看这个孩子，不但没有往左右躲，反倒往上一顶，把个久闯江湖的孟二霸可给吓坏了，心说这下子可是完了。跟着就见金栾往横里一折刀，小孩儿却把一只右手从下面抄了上来，仿佛在袖口子里有一道红光一闪的样儿，自己那么好的眼力，竟是没有看清楚他手里拿的是什么，跟着就听金栾一声哎呀蹦出来，一看刀，脸上变了颜色，就知道他是吃了苦子，一定是兵器上受了伤，不由暗出一口冷气。五霸弟兄在江湖上不是三年五年，差不多谁都知道这么五个人物，今天这一出头，倒叫人家两个小孩子制倒了三个，当着天下英雄，这个跟斗栽得可叫不轻。到了现在，自己要再不过去，未免要叫天下英雄耻笑，过去可也未必便是对手。事到临头，也就说不上不算了，想到这里，向金栾一点手道："你先过来歇一歇，这位小朋友，我还是真爱，等我来跟他走上三招五式的，彼此解会子闷儿。"说到这句，早往前一抢步把宇文澜截住，用手一指道："小朋友你先别忙，咱们来跑会子。"

宇文澜用独红玦光迷倒了葛弗，又伤金栾的兵器，不由心里高兴，正要乘胜说两句大话，为的是享名露脸，还没容自己说话呢，旁边那个老头儿要过来跟自己动手，便哼了一声道："好吧，再来一个也好！"

孟旭往里一进身，才要引进招，猛听场子外头一声娇叱："孩子不要无礼，我来了！"声音到人到，从场子外头飞进一片红云相仿，当中裹着一个人，脚一沾地，挺身一站，原来是个绝美的女子。孟晓东一见咦了一声，宇文澜也不知是看清楚没看清楚，一见这位姑娘慌慌张张，往前一抢步，双膝一软，咕咚一声，就给姑娘跪下了。就在宇文澜才一跪下给姑娘磕头，忽然外圈子嗖的一声响，从外头又纵进一个穿红衣裳的大姑娘，手按长剑，过来一伸手就把宇文澜从地下抓起来了，先进来的那个姑娘，本和宇文澜这一跪下，她可不知道是从何说起。正在一怔，那个穿红的姑娘又进来了，一伸手一拉。先进来那个姑娘可就不答应了，用手一指向那后进来的大姑娘道："来人敢是奚红雪吗？你为什么把我的仇人给救走了？"

来的这位还真是奚红雪，她是本山慈静大师门徒，依着慈静老尼吩咐，凡是本山徒众，全都不许出手，只在旁边观阵看热闹，咱们借给人家地方倒可以，自己却犯不上为了人家的事，打得红了眼，一再嘱咐，大家全都听明白了。唯有无情剑奚红雪，她在本山，除去了大可一个人以下，以外谁都不如她，一是能力不及她，二是资历不及她，在早先她跟着慈静大师闯荡江湖的时候，只要这个恶迹一落在她的眼里，不拘是谁，她也是一剑了事，所以在江湖上落了一个无情剑的外号。自从线引二次出世，在曹八集跟焦柱一会面，正赶上本山弟子铁观音凌云有事路过，给解了一次围，不多日子，线引便找上山来，说是凌云替他打了约会，八月十五在本山举行南北群雄会。神尼一听，自己徒弟惹的事，她可就不便再往外推了，当下便一口答应，可是奚红雪跟一拨儿师兄弟全都不大满意这档子事，神尼慈静早已看了出来，便向一拨弟子道："今天这局事，原是姓线的，借债还债，自了因果的事，原与我们无干，凡是我的弟子，不拘是谁，全都不要自逞己能，加入这个旋涡，我们只取一个观望态度，一切都可听自然，既不要背着姓线的，也不必帮着姓焦的。再者两下里约了许多人，难免其中就有熟人，既不许恨怨，也不必酬德，总之我们不许擅自行动，惹起外魔。如果不肯听从我的话，惹出事来，可是要你自己去办，不要说出神心寺的门徒，免得我跟你们一块儿去丢人。这话你不要以为是听着唠叨，一切你们可要谨慎才好。"神尼嘱咐完了，又把大可叫到面前，告诉她："这回明着是线焦两个谈从前那点小过节儿，其实就是正邪两派消长之会，线引虽不是个坏人，也不应小恨立报。不道这个人生性太刚，也难免要吃大亏，并且由于他这一召集天下英雄，到了日子，不定得死多少人呢。你是我掌门的弟子，比他们功候总得深一点儿，故一切的事你却要多多留心，尤其是红雪这个孩子，一向是任性，这种场子，难免她要出手。你要知道，我绝不怕他们这一般人，不过我们身入佛门，可不能完全好勇斗狠为快，任何一件事，总是从长计议的好。

咱们住在山上，原与他们这些人无仇无怨，岂可因为一点不值得小事，结仇招怨，那又何必。所以我再三告诉你，一个红雪，一个凌云，她们两个全要你随时注意，但能不叫她们过去，最好是看住她们，不要放她们过去。等到时机一到，自会有人从中调解，可以免去多少闲事情。我可是交给你了，无论如何，可也不要叫她们两个过去。"大可自是连连答应。自从今天一开始，慈静在场子中间一站，大可就把凌云奚红雪叫到一块儿去了，一边看着一边说闲话。先还不大理会，等到宇文澜一上去，奚红雪可就沉不住气了，这个孩子怎么会来到此地，这里却是天下英雄，他一个小孩子，能有多大的本领，真要叫人家伤了，他们家里岂不绝了种吗？别人都可不管，这个可不能不管。跟着奚红雪看见金栾孟旭两个人双上场，奚红雪更忍不住了，后来一看就过去了一个金栾，心里才踏实一点儿。宇文澜用手一迎宝刀，把个奚红雪吓得都出了声儿了，准知道这下是非残废不可，万没想到宇文澜往上一伸手，会把金栾宝刀给砸坏了，心里又是一惊。跟着孟旭一过去，没得动手，外头飞进一个人去，跟自己一个打扮，宇文澜跪下就磕头，奚红雪知道她是认错了人，拿旁人当了自己了，心里一着急，跺脚一提身，就纵进了场子里，这就是奚红雪出头露面的原因。

奚红雪到了里头，一看宇文澜正要跪下去，急喊一声："澜儿不可，我在这里。"宇文澜原是认错了人，把孟旭的姑娘红衣观音孟素，当了奚红雪，自己一身的本事，以至母子的恩养，全是人家姓奚的，又是几年没有见面，这一见着焉有不高兴的道理，因为一高兴，他可就忘了细看一下是不是奚红雪，他这里才往下一跪，奚红雪已然从外头走了进来，嘴里嚷着，往前一抢身，就把宇文澜给揪住了。宇文澜一瞧，回头一看，又是一个穿红衣裳的姑娘，方才他是一时蒙住，如今时间一久，他可就看出来了，因为他跟奚红雪在一块儿五六年，朝夕相见，焉有不认的道理，一看这才是自己的师父，赶紧一笑，正要下跪，奚红雪却一伸手拦住说："你先不要行礼，你这个孩子，怎么会跑到这个地方来？这块地方，也是你能来的地方吗？这里来的都是天下英雄，像你那点细微末技，能够算得了什么？遇见正人君子，不肯伤你，给你当个面子，要是遇见小人，不用三招五式，就许把你这条命要了。你母亲养你一场不易，你就是这样把条小命送了吗？真是岂有此理，快快跟我走出这个地方。"说完一拉宇文澜回身就要走，这下子可是把事做错了。奚红雪认得出他的这几位却是什么人，准知道宇文澜绝不是人家对手，方才他已连着得手二阵，恐怕这几位心里一个不高兴，一下绝手，这条小命难保。再者像孟素这样儿的，更是心狠手黑，她虽然外号是红衣观音，实在她办的事许比罗刹还要厉害呢，时候一大，孩子必要受伤，无论如何，也不能当着自己的面子，叫这个孩子受了委屈。因此便当着大家责备小孩儿一个年幼无知，拉着他一走，也就完了。她可不知道孟素也是一腔心火在烧呢。

原来这次孟旭本不想到江南走，葛弗跟邓四公一再约请，孟旭情不可却，可就答应了，孟素一听心里就不愿意，她说五霸在塞南塞北，可以说是有这么五位英雄，平常抱定人不犯我我不欺人的主旨，一向只是以种田营商做本业，从没有指着刀枪功夫吃过一天，人也老了，更犯不上为了一点什么不值的事，远跑几千里，弄得好也不过是落个虚名，一个不好，就许把一世英名交付流水，那又何必。劝了孟旭一天，孟旭只是不听，告诉孟素，这个话说晚了，早说倒是可以不去，如今已经应下人家，不能不去，再者自己已然多年未去江南，也很想去好好玩儿一趟，如今有这个机会，大家去玩儿一趟，也是好的。至于说是身败名裂的话，自己一辈子小心谨慎，从来没有过大失闪，这次到了江南，也不过是看事行事，绝不至于损伤到什么地方，姑娘就不用费心了。

孟素一片好心，一点效力未见，心里大不高兴，可是一向对于父母，最是孝顺，无论如何，不愿再驳父亲的话，听完虽是不痛快，可是一声儿也没言语。回到自己屋里，越想越不是滋味儿，父母年过半百，只生下自己跟一个弟弟。弟弟本极健壮，一年在门口玩耍，被歹人拐走，直到如今，没有一点影子。父母为了这个弟弟，费了不知多少钱，托了不知多少人，始终也没有听见一点消息，父母为了这个弟弟，曾经昼夜不睡到二十多天，两条命几乎没有饶进去。自己一个女孩子，虽是侠客的门徒，自问一切都不差，可是不能减去父母愁思，不能为孟氏门中传家接后，现在眼看父母一天老似一天，自己的忧虑也一天深似一天，自己已然拿定主见，无论到了什么时候，自己绝不嫁人，只等父母千年以后，自己便去寻找师父，长斋伴佛，古卷青灯，了此一生。这本是一面的心思，当着孟旭夫妇，还是一点形象不露，每天陪着欢笑，故意装出娇憨的样儿，有泪背地偷弹，更不敢让老人家知道。原想平平安安，过了下去，谁知到了现在，老人家忽然要远出千里之外，去冒那种大险，自己拦劝无效，不由又添了几分愁虑，准知道这回名叫南北英雄会，其实就是正邪两派大火并。线引为人，虽然不失为正人，只是性子太偏太急，交的朋友太多太杂，其中固然有不少英雄好汉，可是也不免有许多下流无耻之徒。父亲跟这位叔叔，在宣化南北，人称五霸，名誉不是一天半天赚出来的，这一到了江南，就许一个忍不住气，轻则把名誉丢去，重则就许受伤，或是更使人不敢想象。拦又拦不住，劝也劝不了，家里只剩母亲一个，告诉她也是无用，反使老人多加担心，更是无益。思来想去，把牙一咬，暗自一点头，只好是如此吧。在这老哥儿五个走的头一天，在孟旭的家里是吃是喝，热闹了有一天，第二天这老哥儿五个上路去了。孟素看这五位走了之后，赶紧找着一个老当差的名叫孟忠，告诉他自己有事要到沙岭去看一趟师父，家里的事叫他精心照管，一切多加小心，老太太那里多派两个人伺候，自己三五天就可以赶回来。孟忠知道姑娘师父是在沙岭，也未多疑，全都答应照办。

姑娘收拾收拾东西，带好了兵刃暗器，多带了一点银子，按着官道也追下来了，白天赶路，晚上并不住店。如果这块地方，有个大庙，晚上就住庙，这里有个城楼，晚上就住城楼，白天买办好了干粮，晚上一吃一睡。如是走了三五天，始终也没赶上这五老，心里不出纳闷，五个人一块儿走，无论如何不会比自己走得还快，怎么会一直没有追着？这可真是怪事，难道不是走的这条道？越想越不得主意，可是还照样儿往下赶。走了半个多月，才到佛肚山，没有去见线引，暗中一探，五老并没有到，心里越发怀疑，后来一想恍然大悟，一定是自己追人心急，走到他们的前头了，大约再等一两天，他们也就来了。果然不差，到了第三天上，五霸都在了一块儿，这才把心放下，可是隐藏在暗处，并没有出头露面。到了正日子这一天，孟素冷眼一看两方面出来的人，不由长叹一声，早已分出谁胜谁败。无情剑奚红雪是神尼得意弟子，红衣观音孟素是女侠独指姑唯一的传人，这两个人一上场，真要是一动手，那真是两雄不并立，定有一死一伤。

不过天下事都有一个凑巧，就在她们两个人一怔神的当儿，忽然有人在场子的外头答话："姓奚的，不要因为你是本地主人，便是以强压弱，咱们来比画两下子试试。"随着声音从外头蹦进一个人来。

奚红雪一看就是一皱眉，只见这个人年纪不过二十多不到三十岁，长得相貌倒是不错，可惜就是两只眼珠子滴溜溜乱转，透出有点神不守舍，穿的衣裳倒是非常漂亮，可是也不像一个练武的人应当穿的，身佩镖囊，手里是一把单刀，满脸露出一种不正经的神气，不住上下打量奚红雪。奚红雪在江湖上已然闯荡了十几年，什么事没经过，一看这个人的神气，就知道这小子没安好心，肚子里气就撞上来了，用手里剑一指道："你这个人怎么这样莽撞呀？你没有听见方才这里交代得明白吗？场子里不拘什么人，都讲一个对一个，不许有两打一，我们这里话没说完，你就跑进来是什么意思？"

那人微然一笑道："按说既是召集天下英雄，设台比武，原应一对一才是道理，不过你既知道这一层，为什么场子里未见胜负，你就从中跑了出来是什么缘故？你既可以破坏规矩在先，我也无妨跟你在后。你要胆小气虚，趁早儿退了出去，省得当场现眼。如果你要不肯出去，废话少说，我要领教领教。"

这时候不但是奚红雪不高兴，就是旁边的孟素、孟旭全都面有怒色。奚红雪早已明白来人心意，便向孟素把头一点道："孟家大姐，本因这个孩子，是我的顽徒，无心之中，冒犯了两位老前辈，本想问清之后，叫他磕头赔罪。按说两下比武的事，胜者为雄，原不该有此一举，不过孩子没有师长之命，擅自犯上，惩罚他一下儿，所为是叫那些目无尊长卑幼的主儿看一看神心寺门下，绝没有无法无天的反叛而已。但是现在横叉子里冒出那么一枝儿来，倒使我不得不暂时把这边放下单对付那一边了。两位前辈，全是受了小徒得自异人的一点法宝所伤，于生命绝无大碍，不过两位老前辈年岁已高，只可难免受伤，我去对付方才叫阵的朋友，叫小徒去把两位老前辈解救过来，等到这边事完，再带小徒弟赔罪就是。"

孟素虽是平常心高气傲，不肯服人，今天一见奚红雪这样顾全面子，连句歹话都没有，已是心折，又听要叫宇文澜去解救邓四公跟葛弗，心里越发感佩，便点了点头道："承让承让，等这里事完了，我再单独请教吧。"

奚红雪又问宇文澜道："你过去先把二位老前辈解过来，站在旁边，等我带着你赔不是。"

宇文澜原叫这二位姑娘给闹糊涂了，等到自己明白过来，没容说话，外头又蹦进一个来，要依着宇文澜过去也把他弄躺下，可是没有师父的话，自己不敢去，又给师父叫自己去解救二老，心里虽不愿意，嘴里可不敢不答应，一边点头一点说道："咱们解救人家倒是容易，可是咱们这边也有人叫他们制倒了，您怎么不问哪？"

奚红雪还没有答言，孟素在旁边早听见了，一想可不是吗，那里还躺着一个姓常的孩子呢，便赶紧向宇文澜一笑道："小朋友，你不要过急，我这就把他解救过来。"说着走到常太平面前，往下一弯腰，用中二指在常太平肩头一点。常太平往里一吸气，哎呀一声，早已蹦了起来。这边才跃身而起，那边却听两声怪笑，孟素急忙一回头，敢情人家孩子，比自己还快呢，也不知用的是什么药，葛弗、邓四公早已站了起来。孟素一点头，实在佩服人家能为比自己确高，一个孩子已然有这么好的功夫，他的师父更不问可知了。

邓四公、葛弗一站起来，头一个是葛弗，两只大手一抟挲，就奔宇文澜。孟素还以为他羞恼成怒，要跟宇文澜过不去呢，心里着急，正要去拦，却听葛弗又是哈哈的一笑道："你这个孩子，我原爱上你了，你给我当个儿子吧。"

宇文澜把怪眼一瞪道："老头儿，我跟你素来连个认识都没有，你怎么跟我玩笑？我还打算找一个儿子呢，要是那么说你给我当两天儿子成不成？"宇文澜嗓子又大，调门儿又高，他这一嚷，大家全都听见了，一看这两个人的神气，不由全都来了一个哄堂大笑。

奚红雪唯恐葛弗闹僵，虽说自己不一定怕他，但是师父已经说过，今天这里的事，不叫自己掺在里头，怕是多生出许多枝节，自己当然是以不出头为是，现在看神气他确是爱上了宇文澜这个孩子。虽说他这次帮助线引，到金钟湾来跟焦柱为难，却也是为了朋友热心，并不能说是他不对，并且这个人当今南北英雄里，还不失为一个正人。说到武学，固然比不了八老四隐五僧二道三神尼，比在这些侠义群里，他可只高不矮。再往下说，等闲还真跟他比不到一起呢。他既是实心地爱上了这个孩子，又何妨就把这个孩子交给他，一则这个孩子跟他可以多学一点能耐，大了也可成名。再者就是今天这个场子，声势太大，焦柱这边来的人位虽说够多，可是线引那边人也不少，像宣化五霸，并不是碌碌之辈，真要凭实在能耐，不用说一个宇文澜，就是这几个孩子全都过去，也找不出一点便宜来，不如借着这个机会，跟他留个好儿，全凭一片话，要把五霸说得倒过兵器来跟姓线的翻脸动手，这样一来，他这边人得气走一半儿，那样一来，不用持刀动杖，就可以看出八成赢来，这个主意倒是不错。

她这一定心思，也不过就是两三句话的工夫。没等奚红雪说出来，葛弗哈哈一笑道："好孩子，你倒真有胆子，真敢说话，你打算叫我给你当儿子也成，可是咱们还得比画比画，我要真是不行，一定就给你当儿子，你要是不行，这话又应该怎么说呀？"

宇文澜把眼一翻道："谁要输了谁就当儿子。可是有一样，咱们得说到头里，像方才你弄躺下那个样子算是谁输啊？躺下再起来还是不认账，那话又该怎么说呀？"

宇文澜他并不是安心给葛弗难堪，他说的满是实话，可是这两句话比刀子还厉害，扎得葛弗脸上一白，差点儿没背过气去。奚红雪在旁边看得清楚，听得明白，先见葛弗毫不见怪，依然笑着说话，心里正在高兴，才要吩咐宇文澜过去磕头行礼，揭过去这一场，万没想到宇文澜这孩子是浑人说浑话，会说出这么几句来，简直是当着面儿骂大街，心说这可不好，不用管葛弗他是怎么好的脾气，怎么爱他，恐怕他要变脸，这下子可是真糟。如果真要是等到他们两个闹得动起手来，这个事情可就大大不好办了，可是这时候又不能把自己的心事说出来。心里一着急，真有心过去打宇文澜两个嘴巴，可是又一想，这也不能怨这个孩子呀，他怎么会知道我的心事哪。正在为难，旁边就来了解围的了，红衣观音孟素，本来对于奚红雪有点仇视，及至一看奚红雪态度神气，无一不透出来和蔼可亲，当时便把自己一片愤恨变成爱慕，如果不是当着这些人彼此又在敌对地位，早已过去说话引成自己了。葛弗要收宇文澜做儿子，孟素听见了，心里正在好笑，一个行将入木的老头子，一个乳黄未退的小孩子，当着这么多人，办的是这样大事，彼此全会一句人话不说，这可真是透着新鲜，又看奚红雪的神气，也似有心结纳，心里方在一动，没想到宇文澜说出那么两句浑话来，不由一惊，唯恐葛弗老羞成怒，事情闹僵，再看奚红雪脸上也有为难之色。心里方在寻思，如何想个法子，给他们打破这个僵局，忽听身后有人喊嚷："姑娘留神。"孟素一回头,一看说话的正是五霸之四的邓四公,顺着眼神一看,不由心头火起,红衣观音这才一怒杀六贼,单剑削三首。

原来当时在江湖道,一共有四位女侠,全是疾恶如仇。一位是胭脂判儿女屠户赵南,一位是红粉荆轲凌云,一位是无情剑奚红雪,一位就是红衣观音孟素。这四位在江湖上是出了名的女罗刹,是个五门臭贼,差不多都吃过她们的苦,平常闹玩笑,都拿这四位起誓。不过有一节,这些人倒有多一半没有见过这四位女侠,皆因遇上的当时就没了命,当然等不到第二次还能见面,也没有一个人回去学说,全是事情过了之后,由于大家口头传说,才得着这么一点影子,究其实这四位是怎么一个长相,谁也没有见过。在大家想着,一个女的,不但持刀动杖,而且是瞪眼杀人,不用三猜五想,这四位的相貌,一定都比男的身个儿还要高,还要魁伟,长得不定多么凶横厉害呢。大家相约,只要在江湖道上,碰见了这样长相的女人,二话不用说,趁早儿跑,别把小命儿饶在里头。在他们想着,这样防范,总可以不碰在大钉子上了,谁知他们是一件猜错,步步走空,今天出来这个小子,原是小龙山百虫儿里头一个叫毒刺蜜蜂的宫长保。这小子,武功倒不怎么样,轻功儿确是不错,手里一口单刀,会打十二支药镖,长得相貌并不坏,只因行为不正,诚于中形于外,带累得两只眼睛也走神气了。要是按着今天这种场面,天下英雄都在此地,说到什么地方,他也没有出来的必要,也是冤魂绕压,在他手里冤死的人太多,缠着他不叫再活下去。二来是这小子色令智昏,他也没有打听打听这两个是什么人,先看见孟素,他的心里就是一动,这是何门何派,怎么真会有长得这么美的人?既是同被线引所约,自必有些渊源,跟人家打听打听,究竟她是怎么一个路子,不拘怎么办,只要能够把她说来做个家室,从此洗手不干,找个地方一隐,舒舒坦坦过上一辈子,倒实在是前世带来的造化。这小子越想越得意,四下用眼一找,他的意思是找个熟人打听打听这个姑娘是谁,也是这小子平时作恶多端,应当此时遭报。自己站的附近,连一个熟人也没有，正在这个工夫，宇文澜一下跪，奚红雪外头就纵进去了，他一看这一个长得更好，他的一颗歪心，又在里头蹦了一下儿，心说今天是该我走运，怎么这个比那个还要好看呢？正在想着，旁边有人说话："二弟，你看见没有？这位姑娘，就是本山第二弟子无情剑奚红雪。"

宫长保不由就吸了一口凉气，哟，原来是她呀，这可不是闹着玩儿的，可也不是长他人威风，灭自己锐气，真要是她，不用说是自己一个人，就是小龙山一百个全上去，大概当时也闹不出什么好儿来。想当初七义下江南，红紫双盗玉，小龙山五老献艺，鹰愁涧双侠斩蛟（详见拙作《碧血鸳鸯》），自己虽是后来补进小龙山的百虫，没有赶上当初那段盛况，可是听人传说，当时最出名最露脸的就是奚红雪跟一个叫舒紫云的，在这一群人里头是名头高大，没想到今天会叫自己遇上了。听说这个主儿是杀人不眨眼的活催命判官，她这一出来，不定要伤多少人，幸亏自己还没有上去，总算是个便宜，不然要是正赶上自己在场上，欲罢不能，那岂不是自找死路一条。心里正庆幸，忽然又一想，这个是惹不起了，干脆可以不惹，还有那一个呢，虽然不知名姓，大概不一定也是一位女侠。姓奚的不能到手，等到有了机会再说，至于这一个，无论如何怎么想个法子，也得跟她亲近亲近，不然的话，千年难得的二美，一个都没有弄到手里，那可未免太冤。事情过去，将来再打算去找，可是不易。到了那个时候，可要后悔不及。不如现在想个主意，怎么样把她弄走，才合心思。不过有一节，当着大庭广众之间，绝不能露出这么心思来，省得叫大家看出痕迹，那可不是意思。他心里想着，眼睛可没闲着，一直用两只眼睛，死盯着孟素跟奚红雪，正赶上孟素为难，看着奚红雪一皱眉，这时候被宫长保看见了，他以为孟素是惧敌发愁，他可就找出棱缝来了。因为他除去十二支药镖之外，也还有一种独门暗器，名字叫迷魂转筒，形式好像袖器筒子，可是比袖器筒子长，没有那么粗，里头安有顶簧，顶簧上头是药面子，这种药面子跟熏香差不多，不拘多大的英雄，只要是对面一拉顶簧，一松手，这种药就从里头打出去了。最厉害的是这种药面子打出去，既没有烟子，也没有颜色，当然谁也不能留这份神，一个大意，进了鼻子，当时不但神志昏迷，而且脑子里还生出极大变化。无论他是多大英雄，当时脑子一乱，觉得除去跟使迷魂转筒的人一块儿走下去之外，简直是寸步难行。宫长保他自从有了这个东西，他一向也没有拿他对付一个成名露脸的英雄，只是拿着他夜入深闺专找良家妇女，姿容长得俊美的，追欢作乐，败坏人家名节，在他这迷魂转筒下，也不知伤害了多少大姑娘小媳妇儿。也是这小子恶贯已满，报应临头，今天才叫他遇见这两位杀人如麻的女剑子手！宫长保这小子本是个滑贼，他一上手时候，他看中的是奚红雪，及至一听人说出是奚红雪，他一向这个主儿惹不起，眼珠子一转，坏主意可就上来了，他想离着孟素太近，莫若给她一下子，谁的皮袄不搪寒，如果能够把她弄躺下，夹起来一走，这里人多，也未必就能看出自己手里拿的是什么东西，以为自己还许是好意，那一来自己岂不大功告成。这小子打着一肚子如意算盘，借着大众看宇文澜救葛弗的这个当儿，他就往孟素面前凑合。其实奚红雪早就看出这小子不是东西来了，皆因今天自己听师父嘱咐，不许无故惹事，否则手起剑落，这小子当时就得完事，又赶上孟素一上场，自己不愿跟她动手，又怕她伤了宇文澜，所以自己才拦住孟素叫宇文澜过去解救葛邓两位，可就把宫长保这小子搁在那里了。更没想到这小子出来安的是这私心，连孟素也没有想到会有这一下子。正在看着宇文澜救醒葛弗，葛弗一醒犯儿子迷，宇文澜又说出许多傻话，招得大家正在发笑，这小子也是贼子胆虚，一叫喊，他也吓了一跳，手拉得慢了一点儿，转筒的方向也挪动了一点儿。孟素又一回头，两下错过去足有半尺，要不是这样，就是喊出来，孟素也得闻上迷了过去。这一错了尺寸，转筒绷簧咔吧一声响，里头冒出一股极淡极淡的白烟，不是离得近，或是不细看，绝对看不见。孟素才一回头，一听咔吧一声响，宫长保手里托着一个筒子往外冒出烟来，知道绝不是什么好东西，好在自己已然躲过风头，又占的是上风，一点也没闻见。孟素这个火儿可就大了，她也以为宫长保是焦柱那一面儿的，假装跟姓奚的动手来暗算自己，这位姑娘什么时候吃过这种亏呀，不由怒火往上一撞，一顺手里宝剑，娇叱一声："好个不要脸的下流坯子，怎敢在你家姑娘面前施展诡计，今天我先把你除去，再找姓焦的算账。"说着往前一递剑，就要扎宫长保的哽嗓咽喉。宫长保这时急可着大了，一口单刀，自己以为没用了，背在身后，当时再拔，当然是来不及了，可是人家宝剑已然临头，打算躲闪，或是逃跑，那是来不及了，一着急往起一递迷魂筒，宝剑一到，就听锵啷一声，噗的一声，筒子成为两节，里头装的粉子满撒了一地，掉在地下烧得黄土连冒白烟，孟素怕是闻上受不了，不由得往后就是一退。宫长保心想可就成了，只要你一躲开我，我就可以回去了。

他想得是挺好，才往外一转身儿，就觉背后一阵凉风，跟着就有人嚷："你这小子，从什么地方学来的散德行玩意儿，竟敢跑到这里来找死，今天也是你恶贯满盈，别去了，留下性命，放你魂灵儿回去！"宫长保在一退步的时候，已然把刀撤了出来，听见有人拦他，他是真急，回头一看，却是一个小孩儿，手里是单刀夹拐，迎面把自己拦住，不由生气，心说我不敢斗姓奚的，因为人家是成了名的女侠客，你一个乳毛未干的小子，也来欺负人，干脆拿你出气也好。他二话不说，手里刀一摆，正要还手，红衣观音孟素可就倒过手来了，往前一抢步，用手里剑从中间一横道："你们不用动手，小孩儿，我先问你是哪边的？"

小孩儿一笑道："我知道你，就要有此一问。我姓郝，名叫郝吉祥，我是跟花面天王焦老英雄焦柱来的。"

孟素哟了一声道："你既是姓焦的约来的，正跟他是一家，怎么你们倒动起手来了？莫非你们是活局子，又打算把他救走吗？"

郝吉祥把眼一瞪道："这位大姑儿我告诉你吧，姓焦的认识的都是英雄，交往的都是好汉，像他这种下五门的臭贼，除去姓线的心瞎眼瞎耳朵聋，才把他当成人物朋友呢，姓焦的不认识这种败类，不然我还不过来呢。我就怕是非不清，这个小子或是跑了，或是死了，没有对证，那就不好办了，所以才想把他弄住，一则给人们除害，二来明叫他把我们爷儿们名姓给弄脏了，这话您听明白了没有？您闪开一点儿，等我把他拿住，您再问他。"

孟素一听，他不是焦柱约来的，又一看他这个扮相儿，心里就明白了十成，不由勃然大怒，向郝吉祥道："既是这样留他不得，等我把他除去就是了。"郝吉祥一听，只好往旁边一闪，孟素就用手里的宝剑把宫长保去路拦住了。

宫长保也知道这下子把事情弄糟了，自己就是退回去，不用说是当着天下英雄，别人不能答应，就是自己小龙山上来的那班朋友，也认为自己杀了他们的锐气，恐怕也是不好办。现在除去跟这个姑娘拼上一下子，如果能把她打败了，自己还可以找个下场儿，倘若不成，只有找个缝子赶紧一跑，还许不至于当时丢人现眼。一看孟素把自己用剑挡住，便狞笑了一下儿道："姑娘，咱们是一头儿的，你怎么倒拦住我了呢？"

孟素呸的一口啐道："我劝你是废话少说，既是有胆子在外头胡作非为，就该有本事担当，你真是有本事的，逃得出你家姑娘手里这口剑，我是当时放你逃生，你要是逃不出去，对你不过，我要叫你在剑下做鬼。"

正在这个时候，却听北面一声喊嚷："好，你一个胆大无知女流之辈，竟敢吃里爬外，伤了我的弟兄，你家大太爷焉能与你善罢甘休！不要后退，现有小龙山你家吴伦吴大太爷要给朋友报仇，丫头休走，土蜜蜂吴伦来也！"喊完了往前就蹦，到了将近，一抖手里兵器，是一对狼牙棒，双棒一磕，二话没说，搂头盖顶就砸下来了。红衣观音孟素到了现在，心想已然做出来了，一不做二不休，再说好的，也没有用了，倒叫人小看了宣化五霸，莫若变脸除去几位害人的，也叫人家看我们做事是正大光明，心里已然拿好了主意。一看双棒下来了，连躲都不躲，硬腕子扬胳膊一横，就听当啷一声响，一对狼牙棒折了两根儿，不容吴伦再退，进步一挥，哧的一声，人头落下，横脚一踢，死尸栽倒。这时候场子里还站着好几位人呢，老英雄孟旭孟晓东、葛弗、邓四公、郝吉祥、常太平、宇文澜全在那里站着呢，三位老头儿一跺脚，知道这件事是越来越糟，急得全都没话了。无情剑奚红雪一看，事情已然闹起来了，提身一纵，到了人圈里头三晃两晃，早就没了影儿。孟素杀了吴伦，往回才一撤剑，冷笑一声道："像这样东西，趁早儿少出来现眼！"

一句话没说完，便听有人一声怪叫："姓孟的，不用大话欺人，接我这一下儿。"唰的一声响，便是一个弹丸打到。孟素一看弹儿到了，手里剑偏着一撞一磕，到了线引那边，往地下一掉，当时冒出一股子绿烟儿。离得近的，鼻子一吸，倒了有七八个。孟素方自暗幸，嗖嗖两声响，从身后又纵出来两个，一个是使刀，一个使峨眉刺，嘴里报着姓名："火蜘蛛朱立。土蜘蛛朱横。别走，留下命来！"孟素也不还言，一看刀到当头，翻腕子一削，锵啷一声响，刀头落地，进步一推宝剑，扑哧一声，人头落地。耳后生风，只道是兵器到了，连头都没回，手里剑从身后一撩，喳的一声，兵器先折了，这才一转身，挺剑向前一扎，正在后心上，扑哧一声，拔剑一踢，死尸栽倒。大家一看，这个主儿太高了，一剑劈双凶。原来这两人，是亲哥儿两个，原跟死去的那个小蜜蜂吴伦是姐夫小舅子，吴伦的媳妇名叫三翅夜叉朱沉鱼，朱氏弟兄的姐姐。这两个一看姐夫死在孟素剑下，又急又气，可是又知不是孟素的对手。这两个人全有一种独门暗器，名叫狼烟弹，里头是一种毒药有弩管装着，只要一打出来，碰在硬东西上当时就会炸开，从里头冒出一股子烟来，不拘你是什么样的英雄，只要闻上一鼻子，当时就得躺下，不用解药，当时绝醒不过来。他们想着，两个人一块儿往外打，一块儿往外纵，只要孟素闻上一点儿，当时手起兵器落，就可以把仇报了，没有想到孟素手底下太好，把两个弹儿磕出去之后，会一剑送了两条命，并且还熏倒了线引那边不少的人。

这时候线引心里最难过，这件事情，是自己亲眼得见，错处本在小龙山出来人的身上，连带自己不体面。可是到了这个时候，自己要是说出来小龙山来的朋友不是自己所约，那一来简直是对焦柱示弱，无论如何这句话不能说出口来，可是自己要跟孟素一较量，不但得罪五霸弟兄，并且自己无形中也成了小龙山一党，叫天下英雄耻笑，心里越想越为难，越来越不得主意。正在这个时候，猛听后山一片喊声，里头还有女子怒叱声音，在场众人，不由全都一怔，就在大家一怔之际，呼噜一下子，当时场子里就乱了。赤面游龙线引，本来为了小龙山除去这几位人正在为难，同是来帮自己的，已然闹出事了，现在又闹出这么一拨儿来，简直不是朋友，而是冤家对头。今天这局事，实是糟不可言，自己要是不把主意拿定了，恐怕是要把自己一世英名也带累进去，但是应当什么地方下手呢？

正在不得主意，旁边忽然有人说话："线老英雄，我们可全是来帮你的，到了如今，我们这里可是已然死伤了好几位朋友，难道线朋友您还就是这样不管，还不约请众位，跟他们来个混战吗？"线引一听，回头一看，心里火就撩上来了，原来说话的这个人，正是小龙山的首脑人物，金蜈蚣陶观。心想不是你们赶到这里来捣乱，何至于弄到现在这个样儿呀。不用说你们这一堆，一定是跟姓线的原有什么过节，可是你不敢明着出来找我，才想起这条借刀杀人之计，要是别位，我姓线的也许有个对不起，就凭你们这个样儿的，一个人宰你五个十个就叫算不了什么，这是你们自己找死，我宁可毁了你们这一堆，也不能把我的名儿姓儿毁了。线引已然有了这私心，脸上神气当然十分难看，偏偏陶观还不知趣，问了一声没言语，便冷笑了声道："不管我们跟你是怎么一个交情，反正是冲你来的，怎么我们损伤了这些朋友，你连声也不响，你说是怕了姓焦的，你还不快投到他那一边去，省得去晚了，他再不收你，那可就后悔

90

晚了。"

他还在这里一句跟着一句往下说，线引脸上的神气也越来越难看，陡的一声喊道："姓陶的你是什么东西，也敢在我面前卖弄唇舌！今天好好的一局事，全都坏在你们这一群东西手里。你也不想想，你们干出来的都是什么事？我今天宁可为了你们受到天下朋友责骂，我也不能不把这一班东西除去！"说到除去二字，一抡手里的豹尾鞭，唰的一声，便奔了陶观的当头砸去。一则是手下去得又快又狠，二来是陶观失于防备，这一下子打个正着，扑哧一声，鞭砸进了脑子，鞭往起一带，红的血，白的脑汁，全都流出来了，线引一腿，死尸栽倒。这些人一看，可就嚷起来了："可了不得了！姓线的跟姓焦的原是一档子，应名把大家骗在此地，好叫姓焦的下手，咱们跟姓线的可是完不了！众位，前走一步活，后退一步死，咱们可不能在死中求活呀！"

银头蜈蚣陶政看他哥哥一下子就被线引砸死，准知道自己过去，也绝找不出公道来，所以他才扯开嗓子一喊，想把大家都给哄嚷得反了，浑水摸鱼，许能把仇报了，即使不成，大家逃命，总可以稍能方便一点儿。谁知他喊完之后，看过来的人，还都是小龙山上的那一班人，其余别位依然在那里站着，连一动都没动，就知道这下子可是坏了！其实狗拉屎狗知道，他们来的这一班人，都是什么一个人性，他是完全明白，并且他知道今天做的事，实在也说不下去，这一来没有把大家公愤吵起来，就知道公道自在人心，是非自有公论，不但大家不能帮助小龙山，恐怕还不免受尽奇耻大辱，这一急却非同小可！银头蜈蚣这一喊，焦柱那边那些英雄切齿愤恨，就是线引约来的那一拨朋友之中，除去那些下五门臭贼之外，差不离也没有一个不是咬牙瞪眼的，因为同是线引所约，胜败那是功夫问题，还没有什么可说的，唯独里头一出来这种不体面的东西，未免连累众人脸上无光，本来心里就不痛快，哪还有帮着他的道理。有些位上了年纪的，还沉得住气，只是不瞅不睬，来一个静以观变，至于那些年轻气躁，或是平生最恨这下五门的人，既是痛恨贼人，又是急于表现心理，一时义愤所激，便都不约而同地亮出兵器来喊道："线焦二位比试，原是以武会友，我们才赶来观光助威，现在既有下五门败类在里头捣乱，我们想先把那一拨儿东西除去，有什么话再说吧！"说着喊着，当时是人声一片。群贼那头儿，像什么雨后蜜蜂蔡化、穿林燕荀芳、卧花虫儿甘玉司、宿柳蝴蝶艾嘉仁，以及应声虫陶延、一丈青陶化，连男带女，不足百名，每人全都亮出兵器，要和群雄决一死战。

　　赤面游龙线引头一个，手里拿着龙头豹尾鞭，一声喊道："捧场来的众位朋友！我姓线的闯荡江湖几十年，虽不敢忝居侠义，但是自问却没有做过一件伤天害理的行当，更没有交过下五门的朋友。今天这局事，实在是因为当初和姓焦的有了一点过节，只觉气愤不出，故此拣定今天这个日子，约集南北一切有头有脸的朋友，一则为的是给姓线的站脚助威，二则是结道交友，再多认识几位朋友。姓线的面子总算不小，今天来的朋友，实在不算少数，想着无论如何，胜负不提，总可以在这个场子里多开一点眼界，谁知变生意外，来了一拨素不相识的朋友，也来捧场。起初我想着既是肯来到此地，当然就是我辈中人，不定是什么人引荐来的。俗语说得好，因亲致亲，因友致友，朋友自是越多越好，又加着在下才疏事大，简直拿不起这回事来，虽有许多朋友帮忙，却仍免不了有疏忽的地方，当时就没有请教这几位朋友的支派，也没有细问来意，好酒好饭好说好话，什么地方可也没有敢错待。及至到了当场，才知道那几位朋友是下五门的，上手的时候，先对咱们这边约出来的宣化五霸孟二爷的女儿孟素姑娘给得罪了，当着天下英雄，对于一位姑娘，他竟敢使出那种不体面的兵器。幸而人家姑娘心急手快，才算没有受他算计。按说他们就应当明白，赶紧离开这块地方才对，谁知他们毫不知道什么叫作羞耻，居然还会有人出来，并且出来了两个，打算以多为胜，暗算人家姑娘。人家姑娘果是受过真传，毫没费事，又把他们两个废了，这才知道他们使的竟是下五门里最没出息的家伙。我姓线的虽不是什么侠义之流，却是最恨这种下三烂的败类，谁知道他们原是有意摘我牌匾来的，这不是来帮我，简直是毁我来了。今天我把好朋友放在一边，我跟姓焦的事情也放在一边，不怕完了事，我再给众位赔不是，现在我也得先把这一拨儿除治了，不然我对不起人。小龙山上众位朋友，我先告个罪儿，你们要是知道厉害，最好把家伙一扔，把领头滋事的推出来，当着大家英雄，自有大家公论，如果还要意存侥幸，不肯明白过来，可别说我姓线的不顾交友之道。我今天就是拼出这条命去，我情愿拿我一条命，跟众位拼下子，可也不能落下一个骂名儿，这话听明白了没有？你要知道你们已然犯了众怒，你没看见四外都有人围上了吗？难道非要弄到乱刃齐下不算完吗？话是说了，你们既有胆子到这里来捣乱，就应当有法子出头露面，事到如今，藏头露尾，算得什么人物？哪个先过来，姓线的在这里恭候了！"

赤面游龙线引，在这南北群之中，虽不能说是上上之流，论能耐论行为也说得上是上中之类，真有许多朋友，全是因了线引个人名气，不远千里路程，跑到这里来捧场的，并且是久不出世，这次是专为凑热闹而来，先见小龙山上这班人的行为，已忍耐不住，不过大家是看着线引的面子，不好意思动作，还有几个，以为线引故意请出这么一班人来，故意来斗焦柱的，心里还很不高兴，以为线引既是认识了这一班下五门的臭贼，大家要是跟他混在一起，连自己名儿姓儿就毁了，口里不说，心里已然不是意思，只是当时还没有表现而已。及至听见线引这么一嚷，大家才知道这拨人并非线引约来，却是自己跑到这里，故意搅闹这个场子来了，不由往上一撞气，齐喊一声："线大哥不用生气，这一拨儿臭贼跑不了，我们愿意帮着你把这一群全都拿住，省得给咱们丢脸！"呼噜一下子，这些位各亮兵器四下一散，分成东西南北，就把这拨人的去路横住了。大家这么一乱，小龙山这百十来号虫儿可真慌了，准知道这一来是凶多吉少，尤其里头有几个根本能耐就不怎样，不过平常混在里头一块儿乱喊乱叫乱蹦乱跳，星星跟着月亮走，借小光儿而已，到了现在，可就完了，闯是闯不出去，打是打不过人家，除去伸头受死之外，更没有一点法子。

正在这个时候，猛听主台上的慈静神尼先喊了一声佛号，跟着便向大家说道："众位檀越，今天来到这里，虽是彼此都有一点小不合适，以致星星之火，变成燎原，要知红衣白藕绿荷叶，三教原来是一家，彼此之间，原没有深仇大恨，如果刀兵一举，难免血肉横飞，当然是强存弱死，真在假亡，那样一来，胜负究竟属谁，尚不可知，可是难免血流空山，尸横荒草，本无深仇，却成大恨，那时再想调解，恐怕不易。出家人慈悲为本，方便为门，却不愿眼见这样凶杀恶斗。要按方才那几位自作自受，怨不上谁来，不过据贫尼看来，他们几位也是幼小没有得着教养，长大又受了外人引诱，以致误入歧途，今天如果动手，他们是绝对难逃公道，但是我们今天这群雄会的主旨，实是为了线朋友跟焦朋友彼此小有过节，打算在这里为他们两下说和说和，解嫌释怨，从此言归于好，并没有想着一定要伤多少人才算分出胜负。真要是把小龙山这些位朋友一位不留全都除去，一则不是咱们本旨，二则有违天和，并且也叫天下英雄齿冷，这个绝对不是办法。只是现在已然到了这个时候，打算拦住哪位，自是不易，并且贫尼自问也没有这么大的面子，可是数百年清净禅林，要是经此一番骚扰，实非出家人所能忍见。现在贫尼倒有一个主意，为焦线两家解释前嫌，为小龙山百十位英雄释怨，只不知众位檀越，可肯听纳贫尼这一愚见否？"

这时候场子上各人有各人的心理，小龙山上这拨儿贼知道事情是惹出来了，今天的事，就叫搬砖压脚，害人没害成反倒害了自己，到了现在，过去动手，也是鸡蛋碰石头，一百个不成，死得快一点儿。可是不过去打算跑，就凭场外这些位人物，当然是走不开，前进不行，后退不可，真赶热锅上蚂蚁一样。至于赤面游龙线引，也知道这件事一弄真了，自己一定要得罪不少的朋友，至不济也是来帮自己的，虽然他们行为不正，自己也不便公然变脸，不过当着天下英雄，自己要是一声儿都不言语，固然人的名儿树的影儿，以自己一向行为，绝不至惹起众人反感，但是这班人的行为，已然动了公愤，自己就是不出头，也难免另有旁人出头。到了那个时候，自己该当怎么办，那岂不成了无私有弊，不是小龙山上一头儿的，也成了一头儿了，实在逼得没了法子，这才有这么一下儿，这就是箭在弦上不得不发。

再说两边来的这些位英雄好汉，更是各有心思，线引这边来的朋友，本来都是为了面子，不得不来，究其实谁跟焦柱也没有什么深仇大恨，本说到这里来凑个热闹，能够出场，就来一场，敷衍敷衍老朋友的面子，如果能够为他们两下说和，就给他们说和说和，总盼着事情不要闹大。来的时候，心气就不足，等到上场一看，线引这边出去的都是些下五门的流贼，大家就不痛快，心想线引这么一个人，怎么会交了这么一拨儿朋友，今天这局事，最好是不要出头，省得蹚这两脚浑水。再看焦柱那边，仅仅出来几个小孩子，已然伤了线引这边好几个，彼此看台不远，看焦柱那边来的，全是当时知名侠义之流，哪位手儿也都不弱。这些人既是来到这里，当然都是帮焦柱的，真要每个人全都出手，虽不能说线引准全输给人家，要是想赢人家，大概也许不易，这样一想，心气更馁。又见小龙山这拨人居然贼性不改，在大庭广众之间，就做出江湖上人人痛恨的丑事，这一来更是又悔又恨，不是为了线引多年老面子，恨不得自己就要过去跟他们瞪眼算账，再要叫他们帮着跟焦柱动手，如何能够？至于焦柱这些位朋友，多一半都是上了年纪的人，又全都是成了名侠义一流人物，这次前来，已然有个合计，知道线引也是正人一流，不过当初略有一点不和，并无多大深仇，也想借着这个机会，用大家的面子把事情给他们化解了，免得冤仇越结越深，以后倒没法了结。到了这里一看，线引那边来人，已然分出优劣胜败，不过知道线引生性刚愎，在对手一式未见之下，要是叫他偃旗息鼓，言归于好，那是绝对办不到，想着先见个小输赢，然后再替他们和解，或者可以好办一点儿。等到小龙山上这拨人一出来，江南七义二老四雄三杰，跟他们全是熟脸儿，早就想过去把他们赶走，真要是这样还是真对了，小龙山这拨人是惊弓之鸟，手下败将，准要是出去，一个小火狐周益，就能吓走他们一半儿。但是该当出事，没等这拨人出去，那几个孩子就过去了，奚红雪一露面儿，孟素剑劈六首，这些人可就沉不住气了，小火狐一领头，这些人蹦出去，就把小龙山的人给围住了。焦柱心里可是有点着急，因为他也知道，从前跟线引结怨，实在是怨自己这一边儿，纸里包不住火，以线引为人，绝不肯扔开不提，一定要报前仇，因此在曹八集一见面儿，就知道线引果然找上来了，以自己能为，虽不一定输给他，可是他一走多年，忽然露面，必是下了"黑功"，能为大长，自己也未必能够赢得了他。即使能够赢了他，冤仇越来越深，将来总也不是个了局，跟他定了金钟湾这一局之后，便四外找朋友请高人，等见面之后，一说当初原委，希望大家想个法子给他化解化解，不怕叫自己给他赔个礼，认个罪，都没有什么不可以，大家全都答应。正在找机会时候，小龙山的群贼会来了这么一手儿，就知道事情要糟，这一来可是动了众怒，这要彼此一混战，死伤一众，事情可就更不好办了。可是事情已然到了这个时候，一点台阶没有，想着找个人出去，先给拦一下儿，但是一看座上除去圣手伽蓝毕纲之外，更没有第二个人可以说这路话。才走到毕纲面前，要说还没说出来，忽听主台上当的一声钟声，万声顿寂。

心里方在一喜，跟着又听慈静在台上说出一片话来，焦柱一听，一定是为了自己跟线引的事，老神尼要给两家调解，心里自是特别高兴，赶紧头一个把双手向上一横道："慈静师太，您有什么只管吩咐，我姓焦的不但洗耳乐闻，并且是您指到什么地方，我必办到什么地方，就请您当众发论吧！"

慈静神尼把钟点子往旁一放，双手一合十道："既是这样，诸位檀越且听贫尼一言。想今天他们两位老朋友在这里一聚，是在全是由于一时的误会所致，按说二位都是这大年纪，无论如何，火性也应当小一点了。贫尼是佛门弟子，咱们还是说些本门的话吧。佛云为人慎勿造因，有因即有果，因果循环，轮转不已。在这轮转中，不定要伤多少人，害多少事，等到双方明白，可是事已出来了，那时只怕是追悔不及。他们二位久走江湖行义，是朋友全都知道，平常原是志同道合，其起因也不过为了几句言谈的误会，彼此不肯相下，所以才一直僵持到了现在。前些日子线施主来到贫尼这里，说是要借贫尼这个地方，会一会天下英雄，贫尼知道线施主是个侠义之流，绝不肯做出败坏名誉的事，又因从前有个认识，此来也是缘法，这才答应了线施主。原想等他们二位到了之后，由贫尼出头，为他们两家解释清楚，从此和衷护道，再不要彼此猜忌争斗，伤了同道之谊。万没想到来到这里之后，由线施主这么一布置，我才知道竟是大举，本想不许在这里举动，但是已然答应在先，不便食言于后，只好是听其自然。为了跟两下里表示绝无偏袒，贫尼自从他们二位来到这里，彼此绝未谋面。到了今天，我又讨了这么一个差使，在这里主持守护之责，又想既是劳师动众，来动这么多位朋友，不使他们二位见个真章，当然是完不了，只想从这里比个三拳两脚，一招二式，然后彼此一笑而罢，也就完了。谁知事情大有不然，线施主这面出来的朋友，竟是什么样的人物都有，不但在前山不按规矩比试，并且还到后山去东游西荡，幸亏是我们几个顽徒尚不粗笨，否则弄得不堪设想。这要是放在别处山上，恐怕线施主无论如何解释，也难免要不欢而战了，出家人已然没了火气，绝不能在自己家里欺人，所以在线施主已然动了真气的时候，贫尼却不能不始终抱定初旨，愿意线施主和焦施主听贫尼一番解释，由即日即时起，彼此平心静气，扔下兵器，握手言欢，永不许谁再记挂着谁，要知魔由相生，祸由魔造，即如今天这一场事，线施主如果不记念旧仇，也不至于闹得惊师动众，更不至于惹出这些邪魔外祟，如果一个大意，就许被他们牵引把命饶在里头，即使二位主持没有损伤，可是各方各处为了你们二位的事，死伤无数，难道你们二位从此便甩手不管了吗？谁又能够知道循环相生，生生世世，子孙徒众，也必要闹得世世纠缠，永不得安静之日了，推原溯始，是不是由你们二位一时意气所使？贫尼虽是出家人，却是最喜管世间事，尤其二位全是在我这个地方，当然就是有缘，这也是百年不遇的好机会，打算凭着贫尼这一点薄面，为你们二位讲和，化干戈为玉帛，变愁云为祥霭，不但是贫尼之幸，也是众位之幸，也免得再生邪魔，多出许多闲事。即如现在这种局面，眼看就要混成乱战的形势，乱军之下，谁敢保得能够完全，保得彼此安全，两下里一有死伤，到了那个时候，恐怕就是欲罢不能了。但是事已如此，空言恐怕没有办法可以挽回。贫尼倒有一个拙见，也就是贫尼闹的这么一点玄虚，当着焦线二位施主、南北英雄，贫尼练出一点小玩意儿，但是玩意儿虽是玩意儿，也是贫尼几年的功夫，待贫尼当着众位施主要一回，就当是个玩意儿，博得众位哈哈一笑。咱们就借着这一笑，终束了这一回的事情。话并且是这么说，如果哪位看出我这个是个障眼法儿，指破了我这一点手彩儿，贫尼我是退归后山，绝不敢再问众位闲事。如果哪位看我施为完了之后，不信不依，或是另有高法，贫尼也愿意当面领教，话是说完了，诸位恕过我这地主这一点小意思，不再多话了，请看贫尼这小小的戏法吧！"说到这里，用手向下面一按，当时几个大弟子，无情剑奚红雪、木兰花舒紫云、胭脂判儿赵南、红粉荆轲凌云、铁观音马莲娘、飞天行者元通，全都飞奔而至，到了慈静面前垂手侍立。

慈静向赵南道："你大师兄大可呢？"

赵南道："方才还看见她在这里，现在怎么倒不见了？"

慈静大师微然一笑道："有她也可，没她也成，既是没在这里，也就不必特意去找她了。你和红雪把我西房放的那只竹箱子取了出

98

来，可是当心留神，千万不要磕碰，也不可重拿重放，快快取来，我这里等用。"

两个人答应一声，转身往外走。这时候，东西两面的外围子，全被江南七义带着一拨人给围住了，中间是小龙山百十号，带昆虫外号的男女群贼，南边是线引的朋友，北边是焦柱这一拨儿，围得是里三层外三层，真有点风雨不透的形势。这两个人打算往外走，当然就得挤出去，嘴里一边说着"劳驾！借光！"一边用手拨开两边的人，从肉胡同里往外挤。这时大家已然听明白了，慈静大师是要当众施展绝艺，了结他们两下的事，并为小灵山这班人求情。当然大家现在已然知道了，这件事的远因近果，焦线两方并无深仇，尤其两个人，能够得上是天字第一号的好朋友，到了这个时候，只要有个人从中给他们一化解，就可以释兵言欢，彼此既是好朋友，谁不愿意他们两下里言归于好，重新交个朋友。再知慈静不但内外武功已到极峰，对于正道玄门法术神通，并具有无上威力，但只是闻名，当面并没有见过，难得今天能够借着这个机会，大饱眼福，谁又不愿先睹为快。至于小龙山这班臭贼，也知道今天事不顺手，不但是前功尽弃，损兵折将，当着天下英雄，要丢尽大家的面子，祸已惹下，后悔不及，若以目下这班人的神情来说，人人都有得而甘心之意，真要是众怒齐发，小龙山这些人恐怕一个也难全活，狗拉屎，狗知道，心里难受，嘴里却说不出来，被人家四外围着，打算逃命那叫不易，眼看就要同归于尽。虽说平日凶恶淫狡，仿佛是个角色，事到临头，心里也不免大大恐慌。正在六神无主的当儿，忽然好音从空而降，真跟绑在法场上的犯人一样，眼看刽子手凶眉恶眼，明晃晃的钢刀已经对着脖子举起，等待大炮一响，便要身首异处，任是平常怎样自称英雄好汉，到了这个时候，也就胆破魂消，除去一口未尽的凉气出入嗓子中间而已，眼看到了这个时候，忽然来了一个骑马背包袱的官儿，飞驰而来，没进刑场，就喊刀下留人，打开包袱拿出文书一看，原来特下旨意，赦免犯罪，这种意外之喜，焉能不使他惊喜欲狂啊。现在小龙山上这拨贼，也是这个样儿，眼看大家刀枪一晃，这百十来口子好朋友，就要一道同行，跑是跑不了，求人家又太丢人，正是焦急万分的时候，忽然慈静大师要把这些人的性命从刑场上赦回来，要不是一时脸上转不开，真有跪给慈静大师磕个大头的心思。一看赵南跟奚红雪往外走，知道人家是为了自己的事，哪还能拦着不叫人家过去呢？大家也是一闪，让出一股道来。赵南跟奚红雪也是好奇心盛，准知道今天师父既是当着天下英雄要多这一回事，必然一定有特别的神通奇技，也愿意赶紧把东西取来，早点请师父施展，大家也可以早看一点儿。心里这么想，当然脚下加紧，三转五转已然到了最外头那一圈儿，正待分开人群出去，万没想到外头也有人往里挤，两下碰个正着。奚红雪眼快，看来人不是别个，正是掌门大师兄，方才找未找着的比丘大可，又见她手里拿了一个竹箱子，正是师父慈静派去取之物，另外一只手，还提着一个千娇百媚的大姑娘，一脸泥血，形容已是憔悴欲死了。

　　奚红雪跟赵南方觉奇怪，她怎么就会知道叫她去取这只箱子？这个女人又是个什么人？真是有点奇怪！才要问时，大可早已喊了起来："你们两个来得正好，帮我一下儿，先把这个孽障交给你们，可别放她走了，她身上可是有好些事呢。你们还是得留神，她手底下还是真不软，咱们后山十三关，她已然进去到第七关了，我可是交给你们两个了，可要千万留神，等师父把这里的事料理完了，一定要仔细问她的话，务须留神，别叫她自己走了，还要防备有人把她劫走，我交代完了就来。"说着，一伸手把那个女子提着向自己这边一扔，奚红雪赶紧接住。

　　以大可平常为人，小小不言的事，她是绝不在乎，绝不能闹得这么乌烟瘴气，并且把事说得这么紧张，大概这个人一定是很重要，并且她不是什么软手，否则也不会说得这么庄重的。仔细又看了一看那个女子，只见她双目紧闭，然后一种焦急郁怒的神气，却是依然可见，知她受了大可克制，受了重伤，此时固然不能行动了，但是她随时想着逃走，只要自己稍一松懈，她当时便会挣扎逃去，这却不可不多加防备。又怕她还有余党，藏在暗处，前来打劫，虽说当地自己人多，不一定便会被他劫走，然而总是多留一点神的好。想着找个僻静地方，就把她藏起来，不要叫人发现，总可以稍微好一点儿。但是用眼四下一看，这里只是一片广场，一点隐蔽的地方都没有，后山虽有地方，一则离着这里太远，到了后山，自己当然不能离开。那样一来，这里千百年不易看到的盛会，放过去不看，心情又有些不甘，再加仔细一找，居然被她找了一个好地方。在这片广场到北山坡儿上头，有一棵多年老松，一根主干，说它十围粗细，固然不免形容过甚，要说四五个人抱不过，却是实在。尤其妙的是这棵树，里面已成空洞，当中天然的有个小门，只容一人出入，要是把这个女子往里头一放，自己和赵南在外边一边一个把守，这个女子就算手里不错，也未必施展得出来。就是再有旁人来救，有自己这样两个人在外头一守，他们也未必就能施展得出来，并且到了十分紧急，还可以临时呼救，不难一呼即至。这个地势又是登高临下，那里一切都可以看得清楚，真是再好没有。越想越对，向赵南用手一指，冲着树一比方，赵南会意，向奚红雪一点头，两个人一个人提着那个女子，一个在后头护送，一会儿工夫，到了树前，奚红雪先拔宝剑在树洞里搠了两搠，一看一点动静也没有，知道里头没有什么，这才放心，解下女子身上丝绦，跟赵南两个人一同动手，把那个女子捆了个结实，然后轻轻往里一放，那半截子树正好挡住，外头连一点都看不见了，又四外看了一看，一点什么缝子没有，这才放心。两个人全把宝剑亮了出来，一边一个一站，再往场子那边看，每人全都脸朝里，看着那座主台，一点声音都没有了。

　　再看师父慈静大师，双手合十向外打了一个问心，然后说道："众位檀越以及各位师友，现在请看贫尼这一点薄技，为他们两家解释冤仇！"说到这句，把手向大可一招，大可便把那个竹箱子盖儿打开，往上一举，慈静向箱子里伸手一掏，先从里头取出五面小旗子，分为青黄紫赤绿，旗子长下里不过七寸，宽下里不到五寸，三角形式，既不是绸布做的，也不是纸张糊的，拿在手里，向大家一笑道："这是贫尼山居无事，制了这么几个小旗子，其实说来不过是一种障眼法，谈不到一点神奇，今天把它拿出来，也只是为给焦线二位双方一笑，解去前嫌，同为至好。那么贫尼这几面小旗，原是无用的东西，却成为有用的物件了。诸位檀越，不拘哪位，如果懂得这种玩意儿，也无妨当面来凑这个趣儿，贫尼再做旁的打算。现在我先把它试验一下儿，也许当着众位人多，它还许害羞，不敢出头露面，亦未可知呢。"说到这里，又是微微一笑，二次伸手又往箱里一掏，这回拿出一个圆圈儿，口径约有二寸多宽，里外通明，其色深黄，日光一照，竟有许多光辉，从那圈口射了出来。这时两方几百人，静得连一点声音也听不见了。慈静把圈子拿到手里，然后又向大家一笑道："诸位檀越好友，请你们要看清了，贫尼现在就要玩儿这个小戏法儿了。这几个旗子，也曾给它起过一个名儿，叫作五色分晕镇光旗，这个圈儿叫作琥珀变光圈儿，这两种东西，虽是个小玩意儿，其中也还略含一点生克之理，我现在要把这五面小旗分布五方，要用一口生气，吹得它变幻不定，然后我要用这个圈儿，把这五彩光辉一齐罩住，叫五色各归本位，不再变动，然后我再把这圈儿放大，要把众位檀越，全都罩在里面。众位可是留神，这两种玩意儿虽小，却是变化得有些意思，众位只被光辉所照，每位都要发生不同的感触，可要多加留神，不要为小道所误，致使贻笑大方。还有一句话，贫尼之所以为此，原是为线焦二位檀越，解释从前一点嫌隙，里面并没有益加结怨之意，众位千万不要再多加误会才好。并且诸位檀越，以及各位道友，如会有能破解这小小的障眼法，也无妨一试，也可以使贫尼知道近来进境如何。众位留神，贫尼大胆就要施为了！"说到这句，把右手里五面旗子往空中信手一抛，大家一看，不由可笑。这五面旗子，就是有些神通，也要交给几个人掌管，或是把它插在地下，怎么就是这样信手一扔，岂不要全都掉在地下，这头一手儿就弄不好，底下还看什么？就在大家要笑没笑出来的当儿，这五面小旗已然从慈静师太手里扔了出来，谁知出人意料的是不但没掉在地下，反是往空中升起，并且起来时候五面在一起，及至到了空中，唰的一声，便向五处散开，青北，赤南，紫东，绿西，黄的居中，离着慈静师太头顶，也就是四五尺高，既不上升，也不下降，好像有东西在四周围住一样。大家方觉诧怪，慈静又向那几面旗子凭空一吹，便见几面旗子，忽地全都发出极强烈的光彩，五色交织，变幻出许多意想不到的光华，并且隐隐还有一种玲珑之声，非常悦耳。这时大家目迷五色，耳惑六音，才知师太确是具有无上神通，已是心服口服，虽然没有喝出震天彩来，可是已然多半皈依了。正在这个时候，跟着就听唰的一声响，再看那道白光，忽然显出一种说白非白、说黄非黄的颜色，先是往起一升，跟着又往下一落，光芒四射，如同万点流星下坠一样，眼看就要掉在大家的头上，谁能不害怕，不约而同全都把手里家伙往上一扬，意思是打算挡住一点儿。谁知在方才往上一挥的时候，就觉那道强光把各人手里家伙，带得全都往上一起，并且力量极大，由不得个人，咻的一声，竟是出手。大家正在惊慌的当儿，却听头上那些兵器，竟是铮钹地发出响声。慈静大师一声喊道："诸位檀越，贫尼这一点儿障眼法，可还小有意思，希望今天来到敝寺的诸位，看在贫尼一点虔诚，把从前那些小误会都抛掉了吧！"这时候除去几位和慈静和多年师友之外的人们，差不多把慈静看成神佛一样，没有一个不是心服口服，并且各人的手使兵器，被人家不费吹灰之力，全都紧到一处去了。如果人家确是有意为难，只往下一推那些兵器，恐怕这些人难免碎如灰粉。如今人家不想以力服人，好话劝说，焉有敬酒不吃，反吃罚酒之理。

　　慈静这话一说出来，当时扑咚一声，跪下一片，并且口宣佛号，齐称皈依。慈静脸上颜色越显和蔼，向大家又一笑道："诸位檀越，既肯把这点薄面赏给贫尼，贫尼感激无尽，诸位请起，各位请把手使兵器收回，然后再谈。"大家这里才把身子站起，慈静却把手向上一指，往下一点，便见万道流光，从上头泄了下来，唰的一声在各人眼前一晃，大家方才一惊，再看自己手上却多了一件东西，正是自己使用的兵器，刀枪剑戟，各归本主，绝无丝毫散乱之处。跟着又见慈静把手向这个圈儿一招，那只圈儿也是应手而落，跟着把那些旗子，也用手招了回来，到了手上。依然是五方小旗，一个小圈，更没有一点光彩，天上是万里无云，一空如洗。大家哪里看见过这样神奇，顾不得什么叫庄严，全都叫起连天的好儿来了。慈静大师等大家乱过一阵以后，把手里拿的东西，已然还到箱子里，很珍重地叫大可把它盖好。大可接过来放在地下，又前进一步，在大师面前说了几句，因为离得太远，听不甚清，却见大师把头点了一点，把手一摆，向旁边一指，大可便自退下。慈静又把那个金钟儿拿了起来，铛的一声，声音激越，响彻遐迩，跟着便又向下面说道："众位檀越，方才那一点障眼法，承诸位不弃菲薄，居然肯得回心向善，这实是佛祖保佑之功，请诸位看在一教一家的面上，把前嫌尽释，从此同为一家，并且还有几句常谈，要和众位一说。凡是人生在世，都应小有作为，万不可随时逐流，自甘暴弃，要知投生到一个人，并非容易，如果虚耗一生，岂不亏负天公禀赋之惠，何况还要做出许多伤天害理的事情，岂不更是悖天狂人，那种人即使能够煊赫一时，恐怕也未必能永久。既不能久，闹到身败名裂，那又何必。从今天以后，我盼诸位檀越，从此回心向善，绝不可再任意而为，要知祸淫福善，天道无常而有常，满损谦益，人事无定而有定，即如今天这一局，众位只是不忍一时小愤，便弄到如此场合，在众位想着，也无非比较一个输赢，并没有什么多大了不得。哪知祸患常生于隐微，要不是贫尼静参本末，恐怕今天这一场事，不定要闹到什么样子呢。我说这话，众位也许不信，等我把真凭实据找出来，众位就知道贫尼所说，绝不是什么夸大之词了。"说到这里，又向大可把手一招，低声说了两句，大可一点头转身便奔奚红雪赵南而来。

奚红雪准知道是为了树里藏的那个女子而来，方才师父所说，听得很是明白，知道这个女子，必是关系全局，非常重大，心想自己幸而没有大意。这时大可已到了面前，便问奚红雪道："我交给你的那个人呢？"

奚红雪道："在这树里头呢。"

大可把脚一跺道："这下子可是坏了！"

奚红雪赶紧到树窟窿一看，里头已是空空如也，哪里还有人的影儿。这下子把奚红雪、赵南可给吓坏了，两个人全都一提身儿纵上树去，一个从东往西转，一个从西往东转，两个人全都对了面儿，仍然是一点什么都看不见，上头连一点痕迹都没有。两个人又蹦下来，奚红雪一纵身又跳进树窟窿里头，四下一看这个树窟窿在外头看着不小，及至到了里头一看，地方并不甚大，除去可以容下一个人之外，并没有多大宽余的地方，往周围找了一找，也是一点什么都看不出来，没有法子，又从里头纵出来，脸也红了，汗也下来了。

大可一看，知道是出了毛病，又知道奚红雪的脾气，脸热好高，这种事情，她绝禁受不住，还怕她真急坏了，便赶紧安慰她道："大概是她走了吧？方才我也是因为事情太急，没有仔细告诉你，那个东西，很有些怪魔怪道的能耐呢，她一定是变了方儿走了，你在这里着急一点益处没有，咱们还是赶紧回复师父她老人家去吧，或者她老人家也许有其他办法。"

奚红雪到了这个时候，也就没了法子了，只好随了大可同着赵南去见慈静。慈静一看只有她们三个人，便知其中出了变故，又见奚红雪脸上神色十分惭愧和恐惧，自己一向最爱奚红雪，寻常没有说过她一句重话，今天当着这么多的人，更不愿伤了她的面子，遂和颜悦色地向奚红雪道："你们不用说，我已然知道了，这却要怪我一时大意，没有防范到这一层，并且我也没有想到她会到这里来寻找我的烦恼，事情已然误之于先，何必还追悔于后呢？你们先退到一边，等我这里事情完了再想法子。"

奚红雪答应一声，才往后一退，便在东北角儿上有人喊嚷："老比丘，不要着急，这个败类已然被我追回来了！"说话的声音，非常娇细，并且还带着有点咬舌儿，大家回头一看，只见来人身高不到四尺，说足了也就在三尺四五，横下却是挺宽，猛一看仿佛是个小孩儿，及至留神一看，脸上都有了胡子。这里头有认得的，正是宣化五霸之一的白头娃子祁桂。这个主儿，别看他长得像小孩子，要论真能耐，在这五霸里他得算是第一个，不但是长拳短打、马上步下，样样精通，并且受过异人传授，精通周易八卦、奇门遁甲，能占吉凶祸福，能够胡天卷地，颠倒四时，又会点穴擒拿，立分生死，手里使的兵器叫无量尺，形式跟普通兵器里的铁尺差不多，稍微差一点儿的，就是比铁尺短，比铁尺宽，纯钢所打，上头有十二个小星星，二十四个小节儿，十二个星星代表十二个月，二十四个小节代表二十四个节气，星星又代表十二个时辰，节儿又代表二十四个分时，专指着这杆尺在江湖上享受了大名。这个主儿，虽跟五霸齐名，实际上他总是单走的时候多，平常只以一己之善恶，定是非之曲直，完全是以意为之，从无一些顾忌。好在他的为人却是非常正直，助善除恶，尚不失为英雄作为，虽然在绿林道得罪人甚多，幸而朋友甚多，大家都还肯得给他帮忙，所以虽是仇敌太多，却谁也不能把他怎样了。今天他其实早就来了，这要是在普通人身上，五霸一出手就是不利，他们既是一道来的，他早就该出头露面，他不但不出头，反而藏得连个影儿都不见了，直到现在他才出来，并且还给线引对头焦柱办了一件不大不小的事儿。

　　就在大家一怔之际，慈静师太早已高呼一声佛号："阿弥陀佛！祁施主，你实在是功德无量了！请你把她交给贫尼吧！"

　　祁桂一声怪笑道："老比丘，按说这件事我可不能这样轻易就交给你，不过是我还有事要求你，所以现在不得不送这个人情给你了。这个妖孽，你可不要小看了她，实在还是真有两下子，平常人还真许弄不住她，并且还怕她有余党，藏在暗处，趁火打劫。虽说不怕他们闹出来，但是总以小心为是。老比丘，你派一个高徒来把她接过去吧。"

祁桂现身的时候，只是空手一个人，任什么也没拿着，他这么一说，大家都有一点诧异。唯有慈静却是深知他的为人，便也一笑道："祁施主，你这话说远了，要讲武林同道，我们虽不是一门一派，然而异水同源，说起来还是一家人，彼此谁和谁也算不了一回事，这点小事何劳挂口，只是将来如果要用贫尼为力之处，只需送个信来，贫尼无不为力。至于这个孽障，连这一次，她已然犯在我手里三次了，以她所作所为，我可不难把她一旦消灭，省得她在世上留着害人辱师。不过一节，我和她死去的师父，既是同门，又是至友，为了好友临终几句遗言，我实不愿把她置之死地，所以才累次纵容她，谁知她竟是怙恶不悛，全不知悔，反倒胆子越来越大，不惜辱身丧节，从外教邪魔那里借来那种穷凶极恶的东西，要来毁灭我这清静禅地，实在是恶贯已满，天夺其魄，这次绝难宽容，定要把她根治，以绝后患。不要说是她没有帮手，即使有那助纣为虐不知进退的东西，最好还是偃旗息鼓，藏在一处的好。如若觉得自己不错，一定要来讨死，对不过，贫尼今天要大开杀戒，非把他们这一干败类，一齐斩尽杀绝不可。祁施主，就请你撤去韬光，把她显了出来，贫尼自有安排，绝不怕他们闹出什么花彩。"

慈静说这几句话的时候，嗓音提得很高，并且满脸上却显出一种庄严之气，和平常她那一味谦和，简直是判若两人。祁桂心里也有一点明白，略微点头，说了一声："老比丘，请你把她接了过去吧！"说着把衣袖轻轻一抖，大家不由一怔。祁桂穿的衣裳，和普通人一样，并不是什么宽袍大袖，里头还可以略有隐藏，又窄又瘦的袖子，轻轻一抖，说来不信，就在他袖子轻轻抖动之际，随着袖子过处，底下却显出一个女子来，身个儿比祁桂还高，虽说一身泥血，却依然减不了她的容颜俊俏。这个女子一出现，里头就有许多人倒吸了一口凉气，因为这里头有许多人全都认得这个女子，不要看她长得艳如桃花，实在她却是一个杀人不眨眼的恶魔王。在她手里送了命的成名英雄豪杰，也不知道有多少，就是不知道她怎么来到这里，又会和慈静为仇？怎么会被祁桂拿住？全都猜不出一点儿。

大众一阵骚乱过后，再看那个女子，这时已然把头抬了起来，一挺胸脯子向慈静道："静师叔，我这次前来，是为给我死去的师父报仇而来，事情不成，那是天意，我是有死而已。你要还有一点人心，请你赶快把我治死，我死了也感谢你。你要一羞辱我，你就不是佛门弟子，我可就要对不住，要破口骂你了！"说这几句话的时候，声音是非常低细，嗓子里似乎是有些颤抖。

慈静大师却点了点头，一声长叹道："孽障，孽障！到了这个时候，你是悔也不悔。想当初你的父母，也是江湖绿林中数一数二的人物，只因生性乖僻，无论跟什么人总是过不去，以致积怨太深，才落了一个同归于尽，双双惨死。在他们死的时候，依着众人的意思，恨不得碎骨焚尸，方泄多年积恨，那时我在旁边，念在多年交情，不忍看他那样惨死，可是也没有法子救他们再生，才向众人请求，只因他们一步走错，到了这个地步，已是追悔不及，虽是他们罪有应得，总还看在武林同道分儿上，免去他们碎尸的苦痛，叫他们死后全尸。众人碍着我的面子，只可答应。那时我问他们还有什么话要说，你父母也明知命在顷刻，无法逃生，便向我说，身死之后，别无牵挂，只有一个女儿，年纪太小，尚未成人，托我照顾，只要等待长大，替她找一个夫主，死也瞑目。说完这话，便由我一剑之下，了结他们一世的罪恶。此后，赶到你的老家湖南湘潭，那时你才七岁，我应了你父母遗言，把你带到我的庙里，本想待你再大一点儿，教你一些本事，为你物色一个夫主，算是完了一种心愿。偏是这时候你师父慈一大师来到我的庙里，看你资质甚秀，便要把你讨去做个徒弟。我知你师父为人既慈和，又是特别喜爱孤苦，让她带去，未为不可，当时便把你交她带去。这一去就是十三年，你的能为武学，已是大有进步。谁知你父母余孽未清，你又在下山行道的时候，受了旁人蛊惑，指我是杀害你父母的仇人，你也不打听清楚，也不向你师父说明，趁我到你师父那里会面的时候，你就暗下毒手，不是我心动思早，便已着了你的毒手。

"我明知你是听了旁人的坏话，错把我当了仇人，虽是糊涂，孝勇尚属可嘉，当时便假装不知，容你一次。你不但不知改悔，反以为我是心虚怯敌，不敢惹你，越发大胆，居然背了你的师父，找到我的这里，二次施用诡计，又要不利于我。那时我已有准备，当然你阴谋不能如意，反被我的门下把你拿住。我知道不把这话说破，从此后永无了结，我便把已往经过从头至尾，对你述说了一遍，并为了告你不要再听旁人的谣言，说完便把你释放了。你这孽障，不唯毫无瞻顾之意，而且变本加厉，不惜背师叛教，投入邪派门下，学些邪魔外道、人神共忌的邪术，要来对我不利。那时你师父已然知道此事，但是她已将圆寂，便趁我去看她的时候对我说：'练霜这孩子，想不到她会恩将仇报，竟是如此作为，但是无论如何，要看在我一辈子就收了这一个徒弟分儿上，总要想法子把她度化过来，至不济也要容许她三不死。'我当时答应了。谁知因你师父死后，你便躲得连个影儿都见不到了，我曾再三托人打听你在什么地方，只听说你在外边一带，却始终没有确息，我想你也许是知过后悔，无面见我，便也放下心。谁知在一年之内，你连到我的山上三次，一次放火，一次水里下毒，一次施用苗疆上'拜尸'之法，要伤害我和一山上人的性命，你说你歹毒不歹毒？这三次一次适值天雨，一次却被百了禅师看破，最末一次，恰好我在试验'妙音天心正法'，邪不侵正，无心中却被我把你的诡计攻破，并还伤了两个同来的丑类。

"你要是明白事的，就应该知道邪不侵正，便该回心向道，不再出来捣乱的才是，我看在你死去的师父分儿上，也绝不能再去找你的烦恼。谁知你竟是别有肺肝，这次又乘了我替朋友帮忙解释嫌怨之际，又偷偷地跑进我的庙里，要施用你那微末诡计，毁害我这全山胜景，你的心思就是这样歹毒。你也不想，我这片山林，是我多少年的精修起来的，岂能毫无防备？这还是你师兄大可心慈多事，她总想都是一门之徒，我又累次纵容你，她想也许是我还有开脱你的意思，所以才把你从十二道玄关上救了下来，不然这时你早已化成飞灰，死在我那九天玄关里头多时了。

"你既被她拿住，就该等候我的发落，你还敢运用你那下乘魔法，趁着她们看守不备，私自逃走，并且心残意忍，二次又想回庙去做你未完成的事，你的心真不知是怎么样长的。现在你又被旁人捉了回来，你还有什么可说的？现在我这里正事没办完，不愿和你多说，耽误我这里正事，我先把你放在这里，等到事情完了之后，我一定把你解到师祖神前，说明了你的罪恶，然后我再把你处死，也叫你明白佛门虽大，不能容留你这样的败类！"说到这句双眉一皱，两手一合一搓，便从手掌中出去一道红光，把那女子完全包在里头，一点影子不见，那道光华，由红而黄，由黄而白，由白而淡，末了只是化了一股轻烟相似，没了痕迹，那个女子也便没了影儿。在场这些人，看慈静大师确有神通，看得目定神呆，连话都说不出来了，只有高宣佛号，表示敬佩而已。

正在这个时候，猛见慈静大师手一扬处，金钟又是铛的一声清响，跟着便和颜悦色向大家道："众位施主，适才为了孽徒之事，致使诸位檀越久候，罪过！现在我们还谈当前的事吧。方才所献那一些末技，原不值识者一笑，贫尼为了解合焦线二位施主从前那一点儿过节，也就不得不在诸位面前献丑了，那个不过是个障眼法，原算不得一回事，还是奉求诸位檀越，看在佛家面上，成全这次善果吧！"说着又是当胸合十，宣了一声佛号。

这时大家把慈静大师，看成了神圣一样，谁还敢说一句不成，赤面游龙线引，事先原是一股子热气，指望约出几个朋友，跟焦柱一较长短，能够找回当初丢的面子，及至到了目下，看见自己这边来的人一位不如一位，一个不如一个，早已心灰意懒。又见焦柱那边约出来的朋友非侠即义，全是当今上选人物，如果支持下去，也只是有败无胜，幸得现在上下未分，出头了事的又是当今成名侠尼，凭她了断也不算过于丢人。自己这样一想，当然是愿意完事，不过一时却说不出口来。至于焦柱，这回纷争动机，原不在于自己，并且从前结怨，也怨自己方面不好，自己已是偌大年纪，何必要多结仇口儿，要是从此不解，何时是了。如今有了慈静大师出头，自是再好没有，又见线引有为难之意，此时正好是个机会，并且可以略向线引泄个小心，也可从此了去一桩心事。有了这么一层思想，当时赶紧跑了出去，向慈静大师把双手一拱道："慈静大师，在下有几句话，要在众位面前讲一讲。"慈静点头允许，焦柱便说道："在下焦柱，今天和众位说一下儿，想当初在下和这位线大哥，原是素无仇怨的，只因为了一点小事，惹了一个小误会，要是说起来，确实是在下的不是，可是等我们想要向线朋友赔罪认不是的时候，线朋友已然远走他方，后来便一直没有再见过线朋友的金面。直到去年才听见人说，线朋友对于从前的事，始终还没有忘怀，到了本年在曹八集大家才见到了面，在下正要声明前次误会的时候，又赶上当地土豪伍七雄搅闹场子，彼此未得细谈，才有今天这一会。原想也是托出几个有头有脸的朋友，见一见线朋友，把前回的事说开了，就是有什么不痛快，我焦某情愿领罪。因为这回结怨的事，全是由我个人身上所起，无论如何，我都应该领罪，只是到了此地以后，尊了慈静大师所嘱，告诉我不到时候，不许出来，所以才等到今天。一上场时候，人位太多，并且都是不远而来，说句不中听的话，谁都约了有三个好的，五个厚的，如果一招不见，当时说和，我姓焦的就是乐意，恐怕别位也不认可。好在现世时双方俱未受到什么损失，又蒙慈静大师多发慈悲，愿用佛门上乘祥和光华，解释我们两家仇怨，我不管线朋友如何，只我个人，却是极愿两罢干戈，从此结成好友。如果线朋友还有什么不痛快，只向我一个人说，不怕说是叫我跪在地下磕头认错，我姓焦的决不含糊，只听线朋友一句话好了！"说完用眼一看旁边圣手伽蓝毕纲。

毕纲心里明白，赶紧走了上来，向线引一笑道："老驼子，我看还是了吧，一定迁延下去，不定要伤多少人，害多少事，彼此都是这个年纪，还有什么多大火性吗？来，来，来，我给你们两家拉上一个合吧。"

说着伸手才一拉线引，那边庄化、沈洵两位老侠客，也把焦柱推了过来。焦柱还真是会做派，到了线引面前，往前一抢道："老哥哥，请您恕过我以前一切的错误吧。"说着便要屈下膝去。

线引急忙哎呀一声道："大哥你别这么说，以前都是太心粗气浮，求老哥恕我那时个年轻无知吧。"两个人彼此一上步一拉手，场子里的人全都欢呼起来。

慈静大师又把金钟一敲道："善哉！善哉！两位这一明心见性，真是功德无量了！这也是佛爷保佑，众位的福德，出家人心里也松快多了。二位既是免去纷争，那些杀人的东西，咱们就可以不要了，众位施主，要是愿意在这里随喜的，便在这里再住几日。如果另有事情，这里也不屈驾，任凭众位自便。"这句话一说完，呼噜一下子，走了一大半儿，仔细一看，全是线引那边约来的，焦柱这边却是一位没走，线引这边五霸没走。

葛弗拉着宇文澜，非要收他当徒弟。这时候奚红雪也跟孟素谈上了，孟素一定磨着奚红雪把她引见给慈静大师为徒，奚红雪正在为难，一看葛弗拉住了宇文澜定要收他做徒弟，不由心里一动，便向旁边的大可道："师兄，请您说一声儿，请师父把这位孟大姐收下，再叫宇文澜拜葛老英雄做师父，你看怎样？"

大可这里还没说出话来，边听身旁一阵喧哗，回头一看，不由大吃一惊。慈静师太一看，念了两声："善哉善哉！这也是前世注定的因缘，红雪过来。"奚红雪答应一声，赶紧走了过来，听候吩咐。慈静师太道："宇文澜这个孩子，生有异禀，最好能够得到一个良师，我看葛施主对他确是有缘，就叫他随了葛施主去吧。"

奚红雪应了一声，便向宇文澜叫道："八十儿，你不要挣扎，听我告诉你，方才你师祖已然说了，说你和这位葛老爷子本有前缘，你该拜他老人家为师，你现在就可以磕头行礼，随你师父好生学习去吧。"

宇文澜一听，把怪眼一翻道："你是我的老师，我要跟着你，不跟这个老要饭的一块儿走。"

葛弗这时候正在拉着宇文澜，听他这么一说，才知道他就是那位姑娘的徒弟，虽是爱这个孩子，也觉得有一点儿对不过奚红雪似的。正在心里一动，又听奚红雪道："八十儿，这是你师祖说的，不许你不听，你现在快跟老英雄去，将来不难成名，你要是不听话，我这里也不要你。"

宇文澜一听，果然不再言语。葛弗心里可太高兴了，才要向奚红雪说几句道谢的话，旁边却走过一个人来，葛弗一看，正是孟素，便笑着向她道："大姑娘，你也来了，咱们一块儿去吧。"

孟素道："我先给二叔道喜，又收了这么一个好徒弟，我再求您一点事，您可不许推辞。"

葛弗一笑道："什么事？姑娘你说吧，只要办得到，我必帮忙儿就是。"

孟素道："您收了一个徒弟，我打算拜个老师，您给说一句话行不行？"

葛弗呀了一声道："怎么姑娘打算要拜师，大概又是说着玩儿吧？谁能够叫你看上够当一个老师的？"

孟素道："我绝不是说着玩儿，不过我说出来，人家还不一定愿意不愿意呢。"

葛弗道："既是真的，你就说出来，到底是哪一位？"

孟素道："我想要拜在神心寺主持慈静大师座下当个徒弟，只不知人家肯收不肯收。"

葛弗道："这个我也得转求一位问上一问。"一回头看见焦柱，便把双手一拱道："焦大哥，现在咱们是一家人了，我要求您一点事，您可肯得帮忙吗？"

焦柱道："您说吧，只要我能办到，一定照办就是。"

葛弗用手一指孟素道："这是我们大哥的姑娘，我的侄女儿，她因为羡慕慈静大师神通广大，法力无边，打算皈依座下，只是和大师素昧生平，无法面达，所以求大哥你转问一句，慈静大师肯收留她不肯，您可以给美言玉成吗？"

焦柱这时候看见化干戈为玉帛，变仇敌为弟兄，心里十分高兴，又见那些不伦不类的东西全都散去，这里留下的都是些江湖上知名侠义之士，本就有心结纳，并可释去前嫌，又见宣化五霸在这些人里头更是出类拔萃，本就想着找个机会和他们拉拢一下儿，但是一时却又说不出话来，恰巧有了这么一个机会，当时赶紧一迭连声应道："没什么，等我去说一说看。"

说完才要过去，却见凌云满面带笑走了过来道："焦大哥，你不用去说了，家师已然全都知道了。不过此时另有别事，要走不少日子，一时半会儿回不来。这位孟大姐，如果愿意回家，就请先回，等家师回来，再去通知，如果就在本山相等，可以随从大师兄大可，传授本法入门，等家师事毕回来再作主张，这个却要孟大姐自己斟酌。"

焦柱方在诧怪慈静大师果有前知，孟素早已欢喜道："这位师姐，既是大师允许我拜投门下，小妹已是欣喜不尽，她老人家既是有事他去，小妹愿意早投师门，跟随众位师兄，先学一点儿入门心法，等师父有了闲暇，再求深造。好在家父同几位叔父全在此地，一说便妥，我求师兄转告师父，可容许此时虔诚谒师吗？"

一句话没说完，却见赵南迎面跑来，向大家喊道："众位前辈，快快退回本山庙里，这块地眼前要生剧变！众位快退，迟恐不及了！"说完双足一跺，到了主台，只向慈静低声说了一两句，便又急急忙忙向后山跑去。

大家初闻此话，不由一惊，及至一看当地情形，火红的太阳正照在树林丛草之间，蓝天蔚然，连一块云彩没有，底下是青葱郁茂，茫无涯际，一点也看不出有什么危险之象，只不知赵南这几句话从何而来，又见她神色惶恐，行止匆忙，也不像没事的神气。大家方在疑信参半之间，猛见慈静手一扬处，一声清越的钟音，贯彻云际，跟着便听高宣了一声佛号道："阿弥陀佛！善哉！善哉！孤魂野魄，也敢来扰乱佛门圣地！众位檀越，请暂退内山，等贫尼消灭了这群余孽，再相奉告吧。事不宜迟，众位要退早退，虽说宵小幺麽，不值一击，但是鬼蜮含沙，难免大意为其所伤。贫尼攻守不能并顾，难免要受虚惊，最好还是请先退后，作个壁上观赏吧。"大家一听，这才知道确实如此，既是如此说得紧张，难免有个意外袭来，临时不必说是身受重伤，就是弄个手忙脚乱，也未免惹人笑话，既是如此，躲就躲吧。大家这时，已然把慈静大师看得如同天神一样，又知道她具有无上神通，说出话来，自不会是言过其实，并且说得又是那么紧张，准知道变起非常，绝非儿戏，好在这些人正是成了名的侠义之流，虽知变起顷刻，却是毫不慌乱，静听主人吩咐，跟着就见慈静向大可道："大可，你和紫云两个，可以领头在前，把众位先引进庙里玄关之内，待我略加施为，随后就到，你们先陪诸位檀越进去吧。"

大可答应一声，才待引了诸位进到后山，猛见葛弗向奚红雪把手一拱道："小女侠，承你把宇文澜让给我，感谢之至，本当再到宝刹，礼拜尊佛，瞻仰梵宇，只是尚有一点小事，和一个朋友约定日期，这里已然无事，不便爽失前约，暂先告别，等到有了工夫，再来领教吧。"说完这句，不等奚红雪置答，一手挽了宇文澜，向大家略一点首为礼，便领了宇文澜腾跃而去。

孟旭孟晓东一看葛弗走了，也向慈静大师合十行礼道："方才小女已承老比丘允许收归门下，以后诸求教诲。我们弟兄也还有些小事，不再多扰，容日再来叩谢吧。"说完又向孟素低声说了两句，然

115

后招呼宣化三霸也一同走了。

　　慈静大师一看，恐怕众人趁势还有走的，怕是耽延时间过久，变动就在顷刻，一个照顾不到，难免有人受了伤害，便赶紧向大可道："你快陪诸位檀越进去吧，我好施为。"大可答应一声，这才肃客而入。这里众人才一转进后山，慈静大师又一点手叫过赵南、凌云、奚红雪、方淑、单环几个弟子，各授机宜。慈静大师往主台上端然凝坐，口宣佛号，不到半个时辰，陡然一片黑云从西北升起。此风吹得很急，一会儿工夫，就把日光遮住，当时天色骤然混黑，连一点月亮光都没有了，真有伸手不见掌，对面不见人之势。跟着又听一阵风声，沙石飞走，草木悲鸣，如同千军万马，怒浪惊涛一般，并且里头还有一种凄厉之际，震耳惊心。慈静大师依然毫无惊慌之意，只是一味高宣佛号，绝不为动。这五个弟子里头，以赵南凌云两个最为镇静，因为赵南出身寒苦，饱经忧患，除去大可之外，就是她跟随大师年多，并且她从前曾为邪法劫掠，跟魔教中有名的三面夜叉诸碧日子不少，对于邪教却略有所闻，皈依慈静大师以后，更是一心向道，肯下苦心研究，对于伏魔上乘，已是很有所得，今天遇见阵势，参此例彼，早已知道破制之法，只是时机未到，师父唯恐她们法网不周，被他们知警逃去，这班人全是穷凶极恶，早该遭劫，一任逸去，为祸非小，所以故作镇静，所为是一网打尽之意，所以虽然看见邪法逼人，依然无一点畏惧，并且深为那一班前来骚扰邪魔而叹，眼看身入罗网，不免骨碎神飞，居然一点警觉没有，真是憨不畏法，可怜可叹。说到凌云，虽然入门比赵南大可红雪紫云在后，但是天符大厚，机警过人，出世的时候，也和赵南一样，几为邪教所骗，幸是真灵不昧，一经援引，便自超脱，归了慈静大师以后，苦心孤诣，身历百险，才觅得佛字一真谛。慈静大师对待弟子，虽然向例不分轩轾，唯有对于凌云，总觉得她久经苦难，百折不回，心志可嘉，无形之中不免略示优异，她又能得宠不骄，反益谦和，对于前进，无不虚心结纳，大家为了她可怜可爱，凡有一技之长，都不惜倾囊相授，她人又极其聪慧，一经传授，便是不忘，更肯精心专志，精研详讨，论年纪她只比单环略大，论能力也只比大可赵南稍差，比起先入门的舒紫云、奚红雪，却是有过之而无不及。例如今天祸变之来，她是早有所知，并且转告大师，请先预备，至于这班邪魔的来路，她也知之最清，在事先原不难向对方略示警诫，叫他们知难而退，一则天性爽直，疾恶如仇，二则知道师父早有成见，打算借此机会，扫净一切邪魔，便要飞升。虽然孺慕情殷，不愿离开师父，但也不愿耽误师父功果，所以只在静中设备，绝不露出一点痕迹，只盼群邪入网发伏，帮助父完成夙愿，也算略微酬答师父教养之恩。及至邪魔果然如期而至，全是此中穷凶极恶之辈，益发动了诛除务尽的豪心，在紧守方位下，已然力加施为，只要时候一到，便可一举功成。至于奚红雪，要论年代最长，除去大可之外，她数第一，大师也极钟爱，只是因她杀气太重，恐怕她多种孽障，无力摆脱，反而误了她的成就，所以对于本门心法，只有教她一些皮毛，以至于凌云反成后来居上，她自己却也知道。她虽是个女子，豪爽不亚于男儿，既不想超凡入圣，也不求成佛做主，只是想着多救几个好人，多杀几个坏人，便算是尽了自己的责任，管它为功为过，只求不愧自心，也就是了。今天这一场英雄会，倒正是投她所好，一来借着这个机会，可以多见着许多年未见的朋友，又可以找着许多当年手下漏网的败类，难得今天会自送到门上，可以畅快地把他们杀个干净。正在这样想着，没有想到，双方遽然言和，这一来把先有的高兴去了一半儿，幸好是大师把她派了最后一个职务，叫她把守方位，扫荡妖氛，心里还舒展一点儿。等到风势一起，这才知道仇人竟是大举进犯，并不是想的那样简捷，但是有了机会，能够多杀几个邪魔外道，总比陪着客人蹲在庙里强似一些。她可就忘了，如果不是大师测出庙地比场上还重要，怎能够把两个最得力的大徒弟派了进去？像方淑单环不过是才入门未久的弟子，怎能够担负这种重任？其实在大师一吩咐她们各占方位的时候，早已跟她们说了，叫她们只顾自己守住，不得贪功出头，免得事大人少，弄得首尾不能灵活，反为外人牵制。

正在这个时候，慈静大师口中佛号忽然停住，手里钟声也便寂寞得一点声音都没有了，却向五弟子低声说了一句："各按方位，小心戒备！"跟着把右手里拿的一柄拂尘向空中一扬，又喊了一声佛号道："阿弥陀佛！诸位老友，别来无恙吗？今天怎么这样雅兴，会到了荒山来？多年不见了，正好一叙离情才是，怎便如此相见？难道还是当日那样大的火气吗？若依贫尼之见，众位远道来此，想已劳动，何妨把这些高招儿暂时收起，且到草庵一叙。即使当年贫尼略有开罪之处，念在多年至交，彼此都是这个岁数，大家见面一笑，把从前闹的事情，只当是个笑话，让它过去吧，何必这样小题大做，倒叫他们那些小孩子跟着为难呢！众位老友，还是消消火气，解开这个扣子吧。"

在慈静大师说话的时候，方淑单环几位人小，尚无透视云层法力，方在暗笑师父怎么对着一片乌云说起客气话来了。赵南、凌云、红雪三个，已是眼有所见，并且知道对方来者是谁，善者不来，绝非大师几句话所能化解，祸变就在顷刻，谁也不敢怠慢，暗运法力，守定方位，待时而施。

果然慈静大师这里话才说完，便听北面云层里头一声怪啸，跟着便有一个嗓音喑哑仿佛劈毛竹一般的似怒似笑的说道："慈静，你趁早儿闭了你那张破嘴！你也不用故意作态，叫旁人听着你正我邪。爽直一言告诉你说，我们这笔债已然结下百十年来了，我的门下连次遭到你的伤害，你何尝给我留下一点面子，你哪里知道世界上除了你还有第二个人。自从雪岭你好意放我们师徒走了之后，我已发下誓愿，如果不能根洗前仇，自愿自己碎身应誓。一晃儿三十年，我绝没有找过你，现在听说功成在即，再不找你，就是永无报复的机会了，所以才今天特意赶到。明知我是螳臂挡车，绝非你的敌手，但是我个人一生一世，就是吃了这个亏，除非这句话我不说出来，只要说出来，我不怕身死魂灭，我也得拼它一拼。今天我既是来到这里，岂是你三言两语可以打发回去的？咱们也是老朋友了，你的那一套咒儿，我已然听惯了，趁早儿把那一套收起来，该当怎了就怎了，你有本事把我置于万劫不复之地，我有能耐报了我的前仇。至于那些废话，说也白说，大可不说，你快准备一下儿，我就要当面献丑施展我那旁门末技了！"

方淑跟单环两个，站的地方比较是远一点僻一点儿，方才毫无所见，如今一听，果然空中有人说话，不由全都有点心惊神骇，两个人全把大师交给她们的三道灵符拿在手里，又把暗器也全都预备在手中，静待发动。又听慈静大师一声微笑道："善哉！善哉！老友既是如此不肯见谅，贫尼也就无法自求免罪了。但是无论如何，主宾之礼，不可不讲，老友来到这里是个客位，有什么高法新招，就请在这里赐教吧。我再说一句不知进退，惹人不爱听的话，不管从前谁非谁是，一概不讲，今天胜者为是。如果老友胜了尊尼，自是任凭处置，绝无怨言。倘若老友因了天时地利，逊我一筹的时候，除去我几个顽徒，我已然告诉她们不许进犯，但是她们都在年轻，性又刚愎，未必到时肯听我的话。好在老友道高识广，绝不至被她们几个孩子困住，并且不必意存姑息，只管给她们一个痛创，替我警诫警诫她们也是好的。至于在贫尼这一面，不拘是老友以及携来贵友，任是一向穷凶极恶在所必诛，贫尼看在死去的慈一师弟分儿上，也绝不能过分为难，这一来老友你该放心了吧！"

慈静这句话还没说完，便听对方一声怪叫道："慈静！今天是拼命的场合，不是斗口的行当，用不着多说废话，你小心一点儿，我要得罪了！"说到得罪两个字，便见乌云一闪，跟着便是一阵悲啸之声，方淑跟单环这时也看见了，就在主台前边一块石头上，站着一个年纪和大师相仿的婆子，身个儿又宽又矮，扁头平脸，鼻斗眼陷，从眼眶子里冒出两道绿光，脑袋上的头发是红白相杂，绝没有一根黑的，在左额角上平排插了三把小叉，上头也发出碧绿的光焰，穿着一件又肥又短的褂子，腰下挎着一个口袋，手里也拿着一把小叉，却是漆黑，一点光泽没有，看上去并不锋利，从腰以下，因为地方太低，却看不清楚。这两个人自从跟随大师以来，所见的一般人，虽不能说个个是英俊不俗，但是从来也没有看见过这样一个穷凶极恶的人，心里先已不快，又听见她出言无状，大师那样用好话开导她，她却毫不理睬，只是一味蛮横，两个人心里早已恨得牙痒痒的，只因方才大师再三警诫，不到时机，不许发动，所以只得耐着性子，一边扯着那道灵符，待机而发，一边把得用的暗器全都预备好了，只等有了机会，就得便打她一个落花流水，仿佛心里才能痛快。再往旁边一看，似乎还有几个黑影子在底下摇动，只是又远又黑看不甚清。正在这时，猛见那个婆子嘴皮一阵乱动，似乎是在念咒，跟着那风声转又由狂大而变成微静，但是吹到身上，比方才更觉冷得难受，每人都不由得打了一个冷战。这两个人虽是眼见一样，心思相同，只是方位距离甚远，并不能彼此接谈。跟着又见她把手里那杆小叉，脱手一扔，便是一条绿光，夭矫空中，好像一条绿龙，在空中摆动了两下，哧的一声，竟是奔了大师迎面而去。再看大师这时反倒坐在主台上头，盘着腿，平着头，若不经意一样，眼看那条带绿火的叉，已然到了大师面前，大师手里拂尘略一挥动，那条叉便又哧的一声竟是飞回，一连几次，都是如此。那个婆子，竟似又急又气，一伸手从头上拔下一杆小叉，伸手一丢，便是一道绿光，哧的一声，催动先扔出那叉，摇曳光芒，直奔大师面门而来。大师依然是把拂尘略一挥动，那两条叉，似有知觉，就像是要一挨上拂尘便受重创相似，锵啷一声，两叉碰在一起，很快地又退了回去。老婆子牙一咬，用手一指，两叉绿光突然一亮，又向大师扑去，大师再用拂尘一挥，锵啷一声，又复飞回。老婆子意似怒极，一伸手把头上两杆小叉一并取了下来，信手一扔，哧哧两声，加入前者两条之内，一共是四道绿光，全都奔了大师，这次却是分了上中下三层而下，不但光芒锐增，而且一种凄厉之声，更是令人不忍卒听。

再看大师，也似觉得这个老婆子不识进退，动了真气，眼看四道绿光已然到了面前，这回却把拂尘往领口一插，等那绿光已近，只把胳膊一伸手一张，上下一捞，那几道绿光，似知厉害，哧的一声，掉转头来一退，意思是要走，却不料大师的手，比它来得更快，轻轻一捞，早把当中最大的那道绿光捞到手里，双手只一搓动，便见无数绿火从大师手里流了下来，好像萤火流光一样，那没捞住的几条，早已风驰电掣一般逃了回去。

方单两个看了，方觉心中一快，猛听老婆子一声怪叫道："凶尼恶道，你敢毁我多年的法宝，今天我跟你拼了！"说着站了起来，挺身一纵，便往台边抢来。

又听慈静大师也是一声断喝道："常慧老友，难道你是执迷不悟，非要闹到形销魂灭不成吗？你方才连用'锁骨劫阴'恶法，我本不难用本门正法，即以其人之道施诸其人之身，只因念在从前相识一场，不肯伤你，怎么你反变本加厉拼命来斗。我可以告诉你，我早已点查有今天这一场纷争，我已预备好'无相玄关'在此，只一发动，想逃就难了。"

旁边单环，一则艺高人胆大，二则是恨那老婆子出言无状，一见那老婆子略一现影，一抬手七支梅花针打了上去。那老婆子本在恼羞，这一来却怒不可遏，一声怪叫才完，跟着手一搓，一道绿光，便奔了单环。单环一听她口出不逊，心里早已不耐，一见绿光到了面前，先还以为是打出来的什么带火焰的暗器，还在窃笑，这种东西，也值得拿来吓人，才待用手里宝剑迎接，猛听有人喊道："使不得，快退下去！"方在一怔，鼻端忽然闻见一股腥臭难闻的气味，中人欲晕，跟着就觉一阵头晕眼黑，简直就要支持不住，幸而她平常人极聪颖，已然明白这是邪法，陡然想起方才赵南交给她的一面小旗，叫她遇到危难，赶紧展开，可以保住身体，事到如今，也只好是拿出来一试吧。赶紧用手一扭，略一展动，便见一道黄光，冲天而起，恰好那道绿光也将将赶到，只听咔啦一声响，真有地动山摇之势。单环方道一声："真是好法宝！"接着又听咔啦咔啦连着便是三声，眨眼之间，又是三道黄光起处，便把那道绿光围在了当中。那绿光像也知道黄光厉害，便在这黄光包围之中，一阵乱撞。单环这时一看后来那三道黄光，也是师兄们放出来的，虽然看不见是什么人，但是以地位关系，知道是奚红雪、方淑、凌云投出来的，只是看不见赵南那一方有什么表示，不知是师父没有给她小旗子，还是她那里另有劲敌，来不及施用。正在寻思，猛听霹雳一声震响，离着自己身旁，也不过是两丈多远，平地出来一道红光，直穿黄绿二光之间。那黄绿二光，本在彼此进门之际，突然被这红光一照，当时便像遇见什么劲敌一样，彼此不但舍了争斗，并且陡地一转，全都分头退开，似有下坠之意。单环一看不好，这道红光为什么这么厉害，看起来必是又有能人赶到，大概对于自己这里，大有不妙，不如早早趁他不备，先给他一下子，免得回头叫他欺压下来，反倒没了办法。心里想着，一手仍旧摇动小旗儿，那一只手却摸向衣袋，把凌云从前赠她的唯一防身利器子母梭取了出来。这种暗器，里头并不沾一点什么法术，也只是一种普通暗器，其形像镖，可中间是扁的，两头是尖的，这子母梭在扁的当中还附着一支小梭，如果对方没有见过这种东西，以为也和普通暗器一样，到了面前，只要用兵器一磕，当时就会震开，里头那支小梭出来，比起大梭，力量只大不小，打到身上，至少也得伤筋动骨。这种暗器，比镖弩袖箭还要难练，因为它的分量既沉，中间又是扁的，打出去容易兜风，手上腕子没有打的力量，不容易打出去。凌云也是独出心裁，自己想的法子，为这种暗器，很下过不少的功夫，当初龙湖斗风云，大战宝应湖的时候，曾经一梭杀三寇，很用它享过大名，后来因为喜爱单环机灵，便昼夜教给她这子母梭。单环人太聪明，又极用功，日夜勤习，到了后来，居然有青出于蓝之势了。但是自从到了神心寺，慈静大师一见单环，说起家世，单环的父亲跟大师还是近亲，单环只比大师小了一辈，并不能收作徒弟，于是跟凌云一说，便叫单环也拜在大师门下，和凌云以及众同门全都姊妹相称，可是依然由凌云教她各门的功夫，又告诉凌云，既是皈依佛门，就不得妄开杀戒，像子母梭那种兵器，最好不要使用，就是本门独传梅花针，从此也不许再用。凌云答应了大师，便不许单环使用，单环一向没有用处，今天因为救师情急，一扬手便打了出去。她这里才一出手，耳边便听一声大震，人便昏了过去。

等到醒来，人在庙内，旁边只有方淑，当下一问，方淑道："你今天真是险极了，方才那道红光，原是本门的信号，你的暗器打出去，幸亏来人能够潜光视影，否则如果要是全力来对付你，这时候，还会活着躺在这里吗？"

单环原是取胜心切，实指望在人家不满之际，自己倘能成功，岂不是大大露脸，如今听见方淑这样一说；才知自己完全把事料错，听方淑所说，并且还有贻误大局之意，不由越发害怕起来，便向方淑道："好师姐，我实在太糊涂了，才闯出这大的祸事，师姐你听说师父有什么要责备我的话没有？"

方淑看她着急的样儿，哪好再吓唬她，便笑了一笑道："你这件事，本是无心之失，师父怎能责备你呢？不过以后你却要多加一点小心，不可再是那样而为了。"

单环听了后方才放心，又向方淑道："好师姐，你再说说，方才怎么一个阵仗儿，我是听了一声大响之后，就什么也不知道了，我是怎么进到屋里来的？那个丑八怪什么时候怎样走的？你可以跟我说说吗？"

方淑道："幸而你是现在问我，你要是早一点问我，连我也不知道。刚才听二师兄一说，可热闹又可怕，你听我慢慢地跟你说。今天来的那个老太婆，她的名字原叫常慧，本是四川雪岭上的人，要论起来，她跟咱们师父还是师姊妹呢，咱们师父第二，老太婆第一，另外还有一个叫什么宏明师太，早已死去，她老三位，原来都是澄波大师门下，可是这位常慧师伯后来误入旁门，走进邪路，拜了雪岭魔教七宝阿难普恒为师，专一习学邪法，劝师父也投入彼教，师父一定不投，她又劝三师叔，三师叔心志不坚，就也拜了普恒。一晃儿三十多年，对于普恒所会的那些妖术邪法，她们二位是全都学会，又收了不少徒弟，从此便和正派不常闹出事来。师父也曾给她们说和了几次，她们不但不听，反倒说师父是奸细，师父这才躲开她们，躲到这里来，两下里便成了水火不投。师父总是管制自己门下，见了她们，能躲则躲，不能躲也不要伤害她们，谁知她们不但不知让步，反以为师父怕了她们，几次三番找上门来，师父仍然大量包容，一向是置之不理。谁知她们胆子越来越大，事情是越做越凶。在前年常慧和宏明要练一种什么魔法，里头须用男女婴胎一百多具，便派了许多弟子到四乡八镇看见有那怀孕的妇人，她们便千方百计，把人家胎儿取去，因此也不知害了多少人命。有一次师父又从这里到镇江，经过一个地方，叫什么红菱坡，就碰见了这么一伙子人，正在干这种伤天害理的事，师父如何能够容得下去，一动手便伤了她们两三个，其中有一个是三师叔最爱的一个女孩子叫贾本男，也被师父所伤。贾本男逃出命去，回到雪岭对她师父一说，她师父本就护短，又志趣不同，听了徒弟的话，后来找师父说理。师父当面，又劝她不要多做那种伤天害理的事，她不但不听，反倒恃强拼斗，被师父用佛门金刚坐禅大法，败了她的邪术，毁了她几样东西，这一来冤仇便越发加深了。后来常慧又约了宏明，找了两次师父，却是一回也没有得到便宜，宏明师叔由恨成仇，不惜背叛师门，投到西藏红教番僧额楞保赤门下，学了许多红教中的魔法，在天目西山设下凶恶无比的魔网，约请师父前去说理。师父到了那里，施用正心金刚禅法，跟他们斗了二十一天，结果魔道反侵，三师叔受了重创，回去没有多少日子，便是死去，遗言叫门下还是来找师父报仇。师父念在本是一派源流，她既行法不成，为魔反侵身死，已是可怜可叹，对于她的门下，自不愿和她们一般见识。谁知三师叔门下掌门大弟子红粉罗刹靳绿筠，就是今天被师父用无形神网网住的那个女子，她本是独脚大盗三眼煞神靳玉奇的女儿。靳玉奇凭着手里一对吕公拐，在江湖上成了大名，仇家也越来越多，则被江南七义里面九头狮子卢春所杀，正赶上宏明师叔从那里经过，便把靳绿筠带回雪岭，收作弟子，教她武功，并有魔法。靳绿筠人本聪明，又肯用心，为期五年，能为只次于宏明师叔，同门里头却要属她最高，因此便做了掌门大弟子。一来她所得的全是旁门左道，心灵已被魔神遮住，二来又因她的父亲是死在七义手里，因此她便把正道中的侠义恨个透骨，她师父一死，她便成了她们那一派的掌教，怀恨师父不该杀死宏明师叔，由是便一再和师父为难起来。但是她无论如何强法，总不会比她师父更高，因此便累次为师父所挫败，可是她绝不醒悟，再接再厉，跟师父纠缠不休。这次她想着，师父既是帮忙焦大爷，一定是全力都在前山，寺内一定空虚，她想乘虚而入，一定可以得手，便在师父主持两下比武时候，她却偷入寺内，打算把师父所炼的五雷旗门偷偷破去，也算是报了一半仇，出了一半气。哪知咱们师父，已能虚静生明，测出她的来意，表面却故作不知，暗中设下埋伏。她才到那里，便已入伏，师父原本无意伤她，却叫大师兄大可假装把她交给奚师兄看管，让她逃走，也就完了。谁知她偏不知警，倒以为真是她的法力高强，被她遁走，意狠心毒，又把宏明师叔炼就镇山之宝五灵砂全都带了出来，预备在大庭广众之间，乘势施为。那五灵砂极为恶毒，不要说是沾在身上，当时神志昏迷，浑身溃烂，就是等闲闻到鼻子里，当时也能人事不知，这种东西实在是既凶且烈。她本想趁人不备，施展辣手，至少总可以迷死过几个人，也好转转面子，哪知也是她的运气不好，又遇上了宣化五霸里头的五爷，看出她的诡计，她那里还没有发动，已然被获成擒。咱们师父也知道这次来的，绝不止她一个，并且这回事也绝不能就此干休，只好是把她当个香饵，以便把她们一网打尽。方才她们眼看就要入伏了，却被你这一子母梭打出去，叫她们看出破绽，知道已有准备，便自退回去了。"单环这才知道自己果然

125

惹祸，不由不安起来。方淑道："这你倒可以不必挂心，你的意思总是好的。"

单环道："现在也不知是怎样了?"

方淑道："方才凌姐姐已然进来过了，大概妖邪已退，双方亦已停斗，焦线二位已然拜了兄弟，大家全都各自分散回家了。"

单环听了道："怎么这么一会儿就完了?"

方淑道："你怎么还没有够吗? 方才听师父跟师叔说，所有门下弟子，今年下半年全要下山修道济世积功，到了那时，我们可以看得见的事更多了。"单环听了自是高兴。

过了没有多少天，慈静大师把所有门下弟子全都召集一处，叫大家分途出外修筑外功，众人领命下山。以后更有许多新奇事迹，等在下稍缓时日，再写了贡献读者，《英雄台》到此全部终了，请读者批评赐教，敬祝诸君安乐。

铁 观 音

第一回

泛一苇慈航普度
护群花玉璞归真

　　天飞孝鸟水游孝鱼，山隐孝兽胎卵湿化，凭赋性灵养其养；小鸦反哺儿归回喂，羔羊跪乳苦难艰辛，率由知能睹其亲。君不知天赋性能本重人，人欲横流灵白泯，宠妻爱子仇遇白头亲，忘却儿身出母身，于嗟乎人不如兽与鱼禽！秀气偏钟石榴裙，庄稼女儿铁观音。剑器轻扬飞白练，刃仇壮志贯群伦。踏尽崎岖申素愿，迢然远引五湖津。芙蓉为面铁为骨，冷若冰霜不喜春，一愿慈航时隐显，沿岸膜拜女迦音！

——观音草

　　不怕多花钱，多找能工巧匠，要盖一座观音堂。伽南香雕的金身，檀香的座子。楠木龛，上好黄贡缎的幔子。真琥珀海灯，上的是自磨香油，金五供，汉朝的香炉。斋戒沐浴，晨昏三叩首，早晚一炉香，吃观音斋，念白衣咒，救苦救难南海大士观世音菩萨，往少里说，一天得念三千多遍，不用说自己家里人，连街坊都知道这位是善士。

　　一天，善士家里举起哀来了，听着哭喊，知道善士的太夫人仙逝。第二天，从大门说起，一直到厕所为止，没有一个地方不见白，真跟下了一场透雪相似。过街的牌楼，起脊的棚，和尚、老道、喇嘛、姑子、居士、转咒、起经，糊的车、船、轿马、灵人、灵花、松狮子、松亭子、开路方弼方相、金山银山、尺头桌子、箱子、楼库。用的是茵陈寿木，刷漆、挂里子。灯草包、松香、炭末、香面子，应有尽有。念七七四十九天经，逢七加传灯焰口。门口是对鼓锣架、云板、响磬。里头是两堂清香，满汉六十四杠，鹰狗骆驼，前呼后拥。只是白孝布就用了有三百锭，连倒土车、挑泔水、打刷茅厕的全给孝袍子。出殡时候，金棺还没出堂，执事都快到了坟地。善士捧着灵牌，举着幡儿，哭丧棒插在麻绳子上，摔盆一走，后头送殡的车有四百多辆，不管认识不认识，只要头天送信到坟地，就给预备车。浩浩荡荡，抬着棺材一游街，谁瞧见谁夸："您瞧，人家这儿子是怎么养的，这够多大造化，多大体面！"

过了些天善士家散了一位厨子，到了外头，给善士造谣言，硬说善士是宠妻爱子虐待妈，要以实在情形说，善士他们老太太，身体挺结实，绝不至于就死，这次就因为连给老太太连喝了七天稀粥，生把老太太给饿死了。名叫稀粥，一碗里没有十个米粒儿，老太太喝了七天白水，不死等什么？有人说那是谣言，就凭人家一天吃斋念佛的人，哪里能够干出这种事来？厨子把嘴一撇："什么？念佛吃斋？别让他造罪了！你们就不打听打听他为什么念的佛？他不是得的不义之财发的家吗？他也怕孤魂冤鬼跟他完不了，所为拜拜菩萨，也无非是折折罪，省得死了上刀山下油锅，推捣磨研。你们都知道他吃斋，吃的是什么斋？一天得宰三只小鸡子，不拘什么，都得来放点鸡汤，那叫吃斋？别让他拣好听的说了。他们家念佛吃斋的倒是有一位，就是那位死去的老太太，平常常听见说，'老佛爷，有灵有圣，您快叫我死了吧，我可真受不了这个罪！'一年三百六十天，除去豆芽儿就是豆腐，不但说鸡汤，连块鸡骨头老太太都没要过。这倒真灵，老太太就这么素着上天了。他是善士？他要是善士，我就是活菩萨！这小子将来必有显报！"

　　当然，这路话出在一个厨子嘴里，骂的又是善士，自是不信的人多，可是世界之大，什么没有？既有这路话，就许有这路人，也不一定说没有这路事。本来，神道设教，原是帮助刑政不足的好工具，孔圣人都不敢说不对，没有。反正，最末的话，人人吃斋念佛，总比人人杀人放火强。究其实，佛在什么地方，干脆说就在眼皮底下，"在家孝父母，胜似远烧香"，人人都有家堂佛，就是生身父母，父母在日，多孝顺一点儿，别拿爹妈看成眼中钉、肉中刺，把疼媳妇儿爱儿女的心，匀出百分之一来对待父母，老两口子能多活几年，比供什么佛都强，还准保灵，因为这里头不是迷信，是个循环礼儿。你孝顺你父母，你的儿女长大，就知道孝顺你，你不让你爹妈受罪，你儿女也必让你享福。真要是一天到晚算计，老打算把你自己父母给活埋了，你放心，你准到不了你父母那个岁数，也让你儿女把你给塞在井里。活着时候，不知孝顺，死了任你再是丰棺厚殓，也是于事无补。"殓之丰，不如养之薄。与其奢也宁俭，与其易也宁戚"，这话当然显着脑子旧一点儿，可是实在没法子往新里说。不但这个，连底下这一部信口瞎诌的小说，也都仿佛有些腐气冲天，没法子"万恶淫为首，百善孝当先"，正是我们造谣的主题，焉敢胡来乱来。说完几句酸话，《铁观音》上场。

　　中国人迷信神佛，除去家里供佛不算之外，不拘什么名山大庙，每到了佛道生日，善男信女，多不惜万里途遥，必须朝山膜拜，以求神佛默佑。浙江省东边，沿近海岸，很有几座名山佛地，什么珞珈山、普陀山、西佛山、东佛山，山上都有远年大庙，每逢开山的好日子，东西南北，一班善男信女，真能前三月后五月地赶到磕头礼拜，朝山还愿，做大功德大布施。所以这些大山，也就跟着古刹一块儿享起名来。在这诸山的西南，宁波府属，东海边上，还有一座小山，叫佛肚山，虽没有珞珈、普陀那么盛大，可是山上有座小庙，倒也名头不小，庙叫白衣庵，供的是南海大士。要按着这座庙

131

说，房不到十间，地不到一亩，里头也没多少出家人，只是有个看庙的老尼静修，带着一个徒弟念空。虽庙不大，香火却非常之盛，每年一进三月，直到五月，大小船只能把这股海道，填得拥挤不动，都是从山南海北赶到这里，朝山拜庙的善男信女。据说这里菩萨比什么地方菩萨都灵，真是求财得财，求子得子，因此佛肚山一带居民，除去养得些船只之外，便仰仗菩萨默佑，得以衣食无缺。这白衣庵，每年开庙的日期，是从四月初一直到二十八，虽说前后都有来人，却不是正例。

这一年，又到了开庙时候，老尼姑静修找了几个当地人，带着徒弟念空，把庙里庙外全都收拾得干净整齐，静候善男信女前来烧香还愿。收拾齐毕，又在门外山脚下预备了五六十只带篷的大船，里头也有床榻桌椅，为的是一般善士到了这个地方，找不着客店，做一个临时歇脚的地方。将将预备好，已然四月初一了，静修老早起来，换上新僧衣，拿着拂尘，才把山门一开，只听呼噜一声，拥进去足有二百多口子，有男有女，有老有少，有的挂着素珠儿，有的穿着罪衣罪裙，嘴里念着："救苦救难观世音菩萨！"人便全都往里挤了进去。静修前行不能，后退不可，急得直喊："阿弥陀佛！"众人行善心急，自是当仁不让，谁还听老姑子喊什么，就全都挤进去了。院子既没多大，当然是一挤就满。后头的人，还没有进来，前头的人，已然靠近佛座，跪在地下磕起头来。磕完了头，再打算出去，可就不易了，后头的人是越挤越多，越多越挤，真有人让烧香的给挤在桌子底下待了好几个时辰的。老尼姑静修又是高兴，又是着急，高兴的是今年烧香的人真不少，香资一定错不了，着急的是要照这么挤，恐怕又要把佛座挤倒，那一来可就把饭锅砸了。干着急一点法子没有，这时候不用说打算出去，连打算喊都喊不出来了。

正在一阵忙乱之间，忽听人群里有女人哭喊声音："好你个贼东西，怎敢欺负你家姑奶奶！"静修一听，可了不得了！这是什么人在此搅闹盛会？宁波府派来的弹压兵，都在山脚船上，因为这里是善地用不着他们，没有想到真会出了事，这可是麻烦！自己又挤在里头走不出去，实在是糟不可言。

正在着急，再听一个粗浊口音的人喊道："阿弥陀佛！你们终朝求佛爷，如今求下真罗汉来，你们怎么倒不认了。美人儿，我告诉你，你家罗汉爷跟你们下来，已经不是一天，还告诉你，今天你家罗汉爷来的还不止一位，除去你之外，还要选个二三十个回山高乐呢！美人儿你不要喊坏了嗓子，让你家罗汉爷心疼！"说着话又一撮口一声长哨，跟着又是一声狂喊，"众弟兄们！选盘儿尖！起！"这一嗓子，呼噜一声，起来一片，全是粗眉恶眼膀大腰圆的凶僧。一声呐喊，每人就近捞起一个，双手往秃脑袋上一套，登时就给背起来了。又是一声哨子响，人就往外拥去。别看进来不易，出去可不难，因为大家都在地下跪着，这班凶僧，有的背着一个大姑娘，有的背着一个小媳妇儿，趴着的蹬脊梁，跪着的蹬肩膀，人上走人，霎时间就全跑出了山门。这时候庙里头可就乱了，有的丢了姑娘，有的丢了媳妇儿，有的丢了姊妹，有的丢了孙女儿，哭成一团，喊成一片，可全还跪着忘了起来。

究竟老姑子脑筋清醒一点儿，一看大家哭闹，自己是出不去，赶紧爬上了佛桌，扯开嗓子一喊："众位施主不要着急，山脚底下有兵，众位告诉他们一声，就可以给截住了。"

大家一听这才如梦方醒，赶紧往外翻身就跑，再看那些个和尚，足有三四十个，全都往海边跑去，准知道只要一上船就算完了，那还能不急，一边跑，一边喊："万恶滔天的和尚，青天白日，竟敢抢夺良家妇女，趁早给我们放下，饶你不死；如若不然，拿住你们，可要把你千刀万剐！山底下的兵老爷，前面跑的是贼和尚，背上背的是抢走的良家妇女，兵老爷你们给截住点儿别叫他们跑了！"

跑着喊着，眼看着那群和尚已然到了海边，有两个已然上了船，这才看见从一只红船里走出一个满脸烟灰的小兵官，斜披着官衣，歪戴着凉帽，手里拿着一杆旱烟袋，拧着眉毛瞪着眼伸了一个懒腰道："什么事这么乱七八糟的？你们没看见那里有大人红示牌子上头写着禁止喧哗吗？"

这些人一看他没紧没慢，不由动气道："我们姑娘让人家抢走了，怎么还不许我们喊吗？"

那个小兵官把嘴一撇道："得了得了，咱们别拿这个麻人！你们姑娘没了，有地方打官司，我们这里管不着，趁早还是别喊，你们要诚心跟着吵，可别说我要对不过。"

大家一听跟他说好的，简直是废话，有两个胆子大的，过来一把就把他胸脯子揪住了，呸地就是一口道："你别做派了，你看看前边有大批海贼抢走了好几十个良家妇女，你也不把眼睁开，你吃着国家的钱粮，就为养活你们吃饭吗？"

这位小兵官这才知道真出了逆事，赶紧改了口风道："你先撒手，我所为是稳住了他们，你别着急，我有办法。"揪的人一撒手，小兵官冲红船里头一声喊道："哥儿们，先别斗了，出来瞧瞧吧。"

慢慢腾腾又从舱里钻出四个兵，全都光着脊梁，披着号坎，还有两个手里拈着几张纸牌，摇头晃脑向那小兵官道："什么事？您就多辛苦一点吧！"

小兵官道："哥儿们，这可是咱们字儿低，出了吵子了，海虾米刚才掠了好几位姑娘走，事主儿都在这里哪。哥儿们，没别的，可得捧我一场，走，咱们瞧瞧哪个绿了毛的敢跟咱们过不去！"说着话，把官衣伸上袖子，又把凉带系好，从舱面上抄起一杆大枪往肩头上一扛，一摆手道："走！"这四个只好把牌暂时搁下，每人也抄起一把单刀，全往前边跑去。

因为耽搁时间不少，那拨儿抢人的贼船，已然全都起了锚了，这位官儿看追不上爽得站着脚步，用手里枪往那边船上一指道："对面水贼听真，青天白日，竟敢抢劫良家妇女，难道你就不知道你家裕大老爷在此，还不快快把船拨转，送人赔罪，饶你不死，不然的话，我可要手起枪落，叫你们全体做海边水鬼，永劫不能超生!"说着摇头晃脑，身上不住乱摆。

猛见那群贼船，最后一只，陡然一横，一个胖大和尚站在船头向那小兵官哈哈一笑道："小哥儿你还是去要你那大烟枪吧!你家罗汉爷今天是好日子，没工夫和你怄气，成全成全你回去请功吧!"说着话陡地把手一扬，只见一道白光，直奔小兵官面门而来。小兵哎呀一声，往旁边一闪，正钉在左肩头，原来是一支四两轻重的铁镖，眼瞧一晃两晃，锵啷一声枪先出手，跟着扑咚一声，人也摔倒，当时大家更是一阵大乱。眼看海贼抢人一走，连贼人是什么地方来的都不得而知，焉有不难受之理，这个就哭姑娘，那个就叫媳妇，又是哭，又是喊，把一座清静禅林，顿时变成丧场灵棚。

眼看那几只贼船越走越小，越去越远，跑着跑着猛地仿佛一横，像是被什么东西挡住，不能前进的样儿，不由全都提神往前再看。只见海波当中，影影绰绰仿佛有个小鸟儿，一飞一荡，一上一下往那只贼船边飞去，风驰电掣越来越近，可就看出来了，原来也是一只船，船后一人掌舵，船头站着一个穿着一身白衣裳的姑娘，手里拿着一根竹竿点水前进，这时岸上已然全都看清，不由一起跪倒海岸高宣佛号："救苦救难活观音菩萨!"准知道这位活观音赶到，无论如何，这一拨女孩子就算是有救了。

再看那位姑娘更是矫捷，站在小船上，只把那根竹竿儿一点，嗖的一声，便好像一只燕儿相似，跃到贼船上面，满面含笑道："今天是哪位掌的舵，请看在我庄静分上，抬一抬手吧!"

一句话还没说完，舱里一声怪叫道："姓庄的休得赶尽杀绝，今天罗汉爷找的就是你，要报那竹林坡一掌之仇，不要走，吃我一铲!"话到人到家伙到，一柄九耳八环方便铲的铲头就奔了庄静前胸戳去。这柄铲是纯钢打造，铲头仿佛像个簸箕形儿，当中是刃，一边有四个小尖儿，每个尖儿上挂着一个环儿，铲杆足有鸭蛋粗细，长下里有七尺，铲尾那头也是一个尖儿，不过比铲面的尖儿略大，足有一个馒头大小，往少里说也有四五十斤，按江湖上的道儿说，使这种家伙的人，没有真功夫，不敢使。因为上头有钢环，家伙一动，环儿先响，对手能够防备。和尚这一铲，是个足劲儿，恨不得一下子把庄静戳死船头，哗棱一阵响，这条铲直奔了庄静胸口。这时候两只船却稳住了，岸上的人看了挺真，一看和尚长得又粗又猛，家伙又凶又沉，要是一个失神，不用说戳上，碰一下子都可以，不由全都捏着一把汗，嘴里不住叨念阿弥陀佛。

庄静一看和尚，不由微然一笑道："我当着是谁，原来是达智大和尚。竹林坡那一场，不过彼此年轻意气，现在还有什么解不开？据我说冤仇宜解不宜结，大和尚你把那件事忘了吧！来，来，来，咱们结个善缘，把从前那篇糊涂账揭过去吧！"嘴里说着话，身子可没闲着，斜身一跨，和尚铲就空了，单手往下一切，就是铲杆上，当的一声，铲头往下一坠，正在船板上，连那只船都砸得不住乱晃。岸上的人，早已喊出震天的好儿来。

和尚一铲走空，心头越发火起，喊一声："庄丫头，今天不是你就是我！"前把一提，后把一坐，垫左脚，起右脚，双手横着铲头，实拍拍偏着往庄静腰上砸去。

庄静依然一笑道："大和尚，你怎么还是那么急脾气？算了吧，我愿意认输赔不是，就求你成全这回善举吧。"说话的工夫，铲带着风就到了，庄静手里提着那根篙，双脚一点，提身一纵，嗖的一声纵起来足有五六尺高，那铲便又从庄静脚下过去。和尚才上过一回当，这回可就不敢大意了，一看铲去人空，不等庄静脚落船板，前把紧，后把松，铲尾冲上，哗棱一声，铲尾独龙攥直奔庄静小肚子戳去。庄静正是一个落式，身子不能悬在空中，一看和尚使出绝招儿"朝天一炷香"，不由脱口喊了一声"好！"双脚本来朝下，眼看铲尖离着自己肚子不到二尺，腰上猛地一使劲，双脚往前一踹，身子凭空横着出去，足有一尺，那铲尖正擦着脊背蹭过。庄静刚刚脚踩船板，和尚的铲又转了过来，抖手一铲，便奔了庄静双腿。庄静

136

微然又一笑道："大和尚，你不要赶尽杀绝，你要知道姓庄的还让着你，你要明白事的，趁早儿把那几只船拨回去，让大家骨肉团圆，是你的便宜。你要倚仗你人多，打算胡作非为，对不过，我可要在这块善地叫你们惨报了！"嘴里说着，双腿一提，铲到得又迟了一步，这次不等和尚往回撤家伙，再变招数，一提手里那根篙，往铲上就磕。和尚一看，心里特别高兴，就怕庄静一味游斗，等岸上人一回过味来，把自己一围在当中，虽说挡不住自己，反正得耽延时候，如今一看庄静已然沉不住气，拿一根竹竿要跟自己纯钢的家伙碰下子，那可是找输，先拿铲把她这根竹竿毁了，顺手再给她一家伙，轻重让她带点伤，就报了从前一掌之仇。心里这么想，庄静的篙就到了，不但不躲，反而用了十成力，往上一迎。万没想到，当的一声响，借着水音儿听出足有二三里远近，两只虎口也被震裂，方便铲几乎没被震落，不由哎呀一声，才知道庄静手里拿的那根篙也是纯钢打造，再听岸上又是一阵喊好声音，不由气就馁了。

正在略一沉吟，却听庄静仍是笑着说道："大和尚，咱们闹着玩儿也就够了，依我说你快叫他们把那几只船全数拨回。人家都是吃斋念佛的大姑娘，不比我这杀人不眨眼的贼丫头，胆子都小，要是吓坏了她们也是麻烦，大和尚你就慈悲慈悲吧！"说着又给和尚福了一福。

和尚心里难受说不出来，真要把船往回一拨，带人一走，从今天起就算完了。可是不这么办，也绝计占不了上风，找不着便宜，莫若光棍不吃眼前亏，来个就坡儿下，遇见苗头儿，再想法子报仇。刚要告诉庄静认败服输，拨船送人，就听前边自己那只船头有人喊嚷："师哥闪开，待我来宰这个野丫头！"跟着船一碰船，嗖的一声，又蹦过来一个。庄静一看，也是一个和尚，可不认得。只见这个和尚，身高七尺开外，大头、大脸、长眉、大眼、腰宽、膀阔，紫巍巍一张铜盆大小的脸，光头，没戴僧帽，身穿杏黄色茧绸大领儿僧衣，足下白袜子，青僧鞋，手里拿的是一根铁棍，蹦过来单手攥棍一横，就把达智让出去了。立手里棍往船板上一截，当的一声，那船跟着仿佛就往下一沉，单手一指庄静道："你这个丫头姓什么，叫什么，为什么破坏你家罗汉爷好事？懂得事的，趁早下船逃生，是你的万幸，如若不然，丫头，你来看！"说着一摆手里铁棍道，"我可叫你在你家罗汉爷棍下做鬼！"

庄静点点头道："大和尚，你不要言语欺人，你可知道你家姑娘因为今天看在观音菩萨面上，不愿在善地伤人，你们便宜多了。如果今天不是在这个地方，就像你们这样目无王法，姑娘我早已手起剑落，例如尊驾这样的，恐怕早已圆寂多时了。要依你家姑娘良言相劝，苦海无边，回头是岸，趁早把船拨回，还可以看在菩萨面上，叫你多活几天。倘若执迷不悟，少时姑娘火性一发，只怕你们一船罗汉，等不到火葬先要水葬了。你先不必打听我的名姓，达智他全知道，你回去问他，自会告诉你，你就快快拨船回岸吧。"

胖和尚一听，哇呀一声怪叫道："好你个野丫头，竟敢满嘴乱道，难道你就不知道江湖上有你家莽罗汉圆慧活爷爷？别走，接棍！"呼的一声，棍搂头盖顶就下来了，庄静斜身一跨步，棍就空了，和尚跟着横棍一扫，打庄静左肩头，庄静往下一矮身儿，棍从头上过去，和尚右手往回一撤棍，倒挽盘龙左手往下一轧，棍打庄静双腿，庄静提身一纵，棍从腿下过去。和尚两只眼都瞪圆了，嘴里不住怪叫道："野丫头你为什么不接招，敢是怕了你家罗汉爷？"庄静单手一指和尚道："得了，大和尚，你别尽自说大话了，我因为你们来到这里，都是一个客位，故而不好意思当下接招，恐怕让人笑话我不懂江湖义气，如今三招已经让过，要再让你使过三招去，我就不是冰清大师的徒弟。你有什么高招，只管施展，现在我倒要领教领教！"这句话没有说完，和尚双手抡棍，就奔了庄静太阳穴。这回庄静看见棍临切近，并不躲闪，一立手里那根篙，往上一迎，又是当啷一声，和尚的棍就撞回去了，震得和尚连着胳膊发麻，一咬牙一硬腕子，二次棍走"乌龙绞柱"，直点庄静小肚子。庄静呸的

138

一口啐道："贼和尚死到临头，还敢这样无礼！"不躲和尚棍，一平手里那根篙，嗖的一声，篙尖直奔和尚腿上扎去。这支篙通身是铁，尖子好似扎枪，四外有四个倒须钩，尺寸比和尚的棍长出有一倍。和尚的棍还没到，庄静的铁篙尖儿已然到了。和尚一看，只要扎上一点儿，就活不了，顾不得再往前递棍，急忙往旁边一撤身，打算躲过去，就在身子刚一扭转，庄静单手一提，那根篙就回去了，进步一脚，正踹在和尚胯骨上。和尚是个撤劲儿，哪里还迎得住，咚咚咚，连退了三五步，依然还是倒了下去。恰好已到船边，一只脚已然蹬空，才喊得一声"不好！"整个儿身子便要掉在海里。庄静哈哈一笑道："罗汉爷，别害怕，掉不下去。"嘴里说着，嗖的一声，篙尖子就又到了，和尚没法躲闪，闭眼认命。扑的一声，正在左肩头就搭上了，连僧袍带肉全都搭住，借着庄静一拽，才算站住，顺着秃脑瓜子直流大汗珠子，嘴里不住直呜噜，不知道他是疼的，还是在念咒。

这时候达智还站在船板上，心里简直没准主意了，带人一走，丢人事小，碰巧了还许不让走。不走，今天来的人，谁过去也不是人家对手。心里犹疑，眼珠子跟着乱转。庄静早就看出来了，便赶紧搭话道："达智大和尚，今天咱们这可算是闹着玩儿，谁可也不许记住谁。你赶紧叫他们把船拨回去，算是赏了我的面子，改日我自当道谢。今天可是实在对不过，就求大和尚发一句话吧！"

达智一听，趁早儿不用再说废话，干脆给人家把船送回去，今天这个跟头就算栽到了家了。便也赶紧赔着笑道："庄姑娘，今天承你高手，我们是感谢不尽，船上的人，我们都依您送回，就请您先回船吧！"

庄静摇头道："不用费那么大的事，您干脆把那些姑娘全都送到这只船上，我有法子可以把她们送回，就不劳你们诸位的大驾了。"

和尚一听，就那么办吧，赶紧把船全都贴紧，把钩杆子钩住，这才往这只船上运送这些被抢走的姑娘。一个个全都是蓬头散发，满脸是泪，哭喊不止，还有的把自己脸上全都抓破了的，到了这只船上依然是哭喊不止。庄静站在船头，高声喊道："众位姐妹，不要哭了，快快坐好，待我送你们回去！"连喊几声，人多音乱，哪里听得清楚，急得庄静把铁篙靠好，跑进舱里，一阵乱扯道："诸位姐妹，不要哭了，我是来救你们回去的。快快坐好，我好送你们回去。"

大家这才明白，全都止住哭声，一齐冲着庄静高声齐喊："救苦救难观世音菩萨！"庄静不住摆手，退到舱面，向那些和尚道："诸位和尚，请你们快到那边大船上去，这里有我，足可以送她们回去了。承情，承情！感谢不过，容日再去问好，诸位有什么事找我，可以到落伽山湾金钟寺，我是长年在那里恭候！"

那些和尚，一个个如同拔了毛的公鸡一样，垂头丧气，一步一步蹭到了那边船上，张帆自去。庄静一看那些贼船业已走远，这才拿起铁篙，来到船边，向自己原来那只小船一招手喊道："哥哥，你帮着我把她们全都送回去吧！"

船上一个中年汉子微然一笑道："好姑娘，你的胆子真大，连家伙都不带，真要是遇见硬手，那可怎么好？"

庄静也一笑道："我要不是从夜猫子嘴里听出他们来的是什么人，那今天还不会赶到这里来，准知道他们没硬手，才故意跟他们开一开心。再者真要是遇见吃横的，我早就找你出马了，他们再多几个，有咱们两个，大概也就可以料理了。闲话少说，还是赶紧把她们送回去吧，爹妈盼姑娘，不定得多担心呢！"说到这里，眼圈儿一红，跟着回身就奔了船头。那个汉子提身一纵，也到了船上，掌住风舵。庄静使着根铁篙一点一点，便如同一根箭头儿相似，直奔海岸，远远就听见岸上是高呼佛号声震天地。心里正在高兴，猛不防咕咚、咕咚、咕咚连着三声炮响，顿时岸上的人，也便乱成一片。庄静不由大吃一惊，不知又出了什么事。赶紧挂篙催船前进，到了海岸，刚要往岸上蹦，就听一阵扑咚声音，岸上顿时跪下一片，全都合掌当胸，齐喊："救苦救难活菩萨！"庄静要蹦也蹦不上去了，急得双手乱摆，嘴里不住喊道："众位，先别捣这瞎乱，等我船拢了岸，你们先把自己的人接了回去，有什么话再说好不好？"岸上的人一任庄静喊干了嗓子，也没有一个人站起来，让开道路。耳听前面咕咚又是一声响，庄静可真急了，手里的篙往岸上一戳，双脚一点，嗖的一声，手提长篙，凭空纵起，挺腰绷脚面，整个儿往这些人脑袋上纵过，不愿跟他们说话，一弯腰顺着海岸就跑下去了。这些人哎呀一声，跪在那里扭头再看，活菩萨业已跑远，这才站起来，挤到小船边，各自接着妻女姊妹儿媳妇孙女侄女外甥女，一边笑一边说，喜中带悲，悲中还喜，另有一种景象。

庄静可没听见，也没看见，塌下腰去，往前正跑，没防备就在耳朵旁边，咕咚又是一声响，抽冷子还真吓了一跳，赶紧往旁边一看，岸旁停着一只红船，船头上插着一杆黄巾三角旗，当中碗大一个黑"水"字。旗子左边站着一个身穿官衣、头戴凉帽、满脸烟灰的武官儿，挎着一只胳膊，用一只手在那里指指点点。旗子右旁，有四个身背号坎的兵，都在那里弯着腰，可没看清楚他们是在摆弄什么。正要过去，猛见那四个兵撤身一退，手捂着耳朵，跟着又是咕咚的一声，再看那位官儿，神气更好了，一只手捂着耳朵，脑袋扎在自己怀里，闭着眼，弯着腰，不住地乱哆嗦。这才明白，原来响声出在这只船上，赶紧一纵身，跳上那只红船，最可笑那一位官儿、四位兵，全都是闭眼合睛，庄静上去，他们丝毫没有理会。仔细一看，才看明白，船头上搁的是一尊小炮，旁边还搁着许多火药、火捻、火种。不由点头暗叹，国家从人民身上，想尽千方百计，征了无数钱粮，养活一班勇士所为的是保国卫民，没想到会养了这么一拨儿褴褛兵，大批的海贼把人抢走，不说赶紧追剿，一点正经主意没有，却爬在船头上放太平炮，倘若一旦国家真正有事，要是用了他们这一拨儿兵，叫他们去冲锋打仗，那岂不是糟不可言。心里一想着有气，可就想起要拿他们开开心。一转身提起铁篙，绕在小官儿脊梁后头，一看他仍然弯腰闭眼，一动不动，便轻轻把那铁篙从两只胳膊底下穿了过去，轻轻只一挑，那位水旱两路带兵官裕大老爷，就像那猴儿爬杆一样，哎呀一声，应手而起。庄静诚心开玩笑，后把一坐劲，前把一磕，嗖的一声，那位裕大老爷跟棉花球儿一样，就被弹起来了。那四个放炮的先听见哎呀，还以为是让炮给震的，及至回头一看，可了不得了，也不知裕大老爷怎么会飞起来了，齐喊一声："不好！"全都撤了炮铳，伸出两手去接，恰好不偏不斜砸个正着，几声哎呀，全都跌倒船头。

庄静正在心里一快，只听岸上有人喊道："庄姑娘，累我好找！"庄静回头一看，呸地啐了一口，不顾船上岸上，一声儿没言语，铁篙往外一支，嗖的一声，双脚离船，哗啦扑咚一声响，人就蹦到海里去了。

这位裕大老爷让人家给扔得晕头转向，喘成一团，正要睁眼，看是什么人跟自己开玩笑，就在一眨眼之间，一道白光，哗啦扑咚一声响，钻到水里去了。不顾周身疼痛，赶紧往船头一跪，口里叨念道："龙王老爷子，您别生气，卑职裕昌，奉了水师提督差派，到这佛肚山弹压地方，刚才有海贼抢去烧香妇女，追赶不及，因此放炮，所为让海贼一害怕，好把抢去的人给送回来，没有想到惊动了你老人家。今天过去，卑职必定给你唱戏烧香压惊，您可千万别见怪卑职！"说着不住嘭嘭地磕响头。

旁边四个兵看得清楚，听得明白，赶紧在旁边搭话道："老爷，那不是龙王，是一位穿白衣裳的姑娘。"

裕大老爷呸地就是一口啐道："你们懂得什么！那就是龙王三太子的化身，你们没看过书，什么也不知道。想当年小白龙算卦……"刚刚说到这句，猛见顺着海岸一条小船，如箭头子一样，直奔自己这边官船而来。裕大老爷准知道是海贼去而复返，大事不好，不管龙王爷显圣，一翻身爬起来，顺手一抄，就把那杆大枪抄起，可恨一只肩窝受了镖伤，使不得力，只一只右手，拿住枪杆，抬头一看，恰好那只小船也正来到。没等裕大爷说话，船尾上站起一个人，嗖的一声，两脚一踩，就蹦到岸上。裕大老爷可吓坏了，一波未平，一波又起，这个海贼还不是奔自己来的，真要是叫海贼来个二次，自己这个小官儿也就不用干了。一着急，一抢手里枪，蹬着跳板，也跟着上了岸。才到了岸上，一看船上下来的人，已然和另外一个人动起手来。这时可看真了，船上下来这个人，至多也就有三十岁，一脸紫黑肉，大鼻，阔目，膀大，腰圆，穿着一件暑凉绸对襟褂子，青绸子中衣，脑袋上盘着辫子，脚底下光着脚，穿着两只草鞋，手里拿着仿佛是一双筷子，中间有环儿，一上一下，在那里拼命苦斗。

那一个年纪在二十多岁，穿一身浅蓝绸子裤褂，胯下镖囊，长得眉清目秀、唇红齿白，头上绢帕罩头，脚下一双青缎子快靴，手里使的是一根说鞭不是鞭，鞭头多着一个铁球，净躲不还手，嘴里还直叨念："庄大哥，您别着急，有什么话，咱们好说。"

那个黑汉子道："姓梁的，你一再逼我们兄妹，如今我妹妹已经被你逼死，什么话也不必再说，你就是给她偿命算完。"嘴里说着，那两支筷子更加快了，到后来简直就看不清楚两个人两样家伙来了。

裕大老爷始终不明白是怎么回事，要说是一个是海贼，彼此又都认识，要是两个全是贼，贼见贼，也不能够拼命动手，不是贼，不能当着官人拼命。今天开庙头一天，就出吵子，这一个多月，更没法了，一不做，二不休，掉转炮口，给他们来下子，打着了之后，谁管他是什么人，就按着海贼报上去，碰巧还许有点升头。想到这里，往回一撤步，蹬着跳板，又退回船上，向那四个兵一啾咕，跟着过去就要搬炮铳。这四个兵里，三个没言语，一个直摇头，伸手把裕昌的手腕子揪住道："老爷你先慢着，可知道他们两个都是谁？"

裕大爷摇头道："我不知道，难道你认得？"

那个兵道："刚才蒙住了，现在才想起来，不但认得，那位黑脸的，还是我从前的旧饭东。"

裕昌道："怎么着，还是你的旧饭东？那你何妨把他们先劝住，省得闹出人命，又是咱们的吵子。"

那个兵把舌头一伸道："老爷，您说得倒稀松！就凭我一个鸡毛蒜皮，硬要过去拦住人家二位别动手，就算您借我点胆子，我都不敢。再说这二位仇大了，也不是一句话两句话能给劝开的。那位黑脸的姓庄，单名一个俊字，原是扬州府属宝应湖风云寨的大寨主。您看他手里使的那对家伙叫判官笔，不但能够毁人家兵器，还能够点人周身穴道，就因为这管笔，江湖上送他外号叫黑判官闹海青龙。从前在我没入营之先，就在那里当了一名小头目，后来寨子毁了，我才入的营。至于那位白脸的，正是毁灭风云寨的大对头，也是一个成名的好朋友。听说他是吃镖行的，姓梁，叫什么梁柱国，外号是飞将军三臂金刚。二位结仇挺深，今天见了面，不到一个死一个活绝完不了。他们现在可都是安善良民，我看您的意思，是要调炮打他们，据我看可是打不得，一则二位本事太大，就靠咱们这座炮，未必能够打得中。没打着他们两个，再要伤了旁人，事情更不好办。倘如他们二位再要冲咱们一翻脸，不用说就是咱们这几个人，就是再多个十倍二十倍，也是白搭。"

裕昌道："那么咱们就瞪眼看着吗？"

那个兵道："您别着急，我可知道黑判官自从风云寨散后，就跟他妹妹在一块儿游荡江湖，从来谁也没离开过谁。刚才也是时候太短，没得看清楚，那道白光是不是就是那位姑娘？要真是那位姑娘，准保一点事都有不了，自要一露面就完。"

裕昌道："怎么这里头又出了姑娘？可真能乱死我！"

那个兵道："那是您没听明白，一点也不乱。这位姑娘就是黑判官的亲妹妹，别看人家是个姑娘，可是比差不离的爷们都强得多，能耐还在黑判官之上，就冲人家那个外号，您就知道人怎么样。"

裕昌道："什么外号能够这么响？"

那小兵道："嗬！提起来可都有点发沉！人家姑娘外号叫千手观音，您想一个人要有一千只手，得有多大能耐？观音菩萨谁不知道，要没有那种救苦救难的意思，焉能得着这种外号？还告诉您一句，风云寨要不是这位姑娘，到现在还许散不了。"裕昌还待往下问，猛见那个兵把手一指道："老爷您瞧可了不得！姓梁的可真急了，要施展他三臂金刚的能耐⋯⋯"

裕昌赶紧往那边看，只见那个黑脸的，手里两根筷子，依然是上上下下，左左右右，前前后后，扎、点、披、挂、锁、撩、推、拿，使得如同风车儿相似，越使越精神，越使越有劲，气不涌出，面不变色，那个白脸的，手里的鞭虽然没显吃力，可是除去封、闭、退、架，便是闪、展、腾、挪，一手儿也递不进去，脸上透红，鬓角儿见汗，并且胸脯子一起一落，有点上气作喘，一边封闭退闪，一边把右手里鞭看那意思要往左手里递，就是腾不出工夫来，猛见黑脸的两只手往前一递，双手一分，两支筷子分着奔了白脸的左右肩头。白脸往后一仰身，喊声"来得好！"就势一翻身，开脚就走。

黑脸的哈哈一笑道："姓梁的，你不用假败藏招，我今天要领教领教你这个三臂金刚！"双手往胸前一搭，塌腰就追。

裕昌虽说离得不远，可是人家动作太快，盯着瞧也没瞧甚清，仿佛看见白脸的把鞭交到左手，右手一托镖囊，抯出什么来可没瞧见，跑出去也不过是一丈来远，忽然右脚往后一蹬，扭项回头，喊了一声"看镖！"嗖的一声，黄澄澄亮晶晶一支镖就奔了黑脸的头顶打去。裕昌真吓了一跳，差一点没哎呀出来，凝神再看，黑脸仿佛没有这回事一样，依然往前直跑，也不知是怎么一股子劲儿，那支镖刚刚擦着脑皮过去，硬没打着。那个白的又是一声喊："再躲这两支！"一抬手，这回是两道黄光，一支奔胸口，一支奔小肚子。裕大老爷哎呀一声，一跺脚，准知道又是一条人命，万没想到黑脸的会全都躲开。黑脸的低着头跑，听白脸的一喊，抬起头来，这一支就到了胸口，一憋气胸口往里一吸，横左手里笔往上只一撩，当的一声，这支镖飞起来足有一丈多高，同时第三支镖也到了小肚子，一

145

轧右手笔，又是当的一声，那支镖便直挺挺地钉在地下。裕大老爷实在憋不住了，脱口而出："好，太好了!"

黑脸把三支镖全都躲过，哈哈又是一笑道："姓梁的，你还有什么真格的，拿出来咱们瞧瞧，就是这个我可要对不过了!"

白脸的三镖未中，心里先慌，抹回头来，提鞭再打，可就更不成了。黑脸的两支笔圈住了那根鞭，也不进招，也不使劲，一味嬉皮笑脸，就是不让白脸的脱身逃走。

过手又有半个时辰，裕大老爷瞧着都有点腻了，回头向那四个兵道："怎么跟卖把式的一样，简直成了活套子了，这有什么意思？你们瞧那边怎么倒清静了?"

那四个兵道："老爷您可得想主意，这二位在这里紧斗，必有一伤，如果出了事，可还是您的事，您可别以为这是看把式。"

裕昌道："那我一点法子都没有，你们谁有好主意，说出来咱们商量商量。"

刚说到这句，就听那黑脸的一声怪喊道："姓梁的，今天我要你的狗命。"赶紧往那边看。只见黑脸的左手笔往白脸的当胸一扎，白脸的往旁边一侧身，黑脸的进步一腿，正抽在白脸的胯股上，白脸的吃不住劲，扑咚一声摔倒在地。黑脸才待上步，下家伙，用毒手，报当年破寨之仇。却听远远有人喊道："庄俊，不可下手，我来了。"来人比箭还急，到了跟前，往前一递脑袋，横着一拱，黑脸的就退出去有三五步远近。

裕大老爷正在着急，眼看自己管的地面就要出事，准知道这个黑大个儿一下手，那个小白脸儿就算交待，急得顺着脑袋直往下流汗珠子。就在一跺脚一闭眼的工夫，忽听有人说话，赶紧又把眼睛睁开，凝神一看，白脸的躺在地下还没得起来，黑脸的却离开白脸的站在旁边运气，当中可又多出一个人来。是个老头儿，身量不高，至多也就在四尺多点儿，满脑袋白头发一嘴白胡子，精瘦的一张脸，皮包骨，骨外一层皮，小眼睛，小鼻子，高颧骨，撮下巴，尖下颏儿，两只小薄耳朵，白头发扎红辫梢儿，辫梢儿拴着两小铜钱。上身穿着一件紫不紫红不红芝麻纱的琵琶襟褂子，下头是一条米色直罗裤子，系腿，松裆裤，白袜子，两只香牛皮厚底鞋，腰里露出半截凉带儿，上头掖着一个皮口袋，一根铁杆铜玛瑙嘴儿的旱烟袋，青缎子烟荷包，满扎着四季花儿，坠着一个约有半尺来长的砂酒壶，褴里褴褛，简直看不清是什么人物。

只见他一手指着黑脸的，一手指着白脸的在脸上画着道子笑道："你们这两块臭料，一个有出息的都没有。一个是扔下正事不干，满处追人家大姑娘，爱亲做亲，也得人家愿意不是？您这个是剃头挑儿一头热，弄着一只巴掌拍，腿都跑细了，媳妇儿也没混上，你是英雄？简直是狗熊。一个久经大敌书香门第的儿女，一点小事也沉不住气，当山大王当上瘾来了，还是非当山大王不可，因为拦了您的高兴，这就算是仇深似海，青天白日，平白杀人，杀了就完了？你还当着你是山大王时候哪！倚仗着山高皇上远，没人理你，你可也把事太不当事了。"说着回手一指裕大老爷道，"你当着我净说哪，你瞧人家吃官面儿的老爷早在那里圈上你们了，不是不动手拿你们，给你们留着好大面子，怎么你们一点不懂，还在这儿一个劲儿没结没完，非等锁套脖儿你们不算散是怎么着？"说着又把双手向裕昌一拱道："大老爷您别生气，他们都是自己人，闲着没事闹着玩儿急了，您不用见怪，回去我必责罚他们！"

裕大老爷站在那里哆嗦，心说我的佛爷有灵，真会一档子两档子逢凶化吉，看起来我小子将来还许有点造化。这个老头儿也不知是什么人，也不知凭什么会把这二位给镇住了，别管人家是干什么的，总算没出吵子，就得念弥陀佛。别瞧能耐不怎么样，嘴上可能谈一气，借着老头儿拿话一领，赶紧搭话道："嗬！老爷子，您怎么也露了？咱们爷儿两个，可有些日子没见了，他们哥儿两个，我早就想瞧他们比画比画，练的倒是哪一门儿，今天好容易碰上，又让您给搅散了。他们哥儿俩功夫可比前二年长多了，可惜就是腿上还软一点儿。"

老头儿一笑道："怎么着，你爱瞧？那好办，再叫他们重新来一回，我先躲开。"

裕大老爷一听，那可别价，好容易没出事，回头再找出吵子来，那可是没事找事，赶紧拦道："您让他们歇歇吧，改日再瞧。"

老头儿道："不是我怕您没瞧够嘛。"

裕昌连连摆手道："够了够了，来吧，爷儿三个船上坐吧，我刚沏的一包京小叶儿可比咱们当地出产的强得多，您喝会子，咱们多谈谈。"

老头儿一摇头道："不，不，我们还有事，改日再来看您。"说着向那两个道："嘿！走啊，我带你们去一个地方给你们评评理去，走！"

白脸的这时早就站起来了，满脸通红，一声儿不言语，地下拾起家伙围好，掸掸衣裳上的土，给老头儿作了一个揖，说了两句话，裕大老爷是一个字也没听明白。黑脸的也过来作了一个揖，一句话也没有，噘着嘴生气。老头儿微然一笑道："福官儿你怎么还是这个脾气？跟我走，我把这件事给你们化解了，你一明白前因后果，自然你也就踏实了。走！"说着拱手向裕昌一揖道声："再见！"一手拉一个，噌、噌、噌，三纵两纵，已然到一山顶，再一眨眼，便自踪迹不见。

裕大老爷看得都快成傻子了，心里迷迷叨叨，仿佛做了一场梦似的，正在一怔，就听船上那个伙计一阵狂喊："老爷，您快瞧！"裕昌又吓了一跳，回头一看只见方才黑脸的划来那四只小船，一晃两晃，自己如飞往海里跑去。裕昌简直都糊涂了，一句话没有，目瞪口呆，直看那只小船没了影子，才缓过一口气来，告诉那四个伙计，进城别提今天的事。一直提心吊胆驻守一个月，善会一散，裕大老爷进城交差，没等说什么就请了长假，回到北京心里才摆平，在家一抱孩子，再也不想当官发财。从此裕大老爷书里用他不着，干脆请他在家纳福，不再劳动。现在先说说这位姑娘是什么人，然后再说黑脸的，连那个老头儿又都是什么人，怎么结的怨，怎么报的仇，翻头说一个大倒插笔，什么时候再一说到佛肚山，就算到头完事。

第二回

含沙射影老儒贾祸
壮气干霄义仆遭灾

　　江苏常州府武进县城里十字街，住着一位念书的，姓庄，双名朝镛。家里本是大族，人口很多，庄朝镛因为喜静怕乱，便同了夫人恽氏，另外单过。夫妻两个得子稍晚，在五十岁上才生了一个儿子，乳名福官，学名一个俊字。过了四年，又生了一个姑娘，乳名多官，单名一个静字。朝镛因为分得祖产不少，衣食不愁，生性又极清高，不愿做官应役，只是在家里写字读书画画儿，还有一样嗜好，最好刻书，只要得着一个什么好本子，不怕多花钱，也得把它刻出来，因此家里存书颇不少。除去整理书籍之外，就是教教这一儿一女。两个孩子，又是特别聪明，一个十岁，一个六岁，念起书来，虽不能说过目成诵，也能够温故知新。年月太平，家庭清静，看看书，写写字，教教小孩儿，实在是有个乐趣。

　　一天，正是朝镛六十正寿，亲戚朋友都来拜寿凑热闹，庄朝镛也特别高兴，加意款待，留酒留饭。正在吃着晚饭，大家划拳行令，高乐的当儿，忽见下人庄祥慌慌张张从外头跑了进来气急败坏地道："老爷，不好了！外头本县知县汤春锦汤大老爷，带着二十个快班，四十名步兵把咱们宅子围了！"

　　朝镛噢了一声，毫不慌张，放下手里酒杯道："现在什么地方？"

　　庄祥道："已经进了二门。"

朝镛向那些亲友一拱手道："屈尊众位暂坐一坐，我去去就来。"

这些亲友也全听见了，官兵围了宅子，准知道出了逆事。有几个胆小，就打算往外跑。有几个老成持重的，赶紧拦住道："诸位亲友，现在什么事，还不清楚，好在我们是来行人情的，料来也不会有什么事摊到我们头上。不如等个水落石出，可以平安回家。如果现在一乱，本来没有咱们什么事，外人不知，反倒引起麻烦。"大家一想，事已如此，只好听其自然。当下全都酒也不喝了，菜也不吃了，怔呵呵静听外头有什么信息。

工夫不大，庄祥从外头又跑进来向恽氏道："太太，老爷跟他们到衙门去了！"

恽氏急问道："你没听说为什么？"

庄祥道："老爷出去，我也跟着出去了，本打算跟着听一听是为什么事。他们带来的人，把客厅门都堵上了，除去老爷之外，旁人一律不准进去。一会儿工夫，老爷跟汤知县老爷全出来了，后头好些官兵，捧着客厅里摆的书全都往外去。我看老爷还跟汤知县走着谈话，我在旁边咳嗽一声，老爷笑着向我说，没有什么事，告诉诸位亲友，有事的请便，没事的还可以在这里喝几杯，老爷一会儿就回来，说完了就跟着汤知县老爷走了。"

恽氏道："走的时候，是坐着什么车走的？"

庄祥道："我是急于要来告诉太太，我就没有跟出去，老爷是怎么走的，我可没有看见。好在他们走得不远，我再追出去看看。"

恽氏摇头道："那就不必了。"说着又向众亲友道："这件事真有点怪了！朝镛平常连门都不出，怎么会得罪人？要说事情不要紧，干什么小题大做，带着这么些兵？要说要紧，又是这么轻悄悄地就走了？我现在打算不拘哪位，跟县衙有熟识的人，替我去问一问，到底是为了什么事，倘若真有事，也好趁早托人打点打点。"

那些亲友里一半是胆子小的，不敢惹事，自求能够不牵连自己已是万幸，哪里还敢多事，听了恽氏的话，低下头去，连个声儿都不出。一半儿头脑清醒的，准知道这件事不是一件小事，分明认得县衙门里人，也不愿蹚这浑水，反而想到事不宜迟，迟则生变，别等出不去门儿再想出去，便借着到县衙门去打听消息为名，一个个溜之大吉。那些胆小的，说了些安慰的话，也得兴辞而去。

这时福官儿跟多官儿已经睡觉，只剩下恽氏一个人坐在屋里，凝神揣想，想了半天，还是想不出来什么地方得罪了人，怎么会出了这么一件事。等那些探信的亲友，却连个影儿都没有，不由有些焦急起来。打算叫庄祥再去打听打听，庄祥也连个影儿都没有了。知道他也是怕主家牵连，私自逃跑。想着朝镛平常待人厚道，是亲是友，从没有驳过人家面子，真是百求百应，待下人如兄弟，从没有说过一句重话，怎么人情竟是这样凉薄。事情还不知大小，这就走的走，跑的跑，真是世态炎凉，让人寒心，越想越难受，趴在桌子上不由痛哭起来。

正在伤心难过的时候，忽听身旁有人喊道："太太您先别哭，事情可是不好，咱们得赶紧想正经主意才是。"

恽氏吓了一跳，赶紧抬起头看时，正是庄祥，满头是汗，满眼是泪，站在面前发怔，就知道消息不好，未曾说话，上嘴唇跟下嘴唇，一个劲儿哆嗦，再也张不开来，结结巴巴地向庄祥道："你……说老……爷怎……"说到这个字，一力颤抖，哪里还说得上来什么话，已然抽抽噎噎哭了起来。

庄祥也忍着眼泪道："太太，您先别哭！听我告诉您，我刚才听见太太求他们打听老爷的信儿，他们树叶儿掉下来都怕砸脑袋，哪里敢管咱们的事，我又知道事情急，一个耽搁就许没法儿可想，是我一急，忽然想起我有一个姑舅哥哥在县衙门里当帮厨，要是找着他，或许也能有一点法子可想，因此我才飞跑到县衙。总算还巧，一下子就找着我表哥。我把老爷这件事向他一说，他先说没有法子，我知道就凭亲戚说不动他，便把我身上老爷给我买酒的钱，掏出来给了他，他看见了钱，才答应去给我打听打听，进去了半天，好容易才把他等出来，一见我面便摇头说事情太难，老爷这件事，还是府里交办，按说打听不出头绪，幸亏有一个师爷，消夜归他伺候。这位师爷，跟府里师爷是师兄弟，因此这件案子，他还知道一点底细，据说老爷这件事，原不是什么要紧事，只是得罪了一个人，也不是什么提亲没答应，人家那头儿就记住了老爷，这回是为刻了一部什么书，上头有骂皇上的话，这部书是老爷刻的。本来皇上不想重办，老爷那位仇家在皇上驾前说了几句歹话，皇上一生气，非要把刻这部书的人，全都灭门九族，我问他还有法子可想没有，他冲我一摇头说难难难，除非能够找皇上老爷子求他把那道旨意撤回。他还告诉我说，叫我回来，赶紧告诉太太，现在衙门里连夜赶公事，明天就解到府里，案子就算定了，死的不能救，活的要赶紧想主意，只要天一亮，他们就要派人来围宅子，一抄家产。这话他本来不该说的，只因拿了我几个钱，又是亲戚面子，老爷在这里声气又好，所以才敢这样卖私。我看他实在没法可想，便不再跟他说什么废话，赶紧跑回来了。太太，我看这话未必是假，你可得赶紧想主意。老爷做了一辈子好人，难道连条后都不该有？这种事宁可信其有，不可信其无，趁着他们人还没有来，咱们赶紧想法子，把少爷小姐全都带走，找个地方暂时藏藏躲躲，再打听打听，能救老爷就救老爷，不能救老爷总给老爷留了后，即使没有这回事，老爷平安回来，咱们再回来，可也没有什么。太太，事情已经紧急，您可拿定了主意，千万不要一误再误。太太……"连叫几声，恽氏全不答应，定神一看，恽氏已然头垂，目闭，口张，涎流，先往西天等朝镛去了！

原来恽氏一听庄祥说到灭门九族，登时气往上一撞，血往上一涌，乍伤脑髓，当时便已死去，后来庄祥说的话，干脆就叫白费。庄祥可吓坏了，赶紧喊道："张嫂，李嫂，你们快点来吧！"

张嫂、李嫂是看福官儿多官儿的，因为看见恽氏不高兴，没去看福官儿多官儿睡觉，怕是少爷小姐睡不安稳，便到屋里去给少爷小姐做伴，累了一天，陪着陪着，她们两个也都身子一歪，陪着睡下去了。恽氏在外头屋哭，庄祥回来说，她们是一概不知，及至庄祥大声一喊，才都由梦中惊醒，以为是恽氏叫她们不着，发了脾气，赶紧一边往那屋里跑。到了屋里一看，庄祥掌着两只手冲恽氏来回晃，恽氏低着头趴在桌儿上，一声儿也不言语，还以为是恽氏哭得太厉害，庄祥劝不过来，叫她们来帮着劝，赶紧一边一个走过来，手扶恽氏肩膀叫道："太太，太太，您不要尽自伤心了，老爷一会儿还不就回来！"

庄祥急道："张嫂，李嫂，你们摸摸太太还有气儿没有？"

张嫂、李嫂一听，全都大大吓了一跳，往回撒手一扳恽氏脑袋，颤巍巍用手一摸不由哎呀一声道："可了不得了！太太可过去了！我们的太太呀！"跟着咧开嘴跳脚儿一哭。

庄祥忍住眼泪，过去一拉张嫂、李嫂道："得了！你们二位先别哭，这里还有比这事更大的哪！"

张嫂、李嫂止住哭声抽抽噎噎地道："庄大爷，什么事要紧也不要紧，咱们得赶紧想法子瞧口棺材把太太成殓起来才好，这可真是糟心，老爷又不在家，哎哟我的太太呀，你这么好的人，怎么就这样儿走了啊！"

庄祥急得直跺脚道："二位你们先别哭，咱们先把事说完了行不行？"

张嫂、李嫂道："是不是想拿两个钱去给老爷托人情？不要紧，我那里攒了还有二十多两银子，就在我屋里铺底那个小匣子里，有一个钥匙，拿钥匙把我那柜子打开，里头有个……"

庄祥急忙拦住道："够了，够了，不是为这个。"

张嫂道："那么为什么，你倒是说呀。"

庄祥这才把自己去探的信，这件事情怎样不好办，又告诉她们恽氏就是因为这个才急痛死去的。

张嫂一听急问道："你说灭门九族，那么福官儿在九族外头不在？"

庄祥唉了一声道："怎么你什么都不懂？少爷是老爷的亲儿子，除去老爷就是少爷，怎么能够出族？老爷要是完了，头一个就是少爷。"

张嫂又哭了："哎哟我的老爷太太哟！怎么您当一辈子好人，连条后都不能留啊！我的少爷……"

庄祥道："张嫂，你先别哭，我问你句话，你觉乎你真爱少爷不爱？"

张嫂撇着嘴道："怎么不爱，少爷自从生下来第二天起，就吃的是我的奶（乳也），一天也没离开我。不是我说句嘴冷的话，我自己生的那个孩子，死呀活呀我倒不理会，唯独福官儿不怕有个头疼脑热我就能够跟着好几顿吃不下饭，好几宵睡不着觉，我可也不是贪图人家什么，一则老爷太太没拿我当底下人看待，二则福官儿也特别可人疼，除去有时候爱淘气，可是谁家小孩又不淘气，跟我真比跟太太还亲，我怎么能够不疼他，这不是当着灯……"

庄祥道："行了行了。李嫂您疼小姐不疼？"

李嫂道："哟！庄大爷您干吗这么一个一个问？张嫂怎么疼少爷，我就怎么疼小姐，干脆您有什么话，您就照直说吧。"

庄祥一听，不顾地下脏净，双腿一弯，扑咚一声，冲着张李两个就跪下了。慌得两个人不住往后直闪道："大爷您这是怎么了？"

庄祥道："张嫂、李嫂，现在事情紧急，我有几句话一件事跟二位商量商量，不知您二位肯其帮忙不肯？"

张李两个道："庄大爷您有什么话，只管请讲，不拘什么事，我们都愿帮您，您先请起，有话慢慢商量。

庄祥道："既是二位肯其帮忙，我先谢过。"说着咕咚一声又磕了一个响头才站了起来道："现在没有多长工夫，不能多说闲话。您二位是这里佣工人氏，能有一片热心，我是人家花钱买来的，自更应当有一点热气。现在这里，老爷是非死不可，太太是已经过去，只剩下少爷小姐这一点骨血，恐怕还难保全。老爷太太做了一辈子好人，落到如此惨死，我们没有法子给他们二位辩争，也给他们二位报不了仇。只有一件事，能够稍微尽一点人心了，就是趁着他们还没有把宅子包围，咱们想法子把少爷小姐救出去。倘若老天爷可怜，也许能够脱过此难，暂时隐姓埋名，等到少爷小姐长大成人，叫他们再认祖归宗，给庄家留一条后。不过这件事，可是担着山海关系，性命干连。我想求您二位，就在此时，领了少爷小姐，赶紧逃走，暂藏旁处，听听动静，倘若老爷没事出来，我们再把少爷小姐送回来，也没什么。倘若老爷冤屈丧命，你们二位稍受一点辛苦，千万远走高飞，保全两条性命，也许能够把少爷小姐抚养成人。这是我的心，不知您二位以为怎么样？天可已然不早了，要办咱们还是赶紧就办，等天一亮，他们人一到，把宅子一围，再打算动，可就不行了！"

张嫂、李嫂一听，异口同音道："庄大爷，人心都是肉长的，不用说老爷太太平常待我们全都十分不错，咱们应当报答他老二位，就是冲着这两个孩子，咱们也不能见死不救。庄大爷您快说吧，我们是一块儿走，还是各人单着走？您说好了，我们当时就走。"

庄祥大喜道："二位既是这样说，事不宜迟，您二位这就走，我还指给二位一条明路。老爷有一个最好的朋友，就是那东门里吕大爷，您二位带了少爷小姐，先投到吕大爷那里。先不用把咱们宅里事告诉他，就说老爷太太有点不合适，嫌少爷小姐在家里吵得厉害，叫你们二位给送到那边暂住几天，等老爷太太好一点儿，再接少爷小姐回来。这一出大门，二位可就得多留神，说不定人家就许安上人了。"

张嫂、李嫂答应，赶紧回到福官儿多官儿睡觉屋里，一瞧两个孩子，睡得还不用提够多么香，不由点头暗叹。先找出两个包袱来，眼面前要穿的衣裳包了几件，又把什么小鞋子小袜子全都包好，然后把银柜打开，拿了点散碎银子揣在身上，这才过去把两个孩子叫醒。福官儿都十岁了，已然念了不少的书，心里很是明白，一看是张嫂把他叫醒，揉着眼睛道："张妈，我娘呢？前边客人都散了吗？"

张嫂眼泪含在眼圈里点点头道："福少爷你起来，我告诉你话。方才你外婆家送信来，你爹跟你娘都去了，叫我们把你们叫醒，也送到那里去，快点穿好衣裳，好走。"福官儿答应着就穿好衣裳。

那边多官儿也醒了，问李嫂道："李妈，干吗夜里叫我们起来？"

李嫂道："你没听说吗，你外婆那里来接你们来了。"

多官儿把嘴一撇道："我就不信，我外婆家一直也没有接我们，我还不爱去，他们那里那个小表哥可恶着呢。"

李嫂道："老爷太太都去了，哥哥也去，你一个人不去，在家里谁跟你玩儿？"

多官儿哭了一声道："我爹和我娘都去了，那我也去。"

张嫂、李嫂把他们两个衣裳全都穿好，一个人领着一个，提着包袱，绕着道不敢走恽氏住的屋子，到了门口，庄祥正在门外等候。当着福官多官，细话没敢说，只说了一句："张嫂，李嫂，你们二位多辛苦！"

张嫂、李嫂也不敢多说，只回了一句："您也多累，多看着点屋里外头。"说完，两个各自拉着一个孩子，深一脚浅一脚地往东门去了。

庄祥把门关好，回到恽氏屋里，一看恽氏趴在桌上，那种惨死的情形，不由伤心痛哭起来，哭了一阵，想把恽氏尸身移到床上放好，自己一个人，却没有法子移动，心里不由暗恨，方才应当先叫张嫂、李嫂帮着自己把恽氏安顿好了，再放她们走，现在剩自己一个人，一点法子没有。忽然一想，舅老爷离这里住得不远，趁着没人来，赶紧到那里去送个信，请他们来一个人帮帮忙，先把死人停放好了，心里也踏实。才要迈步，又一想不成，那位舅老爷平常就势利熏心，自己亲妹妹家不走走，反倒常去本家二老爷家里，当然他是因为二老爷是个官儿，常走动有便宜，即如今天是他们姑老爷生日，他们家都一个人没来，足见他已不把姑奶奶搁在眼里头，如今再去求他，告诉家里出了逆事，他更不能来了，没的倒碰他一鼻子灰。除去舅老爷之外，就是本家二老爷三老爷四老爷，可是一个跟老爷对劲儿的主儿也没有，都说老爷不图上进，拿着祖宗血汗挣来的钱乱糟践，现在要是去找他们，往好里说是不管，碰巧了还许给他们趁愿，不如不去。再想连一个人也想不起来了，按着脑袋来回在屋里乱转悠，一点主意没有。听了听外头已然打了四更，心里益发慌乱，准知道天要一亮县里人就到了，老爷是祸福不明，太太是停尸待殓，想找个人商量个主意都找不出来。忽然一跺脚道："唉，我把事做错了。张嫂虽说在宅里多年，她们挣的是工钱，拿的是月钱，老爷太太待她们不错，当然她们一时的血气儿，能够把少爷小姐领走，可是人心隔肚皮，倘然她们热气儿一凉，恐怕又出变故，那是救少爷小姐不成，反把他们两个给葬送了。趁着他们走得不远，赶紧追他们一下子，能够见着吕大爷，把少爷小姐托付好了，我再想法子探听老爷在什么地方，有什么法子可以给活动活动。"想到这里，把恽氏又往桌子上扶了一扶，找了一把椅子从旁边倚住，又拿了一床夹被，把恽氏连头带身子全都遮盖好了，转身出了屋子，把屋门倒带好，把撬掉儿搭上，这才够奔大门。

才待拔闩开门，却听大门外嘭嘭一阵乱响，不由吓了一跳，急忙往后一退步，强扎着声音道："什么人？"

外头有人喝道："快点开门，县太爷查夜来了！"

庄祥一听就知道不能走了，爽得把心定下去，使劲一拔，门闩一开，哐啷一声，门分左右，呼噜一下子，从外头撞进来足有二三十口子，全都是青官衣红缨帽，鞭子、板子、棍子、棒子，长的锁链，短的枷，吆喝呼喊。里头有两个头儿领着，往里就走，一见庄祥便喝道："你姓什么？"

庄祥道："我姓庄。"

那个头儿冲后面一努嘴道："码上（注，捆上也）！""嗻！嗻！"两声，过来四个人，两个人拢胳膊，两个人剪腕子，就把庄祥捆上了。头儿领头一声喊："哥儿们，往里洗！"一个个如同狗抢骨头一样，往里便闯，照着屋门，当地就是一脚，撂掉儿也折了，门也开了，两个头儿抢一步道："别乱，别乱，哥儿们看我们哥儿两个的！"说着一前一后抢进了屋门。

两个头儿一进去，庄祥在尽后头，两个伙计，一个推着，一个拉着，不住直抱怨："人要倒了霉，什么事都遇得上，偏会遇见你，把爷儿们一点彩气儿全都没了，真是……"嘴里说着，手里使劲儿，庄祥的脖子就挨了好几下子，忍着痛也不言语，跟着大家进到屋里。

那个头儿一眼就看见恽氏了，一声断喝道："得了别装着玩儿了，跟我们走一趟吧！哥儿们码呀！"旁边一阵"嘁！嘁！"过去就把夹被给抓下来了。

庄祥真急，抖丹田一声喊道："你们先别动手，难道死人还有罪吗？那是我们的主母，已经过去的了！"

抓夹被的一听，把手就撤回来了，直着眼看着那个头儿。那个头儿把脑袋一晃道："兄弟你怎么信起这个来了？装死？还不到时候哪！把她掌起来。"跟着扔下夹被，一揪恽氏的头发，一正脸。

庄祥就哭了："我把你们这一班有人生没人养狐假虎威的活畜类呀！我们老爷即使犯法，犯的是朝廷的王法，也没犯你的法，我们太太已经过去，又是一个妇道，你们怎敢这样无礼，难道你们就不怕现世现报吗？我的好心的太太呀！"

庄祥这一骂不要紧，那个头儿当时就火了，一反手叭地就是一个嘴巴，打得庄祥脸上直发烧，跟着就骂道："挨剐的兔崽子，你也敢开口伤人，老爷就不懂什么叫报应，今天先报应你一下子！"

说着从旁边人手里夺过一根鞭子，一扬手正要往庄祥的脸上抽去，猛听窗外有人一声呐喊道："贼小子你不懂报应，今天我就叫你知道知道！"窗户跟着咔嚓一声，一道红光直奔那头儿脑袋砸去，哎哟一声。

那位头儿本来倚仗带的人多，打算浑水摸鱼，到了这里，胡抢混捞，小小地发笔横财，没有想到恽氏已然急气死去，宅里连个主事的都没有，讹诈勒索就算办不到，一活动心眼儿，简直来一个查抄大吉。偏是旁边碍着一个庄祥，不但动手不便，而且庄祥还声势汹汹，脸红脖子粗，挺胸跺脚，破口大骂。连急带气举起手里鞭子，打算痛痛快快抽庄祥几鞭子，庄祥只要一告饶，就可以再假借抽查为名，畅所欲为，饱载而归，没想到刚说了一句"我先报应报应你"，鞭子举起来，还没落下去，窗户外头有人搭话："叫你知道知道。"咔嚓一声，上头那扇窗户就开了，不由得就往上抬头，才把眼皮一翻，就听呼的一声，一大片红光直奔脑门儿。打人的这位头儿，在衙门已然混了不少年，能耐虽不见高，什么道儿他可都懂，一看红光就知道有人从此路过，看着不平要来个挡横，这片红光，不是带火的暗器，就是带毒药的小家伙，哪样儿砸上也受不了，得赶紧躲。心里想着不错，没容躲，红光就到了，正在脑门子上，唰啦一声，这位头儿哎呀一声："哥儿们可了不得了，我脑子都出来了！"那位头儿先也吓了一跳，及至那位头儿脑袋上挨了这下子，他不但没害怕，反倒笑了，旁边这些伙计，仔细这么一看，不由也都扑哧一声，跟着全都笑了。那位头儿自从挨了一下子，也没觉乎怎么疼，低着脑袋，等了半天，一听一点动静也没有。心里正在纳闷，大家一乐他的气撞上来了，低着脑袋哼哼唧唧地道："哥儿们，不怪人家说，咱们车船店脚衙，没罪就该杀。我虽对众位没有什么特别好的地方，可是也没有什么对不过众位的地方，这是怎么啦？眼看我脑子都出来了，众位连一句宽心的话都没有，这未免太难一点儿。哪位辛苦给我家送个信儿，忘不了哪位的好处。"大家一听，哗的一声乐声儿更大了，连庄祥虽在难中，可是看得清楚明白，不由都笑一笑。那个头儿一看，全都不搭话，可就骂上了："众位，什么可乐呀？说句不好听的，你爸爸要是挨这么一下子，你们也跟着一块儿乐吗……"

这一句话没完，旁边那位头儿火就上来了："花五！你趁早别满

160

嘴乱呲，你在六扇门里当差，怎么会连一点骨头都没有？可惜了儿，你还是洪三把的徒弟哪！你不叫大伙乐，谁叫你出的事儿可乐哪！你说你脑子都出来了，你不会摸摸到底出来没有？张嘴伤人，你算什么东西?!"

庄祥一听，知道一个姓花了，又听花五道："白老三，你不用跟我过不去，只要我的伤不至死，你就留神我要你的狗命。"说着话往起一抬头，叭的一声，从脑袋上掉下一样东西去，赶紧弯腰捡起来，原来是一托红缨子，还正是自己的，也不知道什么时候丢去，又会从窗户外头扔进来。闭眼一想这个茬儿，这才明白，方才那一片红光，就是这玩意儿打在脑袋上，自己以为脑子都出来了，一嚷一吵谁能不乐？连自己一咂摸味儿，都要乐出来，赶紧忍住，向窗户上一看，一点不错，滴溜滚圆的一个大窟窿，花五别瞧没什么本事，他江湖道儿还真知道不少，一看这个窟窿，他可就知道来了高人了，便向白三道："白老三，这里的事也没什么可办的了，正主儿已然解到府衙，门里除去尸身之外，就是这一个人，咱们也不用细搜了，赶紧把门封上，回去交差，省得误事。"白三点头道："好吧。"花五过去把夹被提了起来，依然给恽氏盖好，回头向庄祥道："这位大哥，刚才你受屈了！您可别怨我们，我们这是奉上所差，概不由己，没法子的事，现在这里也没什么事了，你跟我们到衙门里去一趟，问两句话也就完了，请吧！"

庄祥也明白他是害怕人治他，吃眼前亏，他并不是什么好人，又知道来的这个人，一定能耐特别高，不然他也不能怕，或者能够把他老爷救出，亦未可知。想到这里，便把嗓子提高了点儿道："好说头儿，您信服报应不信？我们老爷太太，都是善人，善人岂能遭恶报，你不信，看着出不了三天，我们老爷就能平安回家，善人自有善人扶，你信不信？"

花五一听，这两下子敢情他也懂，便笑着道："那是没错儿的，这里大爷，连我都知道是当地的一位善人，这回也是一点小灾份儿，没什么，也就是三天五天的事，走吧，你跟我们去回个话儿吧。"

庄祥准知道不能不跟着走一趟，便点点头跟着走出来，眼看着他们把大门带好，这才一路往县衙门里跑去。出了十字街口，至多不到半里路，就觉眼前红光一闪，回头急看，正是身后火起。庄祥问白三道："白头儿，您给瞧瞧是什么地方起了火？"

白头儿道："你先等一等，我派人看看去。"伙计这时候已然跑去了有三五个，不一会儿全都气喘喘地跑了回来，张口结舌向花五白三道："二位头儿，可了不得了，后头是十字街起火，就是刚才咱们去的那个庄家。"

白头儿花头儿还没怎么样，庄祥哎呀一声，人便往地下蹲去。这二位班头又烦又急，可就什么都不顾了，一举手里鞭子，唰的一声，没头没脸，就往庄祥身上抽去。庄祥也不躲，也不言语，闭气，声儿不出。花五又抽了几鞭子，一边抽，一边骂："这要不是你，我们哪能离开那块地，怎么能够起火，这都是你一个人闹的，你还装样儿，撒泼打滚，真来可恶！"说着唰唰又是几鞭子。

两个人一递一个正打得高兴，猛然白头儿觉乎有人在腰上捏了自己一下，一看旁边正站着一个伙计，便瞪眼问道："你干吗？"伙计刚在一怔，白头儿嘴巴就挨上了。白头儿才哟了一声，叭的一声，花头儿那边又挨了一个嘴巴，花头儿哟了一声，白头儿那边又挨了一个嘴巴。这个嘴巴一打，这两个头儿连啊哟都不敢嚷了，你一看我，我一看你，一点头，一摇头，庄祥他们也不要了，伙计们也不管了，塌腰一抹身，人就跑下去了。眼看离着县衙门不远，心里才松快一点儿，猛见离着前面不远，有一个黑影儿，晃晃摇摇，冲着自己乱晃，越来越近，可就把去路挡住了。二位头儿心里有事，是打算赶紧跑回衙门，告诉老爷，如何出了特别情形，请他赶紧防备。眼看来到了县衙门，忽然出了这么一个黑影儿，在前头捣乱，要是这个时候出点岔子，那可怎么好？心里一急，一举手里鞭子，冲着那个黑影儿叭的一声抽去，吱溜一声，黑影儿蹦起来足有七八尺高，鞭子刚一下去，黑影儿也跟着下来了，依然站在前头，不住乱晃。这二位头儿可有点迷糊了，不是旁的，是人是鬼，弄不清楚，是人也是高人，绝不是自己这两个人所能挡得住的，是鬼也是恶鬼，更不是自己这两个人所能拦住的，别管是人是鬼，反正得跑才好。心里想得挺好，就是跑不开，往东走东边挡，往西跑西边拦，两个人分着跑，简直跟有分身法一样，两个人迎着头一个人挨一个嘴巴，打得两个人头全晕了。实在没了法子，两条腿一弯，扑咚一声，全都跪在地下，嘴里不住叨念："您是狐仙老爷子，您别跟我们开玩笑，我们今天有事，赶到没事的日子，一定陪着你消遣会子，请你喝酒，吃小鸡子。您不是狐仙老爷子，你是孤魂冤鬼呀？你死得屈，投不了人生，可是冤有头债有主，我们两个没有侵害你，你别跟我们过不去，你找有冤的去报冤，有仇的去报仇。再要死得冤，你可以给我们大老爷托一个梦，他老人家正管你们的事，必能给你们申冤雪恨，我们弟兄也有一份人心，我们给你找都天庙里和尚念三天经，放三台焰口，超度超度你。您不是鬼？您是侠客义士，路见不平跟我们过不去，义士爷，侠客爷，您不知道，我们是奉上所差，概不由己吗？没法子，吃人家饭，做人家事，给人家跑腿，你老人家别跟我们过不去，放我们回去，见了我们大老爷，把您这番意思，完全说个明白，必请我们老爷把这件事断问清楚，不叫他里头冤屈一个人，侠客爷，义士爷，你饶了我们吧！"

这二位头儿跟得了热病一样，满嘴乱这么一说，胡这么一许愿，忽然眼前一亮，那道黑影当时踪迹不见。白头儿向花头儿道："老五，你瞧怎么样？这回许是说对了，八成儿不是侠客，就是义士，这件事我瞧开了，庄家简直是冤枉，才有这些事。咱们虽说是当官差，吃官饭，第一样还是得把自己吃饭的家伙保住才成，回头到了衙门里头，把以往实情，全都告诉座儿上的，他愿意给人家辩白清楚也在他，他愿意瞒心昧己跟人家过不去也在他，咱们也不管，反正我不能跟自己命过不去。"

花头儿向白头儿道："老三，你这话说得是一点儿不错，身在公衙好修行，咱们落得河水不洗船，既是你有这番意思，何妨把那个姓庄的也放了，好在也没人知道，你想怎么样？"

白头儿道："这倒是不错，送进去也不过是多送一条命，一点好处咱们也弄不着，干脆咱们就这么办，放东村！"

两个人商量好了，不奔县衙门，又往回跑。刚走到半路上，只见前面呼唤一声，人跑下来一大片，仔细一看，全都是自己的伙计，有的衣裳破了，有的帽子丢了，有的自己扶着自己的胳膊，有的自己托着自己的脑袋，哼哼哎哟，跟败兵一样，全都跑了下来。二位头儿赶紧拦住道："哥儿们，什么事这么乱七八糟，这要把差事丢了哪！哥儿们是你们担还是我们哥儿两个担？"

这些伙计一看这两个头儿去而复返，嘴里打着官话，不由全都气喘吁吁地站住脚步，喘了半天，才向二位头儿道："头儿，您二位都到哪儿去了？好劲！我们一看您二位撒腿一跑，不知什么事，我们打算先把差事送回衙门，有什么话再说。没想到刚走了没几步，前头来了一个小黑矮子，也说不清是人是鬼是狐仙，往我们人群里乱撞一气，撞谁谁倒，碰谁谁伤，我们实在拦挡不住，就跑下来了。"

白头儿道："得了得了，咱们可不信这个，咱们是干什么的？能够让邪魔外祟给吓回去，这不是没有的事吗？你瞧我们哥儿两个，刚才因给追跑了一个，你们让人家给追下一堆来，够多泄劲！得了，别的也不用说了，差事在什么地方，赶紧交给我，我好给送回去交差。"白头儿一问到这句，当时大家全都张口结舌，连一句话也说不出来了，你看着我，我看着你，全都如同木雕泥塑一样。白头就知道把差事丢了，假装不知地问道："嘿！我问你们哪，差事在什么地方，交给我，我好去交差，怎么不言语？八成儿丢了吧！这个可不行，好啊，知道的是你把差事给你丢了，不知道的还说我们是得财买放，这个罪名我担不了。没别的，对不住你们哥儿几个，跟着我见老爷实话实说，给我们哥儿们择洗择洗吧。"

这些伙计一听，可了不得了，这件案子是上头交办的，真要回去，照这样儿一说，这个罪名可是打不了，没法子，求吧："头儿，别价，我们跟您二位也不是一天半天了，您还有什么信不及我们的？事情实在出得奇怪，您要真是回去，实话实说，那一来我们可就全都苦了，家里都是上有老，下有小，指着我们在外头混这碗饭吃，您要是不可怜我们，我们全活不了。二位头儿，你就嘴角儿留德吧！"

白头儿花头儿本来就没打算真把他们给交了差事，不过知道这群人不好惹，不把他们镇住了，回头见着县官，他们来一下子，自己吃不开，故此才拿话一挤他们。如今一听，他们气全馁了，这才摇着头道："哥儿们，这件事可是责任大了，我要给你们大众圆个谎，你们回去，自己可也得对得上茬儿才好。"

大家道："没错儿，没错儿。"

白头儿道："既是如此，众位到了衙门，就说他们庄家一家已然全都畏罪潜逃，临行放了一把大火，一个人没见，因此回来了。"

大家全都答应，这才径奔县衙门。刚刚到了门口，只见从里头飞跑出来一人，嘴里喊道："快找白头儿花头儿，老爷屋里出了怪事，墙上挂人头，桌上插钢刀！"

第三回

惊虎狼双戏二班头
烛魑魅独玩一县令

县官儿汤春锦，原是榜下即用，肚子里头倒是不坏，才一到任时候，还很办了几件漂亮案子，名气混得颇是不错，因为是念书的人，就爱交些文墨朋友，在公事办完之后，作个诗，联个句，画张画儿，下盘棋，不失文雅一派，交的朋友一多，就难免透着杂乱。内中有一个姓苗的号叫雪斋，是个当地人，这个人长得很是难看，心里却非常灵透，诗也作得好，字也写得好，能摆棋，能画画儿，还能喝大酒，这几样全都投合县官的口味，在这些宾客里头，最是对劲儿，汤知县真有二天不看见苗雪斋，就能一天不乐的意思。汤知县一亲近苗雪斋，苗雪斋的事情可就多了，今天托个人情，把卖烧饼的送来打几板子，明天把卖豆腐的传来打二十屁股，没有一件事，真值得坐堂问事的，可是碍于苗雪斋的面子，只要他托个人情，是概无不准，这么一来不要紧，从前汤知县辛辛苦苦挣来的一点名气，完全让他糟掉，一般百姓也就全都啧有烦言，又加上苗雪斋这人天性爱小，每天出入衙门口儿，都是属苍蝇的，就许他吃人，不许人吃他，因之一般下边的差役，也都恨他不过，只有汤春锦，却依然和他好得蜜里调油。

一天汤春锦坐完了堂，判完了公事，看看苗雪斋还没有来，正在盼想之间，门外脚步一响，帘子起处，正是那望眼欲穿的苗雪斋踱了进来。汤春锦一见大喜，一把拉住道："雪斋，你怎么这个时候才来？快叫他们把棋盘摊上，我要学一学你说的那手儿'倒脱靴'，实在太好了。"

苗雪斋把手一摇道："老公祖恕过，今天学生身上有事，实在不能奉陪。"

汤知县把手一撤道："什么事说得这样紧急？"

苗雪斋道："这件事关系学生终身，还要求老公祖特别帮忙。"

汤知县道："难道雪斋还要进场玩玩吗？距离考期还远，届时我必想法子，今天我们先把那盘棋走了……"

汤知县一句话没有说完，就听咕噜一声，苗雪斋双腿一弯，直挺挺地跪在汤知县膝下。汤知县这一惊非同小可，急忙往起扶道："雪斋，你这是什么意思？你有什么话，只管向我说了，我没有不帮忙的。"

苗雪斋听了道："这样说时，你老人家实在是学生的恩人了。"说着又磕了一个头，慌得汤知县还礼不迭。

两个人起来坐下，汤知县道："雪斋，你怎么会又想起要报考应试？难道也是看见官儿有点意思吗？"

苗雪斋道："老公祖，一不想报考入场，二不想升官做吏，我所求老公祖的，却另是一件事。"

汤知县道："什么事？愿闻。"苗雪斋进了一步，趴在汤知县的耳边啾咕啾咕说了一阵，汤知县一边听一边摇头，苗雪斋把话说完，汤知县的头却仍然摇个不住，怔怔神，长叹一口气道："雪斋兄，你这个题出得太难了。兄弟我虽说现在做了这个官儿，实在并不一定指着它发财立业，只是打算做点小名气混热闹，今天雪斋兄所谈的事，我是碍难奉命，再说兄弟虽说不才，却也是个读书的人，那庄某人在本地是个难得的好才子，如果有旁人要侵害他，我们还应当替他摘兑摘兑，如今只为要求未遂，就要以莫须有三个字要他的命，这件事未免太说不下去。况且爱好做亲，姓庄的不答应，还有的是

167

好姑娘小姐，何必非把人家置之死地，究竟有何冤仇？这件事既是府里交下来的，兄弟只装不闻，给他个不问，想他大概也不敢来公然和我提说。雪斋你也不要再去，你打算做事，我可以给你想法子，事绝不亏负你，只是这件事，却办不得。"

苗雪斋光听汤知县说得轻松，知道他是无忙不帮，事已有成，及至往下一听，原来汤知县人甚迂腐，却不肯帮自己办这件事，不由一个滚烫的身子，跟掉在冰里一样，便搭讪着道："老公祖说得是，倒是学生冒言了，改日再来请罪，请吧！"

说着转身就走，汤知县一把揪住道："雪斋先慢一点儿，你要到什么地方去哪？"

苗雪斋道："我因为已经答应了人家对方，事情既是办不到，我再想出旁的方法，好去交代，等那边事完，我再来看公祖……"

一边说着又往外走，汤知县道："雪斋兄，我劝你不干原是为你，如果雪斋兄以为非此不快，那还是不麻烦旁人的好，兄弟我也不是办不到，并且还比较是自己办着比旁人强，至少要拉进几个人。不过还有一说，你们为的只是求亲未许便想了这么一个法子，也不过是想恐吓恐吓他，他只要能够答应，方才听说的总还要烟消云灭，这件事你要应得起，我一定可以去办，倘若事也办了，你们为了那一头儿扔了这一头儿，我可就对不起人家姓庄的了。"

苗雪斋道："老公祖说的话一点不错，对方的意思，也不过是为吓吓他们。如今既是老公祖肯其从权办理，只要姓庄的一点头，把他们开释无罪，还全在学生的身上。"

汤知县见苗雪斋说得板上钉钉，便带了衙役，悄悄到了庄家，把外头一围，进去假说拜客。及至见着庄朝镛，这才告诉他有人在衙门诬控请他见而辨正一下。庄朝镛明知事有蹊跷，恃着心里无愧，便随着汤知县到了衙门。汤知县吩咐带进后堂，退去左右，才向庄朝镛深深一揖道："庄老兄，这回事你可不要怨我，这总是生于这种乱世，直道不行才会有这怪事，我想还是看开一点儿，省得惹出闲气，益发怄气。"汤知县这几句话一说，闹得庄朝镛昏头昏脑简直不知是什么地方的事，怔呵呵地连一句话也说不出来。汤知县道："老兄，这件事也难怪你不知底细，等我说个清楚，你也明白了。你老兄府上可是有位千金吗？"

庄朝镛道："女孩是有一个，不过还小得很，难道有她什么干连？"

汤知县道："说得一点也不错，不但有贵千金的干连，而且这件事可大可小，也全在贵千金身上，庄老兄你可还记得有人向府上提过亲吗？"

庄朝镛略一沉思道："噢！我想起来了，在一月以前，有一个朋友到我家里，要为小女保媒，问起对方，说起就是现任府大老爷的少爷。我当时一则因为我的女孩子太小，二则不瞒老公祖说，那位府召门第太高，我也不敢高攀，所以我便一笑回绝了，想不到会由这件事又惹出事来，倒是我意料不及，只是还不深悉，谢老公祖试道其详。"

汤知县道："你老兄回绝对方，对方却还没有死心，他们以为是看不起他们，昨天兄弟听见一个信儿，于老兄大大不利，因此今天请老兄到这里，商量商量，如果老兄能够不拘成见，兄弟倒愿喝这一碗现成的冬瓜汤。"

庄朝镛忽然脸上一变颜色道："老公祖明察秋毫，世上还有强迫的婚姻吗？我不愿结亲，就不结亲，他能把我怎么样？我姓庄的身家清白，绝无丝毫不实不尽，他对于我有什么不利？我问心无愧，绝不能因为他这么吓，我就答应他，老公祖既是能来跟我说这话，想来跟对方是熟识的了，就烦老公祖向对方说一句公道话，我姓庄的奉公守法，什么也不怕，亲事我是不答应，他有什么办法，只管办去，我是情甘领受。"说到这句，嘿嘿一声冷笑道，"想不到生女儿会生得打起官司来了，这真是奇事！"

汤知县一看庄朝镛这份儿正气，不由得心里好生敬慕，只是事情已然办到这里，如果自己撒手不管，真要应了苗雪斋的话，庄朝镛就得家破人亡，可惜这样一个好人，落个惨死。低头略一沉思，便向庄朝镛笑了一笑道："庄老兄，你是错怪了我，事后自知，我也不辩白了，请老兄先到外边去歇一歇，容我再想法子商量。"

外头来人又把庄朝镛带了出去，告诉外班房好生款待。又叫人把班头白化、花芳叫了进来，班头进来请安请示，汤知县道："现在当时就带二十人去到庄朝镛家，连大人带孩子，一齐带当堂问话，可是不许骚扰人家，快去快回。"两个班头答应走了，汤知县一个人在屋里乱转。这件事确是知府不对，怎么能因为提亲不成就跟人家翻脸，真是欺压良民。正在寻思，外头有人跑着就进来了，凝神一看正是苗雪斋，一见汤知县，迎头就是一揖道："老公祖，我给您道喜！"

汤知县道："这话从什么地方说起？"

苗雪斋道："我方才到了府衙，把老公祖的话说了一遍，府台非常高兴，让我给你送了一点礼来，说是这件事办完，余外还要给老公祖特别好处。这是二百两银子，请老公祖查点收下，我还要回去复信。"

汤知县看了看桌上银子，又看了看天，一摸胸口一跺脚道："银子我收了，你就回复去吧，我一定给办到。"

苗雪斋又请了一个安依然飞跑而去。汤知县看苗雪斋走后，才长叹了一口气，正要喊来人倒茶水，猛见后窗户外忽然一阵火光，喊了一声："不好！"抹头就往后跑，到了后头一看，黑洞洞的连一点火星儿都没有，不由诧异，以为是自己眼花了，赶紧往屋里走，只向桌上一看，又大大吓了一跳，原来苗雪斋刚才搁的那封二百两银子，连个影都没了。不由着急，这个银子，今天自己收下，原有用意，正是一个大反证，如今一丢，无私有私，无弊有弊，这可怎么好？又不好说出来，又不能垫出来，又是着急，又是难受，又是生气，简直说不上自己的滋味儿来了。再往地下一看，意思之间，是打算找砸在地下没有。就在才一弯腰，猛听桌上咔吱一声，扑咚一声，急忙立起身来再看，真是魂飞天外，原来明晃晃地插着一把钢刀，刀把儿上挂着一个鲜血淋漓愁眉苦脸的人头，也没有看清楚是什么人，转身往屋里就走，嘭一声，碰个正着。汤知县哎呀一声，往后就倒，来人已然一把扯住，定神看时，却是仆人汤升。汤知县惊神甫定，喘吁吁道："升儿你上什么地方了？"

汤升道："我给老爷沏茶去了。"

汤知县道："可吓死我了，你没看见？"说着往桌上一指，再看人头钢刀踪迹不见，手伸出去就拿不回来了。

汤升往桌上一看道："老爷你叫我看什么，是不是这张纸条儿？"

汤知县一怔道："什么纸条儿？"

汤升道："桌上不是一张纸条儿吗？"

汤知县道："拿过来我看看。"

汤升过去一拿纸条就哟了一声道："怎么拿红笔写的？"

汤知县接过来一看，哪里是红笔写的，简直是人血写的，上头有几句似诗非诗似词非词那么几句流口辙："我本游侠儿，挎刀入市井。里有不白冤，留刀示惩警。父母官子民，尚知忠与梗。不饮盗源泉，无愧古之耿。事事须公平，悬头留猛醒。"字写得歪歪斜斜，长长短短，看后，不由得浑身一抖，从脊梁沟儿直发麻。赶紧把方才所见告诉汤升，又叫汤升赶紧派人去把白头儿、花头儿找回。恰巧汤升才走到门口，就碰见了白头儿、花头儿，把话向两位头儿一说，头儿也毛了，赶紧往里头就跑，跑到里头给老爷请安道受惊。汤知县道："这些虚文，咱们可以不说，咱们说要紧的，你们请的人怎么样了？"

两个头儿全都请安道："不敢瞒老爷，公役到了庄家，只剩下死尸一具，余人均已不在，看那死尸颇像庄朝镛的女人，下役因为没有可带的人，便带着弟兄往回走，走到半路忽然十字街起火，庄家全家完全烧完，下役们为此赶回禀告。方才又听衙门里又出了岔子，

171

据下役们看庄朝镛这个案子，也许有冤，请你特别留神，能够给开脱就开脱了吧！省得多闹麻烦。"

将说到这里，外头有人飞跑而入，喊着就进来了："武进知县汤春锦，速到府衙，知府等问话。"喊完了打掉脸儿就又走了。

汤知县一听，手忙脚乱，赶紧换衣裳，戴帽子，传轿夫抬轿子。汤知县一进轿子，轿子如飞一般，不一时到了府衙。住轿打帘子，花知县才一进门，就知道不好，两边站着有五六十兵，全都是弓上弦，刀出鞘，灯笼火把，亮子油松，照得就跟白天一样。知府松大人站在台阶上，一见汤知县赶紧拱手，这都是历来没有的事。两个人一进到屋里，松知府一拉汤知县道："可不得了，今天我来了一个下棋的朋友陪我下了两盘棋，没有想到会在我这衙门里闹出大事。"

要知后事，且看下回分解。

第四回

凛余威汤令全孤子
贪厚赏李妪陷庄静

汤知县道："是不是遭了血光之灾？"

知府道："一点也不错，老兄怎么知道？难道有人已经向老兄说了？"

汤知县道："请大人找个僻静地方，卑职还有话回。"

知府用手一指，里头屋小书房。花知县跟着走了进去，知府一摆手，从人全都退了出去，屋里就剩了知府知县二位。汤知县低声儿向知府道："有一个庄朝镛确实有些冤枉……"

一句话没完，知府微然冷笑一声道："庄朝镛明明附逆，毁谤朝廷，老兄何以见得他是冤枉？"

汤知县道："这件事大概大人也被死者苗雪斋蒙蔽了。不瞒大人说，死者的人头，还在敝职衙门里。"

知府道："那又是怎么一回事？"

汤知县遂把苗雪斋如何去找自己，叫自己如何去逮捕庄朝镛，至于要逮捕庄朝镛的缘故，却是因为知府大人要和庄家结亲，庄家没有答应，大人才派他去算计庄朝镛，以死生要挟叫他答应亲事，大人想姓庄的是不是有些冤枉……

汤知县话还没有说完，知府早已连声喊起："姓苗的真是该死，我何曾托他去办。我因为看他谈吐不俗，常找他来谈谈，有一天谈到小儿亲事，他便说起庄家有个女孩子，长得很是聪明，便说要撮合此事，我便无可不可地答应了他。过了几天他来回复我，说是姓庄的不答应，并且还说了姓庄的许多坏话，我还笑着向他说，这种事成就成，不成就不成，用不着生气，当时便把这事搁下了。我也没有知道这个姓庄的就是那个姓庄的，就是那部书里刊着姓庄的名字，也是他来报告我的。我还以为他是忠心于我，可以做我一个耳目，谁知他竟是这样胡作非为。不过姓庄的已经逮捕，那么这个杀苗雪斋的又是什么人？怎么在我这里杀，人头又跑到你的家里去？这事真怪极了。老兄何以又知是这件事的干连呢？"

汤知县又把自己怎样去逮捕庄朝镛，又如何派人去缉拿他的眷属，及至差役回报，才知庄朝镛的妻子恽氏已然急怕身死，两个孩子以及仆人不知去向，家里无故又起了大火，正在着急之中，忽然有人在衙门桌上插钢刀挂人头又留下字柬，跟着把字柬上的话，念了一遍。

知府大人听完，连连跺脚道："姓苗的真是害死人了，想不到会上了他这么一个恶当。如今庄朝镛已然问了口供，折子都走了，这可怎么样办？"

汤知县道："这件事大人既是已然上了折子，也就不能挽回，死者已矣，咱们说活的吧！庄朝镛无辜惨死，就留下这么两个孩子，无论如何，大人也得想法子把他两个孩子保住才好。"

知府道："这又难办了，方才老兄说，他们一家已然星散，既是畏罪潜逃，自必藏名隐姓，你说咱们到什么地方去找这两个孩子？"

汤知县道："只要大人能够不把他们一同问罪，卑职倒有办法。"

知府道："你去办吧，只要能够把他们找着，我一定得想法子把他们救出来，赎赎我用错了人的罪。"刚刚说到这句，就听外边一阵乱嚷，知府问道："外边什么事情？"

外头进来两个随从单腿打千道："回大人，外头有一个妇人抱着一个男孩子，说是有机密事要见大人！"

知府一听就是一怔，向汤知县道："八成是那话儿来了吧！老兄别走，我当时就问，问完了之后，不是庄家的孩子算完，如果是庄家的孩子，这里头可就大有周折，还要求老兄一块儿想个法子才好。"

汤知县连连答应道："是，是，卑职理当伺候。"

知府吩咐升堂，外头鞭子板一阵响。知府到了堂上，喊了一声："带！"堂下喊了一声"威武"二字，当时从堂下带上一个中年仆妇打扮的人，还带着一个小孩子走上堂来。

松知府向那妇人问道："下面这个妇人，姓什么，叫什么？什么地方人？那个小孩子又是你什么人？你为什么放着县衙门不去，倒跑到府里来？有什么话？说！"下边那些差役也跟着叠连声叫喊："说！说！"

那个妇人跪爬了半步道："青天大老爷，小妇人张于氏，就是这本地人，原在城里十字街庄家当了一名雇工人氏，这个小孩儿，是我们小主人，他姓庄，小名叫俊儿。要问小妇人为什么不到县衙门却来搅乱大老爷，这里头小妇人却有天大冤枉。小妇人到庄家佣工，已然有七年，平常颇受老爷太太恩典。昨天夜里，县衙门里忽然来了许多当差的，把我家老主人庄朝镛一索锁去，女主人急气身死。是小妇人并不知道主人犯的什么罪，恐怕把小主人牵连在内，便豁出死去，把小主人抱了出去，原想找个地方，暂避一时，等到打听打听主人官司完了，再把小主人送回来。这不过是小妇人一时糊涂，打算报答我家主人的恩。没有想到，带着我们少主人，连投了几个地方，人家一听是这么回事，谁也不肯收留，并且跟小妇人说，我家老主人现在并不知道犯的是什么罪，如果官厅到家里一查，家里连一个人也没有，显见得是畏罪情虚，才举家逃走，那一来反把我家老主人害了。如果我家老主人果是犯罪有证，我们小主人也在被拿之内，谁家留了，谁家就有性命干连。小妇人一听，不敢再想隐藏我家小主人，又知道我家老主人是被县衙带走，如果小妇人把我

175

们小主人往那里一送，岂不是自投罗网？因此才想起来把我们小主人送到大老爷衙门里来。就求大老爷能够替我们老主人申雪奇冤，小妇人就是死了，也愿大老爷公侯万代！"说着跪在地下不住连磕响头。

松知府听了，不由连连点头，心说庄朝镛果然是个好人，不然他一个使唤下人，焉能舍命保全他的儿子，便和颜悦色地道："好！你先下去，我必想法子救你主人。"

张氏又磕了一个头，领着庄俊就下去了。知府退堂，到了里头，把这话向汤知县一说，汤春锦摇脑袋道："这个女人可太厉害！"

松知府道："这话怎么讲？难道这里头还有什么说辞吗？"

汤知县道："也不尽然，不过在卑职看，这里头却有些不实不尽，这个女人分明是献孤求赏来的。"

松知府道："这话可以看出来？"

汤知县道："你想她分明说不知她庄主人犯的是什么罪，她既不知道何以能断定必能株连他的儿子？即使株连他的儿子，她已经走了，谁又不知道非要拿他亲属，怎么就不敢收留，这分明是她旁听了高人的指授，说起庄朝镛有灭门九族之罪。一则她带了这个孩子，本身有险；二则她想既是要犯，如果送到官里，必有赏号，她这是卖主求荣，大人倒不可不办她一下子，借着这个，也可明明老大人心迹。卑职妄测，不知对不对？"

松知府低头想了一想，把两个巴掌一拍道："一点儿也不错，这种东西我是非得重办她一下子不可！"

说着就要二次升堂，汤知县急忙拦着道："老大人既然明白了这件事，也不必忙在一时，明天再问也不算晚。今天已然过于劳顿，卑职告辞，老大人也该歇歇了。"

说这才要请安告辞，就听外头一阵脚步声，一个人从外头飞跑而至，见了知府赶紧请安结结巴巴地道："回大老爷，大事可不好了！"

知府凝神一看，正是府里的快班头王九思，沉着脸问道："什么事这样大惊小怪？"

王九思道："回大人，方才大人交下来那个妇人张于氏，跟那个小孩庄俊，一个死了，一个跑了。"

知府一听，也是一怔，赶紧又问道："到底怎么回事，你慢慢说。"

王九思答应一声"是"道："大人把张于氏跟小孩庄俊交下来之后，差役们知道他们是跟庄朝镛是一案，事情太大，没敢搁在外班房，打算把他送进小牢里暂时看一看。谁知道送进去的四个伙计，刚走到府墙小夹道那里，忽然一阵风过，把灯笼吹灭，拿灯笼正晃火种点灯笼的时候，就觉那张于氏身子往下一歪，还以为她是绊倒了，及至点起灯笼再看时，可了不得了，张于氏齐着脖子脑袋没了，那个小孩儿也连个小影儿都没有了。他们跟差役一说，差役到那里一看，一点也不错，事情出得太奇，特来大人台前请罪！"

知府一听当时也是一怔，便向汤知县道："贵县看看这又是怎么一回事，难道那孩子会功夫，他把张于氏杀掉自己走了？"

汤春锦道："绝不是那么回事，按卑职看必跟这位寄柬留刀的就是一人。"

松知府点点头道："也许，也许，不过咱们又该怎么办了？"

汤春锦道："这件事倒没有什么不好办，好在老大人愿意把姓庄的孩子成全了，正想不出什么好法子，这样一来倒好交代了，张于氏被杀，旁人谁也不知道。您就吩咐衙门里头不要说出来，把她死尸一埋，也就完了。至于那个孩子，一定是被人救走，咱们也就不必究情了。"

知府叹了一口气，点点头道："也只好是如此吧，贵县也赶紧回去，明天把这件案子办完，我也不干了，回家抱孩子都比干这官儿强。"

汤知县也不便说什么，赶紧请安告辞回衙门。过了几天，京详回来庄朝镛附逆有据，一同并案办理，庄朝镛就是那样死了。

再说李嫂跟着张嫂抱两个孩子，原本打算挺好，走着走着张嫂心里忽然一动向李嫂道："李嫂，你先走一步，我随后就到。"

李嫂还以为她是要解小泄，还骂了她一句道："你瞧你懒驴上磨屎尿多！"抱着庄静提着包袱，往前走了半天，还是不见张嫂赶来，心里猛地一动道："哎呀！我别傻走了！不用说张嫂她必是想什么道儿去了，本来么，一个人活在世上，为的是什么，放着现钟不撞撞木钟，趁早别上庄祥那家伙的当，回首让人家逮着，小命儿再饶到里头，那才叫冤哪。真要是把静姑娘往衙门里一送，弄好了赏个十两八两银子，一个不对数，还许打个拐带，那可不是玩儿的，趁早儿打别的主意。"有心把静姑找个地方一卖，无奈这个孩子太小，又是夜黑天，找什么人去，真要是等到第二天，以这个孩子这份儿机灵，就许弄不出手，再惹出旁的事来。又一想方才收拾包袱时候，里头捡的东西，已然很值不少钱，要不然把孩子往这里一扔，自己找地方一忍，哪天把东西变卖一下，也可以混个下半辈儿了。想着就要把庄静扔下只身逃走，忽然又是一想，多一个是一个，为什么便宜外人哪，干脆把她送到那里去，昧良心就昧良心，有良心不发财，昧良心吃饱饭，良心卖多少钱一斤？想着便把庄静用力一挟，脚下加急。

不一会儿工夫，到了一个小巷子里头，有一个小木门儿。李嫂过去轻轻拍了两下子门，就听里头有人说道："你，你，这么一点事儿去这么半天，你就不知道我等你等得多急！"嘴里说着，门儿吱扭一声就开了，没等李嫂张嘴，那人抢上来便把李嫂脸捧住，吱儿的一声，就亲了一下儿。李嫂儿哪里防备有这个事，手里又拿着东西，又抱着孩子，一只脚已然上了台阶，打算躲都躲不了，只好任人家亲去一下儿，嘴里却不禁哎呀一声。那庄静并不知道李嫂生了歹心，看见有人欺负李嫂哪里肯饶，两只手都在闲着，左右开弓，叭叭，一边一下儿，加上天生神力，那个人被打得腮帮子上，便如同火燎一般，不由也哎呀一声，才知道来人不是自己心里想的人，羞恼成怒，喊一声："你是什么东西？跑来这个地方，还要充什么正经人，今天我倒要看看你是三贞还是九烈？"说着话往前一进步，就把李嫂胸脯子揪住，往外一送，往里一带。李嫂哪里还站得住，一只手丢下庄静，一只手丢下包袱，打算跟那人撕掳一阵，无奈人家力大，连动都动不了。那人单手一提，就把李嫂夹在怀里，低下头去，却在李嫂脸上闻个不休。李嫂正在极力挣扎，猛听那汉子啊呀一声，手一松就把李嫂扔在地下了，摔得李嫂龇牙咧嘴，哼哼哎哟，顾不得周身疼痛，站起身来，不捡包袱，先奔庄静。一看庄静手里拿着两块石头子儿正预备往外扔哪，这才明白，方才那汉子哎呀一声，一定是挨了庄静一下子，想不到她这么一点的小孩子，会这么护卫自己，自己再一想真对不住这个孩子，良心一发现，当时觉得庄静又可怜又可爱。赶紧过去一把抱起，想着赶紧逃出是非地方，可是那个包袱，正在那汉子脚下，过去捡是不敢，扔了又舍不得。

就在这一犹疑的工夫，那汉子疼已止住，一咬牙一挫齿道："我把你这个松娘儿们，竟敢带着帮手，暗地里算计人，今天我要不把你们废了，我就不叫串地龙！"说着往前一抢步又奔李嫂，李嫂才喊出一声："哎哟……"却见从巷子外头，风车似的跑来一个人，一边往前跑，一边嘴里嚷："什么事？什么事？"

李嫂一听，非常耳熟，不由心里一喜道："来的是吴二嫂子吗？"

那妇人应声道："不错是我，你是谁呀？"

李嫂一听对了，禁不住心花怒放急道："是我，吴二嫂子你快来吧，我可让人家给欺负苦了。"

吴二嫂子往前赶紧两步，对脸仔细一看，不由咦了一声道："你不是那谁吗？李大妹子吗？怎么黑天半夜跑到我这个地方来了？快这里坐着吧！"又一看那汉子道："哟！你什么时候也跑出来了？怎么来了人不往家里让，倒站在门口儿谈闲天？"

那汉子本来要和李嫂过不去，现在一看，李嫂子吴二嫂子是熟人，倒觉得怪不是意思似的，一听吴二嫂子问，赶紧搭话道："哟！我等了你半天，也没见你回来，这位大嫂子叫门一紧，我还以为是你回来了，开门的时候，我说了一句玩话，这位大嫂子就急了。大概是这位小姑娘，还给了我一石头子儿，正砍在我脑门子上，你要再不回来，还许闹出旁的事来哪。"

吴二嫂子哟了一声道："你瞧我才走了不多一会儿，就会闹出这么些事来，不用说，你又满嘴不吐人言来着。得啦，大妹子，不用跟他一般见识，走，到家里坐着吧。"

李嫂当然也不便再说什么了，弯腰去拾包袱，那汉子已然一手提起道："大嫂子，头里走，我给你拿着吧。"

吴二嫂子引路，李嫂抱着庄静跟着，那汉子提着包袱，进来把门关了。这院里仅仅就是三间小屋，当中一间点着灯，吴二嫂子把李嫂让进屋里，向那汉子一点手道："过来，我给你引见引见，这位是李大妹子。"

那汉子过去就作了一个揖道："大妹妹，可别怪我方才胡说八道！"

李嫂道："得了，得了，都怨我没有把话说清。"

吴二嫂子道："大妹子，你可不知道他这个人就是这么冒冒失失的，他本来叫毛世奎，差不多人都叫他冒失鬼，你就知道他这个人是怎么一个人了。"李嫂笑了一笑，也不好再说什么。吴二嫂子道："大妹子，我也忘问你了，你这是从什么地方来？要到什么地方去？黑天半夜，提着包袱，抱着个孩子。这孩子是谁呀？长得真俊！"

李嫂原来抱着庄静往这边的时候，她的天良可没了，才想起这个吴二嫂子，原不是安分守己过日子的人，专一指着放水账买卖人口转花局说媒拉纤为生。李嫂跟着她沾着一点亲，知道她是干这个的，原意打算把庄静往这里一送，卖上一笔好钱，她就远走高飞了。及至庄静拿石头子儿一打毛世奎，她的良心又往回转了一转，又想起平常庄朝镛夫妻待她不错，她可就把卖庄静的心冷下去了一半。

吴二嫂子一问，当时脸上一红，并不说出什么来。

吴二嫂子久经大敌，什么没见过，一看她那种神气，就料个八九，知道她还是个新鲜雏儿脸嫩，便不再问，却回过头来向那毛世奎道："嘿！嘿！你瞧你越来越老实了，来了人倒是去要点水泡点茶，站在这里一动不动，腿也酸了，什么地方歇着去！"

毛世奎一听，知道这里头还有旁的事，便搭讪着笑了一笑道："我也是忘了。"说着一推门便自去了。

吴二嫂子刚要向李嫂细究根底，庄静忽然把两只小黑眼珠子一转向李嫂道："李嫂咱们走吧，我要去找我妈去。"

李嫂道："咱们就去。"

庄静虽机灵，究竟是小孩子，这时始终还没有睡醒，如今一待住了，又为李嫂在旁边，可就困上来了，说了一句跟着打了一个哈欠，小脑袋一歪，靠着李嫂的胸脯，可就睡着了。吴二嫂子冲着李嫂往里间屋一努嘴，李嫂明白点头，吴二嫂子过去一掀帘子，找了一个枕头，往床上一放，李嫂轻轻一倒，便把庄静搁在枕头上，拍了两下子。一看庄静已然沉沉睡去，两个人这才又走出来，吴二嫂子低声向李嫂道："到底是怎么一档子事？"

李嫂叹了一口气，遂把庄家的事大略说了一遍，又把自己原来和吴二嫂子的意思说了一说，以为现在因为这个孩子，实在可疼，不忍得那么干的话全都告诉了吴二嫂子。吴二嫂子本来是干这个的，人家不找她，她还要插圈做套找人家，如今送上门来的一块肥肉，哪还能够让她自己走出去。她可准知道李嫂现在是心存两可，便笑了一笑道："大妹子，我可要给你道喜了！"

李嫂道："我哪里来的什么喜？"

吴二嫂子道："好，你想把这位小姐往旁处一送，把这小姐抚养成人，找一个好姑爷一嫁，那时候小姐感念你待她的好处必然把你接到他们府上，拿你当老太太一般奉养，那够多大的造化，多大体面，这还不该给你道喜吗？"

李嫂笑道："得了得了，别说得那么好听了，一个臭老妈子，还能当得了老太太？不过我念在她父母待我不错，我实在不忍让她受罪就是了。"

吴二嫂子道："大妹子，你这话可又不明白了，你要为当老太太那倒可以干干，不然的话，你可有点糊涂，你想庄家既然出了这种灭门九族的事，衙门里能够不追寻人吗？除去咱们两个人有这种交情，我敢留你在我这里，旁的人不给你首告去就是便宜。不拘什么地方，日子多了，没有不透风的篱笆，倘若让地面儿上知道，不用说这个孩子，就是连大妹子你这条命也得饶上。还有一节，人家是小姐，平常吃的是什么？穿的是什么？跟着你准能供给她一辈子吗？跟别人受罪，跟你就不受罪吗？按说这话我可不该说，你还是趁早儿想主意，省得闹出麻烦，你再打算往好里去，恐怕都不易了。"

李嫂本来没准主意，如今听她这么一说，简直一点都不错，仿佛官人已然在外头等上她一样，不由变颜变色道："你这话一点也不错，可是事到临头，我已然迷糊了，你有什么法子，可以给我想一想，我是无不依从。"

吴二嫂子道："主意倒是有一个，还准能两全其美。前两天县衙前陶公馆托我给买一个小丫头，不怕多花钱，这是一件俏事。一则你可以多得几个钱；二则人家明着说是买丫头，暗中当女儿养活，小姐也吃不了苦；三则人家是做京官的，大小有点照应，这位小姐准可以没险。真要那么一办，八面都合适，可不知道你愿意不愿意？"

李嫂道："准要是那样，我怎么会不愿意，好嫂子，你这阵儿就去一趟好不好？"

吴二嫂子笑道："你忙什么，只要现在我这里住着，出了一点错儿，碰了你一根寒毛，我把眉毛拔了赔你。你放心，到屋里先睡一夜，有什么话，咱们明天再说。"

李嫂只得答应，进了里间。躺在床上，搂着庄静，哪里睡得着。

正在蒙眬要睡的时候，就听对面屋子里一阵嬉笑声音，一个道："你别拿捏我，你给我办办成不成？"分明是那串地龙毛世奎的语声。

一个道："你别得了屋子想炕，你也不瞧瞧你那个神儿，什么地方配得上人家，除去我谁爱得上你！"这分明是吴二嫂子口音。

正在一怔之际，又听毛世奎道："你不管就不管，我给她来一个霸王硬上弓，她要嚷，我就把她宰了，咱们热热闹闹地来一下子。"说着一阵脚步声儿，竟奔自己屋子而来，不由大吃了一惊。

第五回

遭磨折静姑得奇技
逞凶顽劣子受天殃

　　李嫂一听，心里在啾咕不好，脚步声儿响处，软帘一起，毛世奎已然钻了进来。李嫂心里轰的一下子，赶紧从床上坐了起来，困眼巴睁地就嚷："吴大嫂子，你快到这屋里来。"

　　毛世奎不由分说，往上一抢步，就把李嫂脖子掐住吓道："你要再嚷，我就这样儿把你捏死！"

　　李嫂连气都透不过来了，准知道今天落在人家手里，凶多吉少，活命要紧，当时也不敢再支持了。毛世奎正在一喜，知道心思可以达到，正在一高兴，就觉得在自己屁股上，有个东西往里头一顶，哧的一声，就仿佛一条小虫儿相似钻进肉里，疼得哎哟一声，一撒手，李嫂来了一个仰八叉。毛世奎一摸屁股，外头还露着点头儿，赶紧往外一拔，血就下来了，拿在手里一看，原来是一支头簪子，上头还带着好多血。毛世奎猛地心里一激灵，往床上躺的静姑看时，只见她脸儿朝着里，小手揣在怀里，睡得挺香，绝不像是她扎的。可是这屋里除去那个孩子之外，再没有人，怎么无缘无故会让头上簪子扎了自己一下，再者簪子临空也不能往人肉里扎。心里想着一奇怪，可就把那股子火气全都给扎没了，反而笑着向李嫂道："得了，你别害怕，我这是试试你的胆子，你真不含糊，得了，你睡觉吧，明天见！"说完捂着屁股就跑回去了。

李嫂也摸不清是怎么回事，闹得这么风大雨小，好在毛世奎也走了，别管怎么样，对付一宵，第二天赶紧走，这里绝不是善地，并且心里想着从今天起，可再也别安坏心，差一点儿没有遭了报。心里盘算着，哪里还睡得着，一会儿工夫，天也亮了，才见静姑翻了一个身，一睁眼叫了一声："李嫂，怎么咱们住在这里了？我娘呢？"

李嫂赶紧道："你还说呢，昨天刚要抱你走，你就睡着了，怕你着了凉，所以把你搁在这床上睡了一宵，稍微等一等，咱们就走。"

静姑小声儿道："李嫂，我可不住在这里了，刚才我还做了一个怕梦，梦见有一个大黑胖子，要掐你的脖子。我一害怕，我把你别头的簪子拿了下来，扎了大黑胖子一下子，那个大黑胖子走了，到现在我心还跳呢。"

李嫂一听，脸上一阵发热，回手一摸自己头，一根别头簪子已然没了影儿，不由暗喊一声："惭愧！"看起来这个孩子实在是天生的聪明，两次替自己留了脸面，再要是昧良心，未免太说不下去，无论怎么着，也得想法子把这个孩子给送到一个好地方，一来对得起死的，二来对得起活的。心里想着，便用手把静姑搂在怀里道："好小姐你不用害怕，咱们一会儿就走。"

才说到这一句，就听对面屋里，已然有了响动，听着吴二嫂子就走了过来，笑嘻嘻地向李嫂道："李大妹子，让你受屈，你这一宵没睡好。"

李嫂半带着气应了一声道："没什么，打搅你一宵，真是对不过。劳你驾，你把门开了，我们要走了！"

吴二嫂子听了并不着急，笑嘻嘻地道："怎么这就要走？请你到我屋里去，我跟你说一句话。"

李嫂心想你无论说什么，我现在良心回来了，反正我不能再对不起这个孩子，便也点点头向静姑道："姑娘，你躺在这里，等我一等，我这就来。"跟着吴二嫂子来到对过屋里。

毛世奎没在屋里，吴二嫂子冷笑一声道："大嫂子，你可糊涂，我是干什么的，你大概也有个耳闻，你要当初不来，我可也不能找你去，现在既是你亲自送上门来，要走可也没有那么方便。现在我把话跟你说开了，你想一想，咱们想法子先把那个货出手，然后再说旁的。你要是愿意，自然是咱们的缘分，任话没的可说，绝不能白了你。你要有一点不点头，对不过走到官厅上，实话实说，我们照样儿落实，你的这一条命，可就交待了。你是愿意死愿意活，就在你一句话。反正你打算就这么一走，那就叫作办不到。咱们有交情不说没交情的话，你打什么主意？你就快说吧。"

李嫂一听，差点儿没晕过去，恨不得自己打自己几个嘴巴，好好一件事，只因自己一时利欲熏心，竟会弄到这种地步。姓吴的姓毛的，说得出来干得出来，真要自己不答应，他们一告官，官儿没有不愿意高升的，自己这两条性命难保。真要是答应他们，可实在对不过这个孩子。

心里一犹疑，吴二嫂子早已看出来，赶紧催道："你倒是怎么着？"

李嫂哪里还说得上话来，颤颤巍巍地可就哭了，一边哭一边抽抽噎噎地道："你说要怎么办就怎么办吧，谁让我自己送到老虎嘴里来的哪！只是……只是……"

吴二嫂子道："只是什么？"

李嫂道："只是求别太难为了那个孩子，我就念你的好处。"

吴二嫂子哟了一声道："你看你这话说的，咱们有儿有女还打算让他往上长呢，凭什么拿人家孩子往火坑里送？"说着又长叹了一口气道，"谁又愿意干这个呢？谁让活在这种年月，为活着就不得不丧点天良，缺点德行，但愿有个翻身，谁要干这个谁就不是人，让他横死，连一块整骨头都不能剩下。"李嫂也不理她，吴二嫂子又道："一件事你还得躲一躲，你一露面，这件事就不好办，她要一哭一闹，不但你，连我们都是不了。"

李嫂道："你让我躲到什么地方去？"

吴二嫂子道："就是隔壁，你只要去一会儿，咱们就办完了。"

李嫂到了这个时候，刀把儿在人家手里，只好听人家的。吴二嫂子拉着李嫂偷偷儿出了屋门，到了隔壁，轻轻一弹门，里头有人出来开门，也是像吴二嫂子一样打扮的一个中年妇人。吴二嫂子不等那人问，便笑问道："得了，老三麻烦麻烦你，这是我一个妹子，投到我这里，正赶上我家里有人，没地方儿待，先上你院里坐一会儿，我这就接去。"说着又向那妇人一努嘴。

那妇人会意，便笑着说道："你看这客气劲儿的，你的妹子就是我的妹子，快进来吧，我们说得一对劲儿，碰巧你还接不了走哪！"说着一拉李嫂的手，李嫂这时候就跟傻的一样，直眉瞪眼就跟着走了进去。

吴二嫂子翻身走回自己院里，没等进屋便喊道："你看这种人，真是糊涂，怎么出去就不回来了？"一边走进屋里，过去用手一揪静姑道："姑娘起来吧，我问你你要上什么地方去？你家住在什么地方？你说得上来吗？"

静姑自从李嫂出去，就侧着耳朵听，别的话听不出来，李嫂哭她可听见了，天生的机灵，仍然躺在那里一动不动，如今看看就是昨天晚上那个女人一个人进来，并不见李嫂，先不答她问话，却问吴二嫂子道："李嫂呢？"

吴二嫂子假装叹了一口气道："还说呢，她说给姑娘买点心去，一去半天，也不回来，八成儿是走迷了？姑娘你说你住在什么地方？我把你赶紧送回去，省得家里着急。"

静姑虽说聪明，究竟是个六岁的孩子，况且她始终还没有知道家里的事，一听吴二嫂子这么说，可也疑心她不是好人，但是想着青天白日，她既说送自己回去，她要是往回送自不必说，倘要是不往回送，自己还会喊，只要街上有人听见，无论如何，自己也吃不了他们的苦。心里这样一想，便高高兴兴地向吴二嫂子道："我住在城里十字街，我姓庄，你要真把我送回去，我告诉我妈，送你十串大钱买鞋穿。"

吴二嫂子当时可就高兴了，便连连点头道："我送姑娘回去，你等我一等，我收拾收拾。"说完走了出去。工夫不大，手里拿了一样东西，走到屋里。静姑娘一看这样东西，小心眼怦地一跳，当时哇的一声就哭了。吴二嫂子一只手里拿着一个大麻包，一只手里拿着一根藤杆子，满脸煞气从外头挺胸拔脯走了进来，一听静姑哭声，用手里藤杆子一指道："你可趁早儿住声，要是顺条顺理，我也不难你，你要是坐着轿子号丧，那可是给脸不要脸，我先鞭你一顿，临完你还得依着我，那可是多饶一面儿。"

静姑人小心灵，一看这种神气，就知道哭也无益，遂点点头道："你叫我干什么我就干什么，你别打我，也别叫我受罪行不行？"

吴二嫂子扑哧一笑道："好孩子，你真聪明，我告诉你实话吧。看你的李嫂，她把你卖给我了，可是我也养活不起你，我现在把你送到一家人家享福去，只要你能好好听我的话，我也绝不能叫你受罪。听你说话怪明白的，我打算把你装麻包里，省得你半道嚷，现在我也不把你装麻包了。麻包我可是带着，你要是一声不言语，我就把你好好地送到人家去，你要是不听话，我可还是把你装在麻包里，你听清了没有？"

静姑不住连连点头，吴二嫂子这才放心，卷好了麻包，拉着静姑，走出了街门，一看昨天看见的男人也在门口，两个人只说了一句："小心点儿！"吴二嫂子就把静姑抱起来了。静姑也有心思，她想到了人多的地方，自己拼命一喊，自会有人拦住问问，到了那时，就不怕吴二嫂子拿麻包装了。想得很好，连走几条胡同，都没碰见一个人，一则是天时太早，路上走路的人还少，二则吴二嫂子也防备有那一层，可走的地方，全是小道儿，绝不走人多的地方，因此连个人都看不见，又走了有两条巷子，好容易看见有人从那边往这边来了，正在预备要喊，吴二嫂子忽然脚下一拐弯儿，已然走进一家大门。静姑就知道坏了，使劲挣蹦了两下，哪里敌得过吴二嫂子使劲抱住，一脚跨进门，一只手已然伸在自己小脚儿上使劲挣了一把。静姑一看已然进了门，再哭也没用，便连哭也不哭，挣也不挣，随着吴二嫂子走了进去。吴二嫂子到了门旁儿往里一张，嘴里喊道："梁二爷在家吗？"

屋门一响，从里头走出一个人来，是底下人打扮，一见吴二嫂子便笑道："哟！今天什么风？怎么会把二嫂子刮到这里来了？屋里坐，屋里坐。"嘴里说着，一只手已然摸到吴二嫂子脸上，啧的一口道："二嫂子，你脸上擦的都是什么，怎么会这么细腻？"

吴二嫂子呸地啐了一口道："老实点儿吧！叫人家看见什么样儿。你先别闹，我问问你，太太起来了没有，我还有正经事哪。"

那人把嘴一撇道："什么你也不打听打听，太太哪天这时候起来过？大概跟老爷玩乏，也就才睡一会儿，我可不敢去惊动她。再说你还有什么正经事，前些日子，你给我们老爷在外头干的那点事，太太早就知道了，直要找你算账，你倒来了。要依我说，趁早儿别找不自在，进屋来咱们先说会子话儿，梁大爷现在发财了，绝不能白了你，你瞧怎么样？"

吴二嫂子道："呸！别说废话，我跟老爷有什么事，你满嘴乱吣，你趁早说，你是管不管？你要不管，我也能走得进去，那就不劳你的驾，上头要是问下来，你可别怨我不懂面子。"

那人一听，一伸脖子道："二嫂子你可别介意，那一来可就把我的饭碗砸了。别人不心疼我，二嫂子你还不心疼我吗？"说着又过来一拉吴二嫂子的衣裳。

吴二嫂子往后一退，才要喊嚷，却听里头一阵喊喊喳喳声音："你瞧你老是跟人家闹，回头要是叫太太看见了，又该说我们不好逗你了。"

又一个人喘喘吁吁道："你这个东西，真可恶，你逗得人家火上来，你跑了，我今天要不把你……"

喊着喊着噗咯一声，哎哟一声，哈哈嘻嘻一阵笑声，接着又听一条破毛竹相似的嗓子喊道："好你个老王八，一会儿不见，你就该闹事了。不要脸的娼妇，你倒会勾现成的汉子，死东西……"

吴二嫂子也不敢言语了，那个底下人也不敢再揪二嫂子了，跟着里头一阵咳嗽声音，从屏门里头走出一个老头子来，满脸通红，喘成一团儿往外边走，一抬头看见了二嫂子，不由哟了一声："什么时候来的？叫你给我找一个小丫头怎么样了？太太起来了，你快进去吧。"说着连咳嗽带喘往大门外头走去。

吴二嫂子心里想着可乐，可不敢乐，回头瞪了那底下人一眼，便抱着静姑往里边走去。才一进门，就见在迎面廊子底下站着一个妇人，披头散发，手里拿着一根懒驴愁的鞭子，在旁边跪着一个十七八岁的丫头，满脸是泪，跪在地下。吴二嫂子进去，那妇人并没有看见，却用手指着那个丫头道："你这不要脸的东西，我今天活活把你抽死！"说着一举手里鞭子，唰、唰、唰就是三鞭子，打得那个丫头没处藏没处躲，嘴里不住央告道："太太，这不赖我，是老爷他追我的，我再也不敢了！"

"呸！我就不信，母狗不摆尾，公狗也没有那么大的胆子，分明是你想偷嘴吃，你还嘴犟！"叭，叭，叭，又是三鞭子。

吴二嫂子知道这个妇人就是本家的主母黄氏，出去的那个老头子就是主人梁天贵，一定是梁天贵追要丫头，太太出来碰上了，看见打了几鞭子，气已稍平，这才喊了一声："太太别生气，我来给你请安来了。"

黄氏正在气头上，没听清楚，还以为是梁天贵跑回来耍皮脸，就呸的一口啐道："你这个老王八，别跟我来这一套，你当着我的面做出这样不要脸的事，你叫我还怎么活着，我的天哪！"

吴二嫂子一听，知道黄氏听错了，便赶紧提高嗓子又喊了一声道："太太，别生气，我给您老人家请安来了！"

黄氏这回才听明白，抬头一看，见是吴二嫂子，才哟了一声：

"这是怎么说的？二嫂子什么时候来的？我就顾了生气，会没看出来，真是让二嫂子可笑。"

吴二嫂子笑道："得了，太太也不用生气了，您瞧我给你找了一个小女孩儿，你瞧长得够多俊？"

黄氏道："二嫂子你来晚了，我现在真不愿意惹这种气了，你瞧现在闹得还不够热闹吗？"

吴二嫂子一听，那可不成，好容易提心吊胆把这个孩子给弄来了，你不要我怎么弄回去？无论如何，也得让她留下。想着便笑了一笑道："太太，您那可是多虑，这个女孩儿可太聪明，现在气头上不要，等将来想要可来不及了。"

黄氏连眼皮都不抬一抬道："既是那么着，你先把她送厨房，交给老王，有什么话三天后再说。"

吴二嫂子一听，也只好是如此，再钉就钉劈了，更不好办，便答应了一声，抱着静姑到了厨房。静姑这时候都成了傻子了，一声儿也不言语，到了屋里一看，只见也是一个女人，长得那么凶眉恶目，十分可怕。吴二嫂子叫了一声："王大姐，您好啊？"

老王回头一看，哟了一声道："吴二嫂子，你什么时候来的？坐着坐着。"

吴二嫂子道："我可没工夫坐着，太太前两天叫我给买一个小丫头，现在带来了，太太说交给您这里用着，有什么话三天后再说，没什么说的，您多分神吧！"

老王听了，往静姑身上一打量道："就是这个孩子？二嫂子，你可越来越有意思了，怎么越来越小，将来还不给抱一个月科儿的孩子来呀？"

吴二嫂子道："你别瞧小，可真机灵，就让她在这里吧，我可就走了。"说着又向静姑道："你可听话，要是招人生气，你可留神你的皮！"说完又向老王耳边啾咕了两句。

老王看了静姑两眼，忽然把手向墙边一指道："过去把那些东西拿过来，闲着也没事，全都把它给我劈了。"

　　静姑一看，原来是一大捆秫秸，不知道怎么个劈法，没法子，只好过去拿了两根，往这边走。猛听老王一声喊道："两根两根得什么时候算完？你倒真细发！全给我拿过来！"静姑在家，一向是娇生惯养，不用说是干粗事，真是走道儿都有人看着，怕摔伤碰着，再说今年才六岁的孩子，即使搁在一个小门户人家，也不能让她烧柴做饭，干些个老妈子丫头的事，现在只因少运不好，家里无端会遭了那种逆事，父母双亡，兄妹各散，又被奸人贪心丧良，卖在人家为奴，偏又赶上这家主人，是个不下手的屠户，全无半点恻隐心肠，硬把她送到厨房帮着搬柴生火，岂不可叹。哪知老天虽是默默无言，却有一个定见，静姑如果不是家境拂逆充其量也不过落一个贤妻良母而已，哪里能够享受大名，多年香火？看着老天让她受罪，其实还真是往起抬她呢。当下静姑听老王的言辞，知道她是一个毫无儿女心肝的人，如果自己不答应她，难免自己皮肉受苦。事情既已如此，只有顺着她，或者还能免去眼前苦痛，便一声儿不言语，过去拿起一把秫秸。才往这边一走，老王就嚷起来了："哟！哟！哟！姑娘，别累着。拿那么些，着乎掰了腕子！"

　　这话静姑听得出来，这是嫌自己拿少了，便赶紧二次翻回，又用两只小手搂了一抱，抱过来往地下一扔。

　　老王又一瞪眼道："不愿意是怎么着？你瞧你这一扔，弄这么一天二世界，回头我还得跟你在后头收拾！"静姑不等她说完，赶紧蹲下身去，两只手往起一起拢。老王又不愿意了："你这叫诚心，全拢起来，还烧什么？你干吗瞧着我？我脸上有饭是怎么着？你倒是烧火呀，我的小妈！"

　　静姑这才知道她要叫自己烧火，便就势儿拿起几根秫秸往灶眼儿里一送，叭的一声，脑袋上就挨了一下子。"你这孩子，是天生来贼骨头，跟你说好的不行，你打算把火扑灭了是怎么样？弄那么些柴火往里乱塞！听见没有，一根一根往里头填，再告诉你一句，有那粗的，得把它劈开，你要再把火弄灭了，我揭了你的皮！"说完了一迈步儿跑到院子里歇着去了。

　　静姑自出娘胎，挨打还是头一天，含着眼泪一声儿不言语，拿起秫秸一看，全都是一般粗，心想别再找打，趁早儿全都给它劈开。站起来四下里一看，不用说刀子斧子，连一个铁片儿也找不着，拿什么劈？想了半天没有法子，又怕那个娘儿进来再打两下子，一狠心，两只手拿起一根秫秸，使劲往下一捏，一劈，那秫秸咔嚓一响，还真劈开了。劈了一根，送在灶里，又拿第二根，劈了第二根送进去，再劈第三根，倒也没觉出特别费力。

　　劈着劈着，老王从外头进来了，一个手里托着一个水烟袋，一个手里拿着一根火纸燃儿，进门一看，静姑劈秫秸正劈得兴高采烈，便点了点头，偷偷出来了一口气，咳嗽一声道："嘿，别劈了，饭都快熘了，过去弄两桶水来。"

　　静姑一听，又吓了一跳，回头一看，在墙角下立着两个水桶，足有一尺七八高，周围有四尺宽，在它旁边立着一副扁担，心想这可真没有法子了，不用说装上水，就是这个空桶，我也挑不起来，打死我也是挑它不起，只有等她打死吧。老王一看静姑没有站起来，便把嘴一撇道："好大的架子，说你哪。好！你不愿意挑水，你也就不用吃饭了，我也没有工夫跟你废话，你就在那里歇着吧。"说着过去一伸两只手，就把锅边端起。可真把静姑吓坏了，那个锅说小周围也在七尺宽，广铁生铸，往小里说也有八十斤，加上锅里的水，就够一百二十斤，再加上那个大木桶，桶里再有饭，搁在一块儿，至少也得在一百八九十斤。看她双手一伸，四个手指一捏锅边，呼的一声，连锅带水，连笼带饭，全都起来了。心说这个人怎么这么有蛮力气，幸亏方才打我的时候，没有用十成力，真要是那么来一下，当时就得死，这倒真别惹她。再看她把锅放好之后，一伸手从墙上摘下一个小铜铲子来，单手一撩，那只手一敲，铛，铛，铛，一阵响，呼噜一声脚步声从外头跑进一大群人来，有男有女，有老有少，各人全都拿着一个碗，一双筷子，从外头跑了进来。

老王道："别乱，别乱，谁要再抛到地下一个饭米粒子，可别说我对不起！"

大家一听，全都看了老王一眼，可是谁也没说什么，果然全都规规矩矩，把饭盛走，吃什么菜可没看见，就真一个把饭盛到地下的都没有，就是那么大的锅，那么大的笼屉，大家一盛当时便空。老王看着大家走了，向静姑说道："小姐，你帮一帮忙怎么样？弄点水来，刷刷锅办得到吧？"静姑哪里还敢说什么，赶紧站了起来，拿起水舀子，舀过两舀子凉水，又拿舀子在汤罐里舀了两舀子热水，蹲下身去，去刷那锅时，可叹手都伸直了，却够不着锅底，好容易刷完了锅，已然累出一身汗来。又待了半天，老王才从木橱里拿出一块豆饼，往静姑面前一送道："你吃！"静姑这时候，还真饿了，哪里还敢说什么不吃，赶紧接了过来，往嘴里一送，又干又硬，又有一种豆渣子味儿，真是十分难以入口。可是事到这个时候，不吃没的吃，只好伸着脖子，使劲咬了一口，用唾沫往肚子里咽，费了半天工夫，才算把一块饼吃了下去。老王拿手一指道："那个木橱里，有碗拿一个碗倒点水喝。"静姑拿出一个碗，倒了一点水喝了。

这个时候老王已然把锅扣好，笼屉放好，一回头向静姑道："姑娘，饭也下了肚，吃人家的饭，给人家干事，水也该去挑了吧。"

静姑一听，趁早儿不用说废话，她让挑水就挑水，挑得动多挑，挑不动少挑，实在挑不动，她也许就不让挑了。过去一拿那个木桶，却实出意料之外，以为这对桶至少也有五六十斤，就凭自己无论如何也拿不起来，本来使着十成力，可没想到，劲全使空，轻描淡写就拿起来了，又拿起扁担，两头儿钩好，往肩膀钩搁，自己都快笑出来了，那钩子比自己还高着一头，那怎么挑。没法子，又放下了。

老王哼了声道："怎么着？试试又搁下了，那可不成，交给我。"接过扁担，把两个钩子一摘，桶梁儿扣在扁担头儿上，用手一点道："这就成了。"

静姑一看，这可没法子了，赶紧过去挑起，谁知那两个大桶，就仿佛纸做的一样，一点分量都没有，心里觉着真是十分可怪。

才往外一走，老王道："你不问问就走，你知道井在什么地方吗？"静姑一摇头，老王道："是不是，你忙什么？井就在这后院。挑水可挑水，可不许弄得什么地方都是水，听明白了没有？"

静姑点头，到了后院一看，果然院子当中，有一个高高井台，上头有石头井口，旁边还搁着一个水斗子。静姑上了井台，心里一阵难受，想着自己父母，现在不知在什么地方，哥哥也不知道踪迹，自己入了虎口，逃是逃不了，不干又不行，自己虽则六岁的小孩子，何曾受过这种罪，不如一死就完了。想到这里，把木桶一放，向前一探步，就要起手了。

这么个工夫，有人喊："小子，你不是好小子，你干吗跟我来这一套儿，寻死觅活，你瞧哪一辈古人英雄汉子干过这个，你要是好小子，长住了牙，一辈子想着做人，较这个强，你听明白了没有？"

静姑本是绝顶聪明的人，一听这话，不由哎呀一声，伸到前头那只脚，可就撤回来了，长叹一声，拿起水斗子，汲下绳子，提了几斗子，鬓边已然见汗。忽然就觉肚子拧着绳儿相似的那么疼痛，不由哎呀一声，一撤手身子往后一仰，扑咚一声，咕咚一声。

（闹了几天病，忙了几天年，办了几天事，磕了几天头，几个几天往一块儿一凑，小一个月简直没腾出一点工夫来。别的还不说，《铁观音》稿子断了好几期，对不住报馆，对不住读者，可是实在被事所挤，也真没有法子。对不起在先，补救于后。病也好了，年也过了，头也磕了，事也完了，除去声明几句，表示歉意之外，附带着给众位读者拜个晚年，愿诸位做官的升官，做买卖的发财，念书的老第一，没事的得好事，有事的遇顺事，老头儿老太太，没灾没病，小媳妇抱儿子，大姑娘得好女婿，一顺百顺，无往不顺，舒舒坦坦瞧我这部《铁观音》。无论怎么说，从今以后，不管有什么事，绝不告假，笔底下不行，架不住咱们多多用心，往好里写，诸位对

195

付着看，好在一个消闲解闷，给诸位谈笑话的事，大小总有个担待。话是交代完了，还接着说咱们的《铁观音》。）

　　静姑被李嫂拐卖到了梁家，给拨在厨房里烧火，饭熟了之后，老王又叫静姑去打水。到了井台儿上，刚把水斗子系到井口里，忽然觉得肚子像拧着绳儿似那么疼，不由哎呀一声，一撒手身子往后一仰，扑咚一声，咕咚一声。这两声幸亏是扑咚在前，咕咚在后，静姑先摔倒，后撒手的水斗子；要是先咕咚，后扑咚，静姑就掉在井里了。静姑躺在井台上，肚子一阵比一阵疼，忽然一阵，咕噜咕噜紧响，赶紧咬牙忍着疼爬了起来。四下一看，井台后头，就是一段小土墙，墙角堆着许多树枝子树叶子，要在那儿再解个手儿，绝不至于让人家看见。赶紧走了过去，把衣裳一撩，便仿佛排山倒海一样，肚子都快翻过儿了，这才疼得好了一点儿。站了起来，把衣裳系好，才一迈步，差点儿没趴下，敢情如同得了一场大病一样，连一点儿劲儿都没有了。没法子，一步一步挨到了井台，水是打下了，站在井台上，看着水桶一怔，准知道见了老王，又得一顿排揎，再一想自己这条命，将来也绝甜不了，与其活着受罪，还不如干脆早早死了，省得零碎儿受。按说一个小孩子，可想不到这一步，皆因静姑天生来的特别聪明灵性过人，才能有这种见解。对对付付，一步一步蹭到了井台儿，一看井口，不由一阵心酸，眼泪往下一掉，忽然把牙一咬，双手一蒙脸，一抬腿，就要往井里蹦了。

　　猛听身后一声喊道："嗬！我的小祖宗，怎么弄那么一点水，要这么大的工夫？我还当着你掉在井里，你倒在这里玩上了。水我也不要了，您快请回吧，回头把你累着，也是麻烦。"静姑一听，正是老王赶到，再打算跳，可就不成了，含着泪过去要提那个桶，那焉能提得起来。手才往上一伸，老王又喊上了："小祖宗，您歇着吧，别回头累着。"一边说，人就过来了，照着静姑脊梁上就是一把，就给抓住了，恶狠狠地啐了一口道："得了，得了，您是小姐，您快回到屋里歇着去吧，我可再也不敢惊动您了。"不由分说，单手一提脊梁就跟提着一只小鸡子相仿，就给提回去了。到了厨房，往小凳子上一放道："您歇着吧。"把屋门一倒扣，走出去了。

静姑心里要多难受，有多难受，死是死不了，活着又没意思，这可是真糟。坐了一会儿，忽然一想，既是死不了，就得活受，早晨叫我烧火，晚上烧火当然也是我的事儿，莫若趁她没在屋，我何妨把柴火劈好，省得回头也是自己的事。心里想着，过去就抱劈柴，真把静姑吓了一跳，跟早晨柴火差不多，觉着有分量拿不动，怎么现在连一点儿分量都没有了，这真是邪事。拿起柴火一看，又大大吓了一跳，早晨的柴火，全是秫秸，怎么晚半天里头屦了竹子了？要凭自己手劈，那如何能劈得开？不过没法子，劈不开也得劈，伸手拿过几根细的，双手一捏，出乎意料，嘎巴一声，那根竹子就应手而碎，自己也不知道，自己从什么地方来的这么一股子邪劲儿。既是捏得开，捏吧，左一根儿，右一根儿，一会儿工夫，怔把那一堆竹子全都给捏碎了。

正在兴高采烈，门一响，老王从外头就进来了，一看静姑正在捏柴火，不由冷笑一声道："你倒勤快，那几根竹竿子，是上头让我给找的，还没交上来哪，怎么你全给劈了？回头上头要，我拿什么去交差？"嘴里说着，把一大捆劈柴全都拢了拢，往灶旁边一捆，一拉静姑道："姑娘您别再在我屋里歇着了，我找一个地方，您到那边去歇一会儿好不好？"不由分说，手往上一提，静姑已是离地而起，连拉带拽，就给揪出去了。静姑人小力微，哪里挣得动一点儿，再加上双脚离地，更是连一点劲儿也使不上了，一任老王提着，飞跑了半天，也不知道到什么地方，忽然放了下来。凝神一看，原来是一个小院，里边单有三间小屋。

老王用手一指小屋道："姑娘，没法子，得屈尊屈尊您，您就在这屋里歇一歇。这院子里地方可太大，除去这个小院之外，你可什么地方也别去，出去回不来，再遇见旁人也是麻烦，我还有事，回头我还有话和你说。"说完一转身又走了。

静姑进了屋子一看，屋子不大，收拾得可挺干净，有一张小桌儿，一个小凳儿，一张小床儿，上头一份铺盖，桌上搁着一份茶壶茶碗，余外就什么也没有了。静姑爬在凳儿上一坐，心里想着，就跟做梦一样，到底是怎么回事，简直一点儿也不明白。坐了一坐，正要下来到院子里活动，忽然就觉四肢全都一动，跟着一阵吱叽吱叽直响，又觉着周身，上下仿佛有一个热火团在里头乱窜，窜到什么地方，什么地方就热，越窜越快，浑身跟着了火一样，这份儿难受，干脆就叫说不上来。凳子上坐不住了，赶紧蹭到小床上，往床上一躺，可就动不了啦。足有二刻钟的工夫，火团才慢慢见缓，身子也不觉得烫了，嘴里觉乎奇渴，赶紧下床。才往下一伸腿，把自己又吓了一跳，两条腿仿佛不是自己的一样，明想着往下去，它却往上飘，越是往下使劲，它是越往上来。心里想着纳闷，嘴里干得都快出烟儿，一咬牙，一使劲儿，整个儿身子往起一站，以为拿自己身子一压，它还不下去吗？谁知这么一来，更是吓了一跳，身子往起一立，脚没往下去，反倒连整个儿身子都往上一飘，人就跟驾云一样。一害怕，一使劲，才算双脚沾地，身上这汗就出多了，嘴里还是渴，又一步一蹭到了小桌上，端起壶来，一看里头还真有水，可就顾不得再往茶碗里倒了，嘴对嘴一阵喝，霎时喝个干净，心里才算舒服了一点儿。又待了一会儿，骨头又是一阵响，这回没那回厉害，响了一阵，也没有那个火团窜，骨头节不响，身上也透轻松，再拿脚往下伸伸试试，也不那么发飘了，心里这才踏实，就是浑身透着有一点发软，又稍微歇了一歇，往院子里慢慢走去。

　　才走到院子当间儿，猛听轰的一声，吧嗒一声从头上一掉东西，在地上噗噜噜直转，细看时，原来是一只小麻雀儿。心里正在纳闷，怎么会好好的一个鸟儿平白地从半空中掉在地下？猛听墙外一片一声："鸟儿掉在老王院里了，快去拿去！"

　　一听不好，急待转身进屋，又听有一个说道："少爷，别进去，老王院子里，可不许人进去。"

心里又一踏实，再听呸的一口啐道："别废话，老王是什么东西？强死了也是咱们花钱雇来的，她不让进去就不进去？这里又不是什么禁地，你们跟我走，有什么事，都有我担着！"

呼噜一声，人就闯进来了，足有十七八个。静姑一转身，意思是要往屋里走，没想脚一软，扑咚摔倒，躺在地下，可看得清楚。只见进来这伙子，别管高矮胖瘦，全是小孩儿。看那神气，连一个过十六岁的都没有。领头一个，身高三尺，往大里说，有上十三岁，长得可好看，小圆脸，白中透粉，粉里裹红，长眉毛，大眼睛，双眼皮儿，长眼毛，鼻子又高又正，嘴儿不大，嘴唇红白跟点了胭脂一样，脸上两个酒窝儿，耀着雪白的一嘴小牙儿，更显着那么可爱。头发齐肩，留着刘海儿，后头梳着一根辫子，扎着大红丝线的辫穗儿，穿着一件雪青色长袍，四外沿着金走线儿，湖色裤子，花缎子，抓地虎靴，手里拿着一把金漆雕把儿弹弓，身上挎着一个黄缎子弹弓口袋。乍一看这个孩子可太可爱，不认得当然不便说话，躺在地下，直着两个眼睛看着。

小孩儿一看，地下躺着一个小姑娘，不管那个鸟儿，把弹弓交给旁边站着的孩子，向静姑道："嘿！你是哪里来的小姑娘？怎么跑到我们院里来了？"

静姑因为刚才老王告诉她这个小院之外，不准出去，原不知道为什么，现在一看，就是这么一拨儿孩子，心里还在纳闷，这家子怎么会有这么些孩子？老王不让自己出去，也一定是为了小孩子多，怕是自己不知深浅，得罪了人，给她惹事，其实这个算得了什么？便笑着向那小孩儿道："我姓庄，我叫庄静姑，我是被人拐到这里来的。"在静姑的意思，自己现在陷身到这院里，家里绝不知道，跟别人说，一定跟老王一样，不但不能给自己想法子救自己出去，弄不好还许挨顿打，这个是个小孩儿，看打扮又是这一群小孩儿头子，跟他把话一说，小孩儿也许帮着小孩儿，就许能把自己救出去，故此才这么说。

小孩儿一听，眼珠儿一转，不理静姑，回头向那些小孩儿道："你们谁听见说咱们这里又添人了？"

旁边小孩儿全都一摇头道："不知道。"

小孩儿道："既是都没听说，也许是才来的，我看她怪有意思的，把她领到咱们院去，有什么话再说。"

旁边小孩子异口同声道："好，自从小桂让少爷一脚给踢坏了以后，直到如今，少爷院里还一个小姑娘没有呢，把她领去，倒是不错。"

小孩儿向静姑一笑道："你先起来。"旁边小孩子过去就要扶，静姑不等，一骨碌爬了起来。小孩儿道："你跟我们去吧，我们那里比这边好。"

静姑一听，他不能放自己出去，却要叫自己跟着他们走，心里当时就是一激灵，准知道跟着老王虽说受点罪，可还没有什么，如果跟他们一走，可就不定是个什么样儿，不如想几句话先把他支走了，等老王回来，好央求老王，无论如何，不怕给自己家送一个信，叫家里来人把自己赎回去，多给老王几个钱，也不要紧。心里这么一寻思，便笑着向那小孩儿道："我不去，我等着老王回来问明白了再去。"

小孩儿一听，当时把小脸一整道："什么？你等着老王？老王也当不了我的家。告诉你，你跟我走，你的便宜多着哪，你要不走，你可别说当时我就叫你吃眼前苦子。"说话瞪眼，摩拳搓掌，仿佛要打架的相儿。

静姑再看，这个孩子颜色也不对了，要多坏有多坏的神儿全都带出来了，心里更觉害怕，可就转身往屋里去。小孩儿也看出这份儿意思来了，冷笑一声，全都往前一拥，静姑抹头就跑，院子本没多大，三五步已然跑回屋里。小孩大喊一声："跑屋里去就完了？你们把她给我掏出来！"那些孩子答应一声，全都抢进门去，静姑一看，这坏了，老王也不回来，自己一个人绝敌不过这些人，一着急，可就想起拼命来了，一伸手拿起桌上茶碗一扬手向那些孩子砍去，那些孩子往旁边一闪，叭嚓一声，碗掉在地下，摔得粉碎。那些孩子喊一声又往上一抢，静姑手里一把茶壶就出手了。那些孩子一见茶壶飞过来，本应当躲，一时动了爱东西的心，有一个身量儿高的，一见茶壶飞来，一伸手，他本打算把这茶壶接着，万没想到茶壶去的力量太猛，他要不接，也就掉在地下，他这一接，手一软，倒给茶壶助了力，茶壶就飞到院子里去了。那个小孩正在凝神看着，没想到屋里会往外飞茶壶，他看见了，也躲不开了，才喊了一声哎呀，这茶壶就到了，正打在小孩儿脸上，粉嫩的脸哪里禁得住这一茶壶，叭嚓一声，茶壶一碎，小孩儿脸上血就下来了，又是血，又是茶叶，小孩儿连嚷都嚷不出来了。屋里那些孩子，一看茶壶飞出去，正在一怔跟着听哎呀一声，回头一看，少爷都成了血人了，顾不得管静姑，齐喊一声："不好！"撒腿出来就奔了那个小孩儿。

里头有两个大一点的道："你们在这里待一待，我去请奶奶们去，可别让那个小丫头跑了。"这两个孩子慌慌张张一阵急跑，刚到前院嘴里就喊："可不得了！大奶奶、二奶奶、三奶奶，咱们大柱官儿，让一个小丫头子给打坏了！"

大奶奶刁氏，二奶奶叶氏，三奶奶梅氏，正在屋里斗纸牌，听见院里有人喊，赶紧把牌摆下，那两个孩子就进来了。刁氏道："福儿，禄儿，你们不陪着少爷在前边玩儿，慌慌张张跑什么？"

福儿禄儿气喘吁吁道："大奶奶可了不得了！大柱官儿在前边玩耍，让一个小丫头给打坏了，顺着脑袋往下流血，您快看看去吧。"

大奶奶一听，就急了，本来这个儿子是她生的，把眼一瞪道："什么？"

福儿禄儿道："咱们大柱官儿叫一个丫头飞茶壶把脑袋给砍破了，顺着脑袋往下流血，您快瞧瞧去吧。"

大奶奶刁氏一听，魂差点儿没吓飞了，一扶桌子就站起来了，直着两个眼睛道："现在什么地方？"

福儿道："现在东跨院老王院里。"

刁氏道："快跟我瞧瞧去。"

二奶奶、三奶奶也跟着，福儿禄儿在头里跑，三位奶奶在后头跟着跑。一边跑，一边问，哪里来的这么一个丫头？多大了？怎么会在老王院里的？

福儿道："那个小丫头也就五六岁。"

刁氏呸的一口啐道："你别这样瞎嚼蛆了！五六岁的孩子，能把少爷打了？我瞧你们也是饱饭腻住了心，什么也不明白了。老王呢？"

禄儿道："老王没在屋。"

刁氏道："我先瞧瞧去，如果少爷有个好了歹了的，你们就留神你们的狗命！"一边说，一边跑，眨眼之间，就到了小院，进院子一看，大柱官儿躺在地下，身上脸上，全都成了血人了。刁氏往前一扑，没看清大柱官儿脸上的茶叶，以为脑袋都打碎了，不由放声大哭道："我的孩子你可要了你妈的命了！"一抢步就抱住大柱官儿扯开嗓子这么大嚷。

旁边叶氏梅氏没动心，脑子就清楚一点儿，赶紧过去拦住道："你先别着急，我们瞧不过是伤了一块，没什么要紧，赶紧抬回去上药要紧。"

刁氏向那些孩子道："你们快把少爷抬到我屋里去。"

那些孩子答应一声，八个人抬胳膊抬腿，托腰托屁股，就把这位少爷给抬走了。刁氏正要跟着走，梅氏道："你先慢着，那个小丫头子呢？"

刁氏一听对呀，非得把这个小丫头逮住，千刀万剐，心里不能痛快，便向那些孩子道："那个丫头子呢？"

小孩子道："在屋里就没出来。"

刁氏一听，头一个迈着大步往屋里就跑，嘴里还骂："好狠的小蹄子，你这么手黑，我今天要了你的命！"抢进屋去一看，不由一怔，原来屋里除去桌子凳子一张床之外，哪里有个人影呢！床下看看，依然没人，猛一抬头，只见后窗户已然高高支起，便狂喊一声道："往后院追！"

要知究竟静姑被他们追着没有，且看下回便知端的。

第六回

炫奇异魔教收徒
明正邪慈尼除孽

　　大家来到后院，再看连个人影儿都没有了。刁氏一指福儿、禄儿道："我把你们这两块臭料，我怎么跟你们说的？叫你们留神看着，别闹出岔子来，你们不听，这老王的院里，我告诉你们别来，你们也不听，如今少爷是受了伤了，凶手也跑了，你们就是给我找，找着算完事，找不着要你们狗命。"

　　福儿道："奶奶，您先别着急，我找老王去，这屋里这个孩子，究竟是怎么回子事，她必知道。"说着撒腿就跑了。

　　这里刁氏找人请大夫给大柱官儿上药治伤，好在伤并不重，只是把眉毛打折了一节儿，算是破了相。一会儿福儿也跑回来了，进门就嚷："奶奶，可了不得了！老王也跑了，敢情她们是一档子事。"

　　刁氏心里有气，好在大柱官儿伤并不重，又把福儿禄儿臭骂一顿，也就完了。

　　再说静姑，伸手扔茶壶，原没想真能够砍得到，不过为吓吓大柱儿，不让他进来，没想到自己的劲头儿也不知从什么地方来的，竟会一下子打中大柱儿脸上，就知道自己惹了祸，心里正在一急，就觉有人一摸自己腰，要回头还没得回头，身子让人家给揪住，忽然凌空而起，打算往下来，他偏是往上去，爽得一闭眼，看看倒是怎么回事。越来越高，还是真快，眨眼之间，出了后窗口，就听耳边有人说："你别言语，你又闯祸了，你得快跑，不然人家都来了，你就没命了。"嘴里说着，就跟风一样，咻咻，咻咻，一会儿工夫不跑了。睁眼一看，原来是一座坟地，旁边站着一个人，不是别个，正是那厨房里的老王。静姑虽然小，可是心里明白老王是怎么一个人物，她虽不知道，可是准知道老王对自己有利无害，便放下心来，赶紧过去就要磕头道谢。

老王用手一拦道："用不着，我还有话跟你说，你可听着。我刚才出去一趟，已然打听明白了，你的家是完了，你的父母也没了，你是被你们家的人把你卖在这个姓梁的家里了。现在你回是回不去了，我问问你是愿意干什么，打算到什么地方去？"

静姑哭着道："我什么也不知道，我就愿意跟着妈妈你。"

老王道："你知道我是谁吗？"

静姑道："我不知道，我就认识您姓王。"

老王哈哈一笑道："谁让咱们娘儿俩有缘呢，听我告诉你，我不姓王，我姓米，我叫米八姑。我到这里来，也是受了一个朋友之托，来找姓梁的办点事，没想到事情还没有办，会遇见了你，这也是咱们的缘分。你既是愿意跟我走，好极了，咱们现在就走。你这个孩子，骨格相貌都不错，就是杀气太重，你必要处处存心厚道，千万要能刚能柔，你这个脾气，刚则有余，柔则不足，过刚必折，非有柔不能济事。你现在跟我走，我可以教给你能耐，将来好报仇雪恨。"

静姑一一答应，这就走下来了。东南西北，静姑也不知道，走了足有半个多月，米八姑用手指前面一座山口道："这里就是我的家了，在没进去之先，我再问一句，你可吃得了苦？要是不能吃苦，你可以说出来，我再想旁的法子，等到既进山之后，再说什么可也不易了。"

静姑道："我什么苦都能吃。"

米八姑一笑道："既是这么说，你就跟我来吧。"

进了山口又走了一天，才到了里山。这座山不但山清水秀景致好，而且特别有一样好处，就是四时都是这么温暖。静姑虽说生长富贵人家，她可没有享过这种清福，今天这一进山，心里这份舒服简直不用再提。跟着米八姑往里走，忽然前面是一片陡崖，并没有道儿可走，米八姑笑道："这里你可不成了，来，我把你带上去吧！"说着过去一夹，静姑身不由己就跟着起来了，就觉乎眼前发亮，耳朵嗖嗖连响，脚底下跟踩着云彩一样，也不敢睁眼。就这样儿颠了一阵，米八姑道："到了，睁眼吧。"静姑睁眼再看，这片山地，真跟镜面儿一样平，坐北朝南的山，在北山脚下，有三间小茅屋。米八姑用手一指道："这就是我的家，走，到里边坐着。"

静姑答应一声，跟在后头。进屋里一看，别看屋子不大，收拾得特别整齐干净。米八姑一笑道："静姑，你看我这个家比你那个家怎么样？"

静姑道："您这里好。"

米八姑道："你真会说，我这里怎么能够比得上你们家里，不过静姑我告诉你，天生一个人，给你五官四肢，原为被你用的，你用它什么地方，什么地方就可以给你出力，你用什么地方，什么地方就可以给你帮忙，你要长在富贵人家，茶来张手，饭来张口，横针不知，竖线不懂，日子一长，你再打算用它，它也不听你支配了，那样一来，一个活人，实在成了废物。如今你来到这里，只有我们两个，我去拿生的米，你就要把它烧熟了，茶也要你沏，饭也要你煮。我虽不要你伺候，你自己却要你自己伺候，你不会弄茶，你就不用喝了，不会弄饭，你就不用吃，这话你听明白了没有？"

静姑道："我全听明白了。"

米八姑道："好，现在咱们就干起活儿来。你把那个小坛子里米淘出来泡上，然后我再教你一点儿功夫。"

静姑答应，找了一个小盆，把米淘出来泡好，又把旁边柴火也烧着了，向米八姑道："八姑，咱们这就煮米吗？"

米八姑道："那也不能空口吃饭，还得弄点菜，可是这两天，我没有回来，山上什么东西都没有了，这可怎么办？"正说间，忽听头上咳咳两声长叫，抬头一看，原来是两只雁，不由高兴道："好，你的造化，咱们的菜来了。"说着一抬手，向那两只大雁一抓。静姑看着可乐，米八姑大概是饿急了，没看见凭空还有能抓雁的。说着不信，米八姑手往下一抓，那两只雁便好像遇见什么东西挡住，再也飞不上去，噗噜噜一声斜着膀子往地上掉下来，静姑不由暗暗称奇。三抓两抓，一只雁已然掉下来了，那一只也跟着往下掉。米八姑道："今天有一只就够了，用不着那些只，放你去吧。"把手往平里一放，那只雁一展两展，哀鸣一声，竟自破空飞去。米八姑提着那只雁，回到屋里把雁往地下一扔道："静姑这该看你的了，你把它宰了，用热水把它毛儿烫干净，架起火来一烧，要多鲜美有多鲜美，你把它收拾完了，我再来给你帮忙。"

　　静姑不敢不答应，提着那只雁，出了屋子，低头向那雁一看，只见那雁，眼角含泪，不住把眼看静姑，好似有求救之意，静姑一看实在不忍，故意把手一松，那雁便抿着翅一挺腰，哗噜一声，竟自腾空起去，长鸣两声，竟自追赶那只孤雁去了。静姑假作失手，哎呀一声道："了不得了，雁挣脱跑了。"

　　米八姑一听，从屋里跑出来道："你这孩子，可是诚心有点不懂好歹，我费了半天的劲，才把一只雁弄了下来，好当几顿菜吃，你怎么给我放了？看起来你还是天生受骂挨打的坯子，不那么样儿，你也不舒服，那容易得很，你跟我过来。"

　　静姑想不到米八姑这么一个人会说翻就翻，没法子谁叫自己把人家雁放了，便赶紧过去领责吧，便低了头一声儿不言语走了过去。

　　米八姑道："那雁是不是你放的？说！"

　　静姑道："不错，是我放的。"

　　米八姑道："你不知道那是咱们的饭菜吗？"

　　静姑道："我知道。"

米八姑哇的一声喝道："你既是知道，你为什么把它放了？你不怕饿我还怕饿呢。现在有两条道儿，一条是你把那只雁给我找回来，一条是你把大雁赔出来，再不然你就给我走。"

静姑一沉思道："八姑既然你不叫我在这里，我这就走。"

米八姑一听，哈哈一笑道："好啊，你倒是宁折不弯好汉子，你说走就走不行，随我来。"一伸手鹰拿麻雀一样，顿时就给提起来了。静姑这时候，身子离地，概不由主，只好由她。米八姑提着静姑，却不进屋里，往屋后绕去，走了也不知多少地，猛地把她放下。静姑站在地下一看，原来是一个山尖儿上，从上往下看，至少也有百十多丈高，三面是水，一面是陡崖，不用说找个台阶儿没有，连个下脚儿地方都没有。这块地方圆也有二十来亩地，最可怪在这么个地方，也不知道是什么人会盖了三间小屋子在上头，屋子不大，上头是石板，四面儿是木头。

米八姑用手一指静姑道："你看见没有？我把你搁在这个地方，你还能走不能？"静姑心说，不用说搁在这个地方，就是搁在前边，我也走不了。米八姑又道："我告诉你，我是出家人，轻易不能叫外人到这个地方来，既来了就得信我的教，受我的戒，不许叛教违戒。如果不信，我能在千里之外，依然追去他的性命。"说着又向静姑一笑道，"好孩子，你要听我的话，别想走，我能教会你许多能耐，一则可以给你父母报仇，二则可以防身，我这么说，你也不信，你看我练一点玩意儿叫你看看。"说着把手向水里一指，嘴里也不知念什么，念着念着，猛地把手向上一提，可把静姑吓坏了，只见那山下的水，便像有什么托着一样，往上直涌，差不离全快跟山齐了。米八姑把手往下一摆说声："去吧！"那水便哗的一声，顿时全都落平，跟原来一样。

静姑一看，实在有意思，赶紧往前一扑，跪倒在地道："我愿意跟您学，从此起我再也不说走了。"

米八姑微微一笑道："这不算什么，这是一点小玩意儿，你只要肯用心好好地学，无论什么能耐都学得会。现在你愿意学了，我可以细细跟你说一说。我们这教，叫玄天教，没有男的，全是女的，教规很严，我跟你说，你可得记住，如果犯了，当时就能废命。第一，不能出嫁，只要一嫁人，所学的能耐，完全无用，并且在三日之内必有血光之灾。第二，入这个教，得许一种心愿，得舍药看病救人，三千人为一功德，满十功德为一大功德，满十大功德就可以超凡入圣。说到舍药，可不是易事，第一得去采药，草药用不着采，可以买，就是药里主药，非自己出外去采，不能得到。我们这种药的主药，很不易得，要有胆子，有狠心，有眼力，才能办得到。这主药是什么东西？暂时我还可以不说，等你练了一点外功，能够防身之后，我再告诉你，你可以出去试办。第三，师长的指示，就是严命，不许违背，比方说现在派你去杀一个人，你当时就得去，不管那人行为如何，叫你杀你就杀叫你办你就得办，如果派你杀他没杀，那你自己性命也难保。"

静姑道："师父你老人家就派我采药，别派我杀人行不行？"

米八姑道："现在还谈不到，等将来看你能耐再说，你要不够什么，也不能叫你去。你现在就住在这里，每天我到时候来教你能耐，给你送饭。这个地方，你也不用害怕，绝没有什么狼虎野兽，连个生人都来不了。还有一件要紧的事，我得告诉你，就是你住在此地，心里不要胡思乱想，一心只念着玄天教法，如果你要一走心，可就有魔来找你。无论来了什么魔，你只一心一意记住玄天教，他就一点法子也没有了，你要一害怕，那魔可就乘虚而入，那样一来，你可就苦了。"

米八姑说一声，静姑答应一声，米八姑说完，静姑道："师父你老人家只管放心，我无论到了什么地方，绝不能叛教背师，如果我要口不应心，叫我死无葬身之地。"

米八姑道："好孩子，你也不用起誓，你的为人我能看得出来。你从今天起，就好生用心学，不过一年，我就能够教给你天魔玄天大法，那时候你就可以下山行道去了。"当下便教了几手儿什么坐功、气功、盘功，叫静姑练。静姑本来是个小孩子，什么也不懂得，在梁家受了那样罪，又惹出那么大的祸，不是米八姑相救，早已死去多时，现在又看见米八姑真能一指水往起长，更是相信米八姑是有真本事，怎么能够不信，当下便依照米八姑教的样儿练给米八姑看。米八姑一看真是差不了多少，心里真觉痛快，便又告诉她不用害怕，这个地方，练功夫最好，什么东西也到不了这个地方。说完只见她纵身往崖下一跳，已然踪迹不见。静姑益发把她当了神仙，坐在那里，真个一心一意练起功夫来。到了晚上米八姑又送了饭来，吃完之后，又教了一点功夫，米八姑回去，静姑便进到屋里。三间小屋，很是干净，里头有一张小床，床上有一份被褥，自己又练了一会儿功夫，这才睡去。

因为连日没有好睡，兼之身体劳乏，一头躺倒，直睡到第二天早晨，已是红日满山，还没醒起。猛觉有人在肩膀上拍了她一下子，睁眼一看，原来正是米八姑，急忙坐起。

米八姑道："你累了吧，才练功夫总是容易累的，日子一长，就可以好了。"接着看了看昨天练的，确能大致不差，又教了几手儿新的。从此每天教每天练，半年工夫，静姑已然会了不少能耐。

这一天练完功夫之后，米八姑道："你的功夫已然有意思了！等明天我给你开头儿说玄天大法跟采药的事，因为别看你年纪小，你要出去找点什么，倒许比我还得手。你今天好生休息一夜，我明天一清早来咱们就说玄天大法。"静姑连连答应，米八姑就走了。

静姑心里十分高兴，明天就要学大能耐了，心里越高兴，越是睡不着。正在辗转之际，猛听屋外有木鱼儿声响，真把静姑吓了一跳，不是别的，这个地方，白天都来不了人，怎么会黑天半夜有了木鱼声了，猛然醒悟，不用说，一定是魔来了，不经魔不成佛，我只给他一个不睬不理，瞧魔能把我怎么样！心里想着，可就不起来了木鱼声儿越发的大了，越躺越躺不住，心说这可不成，冲他这吵

210

我我也得把魔除去。一骨碌爬起来，任什么也没拿就走出去了。因为每天山上没有灯，把眼就练出来了，睁眼凝神一看，只见正中间坐着一个尼姑，盘腿一坐，手里拿着一个木鱼，不住敲打，嘴里还不住念，低着头仿佛不知道静姑出来一样。

静姑忍不住，走上去喊道："嘿！你是干什么的？怎么跑到我的山上来干什么？"连问了几句，那个尼姑只给你一个不出声儿，依然低着头念个不休，手里木鱼儿也不住乱打。静姑自以为练了不少本事，哪里把一个姑子看在眼里，见连问不应，火就上来了，过去横着腿照尼姑手中踢去，意思之间，可以把她木鱼踢飞，她也就不念了。谁知道这一腿踢去，差一点儿没把她吓坏，原来那老尼姑，竟自应脚而起，一下子飞到水里头去了。静姑心里这份儿后悔，原来真是一个老姑子，也不知怎么千辛万苦爬到这里来，在这里念她的经，不想我错把她当了什么魔，这一脚怎么把她踢到水里去？这无故害人良心何安，明天不管是魔不是魔，再也不可以这样大意。心里想着，无精打采，垂头叹气，走回屋里，往床上一躺。正在后悔不及的当儿，忽然屋子外哪哪哪木鱼之声又起。静姑这回可就明白了，这一定是魔了，我干脆还是给她个不出去，瞧她把我怎么办！躺在床上，拿被一盖，待了一会儿，伸出头再听，还是那么大的声儿，心里又忍不住了，抽身起来，到了屋外一看，院子里端端正正坐的还是那个老尼姑，一手打木鱼，一手指地下。顺着手指头一看，地下躺着一个，赶紧凝神一看，这一吓非同小可，原来躺的不是别人，正是自己的师父米八姑，躺在地下，一声儿不言语，一动也不动，看那神气儿，好像很是痛苦的样儿。静姑跟米八姑在一块儿日子已然不少，彼此处得不错，今天一看这个姑子这样儿，米八姑一定是让那个尼姑给制住了，心头不由火起，悄悄绕在尼姑身后，用足了劲，飞起一脚，直往尼姑身上踢去。在静姑心想，无论如何，也要把尼姑踢个前栽，米八姑就可以脱险而起，谁知道一脚踢出去，大出逆料之外，正正踢在尼姑秃头上，尼姑就像毫没理会一样，依然打木鱼念真经，一动没动。第二次用尽全身力量，又是一脚踢去，比上次还糟，自己踢人的那只脚，从腿腕子那里起，一直麻到腰眼，连一点劲儿再也使不出来，不由心里纳闷。这时再听尼姑念经的声儿更大了，再看米八姑躺在地下，就如同抽去筋骨一样，人变成了一个团儿，脸上颜色也不对了。心里着急，只是没有法子可想。

就在这么个工夫，猛听尼姑一声喊道："孽障孽障，还不快快皈正求生吗？"

再听米八姑忽然应了一声道："我皈正了！"尼姑手里木鱼儿一住，米八姑当时纵身起来，一张嘴，吐出鲜红的一口血来，向尼姑一指道："坏我多年修炼，此仇必报，再见！"说完双脚一跺，竟往崖下跳去。

可把静姑急坏了，准知道这陡崖高有千丈，底下是水，跳下去绝无生理，自己一向指着米八姑养活，如今米八姑这样一死，自己如何求生，心里一急，便也提身要往崖下跳。尼姑伸手一拦道："冤孽，冤孽，你怎么至死不悟，你要死并不难，我有几句话问完了你，你再死也不迟。你说这个米八姑她养活你，对你好意还是坏意？"

静姑道："自然是好意。"

尼姑道："错了，她是打算要你命的。"

静姑道："那话我不信，她要是打算要我的命，为什么这么些天不要？"

尼姑道："我也知道你不信，你听我慢慢先跟你说完了，然后我再给你指出对证来，你也就信了。米八姑她信的是一种邪教，她这种教是很厉害，练成功之后，能够跟天魔交战，她便可以脱劫多活，只是她们这种教颇不易练成。第一先要一个纯阴而又有根底的人来做她的替身，得到之后，也教给她一些浅近的道法，叫两个人的血气合二为一，然后她再把那人的血气，吸在她的肚子里，等到天魔到了，她就可以拿旁人的血气去抵御天魔，她便可以脱劫。你生来一副好根底，她所以便看上你，把你弄到这个地方，叫你信了她，然后她再吸收你的血气。我家离此不远，早就知道她，在这里所作所为，不过我一则因为日子没到，二则又有些闲事，没有工夫，直到今天，我才抽空前来。也是你命不该死，恰好我今天赶到，晚来一刻，你这条命已然没了多时。我说这话当然你不能信，现在我可以给你个证明，你就知道这件事不是我造谣言了。"说着向地下一指道，"你看地下那块红的，是方才我用僧家降魔咒逼她吐出来的血块，你过去可以细看一看，那块血里是不是有你的影子？如果没有，便是我诬语，便是欺骗你，如果里头有了血影子，你就可以深信了，你过去看一看。"

静姑哪里相信这套话，便气昂昂走了过去，往下弯身，意思之间，要是照出来，当然什么话不说，要是照不出来，我拼命是拼不过她，那只有一死，报我师父待我那份好处。及至过去一照，可了不得了，那块血块子，也就有一个大钱大小，里头端端正正有自己一个影儿在内，不但像影儿，简直就像一个小活人一样，在里头不住乱动。这一看不要紧，当时觉得自己心口也是往上一顶，往上一撞，当时头晕眼眩，头沉脚轻，一个站不住，当时栽倒昏迷不醒。

及至再醒转来，已然不是方才那块地下，是一间小屋子里，桌上还放着一盏油灯，墙上挂着一张佛像，佛像之外，还画着许多鸟儿，也有飞的，也有走的，也有落在树上的，也有落在脚下的，百十多只，全不是一个形象，自己也不知道那是干什么用的，便怔怔呵呵看着，仿佛做梦一样。又待了一会儿，屋子外头有人走动，门一响，进来的正是那个尼姑，慈眉善目满脸笑，向静姑一笑道："你现在心里好点了吗？"

静姑本是绝顶聪明，虽说受了米八姑多日熏陶，却还没有受着多大的熏染，米八姑一跳崖，自己一照血，已然明白了八九，一定米八姑不是正路，如今再一看老尼姑这样儿，比米八姑透着叫人可亲。听老尼姑一问，便要坐起来，谁知浑身如同得了一场大病一样，哪里还能动一动。

老尼姑忙道："不要动，不要动，你的元气大伤，还没有复原呢。"

静姑便真个一动不动躺在那里，慢慢点头道："老师父，我现在明白了，多谢老师父救我一命，请问老师父怎么称呼？这是什么地方？"

老尼一笑道："你明白了就好了。出家人叫慈静，这里是贵州云山，你好生将养几天，我还有话要和你说。"说着过去又摸了摸静姑的头，笑了一笑走了出去。

静姑一直养了七天，才能下地，见了慈静，跪倒磕头。慈静道："你起来听我跟你说。看你的相貌，秀美之中，含着一股杀气，这种杀气，是秉天地一股刚气而生，你的父母也必是正人君子。不过这种刚气，生在男子身上，都不免要招灾惹祸，何况你还是一个女子。从你相貌上说，你的少运太坏，父母均应惨死，手足不能团聚，如果那时便和出家人认识，出家人倒可以给你破一破，如今说也无益了。偏是你又遇见米八姑，邪魔外祟，虽然你还没有完全毁在她的手里，可是半条性命已然悬在她手了，她虽然走了，却还没有死，她奈何我不得，就许找你不结不完，你这一辈大事，打算嫁人，是再也不要想了，因为你已受了她的魔法，就必须遵守，你虽改了门户，也不能犯，犯者必死，那么你只有这一辈子不嫁人了。"

静姑道："师父我既是这样命苦，我就拜在你老人家门下削发为尼如何？"

慈静摇头道："不行，你虽然不能嫁人，却还有许多债务未了，老尼怎敢逆天行事。你只拿定了主意，绝不会错，到时候我自会救你。你在这山上，从此平心静气，学习些气血功夫，然后下山，多积外功，也可以消弭你的罪过。我知道你在米八姑那里已然学了不少拳脚功夫，现在我们从这里入门，你来看！"说着话用手一指墙上那些鸟儿道，"从今天起，每天早晨一遍，中午一遍，晚间一遍，一天三遍，你就看这个鸟儿图，到了你能看见鸟儿动了，你再告诉我，

214

我再教你深一层功夫。"

　　静姑一听，这都是怪事，纸上画的鸟儿，无论到什么时候，它也不能动，这个我也明白，这是故意磨炼我的性子，这算得了什么？一天我看三遍，我多看几遍，也没什么不是。慈静说完走了，静姑盘着腿往床上一坐，从上头往底下看，一只一只，飞的，走的，蹦的，动的，不动的，看了一遍，不用说鸟儿不动，连纸也没动一动。静姑心里可乐，又从底下往上看，一只一只，飞的，走的，蹦的，动的，不动的，慢慢地看了一遍，依然还是纹丝儿没动。左边往右边的一只一只，飞的，走的，蹦的，动的，不动的，细细看了一遍，连个毛儿也没有看见动。从右边再往左边，从左边再往右边，从底下往上头，从上头往底下，一天三遍，足够一百三十遍，始终也没看见那个鸟儿动了一动。一天，两天，十天，二十天，足足有了五十来天。

　　这天静姑躺在床上才一定神往纸上一看，不由吓了一跳，那张纸变成了白纸，连一个鸟儿也没有了，心里正在一纳闷，猛觉眼前的纸上忽然飞过来一个小鸟儿，不由心里大喜。

　　要知后事如何，且看下回分解。

第七回

救孝子静姑下云山
拯爱徒慈尼飞雪岭

精诚所结，金石为穿。静姑连日苦苦用功，真是废寝忘食，疲倦到了极点，觉得心神一定，头才一挨枕头，猛然往墙上一看，纸上的鸟儿忽然一个都没有了，正在一怔之际，忽听突的一声，一只鸟儿从远远展翅飞来，心里不由大喜。先前还以为师父欺骗自己，不过是为让自己静心用功，谁知果然纸上画的鸟儿确实能飞。师父说过，只要看见纸上鸟儿动便是自己功夫有了进境，如今鸟儿已然动了，就可以找师父去告诉一声儿，好再学旁的能耐。才要下地穿鞋，忽然想起，才看见一个鸟儿动，焉知不是自己眼岔，大惊小怪去告诉师父，临完鸟儿并没有动，岂不是暴躁多事，不如再细细看一看，果然鸟儿全都动了，再去告诉师父，也还不晚。想着便依然躺好，仰着脸儿看那张鸟儿画，一点都不错，满纸上就是一个鸟儿，并且看那个鸟儿，仿佛当初就没有这么一个，也不是原来那个地方，凝神再看，更是可怪，这个鸟儿，并不是落在纸上就不动了，先是剔翎儿，后是舒爪儿，简直跟活鸟儿一样，忽然尾巴一翻，一仰脖儿，意思是叫个一两声，可听不出来。正在瞪眼拧眉，聚精会神看那鸟儿，噗噜一声，从旁边又飞过一个，也是舒爪剔翎儿，翘尾巴仰脖儿，又仿佛叫了两声。跟着噗噜一声，又从底下飞上来一个，这个往纸上一抓，它可不落下，抿翅儿一钻脑袋，就奔了第一个，横着翅膀一扇，意思是要抽那第一个脑袋，第一个一缩脖儿翅膀儿早就扇空了，身子一个前扑，两个翅膀儿一张，才算站住。撅尾巴一仰脖儿，要叫还没叫，噗噜噗噜两声，一左一右，又飞了两个，也不往纸上落，一个奔了第一只，一个奔了第二只。第一只翅膀儿扇到，这次不缩脖子往旁边一钻，身子让过，突起再翅一横，那第四只，便被打得噗噜一个滚儿，第一只不等它起来，飞过去单爪要抓它的脖子，第四只回头一口，要啄第一只胸脯，第一只一闪，第四只双翅一抿，突的一声飞到旁边剔翎儿舒爪儿，两只眼还不住瞧着第一只。这时候第五只已然奔了第二只，凌空展翅，伸下一爪，要打第二只脑袋，第二只偏身子，第五只那去的劲儿就差了一点儿，第二只趁势一回头，一侧脯，伸起左爪儿，往上一迎，第五只仿佛知道是上当了，可是要收也收不及，被第二只爪儿正抓在翅膀儿上，身子一歪，几乎没有掉下去，抿翅儿往上一冲，便自脱空而起。第三只、第四只飞在一块儿，一阵张嘴摆尾巴，意思是互说干不过第一只跟第二只。

　　静姑看着十分有趣，便不愿再去告诉师父，自己想着先看一个够再说。就在这一眨眼之间，可不得了，纸上的鸟儿全都噗噜噗噜一阵乱飞，仿佛透出发慌着急的样儿。正不知因为什么，猛见那张纸唰地一响，从底下钻出一个乌云盖雪的大花猫来，两只眼睛滴溜滚圆，闪闪放光，浑身的毛色真是黑似铁，白似雪，一根一根全都挺立着，一尺来长的一根尾巴，真仿佛乌龙一般，上下左右，盘旋搅动，两个前爪往下一塌，两条后腿往后一坐，耳朵一抿，腰往上一拱，尾巴一伸一卷，嗖的一声，竟奔了那几只鸟儿扑去。静姑可就急了，原来这个鸟儿，全是真的，如今因为我没去告诉师父，招了猫来，如果鸟儿被猫吃了，不但对不起师父，也对不起这些鸟儿，心里一着急，顺手一摸，便是一口宝剑，就要照那猫身上砍去。忽然一想不对，从来了这么多天，也没有看见猫，怎么今天会看见猫了，这个猫是不是师父喂的还不知道，可是为救鸟儿伤了猫的命，那也不对，要是再是师父喂的，岂不更糟。想着便把宝剑一缓，打算换一样旁的东西，把猫吓走，也就完了，干着急没有别的东西，再看那些鸟儿，已然全都挤在一头一个小旮旯儿里头，神态十分可怜，心里一狠，这个猫这样凶恶，鸟儿被它扑着，绝无生理，留一条命害五条命，那也说不下去，今天非把这猫去掉不可，就是师父知道了，领罪就领罪，总不能眼睁睁看着猫儿把鸟儿吃了。想到这里，手里那剑就掣出来了，使足了劲，一抖腕子，便奔那猫后背扎去。那猫便像有眼睛一样，头也不回，只把尾巴一裹一抽，静姑那把剑便已脱手而出。那猫知道有人在后头暗算，心里似乎着恼，舍了一群鸟，一翻身，双脚一蹬，竟向自己扑来。静姑手无寸铁，不由哎呀一声："师父救我！"

再听旁边有人喊道："静儿醒醒，静儿醒醒！"

静姑极力挣扎，浑身是汗，心口乱跳，双脚一伸，才得醒转，原来是做了一梦。旁边站着正是慈静，满脸笑容，一手抚着自己头发坐在床边，赶紧翻身爬了起来。

慈静笑道："你魇住了吧？"

静姑笑道："睡糊涂了。"

慈静道："你梦见什么了？干吗这么大惊小叫？"静姑遂把梦里所见，细细说了一遍，慈静一边听，一边点头，等静姑说完，慈静道："果然你是睡魇了。你看墙上的画儿，那鸟儿不是还好好在那里吗？睡觉吧！明天起来，我还有话向你说。"说完了话慈静去了，静姑也便安安稳稳地睡去，也不再做梦。

直到第二天，天才一亮，静姑就起来了，才要往前去，一听房外已然有人走动声音，急忙出来一看，正是慈静。慈静道："那边有块石头，你坐在上头，听我跟你慢慢地说。"静姑便真个坐下。慈静道："我先前告诉你看那鸟儿动不动的话，原是为你心影，把从前和米八姑学的那些外道，全都丢掉，没想到你的天分果然很高，改得很快，梦里所见，既可以看出你的缘分，也可以看出你的心胸。从今天起，我就要正式教你能耐，你可依然还要努力求进，不可稍存退缩之心。你看那张鸟儿图，就是我这门户里入门的一种学问，那图叫作翔云图，里头那些鸟儿，各有一个姿势，习练武术，先从那不动的学起，然后再学到动的，走的飞的，把这些全都熟习，初门的武术，已然有了大半了。你可不要看着容易，这是根基之学，将来能成名不能，全都在这一起，如果起头儿一稀松，底下可就不能成功了，你必须深记。我今天先教你两手儿，慢慢练着，一点都不错了，再往下学。"说着站了起来，告诉静姑怎么站，怎么走，什么沉肩、坠肘、裹裆、护膝、合胸、拔背，一样一样全都交代清楚，静姑可照着练。

过了两天，一看这手儿行了，又教两手儿。一晃儿一年工夫，鸟儿图全学完了，这才教正式拳术。开手儿先练"摩踪"，摩踪完了，这才形意、八卦、太极、无极。著书的嘴快，山中无事历日，眨眼之间，就是十年，静姑功夫可就学成了，一把宝剑，十二支梅花弩，飞檐走壁，翻江闹海，水旱两路功夫，全都有了八成，人也出挑得十分俊美，真跟画儿上美人一样。这十多年的工夫，跟慈静处得如同母女一样，不用提够多亲密了。

这一天静姑一人早起，正在独自练功，猛见山脚下，远远有一条黑影，风驰电掣一般，直奔这山上跑来。静姑心想十几年工夫，从没有过这样一个人，这是什么人？往这里跑干什么？上下离得太高，也没有法子问，有心下去，又怕慈静不愿意。就在这一犹疑之际，来人已然往上来了，心里不得主意，正要去告诉慈静，猛觉一阵狂风起处，从山洼子里蹿出，两只般大般小黑底白花的猛虎向那人身上扑去。那人猝不及防，哎呀一声，往旁边一闪，不想走得过急，原收不住脚，又加上山道太滑，竟自一跤跌倒。两只猛虎，双尾一剪，吽的两声叫，竟自扑了上去。静姑一急，掏出梅花弩，一拉扣簧，咔吧咔吧两声，分往两虎眼上打去。这种梅花弩，是慈静特出心裁所制，比普通练把式用的虽然显着小，可是力量特别大。

静姑一拉扣簧，咔吧，咔吧，两支弩箭就出去了。静姑练这弩箭，还真下过苦功夫，虽不能说百发百中，要说打一个没练过武术的野兽，那准能够是百不失一。一弩箭发出去了，静姑也后悔了，两只老虎伤人本是天性，自己一时气盛，两支箭一出去，虎准成了残废，为救一个人，伤了两只虎，未免总差一点儿。心里后悔，可收不回来了。就在这么个工夫，箭就到了，说着不信，那虎便好像多年老把式一样，一看箭到，只微微一闪，两箭全空，抬起头来，往上头看了一看，吽吽叫了两声，意思之间，对于打箭的人表示不怎么佩服。静姑一看可吓一跳，凭自己的能耐，还打算下山去做一番事业，即如弩箭这一门，也曾用过不少苦功，自问十拿九稳，有点把握，如今连一个蠢然无知的野兽都打不着，这算练的什么功夫？再看那两只老虎，二次剪尾一摆，后腿往前一坐，又往那人身上扑去。静姑可就不敢再发箭了，准知道发出去也绝打不着，自己这种箭打造不易，师父说过，不到要紧时候，绝不许胡乱用去，可是眼看两只虎又扑了人去，只要让它扑上，绝无幸免之理，干着急一点法子也没有。

正在这个时候，只听从身旁发出一声叱音道："孽畜，怎敢在本山伤人，还不退去！"急忙抬头看时，正是自己师父慈静，心里不由好笑。两个无知的畜类，眼看饭食到口，焉能受这一声叱骂。随着往下一看，不由好生诧异，原来那两只老虎，听见这一声，还真个后脚一拱，尾巴一夹，耳朵一抿，无精少采，提着一条长长的尾巴径自去了。这才知道有降龙伏虎的本事，好生羡慕。

慈静微微一笑道："傻孩子，你看什么？那是我们的客人到了，快快下去迎他上来。"

静姑急应了一声是，走了两步，又退了回来道："师父这股道从什么地方可去？"

慈静噢了一声道："对呀，你到这里来还没有下去过。这么办，你练了这么些年纵跃的功夫，一向也没有试过，你今天何妨试试，你就从这里跳下去，转到前面，我自来接你。"

静姑一听，自己虽说练了不少年，可是这么几十丈一跃而下的事，自己确也没有经验过，但是师父既已说出来，大概也许能够办得了，便应了一声是，来到崖边，提身横着往外一纵，双腿一蜷，身子便凌在空中，只听耳边呼呼直响，一个劲儿直往下坠去。睁眼看看，离地不远，双脚往横着一踹，一挺腰板，便屹然站住，心口只是突突直蹦，再往旁边一看，只见地下趴伏一个年轻俊美少年，一边磕头，一边嘴里仿佛还在祷告，听不清他说什么，因为师父还在半山坡等着，不能久待，便轻轻说了一句："我带你去见我家师父！"

那少年仿佛没听见一样，依然祷告不休。这次声儿比方才大了，仿佛是说什么："女菩萨保佑，有灵有圣！弟子……"

静姑一听他拿自己当了神仙了，不由心里好笑，便提高嗓子，又喊了一声道："来人随我去见我家师父去！"

这回那少年才听见了，站了起来，又向静姑行了一个礼。静姑在山上这么多年，不用说是男人，除去师父之外，连个女人小孩，都没有见过，一见少年行礼，不由脸上一红，一声儿也没言语，往前边那股山道上走去，少年也便在后面紧紧跟随。抬头一看，只见慈静已然在山口含笑点手儿，静姑赶紧跑了过去道："客人已请到。"

少年一见慈静，又是一阵磕头。慈静道："魏大官，今天什么事会到了我们这个地方来了？"

那少年道："老师父，你老人家真是神仙，我家果然应了您的话，我父亲母亲已遭强人陷害，我哥哥现在也身陷监牢，只我偷着去看我哥哥去，我哥哥提起你老人家妙算如神，必能救我们全家急难。因此我便赶到此地，唯有求老菩萨老神仙大发慈悲，救我们一家性命，功德无量！"说着又是跪下一阵磕头。

慈静一笑道："我既是答应了你，自然帮你的忙，你不必着急，我必有办法。这里不能久待，你且跟我进山来，我有话和你说。"

慈静说一句，少年答应一句，慈静说完，少年已然站起，慈静在前，静姑居中，少年在后，一直走了上去。静姑到了云山这么多年，除去自己住的那点地方之外，连前山都没来过一次，如今这么一走，果然看见前面山高地险，绝不是普通人能来的地方，心里不由高兴。走了半天，才转到了上层，静姑一看，前山比后山可讲究多了，有五间北房，房里供着菩萨，院子里也非常干净幽雅。

院子里摆着几张石头凳儿，慈静一指道："咱们全都坐下，有话好慢慢地谈。"少年先坐了。慈静道："魏大官你们家里的事，不必提，我已知道了大半，现在令尊令堂在什么地方，你可知道？"

少年道："我也不深知，据说是被妖人给送到四川雪岭去了。"

慈静道："怎么会到了那个地方？那一来可真不好办了，你等我想一想。"说着低了头想了一想道："好了，我这次可是没有工夫，只有派我这个徒弟去一趟吧。"说着又向静姑道："静姑你来到山中日子已然不少，内功已然有了眉目，只是外功太差，如今有了这个机会，正是你出去立功的时候到了，现在你就陪着魏少爷去一趟。我有三封信交给你，上头都写好了，什么时候什么地方可以拆开再看，不到时候，不到地方，可不许你看，里头一切事，你都不用问，我全写明白了。"

静姑听着，也不敢不答应。慈静到了屋里没有多大工夫，拿着三封信，笑嘻嘻走了出来，递给静姑道："你就拿了走吧，一路之上，多多留神，处处小心，必须要记住了我这两句话，绝不会有亏吃。你快一点回来，我还有事等你去办，现在事不宜迟，你就快快去吧！"

静姑站起来给师父行了一个礼，少年也给慈静行了礼，这才往山下走去。已然快到山口了，慈静忽然又在山顶上出现，喊了一声："静姑，一路之上，不要拘束，都是自己人，日后自知。"静姑点点头又回头看看山顶，不见了慈静的影子，这才跟随那少年往前走去。忽然心里一动道，这人只知道他姓魏，他究竟叫什么，是个干什么

222

的全不知道，不妨问他一问。想到这里才要张嘴，脸上一红一热，当时又忍了下去。又走了十多里地，天气已然不早了，肚子里也觉得饿了，心里很想找个什么地方吃一点喝一点儿才好，可是那少年仍是挺胸叠肚走个不休，静姑倒又觉得不好意思说了。又走了七八里，已然出了山界好远，只见前面黑乎乎一片大树林，心想无论如何，到了那里，我也要歇一歇了，脚底下一使劲，当时就到了。不是什么树林，原是一片大房子，仿佛是个村镇神气，在一块瓦房墙上用白灰写了几个大字是："雷风堡"。

静姑用眼一看那少年，那少年也用眼一看静姑道："咱们在这里歇一歇怎么样？"

静姑心里好笑，难得你敢情也会说话，我还当着你是哑巴呢。便笑着一点头道："好！好！"

两个即进了村口，东西的街，南北有些做买做卖的，可也没有大字号。只见前面有一个饭铺，字号是"两全楼"，两个人刚走了进去，却听门外一片声音："拿！拿！别放这一对狗男女跑了！拿住把他们活埋了！"一片声音，喊到门口。

这一来可真把静姑吓坏了，心说这可不是闹着玩的，怎么这个地方这么厉害，竟不许男女同行，要说自己原不怕什么，不过有一节，这个姓魏的叫什么是从什么地方来的，自己全没问过，姓魏的连自己姓什么他都不知道，如果人家过来一问，当时就是麻烦。可是事到临头，也就说不得那些个了，只好听其自然吧。

当下便问店里伙计道："你们这里可有什么吃的？赶紧给我们弄了吃，吃了我们好走。"

伙计道："有，有，有，你要吃什么都随便。"

静姑一向在山上，外头吃的东西，她简直就没有吃过，哪里说得上来要什么菜？拿眼一看姓魏的，姓魏的这个地方可比静姑强多了，问那伙计道："我们吃饼吃饭，随便你给来几个可口的菜就行了。"伙计答应走去。姓魏的忽然向静姑一笑道："姑娘稍坐一坐，我这就来。"

静姑以为他是出去解手，也就没有理会。一会儿工夫，饼也来了，饭也来了，姓魏的依然还没有回来。静姑心里纳闷，也没有地方可问，肚子是真饿了，眼看着饭食摆在桌上，既是同行，自己先吃，当然不对，只好是等着，又等了有半个时辰，依然还不见那姓魏的回来，自己肚子里咕噜咕噜一阵叫，真有点饿不起了，心说这个人可真是荒唐了，怎么一路出来，把自己一个人丢在这里，到什么地方去也不知道，这可真糟。继而一想，他也许是这里地方不熟，出去走迷了找不回来，也许有的，不管他回来不回来，自己先把饭吃了，等他回来，再要再吃就好了。想到这里，便把筷子拿起来，一则在山上没有什么荤腥可吃，二则饭馆子菜又比山上得味，再加上肚子是真饿了，吃着什么都香都好吃，连饼带饭，还有几个菜，全都不知不觉就给吃下去了，肚子里还没觉乎甚饱，抬头一看伙计。伙计也正在纳闷，来了两位出去了一位，这一位还是个姑娘，一个人把两个人的饭全吃下去了，自从懂得事以来，也没有看见过谁家姑娘，能够有这么大的饭量，这可真是怪事。

正在瞧着纳闷，姑娘一抬头，和他正对脸，赶紧和颜悦色地道："姑娘你吃好了，再给要一个什么汤吧！"

静姑一摇头道："不要汤，你再照这个样给要一份儿。"

伙计一听明白，一定是给那位预备的，这位姑娘既是能吃那么多，那位一定比姑娘还得多要。答应一声，到了灶上，告诉照着前头一份儿，多改大卖，灶上铜勺一响，不一会儿，菜饭又端上来了。这回没等姓魏的，又是吃饼，又是吃菜，饼也热，菜也热，吃着比刚才还香。这个伙计一看，眼全直了，心里说这位姑娘啊，饭量怎么这么大？这可真是怪事！瞪眼瞧着，饭饼菜又全完了，姑娘一抬头，赶紧赔笑道："姑娘你再来一份儿吧！"

姑娘一笑道："行了，已经饱了。我跟你打听点事，你们这里有什么热闹地方可逛吗？"

伙计摇头道："没有。"

静姑又一笑道："我再跟你打听，我们刚才同来那位，你知道他到什么地方去了？"

伙计道："这个我也没理会。"

静姑一听，没有法子再问，只好是等着吧。又等了有一个时辰，姓魏的依然连个影儿都没有了，心里可就急了，眼看着天已不早，他要老是不回，剩下自己一个人，走也不便，住也不便。还有一节，究竟现在到什么地方去，自己也不知道，就是再回云山，连道儿也不认识，那也没法子。这一阵着急，猛地想起，临走时候，师父给了自己三封信，告诉到了地头才许拆看，什么地方是地头，也没有说明，如今这里事出意外，也许师父信上写着有，亦未可知，何妨拆开看看。想到这里，便向伙计一笑道："现在没事了，你先到旁边歇一歇，我回头有事再叫你。"伙计答应一声，便自躲开，静姑从腰里把信取了出来，只见头一封皮上写着第一封，在两全楼上拆阅。心里好生诧异，师父果能前知，怎么会知道这里有个两全楼？真是怪事！急忙拆开看时，只见上面写的是："静徒知悉，同行魏奇，系我之师侄，有难当援之。彼心高气傲，行经两全楼时，必遇不幸之事，彼必相助，必遇敌，可探取村人口吻，从事探救，必可脱险同行。此去路上荆棘遍地，必须小心，至嘱。"静姑看完，这才明白，原来那个人叫魏奇，论起来还是自己的师哥，有难应当救他，那是不错。不过从村人中探询这一节，不易办到，人生面不熟，怎么跟人家说呢？方一寻思，忽然又想起方才在才一进门的时候，街上曾经一阵大乱，先还以为有人要和自己为难，随后魏奇就跟着出去了，一直到现在也没有回来，也许就在这件事上，姑且问一问再说。想到这里，便向那个伙计一招手道："你过来。"

伙计赶紧赶到笑着道："姑娘什么事？"

静姑道："我记得刚才我们进门时候，仿佛听得街上一阵大乱，不知为了什么，伙计你可知道？"

225

伙计笑了一笑道："您要问这件事，我倒知道一点儿，不过据我想，这种事儿可不是什么好事，姑娘您最好不用问。"

静姑益发知道里头有了什么情形，便又笑了一笑道："这也没有什么，我一个过路的人，还能管得了什么事，不过我在这里等人心急，能够谈谈，也可以解解闷儿，你说说无妨。"

伙计道："既是姑娘一定要问，我可以跟您谈一谈。我们这个地方叫雷风堡，以前对着我们这个饭铺有一片大宅子，那就是我们这村里的一个首户，老员外姓张叫志广，家里很多几个钱。这位张老员外，待人说话，还是不用提够多和气了，我们这一方的人，都管他叫张善人。这位张善人这辈子虽是善人，上辈子也许不是善人……"

静姑道："这话怎么说，难道你还知道他上辈子吗？"

伙计一笑道："我要能知过去未来，我又不当这份儿伙计了。就说他这个为人，既是善人，就应当有好儿子，他这个儿子，简直就不是东西，吃喝嫖赌，无所不为，还都不算，最可恶的是在乡里之间，只要看见有个年轻长得俊美的大姑娘小媳妇儿，先是派人说亲，说了不行，跟着他就抢。张善人先前不知道，及至知道了他也管不了，因此张善人一病就病倒在床上，这一来他儿子更胡作非为了。方才是有一男一女从我们村子里过，可也不知道是要到什么地方去，让他看见了，先是要留人家进去坐坐，人家不答应，他老羞成怒，硬说那个姑娘是他买的姨奶，那个男的是拐子，过去就要抢人。没有防到，那个姑娘跟那个男的，手里全有两下子，过去三下子两下子就把他弄倒了，人家说了两句俏皮话儿往村外一走，他就把他手底下那群狐群狗党召集齐了，就追下去了。我们虽知道是这个热闹，可是谁也不敢出去瞧。依我说，姑娘你稍坐一坐，趁早儿走，免得惹出事来，可不是事。我可不是轰您走，我们没有做买卖拿财神爷往外推的。"

静姑一听，原来这个地方有这种人物，怪不得魏奇一去不回来，一定也是追下去了，这件事可是不能不管，遂点了点头道："谢谢你，我听着还真害怕，我现在也不等人了，我先走一步，如果那个姓魏的回来了你就告诉他我已经走了，叫他到前边去追我。"说完掏出一锭银子，把账付了。

正要起身往外走，就听饭铺门外一阵大乱："打进去，别叫他们走了！他们这一伙子，人可不少哪！"一边嚷着，哗啦一声叭嚓一声，门就掉下来了，呼噜一声，从外头拥进足有四五十个。领头一人，獐头鼠目，十分奸坏的样儿，一看静姑，便哈哈一笑道："好啊！你们都是拿好了时候，一块儿走的，天网恢恢，疏而不漏，天幸家门有德，丑事没得做出来，别走了，快快跟我好生回去，免得皮肉受苦！"

一句话还没说完，静姑单手一指咻的一声，一道白光，扑奔那人面上，哎哟一声，倒退三五步，扑咚摔倒。静姑临下山时候，慈静还嘱咐静姑，梅花弩不到万不得已时候，不许乱用，如今静姑一看恶棍人多势众，魏奇又不知去向，如果长剑一挥，至少也要伤害不少人命，自己方才下山，为的是积修外功，无故害死许多性命，虽说死有应得，自己不是奉官应役，也管不了许多。当时要是一走，一则对不起自己苦练多年，不能给世人斩除恶棍土豪，失了侠义身份，二则魏奇去向不知，生死不明，自己是奉了师父面嘱，要保护他前去救他哥哥，这一失陷，自己回去，也没有法子交代。再看来人声势汹汹，绝不是口舌能够劝回去的，射人先射马，擒贼必擒王，已然看出獐头鼠目那个小子是这一群人首领，只要能够把他制住，那些人不战自退，由此想起，先给那小子一梅花弩，手一抬，一按绷簧，咻的一声，那梅花弩就出去了。那人没有防备，正打在腮帮子上，哎呀一声，往后便倒，果然那些豪奴看主人才照面便受了伤，齐喊一声："风紧！抛锚！下桩子！请掌柜的！"呼噜一声，四五十人就分开了，二十来个人看着静姑，二十来个人去搀扶受伤的，剩下十个已然如飞一般地跑了。静姑明白他们说的话是，事情紧急，把来人围住，看好了四面，请他们的头子去，就知道事情完不了，这个受伤的并不是头子，另外还有人。最可怪方才伙计说他们追下一男一女，现在并没有看见，还有魏奇，始终没看见在什么地方，心里想着十分可怪，知道自己要是一走，便不免要死多少人，爽得沉住了气，等着他们看着他们头子到底是个什么人物，能够好说更好，事情实在不能善解，说不得长剑一挥，杀伤不能避免，也就没有法子了。心里想好，往后一退，依然坐在凳儿上，一声也不言语，瞪眼看着外头。

工夫不大，外头有人喊："那个小妞儿跑了没有？掌柜的到了。"

屋里这些人一听，当时精神一振，全都应声道："没有，跑不了，请教师爷来吧！"说着哗啦一声，人往两旁一闪，闪出一股大道。

这时候外头人就进来了，静姑依然坐在那里，往外头看着。只见先进来十几个，就是方才那一拨报信儿的，后头跟着两个雄赳赳汉子。头一个身高八尺，腰粗膀宽，漆黑的一张脸，凶眉恶目，光着膀子，穿一条紫花布儿兜裆的裤子，大扒把鱼鳞洒鞋，手里提一口朴刀。第二个身高四尺，又瘦又小，雪白的一张脸，鹰鼻鹞眼，穿着一身青绸子裤褂儿，手里提着一条花枪。这两个人一进来，大家便齐声喊道："教师爷，大爷受伤了，对点子就是那个妞儿，请二位可别让她跑了！"

两个人哈哈一笑道："小子们放心，不用说她一个，就是十个八个，她也跑不了。"

嘴里说着，那个拿刀的就抢上去了，用手里刀一指道："呔！你这个小娘儿们，放着官街官道，不好生走路，为什么要到这里来找野火，还把张大爷用暗器给伤了，你要懂得事的，趁早儿过去给张大爷磕头赔不是，念其你是个无知女子，也许把你放了，如若不然，你可难免吃苦！"

静姑一看，他这个样儿，以为他一定过来就要动手，手按剑，打算给他一个厉害的让他看看，谁知道别看这个人长得貌凶，说出话来，并不太野，便仍然手按宝剑笑了笑道："你先等一等，你既出来问这件事，这个姓张的，大概你们很熟了，你来问我，你为什么不先问问他，是他来找我，又不是我去找他的。我一个女人走路，躲事还来不及，怎能无故惹事，他进门来，一句人话都没说，瞪眼就打架，动手就抢人，简直就是一个恶霸。我不愿惹事，可是我也并不怕事，他既不通人理，那我也只好对不过给他一点厉害尝尝，你们要是愿意管这回闲事，你先把话跟他说明白了，叫他从此改过，不许倚强凌弱，我便饶他一条狗命，如果他要不听，你们二位躲开，我今天非要他的狗命，我不能走。倘若你们两个愿意助纣为虐，那可说不得，刀剑无眼，也许连你们二位全要得罪！"说完了依然笑着坐在那里一动不动。

拿刀的一听这套，一张黑脸全都成了紫脸，一声怪叫道："呸！你这不识好歹的小妇……"

一个妇字没说出来，哎呀一声，往后退了足有好几步，腰上一使劲，才算站住。静姑坐在那里，一脚把拿刀的踢了出去，拿枪的呼叫一声道："别走，接花枪手赵瑚的枪！"唰的一声枪往静姑扎去，静姑可是坐着，一见枪到，一伸手，一换腰，腰往旁边一闪，枪就空了，手往上一翻，一裹腕子，就把赵瑚的枪杆儿揪住，赵瑚使劲往回一扯，静姑先往里一紧，跟着往外一送，赵瑚双手捧住枪，一个屁股座子就蹲下去了。静姑一点手道："起来，再来！"赵瑚一挺身，站起来正在一怔，拿刀的就蹦过去了，嘴里喊着："接神刀将李玉的刀！"一刀当头劈下，静姑翻脸一看，刀就空了，双腿一平，两手一按凳子，腰儿一挺，两只脚就出去了，正踹在李玉肚子上，噗的一声哎哟一声，倒退两三步，扑咚一声，又摔下去了。

静姑哈哈一笑道："好，你们这一群害人的东西，竟敢青天白日，杀生害命，抢掠行人，我今天要不把你们全都劈了，将来你们也是为害不小！"说着双脚一蹬，便和燕儿一般，飞到了先受伤的那

229

个少年面前，锵啷一声，剑就出来了，拿剑一点指道："姓张的，我也不知道你以往害过多少人，今天可算恶贯满盈，犯在我的手里，我非要了你的狗命，给这一方除害不可。别走，看剑！"嘴里说着，这剑就下来了。

说时迟，那时快，就在静姑剑才往下要落没落，外圈忽然有人喊嚷："姑娘，使不得！"嗖的一声，从人群外头跃进一个人来，横腰一掌，就把静姑给推出有一两步，静姑吓了一跳，以为又来了什么帮手，及至一看，不由大喜，原来正是自己同伴，寻找不见的魏奇。正要问魏奇怎生到此，圈子外头又有人喊："柱儿小子，你今天可遭了报了！"

心里纳闷，这是什么人，瞪眼看去，只见从人群里头挤出一个年约六十来岁的老头子，手里拉着一条拐棍，哆里哆嗦，气喘吁吁地道："好小子，你遭了报了，我今天真喜欢，女菩萨在什么地方？我给你磕头！道谢！谢谢您把我们这个忤逆种给除了！"

静姑摸不清怎么回事，回头一看魏奇，魏奇道："姑娘，您可别动手，这个老头儿可是好人。"

说着老头儿就到了静姑面前，颤颤巍巍，就要跪下去，静姑急忙用手一拦道："老头儿，那可不敢，我一时冒犯，您可不要生气。"

老头儿道："姑娘，你这话可错，小老儿无德，生了这么一个儿子，给我招了无穷的祸害，我恨不得咬下他两块肉来，心里才痛快。只是我不怕您笑话，我不敢惹他，今天也是他恶贯满盈，遇见了姑娘，能够把他制倒，小老儿真是感激不尽。我再求姑娘一件事，姑娘可别驳回，趁着现在他起不来，您过去手起剑落，把他宰了，无论是官是私，都由我去一面担当，没有姑娘什么事，您可别不答应我。"

静姑一听，眉毛就竖起来了，因为静姑生有至性，她一听虎毒不吃子，要不是也把父亲平常给祸害苦了，无论如何，他也不能这么恨他，现在既是有此一说，如果不把他除治了自己一走，老头儿性命难保。心里火往上一撞，向老头儿一点头道："老头儿不用托付，我给你除害就是。"说着话一提手里剑，往前一抢步立手里剑往下就劈，猛听"哒！"的一声喊，如起了一个巨雷相似，从外圈一先一后跃进两人，一个拦住静姑，一个便把地下躺的少年扯起。静姑凝神一看，只见后头那个身高在六尺开外，细腰窄背，长眉朗目，是一个不到三十岁英俊汉子。前头这个确是小衣裳短打扮，长得眉清目秀不到二十岁的一个姑娘。姑娘拦住自己，那个少年已然把那个姓张的从地下扯起。

　　静姑看了看不明白怎么回事，正要去问魏奇，魏奇已然走了过来道："静姑娘，且听我跟您说。方才我一听店里伙计所说，就知道这里出了坏人，我便趁着工夫，本打算去探听个确实下落，回来再想法子。没有想到刚才出了村子，便碰见这位姓张的追赶下去。那二位朋友，我原想过去帮一步忙，没有想到这个村子外头却有埋伏，一时不慎，同那二位，一块儿全都掉在埋伏里，我就知道这下子坏了。这位张爷派人把我们三个全都捆送进庄，到了庄子里头，谁知道这位张老当家的却是好人，敢情他这位少东家在外头办的事，他是一概不知，恰好今天有事出门，迎头遇见，还不知道为了什么，向我们一问，我们全都实话实说，这位老当家的就把我们放了，并且叫我们快到这里来，怕是叫姑娘受了委屈。及至我们到了这里来，没有想到姑娘已经得手。按说像这位姓张的少东家这份儿无恶不作，应当当时就把他碎了，才可以出这一口气，给地面上去一害，可是我和那二位在道儿上一商量，这位张老当家的实在不错，我们要是把他儿子除了倒不要紧，不过太对不住这位老当家的，因此我们寻思了一道儿，无论如何，也得想法子把他饶了。我是先来的，所以我头一个进来拦的您，他们二位随后也到了。依我之见，不拘如何，总得看在我们面上，把这张少东家放了，以后能够改过自是很好，倘若再要犯在咱们手里，那时一定要把他除掉才是。这一点小事，静姑娘，你大概也可以把他们饶过去了吧？"

静姑听了微然一笑道:"就是大哥不说,我也不能那么办,因为方才我已然听见这铺子里有人把细情跟我说了,这位老东家人实在不错。不过放是可以放他,也得让他明白明白,从此改过自新,不可再胡作非为,把那一拨狐群狗党当时遣散。好在我不久将回来,还要从此路过,自会调查他的行为,改了自无话说,如果仍是这样,对不过,那时就只知道为地面除害,别的可就不管了。"说着向张老头儿道:"老当家的我们说的话,大概你也听明白了。现在你可以把他领了回去,劝他一劝,再要犯在我的手里,我可绝不客气了。"

张老头儿道:"姑娘,你这番话我全听明白了,按说这个孩子这种行为,我很愿意姑娘把他除去,我心里倒干净,现在既是姑娘这么说,我暂时把他带回去,如果他还是照样胡闹,姑娘再从此路过,我必把他送到姑娘这里,听凭姑娘处置。"说着趴在地下磕了一个头,带着那个少年走了。

静姑一看那赵瑚李玉依然还在那里站着,便一声喝道:"你们二位还不把那些泥腿光棍全都带走,还站在这里干什么,难道还打算比比是怎么着?"

赵瑚李玉两个一听如梦方醒,哪里还敢说一个字,扭头转身撒腿就跑,后头那些也跟着一跑而净。

静姑这才向魏奇道:"大哥,这二位都是谁?请你给我引见引见。"

魏奇脸一红道:"真格的,我净顾了乱跑,还真忘了请教这二位怎么称呼呢!"

那少年一听,赶紧一抱拳道:"岂敢岂敢,在下丁宜,这是舍妹丁雯,我们兄妹两个,因为要到川边去访一个朋友,路过此地,不想遇见这样一件事,幸会两位,还没有请教二位怎么称呼?现在要到什么地方去?"静姑把自己和魏奇名姓说了,看这两个人都是义气同道,便也不自隐瞒,如何受师之命,要到什么地方去,全都说了。丁宜道:"那太好了,我们也正是往那条道上去,一路有伴,倒可以

232

不嫌寂寞了。”

当下几个人又弄了一点吃的，吃喝完毕，叫店家算账，伙计笑着道：“几位请吧，这点小意思，已然由张善人给过了。”

静姑道：“怎么平白地倒叨扰了人家。既是这样，我们也不客气了，请你见了张老头儿替我们道谢吧！”

说着几个人出了两全楼，认上大道，便走下去了。这一路之上，又多了两个伴儿，说说笑笑，也不显劳累。这一天已然到了四川边界，魏奇道：“前头已是四川边界，丁大哥你们从哪里走？”

丁宜道：“我们往西走。”

魏奇道：“我们可要往东走了。”

丁宜脸上露出恋恋不舍之意。静姑道：“丁姑娘，我们这次到这里来，原来是办一件事，事完即回，如果丁姑娘愿意多在一起盘桓时候，尽可以过些天到云山去找我。”丁宜答应，当下分手。

魏奇、静姑往东，朝前边一看，全是些山道，静姑道：“大哥你这个地方可熟吗？”

魏奇道：“地方我倒是来过，也不太熟，反正认得走。”

静姑道：“认得就成，你头里上，我后头跟。”

两个人说着便上了山道，一边走着，静姑一边问魏奇道：“大哥，这次你到了我们山上，也没说出一个究竟，到底怎么回事，我还不大清楚，可以不可以少些说个大概，我也好明白是怎么回事？”

魏奇道：“这件事说起来太长了，一时也说不清，我现在把大概说一说，姑娘能够明白，也就成了。我们原是弟兄两个，我哥哥名叫魏仇，原是镖行生理，因为父母年老，不愿意他在外头干那行业，便把他找回家来。我们家里虽不宽裕，可是衣食无缺，也颇安静，谁知我哥哥在外头得罪了一个独脚大盗名叫满天飞万仲经，累次找哥哥为仇，却被我哥哥打败。他记恨在心，等到我哥哥脱离镖行以后，他便用借刀杀人的法子，在我们县里做了十二条奸杀的案子，全都写上我哥哥的名字，偏生遇见糊涂知县，不问个青红皂白，便

233

去捉拿我哥哥，我哥哥恰巧没在家，那狗官也便把我父母锁拿下监。我哥哥回来听见，便自行投首，那狗官也把他下在监里，叫他招出十二条命案。以我哥哥的本事，原不难一走，只是两位老人家全都关在里边，无论如何，也不敢走了。那时我正在外县一个朋友家里，有人来给我送信，我便私自回去了一趟，白天不敢露面，只有夜晚到了监里，见着我哥哥。我哥哥告诉我，这件事他已明白大概，陷害他的人就是那满天飞万仲经，这个时候，除非把万仲经拿到当官，绝不能洗清这回事，又知道我的能耐，不是那万仲经的对手，才叫我到云山去请慈静大师，说是只要她老人家肯来帮助，事情绝可办到。因此我便到了云山，见着大师，大师即派姑娘下山来帮忙。"

静姑道："这样说时，我们现在是要去找那个姓万的了？"

魏奇道："正是。"

静姑道："这个姓万的住在什么地方？可有一定吗？"

魏奇道："有一定的，他就住在峨眉山脚雪岭上面回头崖。"

静姑道："好了，那我们快走吧。"

一路之上，魏奇置了不少干粮，白天爬山，夜晚找个山洞一住，走了足有七八天。这一天魏奇向静姑道："这前边就是雪岭了。这个地方气候较寒，四时积雪不化，并且里头藏有许多怪兽，一个不小心，到不了山里头，就许把命送了，最好你要多多小心。"

静姑点头，从进山口起，就特别留神，果然越走越冷，越走越难走。走进十来里地，只见前面大山前横，山头上有不少白云，魏奇用手一指道："那就是雪岭了。"又走了一会儿，已然到了山脚，魏奇道："这一路道儿可更不好走了，你可特别留神！"

静姑答应，提腰一跃，便上了山头，往里一看，只听得噗噜一声，里头有许多怪鸟，四下乱飞。正要往下跃去，猛听魏奇在身后喊道："姑娘慢下去，你看那边来的是个什么东西？"

静姑一听，收住脚步，往旁边一看，只见一头怪兽，从老远奔驰而至，静姑可就把脚步止住。往下看时，只见山下这只怪兽，长得十分可怪，长下里有一丈三四，高下里也有八尺四五，长脖子，细脚，脑袋像马，可是耳朵又特别短，鼻子上带着一个钩儿，两只圆眼通红透亮，脖子上一道绿毛，约有一尺多长，披散两边，周身黄色，有黑圈白道儿，尾巴特别长，足够八尺左右，在尾巴尽头上有一个大疙瘩，仿佛是个大绒球，也是绿的。一边走，一边叫唤，叫唤出来的声儿，就像打梆子一样，不住梆子乱响，加上四围是山，借着山音，这声儿便益发又真又亮。

静姑回头向魏奇道："魏大哥你知道这个玩意儿叫什么吗？"

魏奇摇头道："不知道，不但没见过这种玩意儿，干脆简直都没听说过。"

静姑道："这种玩意儿，究竟是怎么一路，咱们可不知道。它要准是吃草的，就不能伤人，咱们就下去也没什么，倘若也是什么虎豹一类，这个样儿，可比虎豹准得还凶，咱们可不能不防备。"

魏奇道："这个咱们连试都不用试，它准不是吃草的。"

静姑道："你怎么知道？"

魏奇道："这个山里头一年四季积雪不化，哪里能够有草，这分明是个吃肉的野兽了。"

静姑道："说是一点不错，不过这样一来，咱们的去路，可就麻烦了。不从这里下去，就必得绕着上头走，一则不好走，走不出路程来，即使能够走出路程，比起底下，也得远出个三四倍，那咱们得什么时候才能到那里？可惜咱们又不能下去试验它一下儿，到底它是哪一类的野兽。"

刚说到这句，不防脚滑，脚边一块石头，竟自骨碌碌掉了下去，正掉在那怪兽旁边。那怪兽本没有知道上头有人，及至这块石头一掉下去，不由往上一看，一眼看见静姑和魏奇，当时尾巴一搅，邦邦之声，比方才更响了，一边响着，一边尾巴不住搅着，一边往上直看，意思之间，很有意上来。

静姑道："不用试了，八成儿是个不吃素的畜类了。"

235

正说着，却听魏奇道："静姑娘，你先不用言语，你看那边又来了一个。"

静姑急忙顺着魏奇手看去时，只见远远如风驰电掣一般，又来了一只野兽，及至来到临近，才看清楚。这只野兽，倒是听人说过，却是一只大人熊，比从前听说的略有不一样之处，高下里是七尺，宽下里也有四尺上下，一身的白毛，两只红眼，在鼻子底下却有一个黑色的月牙儿，两掌扑开，真有头号儿大蒲扇大小，一摇一摆，便到了那怪兽面前。那怪兽一见人熊，倒也不敢大意，正在那尾巴一摆，打算去打人熊，人熊却比它还乖觉，一见尾巴抽到，并不躲开，只把屁股轻轻一抬，那尾巴便抽到了屁股下头，那人熊十分伶俐，往下一坐屁股，不歪不斜，正坐在那尾巴上，跟着一伸双掌，便把那根尾巴掠着，往后一坐腰，使劲往里一带，那个怪兽便不由得跟着歪了过来，想是怒急，嘴里一声怪叫，整个儿身子往后一排，横着一使劲，那人熊竟吃力不过，一撤双掌，那尾巴便夺了出去，但是那个大绒珠已被人熊掠下，只剩了一根光杆儿了。怪兽更怒，一翻身一低脖子，那颗大头便往人熊胸前撞去，人熊不等头来到，轻轻往旁边一闪，那颗大头便戳空了，剩下一条长脖子，横在人熊面前。人熊一声磔磔怪笑，双掌一扑，便去夹那怪兽的脖子。这个脖子可是比尾巴有劲多了，虽经人熊极力把住，只用力往上一挑，连那人熊竟会被它一脖扛起。怪兽扛起人熊，正待往下走去，那人熊便好像知道它有这手儿一样，双掌一松，扑咚一声，掉在地下，那怪兽力气使得过猛，脖子一歪，身子便也跟着往旁边歪去。

静姑笑着向魏奇道："这个长脖子家伙，瞧着身大力不亏，既有长脖子，又有长尾巴，像是那么回事似的，怎么闹了半天，会干不过一个笨熊呢，人熊敢情比狗熊聪明得多。人熊我这还是头一次看见，别瞧它傻傻呵呵的，心里还真有个算计，看今天这个神气，长脖儿是要占下风了。"

魏奇道："这话可也不一定，天生这种怪物，必有一种怪性，也许还没施展出来呢。"

正说着，只见那怪兽猛地一回头，把嘴一张，竟自喷出一股子黑气，直往人熊面上喷来。那人熊想是也知道厉害，先往旁边一闪，跟着一扭身抹头就跑。

静姑道："这一来好了，它们必定一前一后走了。"

再看时人熊已然跑得没了影儿，那只怪兽却一追不追，缓缓地迈开四条腿又走了回来，看着山上两个人。

魏奇道："这个畜生，立意不善，这倒有点讨厌了。可惜我不会打暗器，我要是会打暗器，在上头瞄准了给它一下子，倒许能够把它除治了。"

一句话提醒了静姑哎呀一声道："真是的，我就忘了我身上的暗器了。"说着用手一摸，把弩筒子预备好了，往前一探身，正赶上那只怪兽也正到山下。静姑一按手里绷簧咔吧一声，那弩就出去了，再看那怪兽，却依然东西乱转，仿佛没有这回事一样。静姑不由纳闷道："这可怪了，我师父教我的暗器，跟人动手，虽不能百发百中，要是对着一个野兽，无论如何，它也跑不了，怎么会一点儿都没理会，这可真是怪事！"

魏奇道："姑娘先别着急，这里头可单有一个说法。这山上离着底下说不清有多少丈，你这个弩打下去，未必能有那么大的力量，再加上山里风硬，一括一荡，准是没有打在它的身上，我倒有个主意，咱们要是一定非从这块地下去不可，我跟你可以一块儿下去，咱们不求有功，但求无过，我在头里引着它，你在后头可以用弩箭伤它，那个样儿或者还可以得手。"

静姑道："这可不妥，不是别的，我瞧这个怪兽十分凶猛，方才跟人熊那样几手儿，已然看出它的厉害，咱们可是一个人，绝不能像人熊那么结实有劲，倘若它要是也冲咱们一喷那股黑气，咱们应当怎么办？"

魏奇道："要照你这么一说，咱们就非从上头走不可了，可是咱们事情紧急，如果道儿上一耽搁，就不定又闹成什么样儿。"

刚刚说到这里，静姑猛觉身后有人扯了自己一下，低头看时，连个人影儿也没有，以为是挂在了什么地方，旁边却又任什么也没有，心里不由有点怀疑起来，正要叫魏奇躲开这个地方时，只听魏奇一声喝道："小猴儿崽子，你敢!"静姑急忙回头看时，只见嗖的一声身后纵出一个长约二尺来长的金丝黄毛猴儿，这才明白，方才揪自己的就是它。只见这个猴儿，虽是跳跳钻钻，脸上却带出一种愁苦惨痛的样儿，两只眼睛不住看着静姑，静姑心想这个猴儿为什么见了人不跑，反倒向自己这种样儿，难道它有什么歹意，故意引我们上当。正要提剑过去，只见那猴儿猛然一声惨叫，连跳带蹦，霎时跑得没了影儿。魏奇才说了一句："真好玩儿。"猛觉一股腥气冲进鼻子，简直要把人熏倒。才要问静姑，却听静姑一声惊喊道："魏大哥，快躲开，后头有毒蛇来了!"魏奇急忙旁边一纵，回头看时，只见一条大蛇，足有大碗口粗细，才现出半截身子，不知道全身多长，周身金黄，有一块一块的红点儿，脑袋上有一个红犄角，通红彻亮，嘴里发出三寸多长的一条火芯，一伸一缩，吞吐不休。静姑急喊："魏大哥，这个东西，可要特别留神，它的毒气一定是很大的。"魏奇答应知道，却一立手里刀，照着那蛇脖子唰地就是一刀，那蛇却好像不知道一样，硬脖子往上一抬，锵的一声，魏奇的刀倒先出手了，蛇身子往前一进，一立那个红犄角，就戳魏奇。魏奇喊声"不好!"往后一退，没防备，脚下一滑，人便往山下滚去，那蛇一见，把腰一拱，也便追下山去。静姑一看，可吓坏了，心想自己被人家约了出来，如今人家的事一点没办，倒把个请救的也饶在里头了，自己有什么脸回去见师父，拼着一死也不能不下去救一救他，该着不死，两个人全有活命，要是该死，这里死不了，别处可也得死。想到这里，把宝剑往手里一横，提身就要往下纵了。

猛听山腰里有人喊："静姑娘，你可别下去! 我可没掉在底下!"

静姑一听，用脚钩住地下大石头，探出身子向下一看，只见魏奇并没掉下去，却在一条后山里长出的大青石上跨着，要是打算上来，可也不容易。好在没掉下去，心里先踏实一半，便也答言道："知道了，你不用着急，我一定想法子来救你。"说话的时候，可就往底下看，只见那条长蛇，已然纵了下去。那只怪兽，本来多少天没有见着人，饿得正在难受，忽然今天看见了两个人，正可大饱一顿。只是两个人站的地方太高，不容易上去，眼巴巴到嘴的东西吃不着，心里益发长气，偏是又来了一只人熊，跟在旁边捣乱，好容易把人熊赶去，却依然没有法子把人弄下来，心里正在寻思，忽然看见一个人倒着就下来了，心里这份儿高兴，把长脖子一伸，净等开嚼。它可没有瞧见人后头还有那条长蛇，又没有想到人会没有掉下来。魏奇从上头往下一摔，准知道性命完了，闭眼一抱团，耳边呼呼一阵风响，猛然腰脊上碰着一个东西，好生疼痛，陡然心里一惊，也许是已然掉在地下了，两只脚往下一松，两手一长，意思之间，是打算一挺腰板儿就可以站起来了。没想到脚往前一蹬，正是一块山石上，借劲使劲，脚就钩住了，跟着往起一挺腰，自己这才明白，敢情没有掉下去，不由念了一声"阿弥陀佛！"怕是静姑看见自己入险，一个没瞧清，就许蹦下来，那一来性命可是难保，便大喊了一声，静姑一答话，就知道静姑不下来了，心里也踏实了。那只怪兽，眼看人往下倒着掉下来，心里一喜，挺着脖子一等，呼的一声，脖子上就着了一下，还是真疼，野兽的性子就犯了，吽的一声，一掉脖子，这才看清楚，掉下来的不是人，却是平常引以为敌的恶蛇，心里这个气可就大了。不是别的，它疑心一定是大蛇把人吃了，还来跟它为难，长蛇也是这个意思，眼看着人掉下来，到了底下看人会没了，不用说，一定是怪兽吃了。两个畜类，把事一反想，当时全都气往上撞，怪兽一抡尾巴，叭的一声，就朝长蛇抽来，长蛇往起一纵，尾巴从下面抽了过去，长蛇就势往起一卷，哧的一声卷个正着，就把怪兽的下半截给裹住了，往里头一紧。怪兽一声猛叫，回过脖子来，一张嘴噗噗噗就是三口黑气，那长蛇想是也知道厉害，便陡然把身子一伸头已长出一丈四五远近，那怪兽见喷不着长蛇，心里益怒，往前一拱，抖尾巴要抢，长蛇却依然把下半截一紧，又把怪兽缠了个紧。怪兽两次三番不能得手，两只眼睛急得都要冒出火来，忽然把身子往下一缩，仿佛就是要死的样儿，脖子也跟着往下一垂。长蛇这次却上了它一个大当，以为它真是被自己给缠伤了，便把下半截一缩，把上半截缩了回来，意思之间，人是被你吃了，我也得把你吃了，算是完事，往回一撤，在怪兽的脖子旁边。它可没想到，怪兽是故意来的这么一手儿，正在它往回一缩的时候，怪兽也猛然往起一立，噗的一口，喷个正着，长蛇身子陡然往下一摔，跟着往回一卷，两个又一对面。怪兽见敌人已然中了自己毒气，心里正在大喜，却不防人家又回来了，赶紧一鼓气，又是噗的一声，一股黑气喷了出来。它可没有想到这回长蛇已是拼死来的，一见它的黑气喷到，连躲都不躲，也一张嘴，一股红烟也喷了出来，先把那黑气逼得四散，跟着又是两口，直奔那怪兽脑袋喷出。怪兽也知道厉害，可就是躲不开了，一阵梆梆乱响，黑气就没了。长蛇跟着又是两口红烟，那怪兽想是中毒已深，吽的一声怪叫，顿时身子一滚便一动也不动了。那长蛇才觉制死敌方心里高兴，未料方才自己已经中毒，又加上用力过猛，当时并没觉得，如今这一舒展，可就不成了。正在它往起一纵，意思去勾那怪兽的头，身子才往起一挺，跟着往下一歪，便在地下打起滚来，滚来滚去，一声惨叫，便也不动了。

　　静姑眼看这一场恶斗，心胆皆惊，如果自己要是跟魏奇一起下去，只要轻轻一喷，早已完事，如果不是魏奇掉下去，长蛇也绝不会追下去，要是在上头轻轻一口，也是一个完事，越思越想越是可怕，如今一看，这两个东西确是已经完了。只是魏奇掉在那么个地方，如何能够上来，这不也是麻烦吗，有心叫魏奇往下跳，可是方才还看见一个人熊，这两个虽然完了，难保人熊不再来，看那神气，人熊也不是好惹的，这可不能不防备。左思右想，一点主意没有。

忽听魏奇喊道："静姑娘我有法子了，我先从这里往下走，我可看不见底下，如果你要看见有什么特别的，你可言语告诉我一声，我好再往上跑。"静姑一听，也不明白，只好说一声："你可留神！"跟着又把石头一勾，再往外边看时，只见魏奇手里擎着的是一根飞抓百链索，一头儿抓住那块青条石，一边往下倒着，倒来倒去，离地不足五尺，双腿一溜，一抖绳子，人就落在平地。静姑一看，这才放心，又怕下面再来什么野兽，自己一个走单了，两个人全都不好办，便不敢急慢，双腿一蹬，长身一纵，便如飞鸟一般纵了下去。

静姑向魏奇一笑道："今天可真险哪！"

魏奇道："这倒没什么，只要能够托福把那些仇人除去，就是让我一死，我也是甘心的。"

静姑道："现在人已然到了下边，咱们还应当往什么地方去，你可知道？"

魏奇道："我知道。你看前边那股山道，有一片发红的那就是什么燠陵谷，就是那些人住的地方了。"

静姑道："那么咱们就往那边走吧。"

说着两个人迈步才要走，却听身后一阵吱吱的声音，两个人全都吓了一跳，急忙扯家伙回身看时，只见从山上头一直到山底下，全都是些金丝猴儿，一个揪着一个尾巴，从上头一直到平地，嘴里不住吱吱乱叫。静姑一想，难道上头又有什么东西不成，可是瞧那样儿又有点不像。心里正在纳闷，一看前头那两个已然轻摇缓步地往前来了。静姑一看它那神气并无恶意，便告诉魏奇把兵刃收起，不要伤它。两个人把兵刃一收，那些猴儿便跳跳钻钻全都赶了上来，这个就揪静姑的衣裳，那个就在后头推她的大腿，魏奇那里却一个也没有。

魏奇看不清它的意思，便狂喊一声道："你们干什么？"这一嗓子不要紧，小猴儿吓得当时四散，远远地看着静姑发怔。

静姑向魏奇道："你别吓唬它，它也许有什么事要求咱们。"说

241

着往前又走了两步。

那些猴儿，又复拥了上来，有揪的，有扯的，有拉的，有推的，静姑因为不明白它们的意思，便也跟着它们走。走来走去，可就走到那怪兽和长蛇的面前了，那些猴儿忽地四下里又是一跑。静姑心里有点明白了，一定是这些猴儿早先吃过长蛇不少亏，如今自己代它们除去仇人，它们打算报仇，可是又没胆子，所以才要自己帮助它们出气，这也没有什么，便回头笑了一笑，拔出剑来，过去照着那死蛇一阵乱砍。再听后头又是一阵吱吱乱叫，那些猴儿全都两只小爪乱摆，吱吱乱叫，心说这可真完了我！正在这时，就听空际一阵呜呜风声，霎时天地全黑伸手不见掌，对面不见人，猴儿惨叫益厉。

静姑一边躲着那风，一边喊道："魏大哥，你快到这边来！"

却听魏奇一声惨叫道："静姑娘，快动手，仇人到了！"

静姑一听，把手里剑往上一横，也不管看得见看不见，一阵乱劈乱削。这时候风更大了，鸟啼兽叫，夹杂着还有许多人的声音，也摸不清全是干什么的，手里长剑乱挥，心里还惦记着魏奇，怕是他一个受了误伤，或是被人家伤了，这个地方，自己非常生疏，不用说找到贼人窝里，就是让自己再回去，自己连路也不认得，那岂不是大糟特糟。心里这么一想，嘴里便喊道："魏大哥，你在哪边呢？你可躲开我一点儿！"连喊两声，却听不见魏奇答应，心里益发焦急，便又加重嗓子喊了两声，这回却听见一声惨叫："静姑娘，你快回去吧，我已经受伤了。你回去之后，央求大师，给我们一家报仇，我就是死了，也感念姑娘大德！"声音非常惨厉，简直听着使人毛骨悚然。静姑既是难受，又是焦急，忽然想起，师父说过，遇见江湖上有使这种妖术邪法的，有个法子可破，就是把自己舌尖咬破，滴出血来，向对面一喷，也就成了，现在事情已经紧急，何妨试上一试。便一张嘴把舌尖咬住，用力往下一磕，当时觉得一阵血腥，知道血已经流下来了，便运足气力，对着那股风里，噗的一口喷去。

说也真怪，就在这口血方一喷出去，当时风止沙散，依然露出日光。这可就看清楚了，在自己对面不远，站着有二十来个赤脚披发的男子，神情非常难看，有几个还都受了伤，想是受了自己的误伤。再看魏奇，已经被人捆上，躺在地下，什么地方受了伤，自己可也不知道。当时怒火上冲，手里剑一摇道："什么地方来的妖孽？怎敢伤我同伴？你要是懂得事的，趁早儿把我的同伴放回，算是你们无知，我也不便和你们一般见识，如若不然，我要叫你们当时全体都受天诛！"

那些人原来奉了他们头子的差遣，知道到了这里，只要能够照法行事，准是手到擒来，及至到了这里，施展邪门法术，看静姑依然神志不变，手里长剑乱挥，有几个贪功的跑了上去，又受了误伤，不自着急，虽然拿住魏奇，回去却交不了差事，原想多耗一时，等静姑自己累了再过去动手拿现成的，没有想到静姑把舌尖咬破，用纯阴之气，破了他们的邪术，更是惊心掉胆，在黑暗中，还算计不了人家，这要是把邪术一破，那更不是人家对手了，心里害怕，可又不敢走，听静姑一阵叫，那里头有两个为头的便走了出来，向静姑哈哈一笑道："你要问我们，我们就是这雪岭燠陵谷大慧禅师门下。只因奉了我们掌教之命，到这里来拿一个和他作对的仇人，现在仇人已经拿获，我们就要回山去了，如果你有什么话要说，你可以到山里去找我们掌教的，他自能告诉你，我们可是全不知道，再见了！"说完了话，拖起地上的魏奇，转身就跑。他们准知道静姑既是跟魏奇一块儿来的，魏奇不放，静姑必不甘休，离着山里已然不远，只要能够把她诱进山去，无论什么事，就没有自己责任了。想得挺好，因此说了两句话拖了魏奇就跑，他们以为静姑一定得追，谁知道这下子可是打错了主意了。

静姑见他们一跑，原知道他们必定得追，可是忽然一想，自己要是一追进去，他们必有接应，自己剩了一个人，那如何能够是他们的对手，即便是他们对手，他们全都一跑，自己又当如何，来办的事依然是办不了。唯一之计，是先要把魏奇救下来，那才是个办法，可是救魏奇的法子，也就难想。进了两步，猛然想起，自己身上带着暗器梅花针，可以打到三四丈开外，何妨拿自己针从后头打一针，自要把他们全都打倒，魏奇不救自救。越想越对，把梅花筒子就预备好了，一声不言语，先找两个在后头跑的，对准了地方，一捏簧，咔吧一声，就是一支，正打在那人腿上，那人哎呀一声，腿儿一软，就倒在地上。跟着又抬手，咔吧一声，扑咚一声，又是一个。前头跑的，听见后头有了响动，自要回头看看，静姑一抬手，又是一个。一会儿工夫，二十多个，一个没跑了，全都躺在地下。静姑一看这个法子灵了，心里好生欢喜，跑过去用手一搀魏奇道："魏大哥，你伤了什么地方了？还能起来不能起来？"

魏奇道："静姑娘你可真好俏功夫，原来连他们的邪法都可以破，这一下子，怕不弄死他们二三十个。我受的伤，原不要紧，只是在腿上，被他们用刀削了一下子，我身上带着有药，等我上一点药，咱们再往前去。"

静姑一听，可就放心了。魏奇从身上拿出一个小瓶儿来，把药磕出来，上在伤口上，然后又用手拍了一拍，自己勉强站起来，走了两步。静姑看着还是不轻，便一皱眉道："魏大哥，你的伤可不轻啊，咱们无论如何，今天也不能往前去了，最好是能够找一个什么地方歇上一宵，第二天咱们再想法子。"

魏奇道："静姑娘你别看我这个样儿，不要紧，我那药非常灵，只要有一个时辰，药行开了，也就行了，这个你倒可以不必着急，还是躲开这个地方要紧。这里离着他们老窝太近，那个妖人他又会算会捏，如果他知道就在这里，一会儿必到。虽说姑娘能为能够胜过他们，可是我已受伤，也是一个累赘，还是躲开的好。"

静姑一听也对，便点点头道："那咱们还是往回路上走吧，因为这个地方，不只是这班人可怕，还有那些怪兽，也都难防。"

说着两个人便要动身，魏奇忽然道："静姑娘，你既是把那些人

244

全都制倒了，依我说，可是把他们去掉了的好，因为这些人里没有一个好人，留着他们也是祸害。"

静姑一笑道："这个你倒可以不必操心了，不是别的，我那针全是用药喂过的，打上之后，子不见午，准死不活，咱们就可以不必多这番手续了。"

魏奇这才点头称快。两个人往回走，虽是着急，可是魏奇腿已然坏了，实在走不动，也没有法子，只好是慢慢地走吧。走了还不到一半，猛听后面怪风又起，魏奇一拉静姑道："静姑娘你可多留神，大概又是他们一党到了！"

静姑道："不要紧，您只在我身后，可也别离我近了，不是别的，倘或被我误伤，那可是太对不过了。"

说话时候，那股风可就到了，魏奇便真往静姑身后一站。静姑掉转身子，一手摸剑，跟着把梅花针也预备好了，凝神往头里一看。只见迎面站着一个人，身量七尺开外，黄头发散披着，打着一个如意箍，凶眉，恶眼，一脸怪肉，大鼻子大嘴，一部连鬈络腮的胡子，披一件青色外衣，光着脚，手里拿着一把蝇刷儿，举手一横道："这位姑娘，从什么地方来，要到什么地方去？因为什么把我们的几个徒弟，全都置于死命？"

静姑微然一笑道："你要问我，我从云山来，要到雪岭去。这些个人我原不知道是大师父的徒弟，你问为什么要把他们制死，你为什么不先问问他们为什么出来拦路伤人？这是我有防身的本事，才能把他们制住，不是这样，我岂不早被他们制死。你既是他们的师长，就该从严约束他们，怎么使他们到处胡闹，我不去找你，已算好的，你怎么倒找起我来了？话已说到这里，也无妨实话实说。不错，人是我制死的，你要觉得他们理亏，死得不错，趁早儿收尸回去，彼此各不相扰，算是你的便宜，你要以为他们死得太屈，打算给他们报仇，我现在还没有走，你就使出本事来咱们试一试，你要赢得过我，当然我给他们抵命，你要是输给我，那可对不过，只请

245

你跟他们一块儿走一趟。"

静姑这话还没完，那和尚早已是一声怪叫道："好丫头，你伤了我的徒弟，还敢胡言乱说，真是无礼已极，别走了，你给他们抵命吧！"说着一张手，便是一团黑乎乎的东西，直奔静姑，静姑闻得一阵血腥臭味儿，喊声不好，扑咚摔倒。

静姑躺在地下，心里可还明白，这一定又是那些旁门左道，想着方才一口血能够喷他们的邪术，现在何妨再来一次试试。想得挺好，往里一吸气，打算咬住舌道，谁知周身微然一用力，当时就觉得又是一阵头晕，哪里还使得上一点儿劲，就知道坏了。二次又一使劲，打算挺腰蹦起来，说也真怪，就仿佛浑身筋都抽去了一样，也更使不上一点力，不由暗自一声长叹，准知道自己这条命算是完了。

这时候那个和尚哈哈一笑道："你还打算起来吗？恐怕由不得你了！你无缘无故伤了我许多徒弟，那是焉能跟你善罢甘休，本当把你一指置于死地，那未免太便宜你，说不得我还得费一点事，把你弄了回去，慢慢地收拾你，好给他们那些人出气！"

说着话便真个走了过来，才要伸手去解静姑身上的带子，猛听旁边起了一个焦雷相仿，有人大喊一声："好凶僧，我与你势不两立！"话到，人到，家伙到，劈头夹耳，一刀就剁下来了。和尚一心只在静姑身上，旁边有人他真没理会，听见喊家伙就到了，好和尚，功夫真不含糊，连躲都没躲，伸手拿蝇刷儿往起一撩，锵啷一声，魏奇那口刀就飞起来了。和尚这才转身，伸腿横着一抽，魏奇家伙一出手，本在一怔，和尚腿到了，哪里还躲得开，扑咚一声，魏奇摔倒，又听见当啷一声，魏奇那口刀才掉在地下。

和尚哈哈一笑道："我把你这个孽障，无缘无故暗地害人，真是找死，等我把你们全都弄上山去，叫你们慢慢地一个一个死个痛快。"嘴里说着，他也不捆魏奇，也不理静姑，抽身便走。

静姑眼睛瞧得明白，魏奇是挨了一脚，并不像自己是受了毒气，动转不得，便低头儿向魏奇道："魏大哥你想着他没有捆上你，你还不快快回去，给我师父送信，叫她老人家来除恶僧给我报仇，你要再是不走，他再回来，我们同死一处，可是一点好处没有。"

魏奇也低声道："姑娘不用说了，我也不知是什么缘故，被他抽了一腿之后，我浑身上下连一点劲儿也没有了。我死了倒没什么，总是为了我们家的事，姑娘被我连累，真是太对不过了。"

静姑一听，这才明白，原来也是受了人家什么邪术，一样走不动了，事到如此，也就没了法子，只好等着吧。就在这么个工夫，忽听一阵脚步声，急忙往那边看时，更是吓坏。原来方才被自己用针打伤了的那些人，全都欢蹦乱跳地又全都跟那个和尚回来了。自己准知道自己那种梅花针，已然用过最猛烈的毒药喂过，只要打上之后，没有自己配的解药，子不见午准死不活，并且是挨上之后，周身都麻木，绝对不能起来，怎么现在没有拿着自己的解药，怎么又全都一个个欢蹦乱跳全都跑来，这个事情可太怪。如此看来，这个和尚的能耐可是太大，自己和魏奇这条命，无论如何是也保不住了。忽然又一想，看这个和尚这个样儿，绝不是什么正悟参修的和尚，一定是无恶不作，自己是个女子，到了山上，他要是手起刀落，把自己弄死，那倒是没有什么，就怕他到了山上，他一意胡来，那可又糟了。越想越可怕，法子是一点也没有。

这时候这些人可就到了，和尚一指道："你们把他们两个抬好了，抬到山上，听我问明白了他们是什么地方来的，我再给你们出气。"

那些人一声答应，便全都走了过来，两个人抬一个，余者全都跟在后面，便往山上走去。方才静姑和魏奇是想到这边山上，如今是想不上这山上，可是既没有法子，只好听其自然吧。这些人脚底下还真快，一会儿工夫就上了山了，到了山上，跟平地一样，咻，咻，咻，一阵乱跑，转过山去，敢情也是一片平地，远远的仿佛有房子。还有一样，山那边是非常之冷，到了这边特别暖和，一阵一

247

阵风吹到了脸上，还觉得有点热呢。又走了一会儿，可就到了那片房子那里了，远看不理会，近看可了不得，这所房子还是真不小，盖得可不怎么讲究。底下是虎皮石的桩子，除去虎皮石，就是石板，窗户什么虽有木头，可没有上漆，一色儿全是白的，冲着山的房，一溜是十三间，里头还有多少层，虽不知道，可是看那神气，绝不止一层。和尚手一摆，喊声："抬进去！"大家就全都进去了。里头又是一层十三间，可没有厢房，一直抬进屋里，往地下一撂。

和尚盘腿往石头墩子上一坐，向静姑笑了一笑道："你这女子从什么地方来？要到什么地方去？怎么走到此地，为什么和我们过不去？你的能耐是什么人教的？你要全都说了实话，我念你是个女子，年轻无知，我把你放了，还要派人把你送了出去，你要不说实话，我这山上，杀一个人跟碾一个蚂蚁相仿，那你可是自讨无趣。"

静姑一心想着无论如何，现在已落人手，打算走是不用打算，事到如今，第一样就是要把自己名节保住最好。一听和尚这套话，准知道他是为套自己的话，他连一句真的都没有，不如借着这个机会，把他臭骂一顿，激起他的火来，至多把自己一杀，也就完了，绝不可打算求活，听他一句无礼的话，自己就是生不如死。想到这里，冷笑一声道："你要问我，我就是为找你来，只因听得你这出家人，不念经礼忏，只知胡作非为，有辱佛门清规，我是久已知道你们的恶名，因此约了我的同伴，特意前来找你，不想你还精通妖法，我们受了你的暗算，被你拿住，你尽管把我们置于死地，下世变人，再想法子除你，给人世去害。如果你要怕事，不敢杀我们，再要多推多问，你可不要怪我们不再理你。"

静姑以为和尚一听这话，一定会生气，吩咐大家下刀，自己也就完了。谁知和尚听完，哈哈一笑道："噢！原来你们是专为我而来的，不用说，我要是被你们得着，你们也绝不能轻易饶了我，那么如今你们被我拿住，我要把你们一放，难免你们将来还来搅我，我要把你们置于死地，看你们两个人这样相貌，我又于心不忍。这么办，我先屈尊屈尊你们二位，到后边先去住上几天，什么时候你们想明白了，能够发誓，不再和我为仇，我就把你们放了，你们瞧好不好？"说着便向身后站着的那些人一努嘴道，"把他们送到后头，分开了押起来。"

静姑一听，可就急了，向魏奇道："大哥，你骂他！"

魏奇一听，明白静姑心思，便向和尚呸地啐了一口道："贼和尚，你真是无法无天，欺心昧己，无所不为，你哪里是什么出家人，简直就是杀人放火的贼强盗。你不敢杀你家小太爷，小太爷我可就要骂你，我骂你上三辈贼祖贼父贼母，我骂你平三辈贼兄贼弟贼妻，我骂你下三辈贼子贼女贼孙子，你们一辈贼，辈辈贼，贼骨头，贼小子，贼灰，贼沫子，贼烟儿，贼气儿！我骂你们贼……"

魏奇这一阵骂，和尚倒笑了："好，你骂得好，来呀，你们把他舌头切下来，我要瞧瞧他的舌头怎么长的？"

旁边有人答应，先过去一个搬住魏奇的膀肩子，又过来一个，手里拿着一把明晃晃的铁钩子，冲着魏奇左手一晃，右手叭地就是一个嘴巴。魏奇才要张嘴骂，那支钩子就到了，才往里一探，魏奇一摇头，钩子就歪了，拿钩子的冲后边一努嘴，后边搬脖子那个，就把魏奇的小辫给揪住了。揪住了小辫儿，往后一拽，魏奇可就动不了了。拿钩子的又走了过来，用左手大中二指一掐魏奇的腮帮子，魏奇觉乎嘴一酸，可就不能不张开嘴了，魏奇一张嘴，钩子就到了，再打算往左右躲，算是办不到，只好是等着往外钩舌头吧。静姑一看，那可太惨了，赶紧把眼睛一闭，不忍再看，就听一声惨叫，扑咚一声，吓得静姑心里不由怦怦乱蹦。

要知后事如何，且看下回分解。

第八回

庄静姑夜走枫林渡
鲁平子劈径虎豹岭

静姑心里明白，身子不能动弹，眼看魏奇要受重伤，心里这份着急，那简直不用说了。

魏奇自从被人家逮住，准知凶多吉少，心里就横了，破口大骂，原意是打算把贼骂急了，痛痛快快给自己一刀，也就完了，没想到骂是骂急了，人家不用刀，要用钩子把自己舌头钩住给摘下来，这一来可把魏奇吓坏了。真要是让人家把舌头弄下来，死了倒没什么，倘若不死，那岂不是大糟特糟。身子躺在地下是动不了，眼看钩子就算到了，嘴也闭不上了，汗也下来了。

正在万分着急，猛见拿钩子那个人，忽然一声惨叫，"哎呀!"手里钩子往后一扔，扑咚一声，竟自摔倒。魏奇还以为是静姑发了暗器，救了自己，不由拿眼往那边一看，静姑比自己躺得还老实，绝不是静姑干的。

正在诧异之际，只见那个老僧狂吼一声："什么人大胆，竟敢当着我的面儿，伤了我的徒弟! 快快出来，和我见个高下!"

这才明白果然是别人给了他们一下子，虽不知来者是谁，反正是帮自己这头儿的，那是一点错儿也没有了，心里当时就高兴起来。

凶僧连问了两句，却不见有人回答，凶僧冷笑一声道："既是没有胆子，就不该到这里讨野火吃，如今你把我徒弟既已伤了，少不得我就要拿这两个人出气了！"

说着往前一抢身，就奔了静姑，叉开两只大手，就奔了静姑的脖子。魏奇心里这份儿着急，眼看着救不了。静姑这时候也明白和尚那头儿又来了仇家，虽说没有露面儿，能耐本事也绝小不了，既敢和和尚对手，就是高人，自己和魏奇这两条命，大概可以保住了。及至和尚一骂，对面人不出来，静姑心里有点照影子，知道不好，再看和尚一怒奔了自己，双手一叉，径奔脖子而来，这时候静姑动转挪移完全不能，眼看双手叉到，只有瞪眼看他打算怎么样。

就在那和尚手才一到，后面有人高喊："大慧禅师不可，那是自家人！"

和尚回头一看，原来是个老尼，笑容满面站在自己面前。和尚本人能耐既大，经验自多，一看老尼姑年龄已这么大，居然能够来到这个地方，不用说就是高人，便赶紧舍了静姑，转回头来双手合十道："师兄请了。不知师兄怎么称呼？为什么来到此地？"

尼姑微微一笑道："禅师若问，出家人是云山慈静，只因顽徒有事经过贵山，恐他们不知轻重，有所触犯，特意赶到这里，谁知还是来迟一步，小徒还是得罪了禅师。我想她还在年幼无知，可否求禅师看在出家人面上，饶过他们以往，再叫她给禅师认罪赔不是如何？"

大慧一听，原来来的是大大有名人物，这位老尼姑，不用说是出家人，就连一般吃江湖饭的，也没有不认识她的，真可以说是鼎鼎有名，而且知道这个人的脾气，只是服软不服硬，武学一道，内外精功，而且还会五雷正法。自己创设魔道，最怕的就是这路人，从前自己同道有个米八姑，据说就是被她所制，今天无心中相逢，这件事倒真不好办，不听她的势必动手，虽然没有和她交过手，准知道这个手儿不软，如果要是赢不了她，这个地方，从此就不能混了。如果现在一答应她，她底下必定还有事，到了那个时候，她一说出来，跟这个一样，不答应不好，答应不好，趁早儿想法子来个两头儿撒谎，能瞒过去更好，瞒不过去，也就没了法子了。想到这里，便噢了一声道："我当是谁，原来是慈静大师，闻名已久，今日可称幸会。令徒来到本山，没有特别照顾已是不安，大小又都叫他们受了一点伤，益发觉得对不过，现在既是大师来了，什么话都好办。她伤了我们的人，也算白伤，您就是带着他们一走，什么事全算完，您瞧好不好？"

慈静道："阿弥陀佛，谢谢慈悲，无论如何，我也把他们带走，等到过些天，我一定叫他们登山拜谢，现在可不说客气话了，您的事忙，我也带着他们就走。"

大慧手又一合十道："得，就求大师替我们化解化解吧。"说完把手向那些人一招，抬了两个受伤徒弟，到后边治伤。

这里静姑跟魏奇也看明白了，便都异口同音道："师父救我们出去吧。"

慈静却假作嗔怒道："你们这两个孩子，我是怎么嘱咐你们的，叫你们不要随意乱去，走出乱子来，我顾不了你们，你们不听，还是跑出来了，这幸亏是遇见这里当家的人慈悲，好说话，要是换一个人，还有你们的活命吗？真是可恶！"说完过去用手在静姑肩上魏奇腰上各拍了一掌，当时两个人腿脚复原，一挺腰便全站了起来。慈静也向大慧一合十道："师兄搅扰了，改日再谢吧！"说完一手拉了一个，头也不回，一口气便跑下山去。

静姑道："师父，要不是你老人家来，我和魏大哥这条命就完了，想不到这个和尚会这么厉害……"

慈静使劲一拉静姑道："别说话了，快走吧！"又过了两个山头，已然不是云岭的地段，慈静才把手一松，长长出了一口气道："好险哪！你们走了之后，我心里就觉不安，总觉得你们要出什么毛病，没有法子，才追赶前来，要是晚来一步，你们一定要受重伤。这个和尚，虽是旁门，论能耐不在我下，不过他究竟是邪法，总有些怕我毁他，所以才留了这么一点面子，那也就够悬的了。"

静姑道："要照这样一说，魏大哥这件事就不用办了。"

慈静道："这倒也不一定，关于魏奇的事，我因为我的功课未完，他又心急，便把你们打发下来了，我给你三封信，你大概是没有看，如果看了，也就不会贸然上山了。这山上不但有和尚邪术可怕，就是这山上那些毒虫怪兽，也就不是你们两个所能除掉的。今天不忙，等我再告诉你们法子，总可以把事情办完，不过要是一定想把大慧除去，恐怕现在还不是时候，你们两个也绝对不是他的对手。"

静姑这才想起，果然下山时候，师父给了自己三封信，自己只看了一封，便一径奔这山上来了，便赶紧掏出要看时，慈静却又拦道："现在已成过去，也不必再看了，我告诉你就成了。我第二封信上叫你们到云南大理县枯竹岗去请一个朋友出来帮忙，他要肯时，虽不能把大慧置于死地，也是他一个对头克星，有他到临，总可以好办得多。不过我昨天听见人说，他本人现在也闲着不安，你们去了，他也未必能够出来帮你们，那就不必再说了。现在我再告诉你们一家我的好朋友，此人住在江浙交界的地方，一个水湾子里头，地名儿叫作枫林渡，他姓方，单名一个闻字，江湖上都称他方一爷，从前和我有特别渊源，现在却是已经多年不见了。他不但功夫好，什么都懂，你们到了那里打听出他来，登门去求他，可不要露出我一个字来，只说是听他为人，最喜济困扶危，有侠肝义胆，请他出来帮忙，并且再说出是找大慧。这个人性情大怪，虽是那大年纪，却还是小孩子脾气，吃捧吃掬，你们到了那里，先用苦苦哀求，他要不肯答应，你们无妨用话激，他和我有交情，无论如何得罪了他，有我一句话总可以化解，你们只顾大胆前去，他一定能够出来。还有一件事要告诉你们，就是他的为人，虽说年纪不小，却最好闹着玩儿，无论他怎样和你们闹，你们可不要脸急，只要一味服软，他一定可以帮忙。就是这样，你们快去快去，到了时候，我要有工夫，也许会到那里去凑个热闹，可是不许你们事先说出，一切谨慎，快快去吧！"说完把手一挥，长袖一抖，眨眼之间，便没了影子。

魏奇伸了伸舌头道："好悬好悬，差一点把这个玩意儿混没了。"

静姑方要回言，忽然哎呀一声道："魏大哥，坏了。"

魏奇道："什么事情坏了？"

静姑道："咱们只顾方才这一喜欢，枫林渡究竟在什么地方还是没听明白，我不用说是什么浙江，就是一切地方我都不认识，要是任着意乱走，那得什么年月可以找到枫林渡？我就忘了问了。"

魏奇道："我当着什么大事呢，原来就为的是这个，那不要紧，您放心吧，我认得。"

静姑道："那成了，咱们走吧！"

于是魏奇在先，静姑在后，手里全都亮着家伙，就走下去了。幸喜这一路之上，居然没有遇见那些奇禽异兽，也没有多管闲事。

这一天，来到了浙江地界，魏奇向静姑道："静姑娘，你看我虽然知道这里的浙江地界，可是枫林渡究竟在什么地方，我还是不知道，咱们可得打听打听。"

静姑道："那咱们就打听打听吧！"两个人说着跟人家一打听，还真不错，枫林渡离这里却是没有多远，差着也不过还有个二三十里地。

魏奇道："这就行了。"

静姑道："行是行了，可是现在天气已然不早，就是赶着走，到了那里，天也黑了，今天大概也不容易再见着方一爷。"

魏奇道："只要到了，就好办，早见一天晚见一天倒是没有什么，咱们赶紧走，到了那里，大概还黑不了天，那不是更好了吗？"

说罢二人各自施展脚下功夫，往前紧走，一则道儿生，二则是小道，不好走，虽说二三十里地，走起来跟百十多里也差不多，等跟人家一打听，脚下已是枫林渡，天就黑了多时了。没到枫林渡之先，以为枫林渡一定是个大地方，准得特别热闹，及至来到了一看，荒凉极了，原来是一道长河卡口，顺着堤岸，全是枫树，隔个二三十步，就有一棵。枫树倒是不少，住家的人可不多，就着灯光看去，离着足有小半里路，才能有人家，再远了什么样儿，可就看不见了。

静姑道："这才不好办呢，打算找个人问问都没有地方，这位方一爷究竟在什么地方，咱们也可以去找一找，去问一问。"

魏奇道："静姑娘您不用着急，师太不是已经说过，方一爷在这当地很是有名，既是如此，当然是一问便知，何必着急！"

静姑道："魏大哥，我有一句话，不知魏大哥以为怎么样？"

魏奇道："静姑娘，有什么话，您只管说吧。"

静姑道："我想这位方一爷，要据我师父一说，他的能耐可太奇，只是我却一次也没见过，我现在想着咱们先不去当面拜他，却暗中探他一趟，瞧瞧他倒是有多大的能耐，为什么我师父把他说得跟神仙一样。"

静姑话没说完，魏奇连连摇头道："静姑娘那可办不得，师太临分手时候，还向咱们说来着，叫咱们无论如何，可也别得罪方一爷，又说方一爷那个人爱闹着玩儿，人家不惹咱还要惹人家，怎么现在姑娘倒想起来要去撩拨他呢？这件事据我瞧可是办不得。"

静姑一笑道："魏大哥您的胆子也未免太小了，师父她老人家向例谨慎，当然是那样说，可是事情未必便是那样。那方一爷既是师父的好朋友，咱们就是跟他闹着玩儿，他也不一定能急，况且咱们只是打算暗探他一下儿，还不定跟他闹着玩儿不闹着玩儿呢，您干吗那么害怕？走，您跟我去一趟，闹出事来，全有我一个挡着，您瞧好不好？"

魏奇一腔子全是心事，恨不得当时就把方闻请到，想着把自己一家人都救了出来，才是心思，偏偏遇见静姑小孩儿脾气，一定要暗访方闻，既知方闻既是江湖上有名人物，又有慈静师太交付了一片话，绝不是好惹的，如果一个闹出岔儿来，就更不好办了，心里虽说着急，可是又不敢招她不愿意，怕是把她得罪了，事情全糟，左思右想，不得主意，实在没了法子，只好是先答应静姑吧。遂笑了一笑道："静姑娘话是一点也不错，咱们就去一趟。不过有一节儿，既是暗探，就没有拍门去问的道理，现在咱们就是拍门去问，恐怕都不容易办到，何况是暗探。静姑娘您有什么法子，能够知道方一爷在什么地方吗？"

静姑道："我不知道，不过我看这里，一共也没多少人家，咱们只要去个两三家，大概也就可以问出一点头绪来了。这么办，您跟我单走，您进这个口子往东，我进这个口子往西，谁要探出来，可别一个人下去，赶紧照原道往回走，见面之后，约会好了，再一同前去，您瞧好不好？"

魏奇道："好吧，咱们可各自留神，据我看这位方一爷可不是好惹的。"

静姑点头，当时二人分手，一个往东，一个往西就下来了。天已大黑，又没有月亮，旷野荒郊，连个灯火儿全都瞧不见。单说魏奇，过了口子，心里就盘算，这件事情，总是不妥，后来一想，有个办法，自己赶紧跑上一趟，再往西跑，找着静姑就说探不出来，只有挨门叩问一法，那时她也许就没了法子。想到这里，脚底下一加劲，当时一阵急跑，没有多大一会儿工夫，就快到了村子口外，方待趑趄，却听有一阵嗖嗖声音。魏奇既是练家子，他可就知道，是有道儿上的朋友下来了，赶紧往道边一闪。先还以为也许是静姑找不着方向，又来找自己，及至一听脚步声儿一近，不是一个人，还是两个人，就知道事情不对了，赶紧往树林子里一纵身，就逃进林子里面。

拿耳朵往外一听，却听这二位还真说上了："嘿！老二，你慢一点儿，反正咱们已然到了，稍微休息休息再去找那老小子不晚。"

又一个道："三哥，您别没紧没慢，今天可是个机会，真要是那个老小子在家，咱们还真得不了手，现在就因为他不在家，咱们给个攻其不备，把他一家老小，宰上几个，出出咱们心里怨气，也就完了。"

前一个道："老二，你猜怎么着，虽说这个主意不错，可是真有点儿悬哪，别的不说，就凭人家姓方的，不用说是咱们两个，就是比咱们高个三五个码儿的朋友，来上十个八个，也未必能把人家姓方的怎么样。现在虽说趁着他不在家，给他个措手不及，可是准要让他知道是咱们两个干的，咱们就是跑到天涯地角儿，他也能把咱们逮住，那咱们苦子可就大了。"

后一个道："三哥，咋就爱说这泄气的话，咱们明知道姓方的不在家才来的，咱们动手时候，又不用提名道姓，他们怎么就会知道是咱们干的呢？你放心吧，没错儿。"

两个人这么一说话，可把树林子里偷听的魏奇给吓坏了，不用说，这个姓方的，八成儿是方闻了，不知怎么会得罪了这么一路人，听他们口气，是明知方闻不在家才来寻仇的。这件事倒真是难办，出手挡住，自己能耐有限，别看这两个人怕方闻，可不见得怕自己，再者说自己孤掌难鸣，静姑又不知道跑到什么地方去了，要就凭着自己一个人的力量，无论如何，也绝不是他人对手，这可怎么办？

心里正在着急，一听外头那两个人又说上了："走，事不宜迟，早完事，早回去，省得提心吊胆。"两个人说着，一阵沙沙的声儿，就走下去了。

魏奇一想不好，无论如何，自己豁出死去，也得跟他们一拼，一轧手里家伙，便也追下去了。敢情这两个人认得方闻的住家，噌噌噌，连蹿带跑，一会儿工夫就到了，原来是一所小房子，大约有个十几间小瓦房。这两个人一拍巴掌，喊声："入窑儿！"一前一后，全都纵身上去，魏奇也跟着纵了上去。一看里头还真有人没睡，点着挺亮的灯。这两个人略一巡视，各自撤出家伙，一个是折铁刀，一个是握铁铜，噌，噌，全都跳到当院，一声喝喊："姓方的，方闻，方老儿，你快快出来，你家两位大太爷要报从前掌击吐血之仇！你要贪生怕死不出来，你可别说我们今天要火烧你这老窝，我叫你子孙尽绝！"说着话各自亮兵刃就蹦下去了。魏奇手扶家伙，心里虽然着急，可仍是不敢露出声色，扒在房上静看两人动止。

这时候屋里连个动静都没有，也没人搭话，也没人出来，这两个可就绷不住了，把手里家伙一磕，又是一声喊道："怎么你不出来就算完了吗？除去你今天真是死了，别的算是白说。你不出来，我们可就要进屋里去了，别说我们对不过，我们可是要斩尽杀绝。"说着两个人一努嘴，握铁铜一挑帘子，就进去了一个。

魏奇一想，是福不是祸，没有男子汉大丈夫，什么事全怕的，如今既是赶上，就是死也得拼下子，碰巧也许不死，不然的时候，要是叫人家姓方的看出这番意思，不用说帮自己的忙，就是交自己这个朋友，人家也许不交了。心里想到这里，胆子往上一壮，抖丹田一声喊道："无知小贼，怎敢黑夜之间，前来搅扰方一爷，知道事的，趁早儿快走，是你的便宜，如若不然，可难免眼前吃亏！"说完了一长身，提身一纵跳到院里，顺手里短刀向对面观看。

这句话还真说凶了，进屋子那位，一听这个话茬儿，赶紧又退了出来，两个人一并排，抖手里家伙一指道："什么人？"

魏奇道："这就怪了，我还没有请教二位怎么称呼，二位怎么倒问起我来了。我还是先请问二位尊姓大名，为什么来到此地？我可不是拦二位高兴，方一爷他可不是出了远门，不过是到附近去看一家亲戚，大约少时即回，你们别以为方一爷不在家，你们可以为所欲为。据我看你们二位，可是方一爷手下败将，准要是方一爷一露面儿，你们二位绝计讨不出便宜来，莫若趁早儿快去，省得弄得面子上不好看。我这可是良言相劝，二位可别糊涂，以为是谁怕了二位，因为方一爷临去时候，托付过我，告诉方一爷仇人太多，恐怕有人知道方一爷出去的信儿，找到家里来寻仇。其实方一爷家里大大小小，没有一个不是上好的功夫，原用不着我来，不过方一爷为人宽厚，他不愿意多得罪朋友，叫我在这里不过替他拦拦来客的意思。我还以为方一爷是说着玩儿，谁知道今天方一爷还真是猜着了。二位来了，其实与我毫无相干，不过我既受朋友之托，就得尽力朋友之事，现在什么话也不用说，二位就是赶快一走，比什么可都便宜，如果二位一定以为真有能耐，非要斗斗方一爷不可，方一爷既是不在家，我就是方一爷，二位只管亮家伙过来动手，能够把我赢了，两位进这个屋门，不然的话可要对不过了！"说着话一亮折铁短把刀，瞪眼看着两个贼人。

两个人一听就是一怔，这个人简直成了活神仙了，怎么两个人肚子里说的话，全都让他给说破了，这可真是怪事。心里虽是这么想着，可不能就走，干什么来的？让人家两句话一说，当时又跑回去了，那以后还跟人家说什么。可是真要不走，就许栽个跟头，事到临头，可就顾不了那么周全了，把手里家伙一磕道："呸！那你叫废话，两位大太爷既敢来到这里，就不怕什么姓方的姓圆的，他在家我们杀他报仇，他不在家，我们杀他家里人报仇，现在你既说出你是被他约出来的，对不过，我们就要跟你先拼一下子了，名儿姓儿不必告诉你，你到阎罗殿自会查得出来。别走，吃家伙！"呼的一声，铜带着风就下来了，直砸魏奇两太阳穴，魏奇一坐腰，铜从头上过去，才往起一晃身，要拿刀往回还一招，没等到自己刀去，使折铁刀的刀就先到了，刀扎左肋，魏奇倒身一转，躲过这一刀，跟着一长身，才要还招，铜又到了，双铜砸肩骨。魏奇赶紧斜身一纵，躲过双铜，刀又到了，这一阵就让魏奇忙坏了。要是单打独斗，魏奇不见得输给这两个，现在就吃了二斗一的亏了，只有招架之功，并无有还手之力，工夫一大，魏奇汗也下来了，鼻翅儿也喘上了，这份儿不得劲就不用提了。心里还真是着急，静姑也不知跑到什么地方去了，怎么直到如今，还没有赶来，可别再出了岔子，那可就全都完了。心里着急一散神，手里更乱了。使铜的向使刀的道："不管怎样，先把这个交给你，我到里头走一走。"说着话一撒铜，就奔了屋门。魏奇眼看着，就是拦不住，一咬牙就跟使刀的拼命了。

单说使铜的，一看魏奇能耐不怎么样，方闻也没有回来，心里就高兴了，准知道今天事情是行了，刚一挑帘子，就进了屋里，屋里始终也没有吹灯，依然是明灯火烛，举室通明。使铜的心里就不对劲，不是别的，就冲方才在院里这么一阵哭喊，无论如何，本家的人断没有个听不见，怎么连灯都不灭？这可是怪事。心里一犹疑，脚步就慢了。方在一怔，猛觉脖子上仿佛有人吹了一口凉气，是真特别凉，不由吓了一跳，撒回身急忙回头看，连个人影儿都没有，知道不好，打算往外跑，才要抬头，腰上有人又掐了一把，更害了怕了，不管看得见看不见，把手里双铜，一左一右，两边一阵乱搅，人跟着就要往外拔步，这回倒是没人拦住了。才往外一迈步，就觉乎有人把自己辫子揪住了，这个主儿也真横，立手里铜，照着自己辫根儿上，哧地就是一下儿，这下子劲头儿大概大了一点儿，人都坠得往前一栽，辫子后头依然没有撒手。这一来可真急了，提身一踹腿，打算跑，往前一蹦。他可就忘了后头小辫子在人家手里呢，往前一蹦不要紧，连头发根儿都像要断一样，疼得连眼泪都出来了，这才知道不好。做贼的可没有喊的，唯独这小子今天他会喊了："合字，风儿紧，入窑，抖扣，扯活！"这是他们一种行话，合字是朋友，入窑是进屋里来，抖扣儿是解绳儿，扯活是跑。

他这么一喊，院子里使刀的这位也怔了，准知道事情要糟。他和魏奇打个平手，可是魏奇吃了方才二斗一的亏，到了现在，虽说一个打一个，也占不上上风，如今屋里一号，魏奇精神可就壮起来了，心说这可是活该露脸，什么话也不用说，他们打算跑，那可不能够，把他们拿住，就算进见一件礼物，这倒不错。心里一高兴手里刀下去就更狠了。使刀的这位，心慌意乱，手底下也没了准儿了，猛然一想，进屋子那位朋友，连声都听不见了，大概凶多吉少，干脆，自己趁早儿走，走晚了也一样儿吉少凶多，这可不是闹着玩儿的。想到这里，虚晃一招，手里刀一扎魏奇哽嗓咽喉，魏奇往旁边一撒身，这小子提身一纵，就上了房了，双手一抱道："对不起，改日再见吧！请！"说完请字，才一转身，就要往下逃了，没防备脚底下有人把脚脖子掐住，哎呀一声，用足全身力量往起一踢，不但没有踢开，脚腕子一紧，彻骨生疼，怕挨疼也不行了，咬牙往下一倒，人就掉在院里头去了。

魏奇原想追使刀的，又一想屋里还有一个使铜的，自己追了使刀的，倘若使铜的在屋里闹出事来了，自己算管的什么闲事，跑的让他跑，总是他命不该绝，没跑的无论如何，也不能叫他跑了。正在一怔，扑咚一声，一看房上的又掉下来了，心里可就高兴大了，过去一抢步，一脚踏倒脊背，解贼的绳儿，就把贼给捆了，捆上之后，一想不用说，一定是静姑也来了，故意地不见面儿，却在背后捣鬼，便急喊一声道："静姑娘，您别闹着玩儿了，这屋里还有一个哪，您帮一帮忙把那个也逮住，可就平安无事了！"喊完了一听，一点声儿没有，一个人影儿不见。

正在着急，只听屋里有人说话："真是睡觉睡得死，家里闹得马仰人翻，真会连一个醒的人都没有，这幸亏是有番子手跟下来，不是那样，咱们这一家，不全完了吗？真是岂有啊岂有，上差老爷，您屋里清吧！"

魏奇一听，这可真够乱的，怎么屋里会说上话了？谁是办案的老爷？谁又是番子手？怎么会这么热闹？心里想着十分可怪。正在发怔之际，帘子一响，屋子里有人笑着就出来了："哟！办案的老爷，您怎么这么客气呀？您既是来到我们这里，您就往里请吧。"魏奇一看，出来的原是一个少妇，年纪不过三十来岁，浓妆艳抹，也不像睡觉的样儿，笑容满面地道："走吧，走吧，既来到这里，就不是外人，您方才又提到一爷，那更不是生朋友了，请吧请吧。"

魏奇一听，没错儿，是拿自己当了办案的了。忽然心里一动，这事可没有这么轻省，两个贼直到如今，才逮着了一个，屋里那个，现在藏在什么地方，自己完全不知，如果这一进去，难免受了他的智算，别再上了人家当。心里这么一想，脚底下当时就变了。少妇一见，大概也瞧出一点意思，不由又扑哧一笑道："哟！您这个人怎么这么慢性儿？这又不是上刀山下油锅的行当儿，您怕什么？您就

261

快往里请吧，啧，啧，还是练把式的呢，真给练把式的泄气儿。"

魏奇一听，当时心火往上一撞，微微一声冷笑道："您倒不必多说便宜话，只因我来到这里，原不是什么办案的，也不是有心来救一爷，只是一时巧遇，所以您那里再三说什么官面儿的话，我始终不敢有答应。二则我还有一个同伴，直到如今没有见着，我正在这里等她。你这里既不是龙潭虎穴，我又有什么可怕的？别着急，我来打搅来了！"说着掀帘子过去。

少妇一挑帘子，魏奇便进了屋里，屋里灯光全都亮着，这一看就大大吓了一跳，原来那个使铜的，也不知在什么时候，早被人家四马倒拴蹄一般，捆了个结结实实扔在就地。魏奇就知道这位少妇也不是寻常人了，便赶紧一揖道："请问您怎么称呼，方一爷是您什么人？"

少妇咯地一笑道："什么称呼？我就是方一爷宅的大姑奶奶方淑，方一爷就是我的父亲，您多照应点吧。"

魏奇一听，这才明白，原来这位就是方闻的大姑奶奶，真是强将手下无弱兵，不用说一定那个贼也是她拿的了，可是什么人把房上那个贼弄下来的呢？这位既是方闻的家人，不必客气，干脆有什么话说什么话，方闻能够出去固然是好，不能请出去，把方淑请出去，帮一下子忙，也许能够把事办了。心里想着不错，便向方淑一笑道："噢！原来您就是方大姐，这可不是外人，我有什么话，就可要说什么了。"

方淑道："您说吧。"

魏奇才把自己这次来意，照着慈静所说，从头至尾说了一遍。

方淑听了，微微一摇头道："噢！您原来为的这个事，才到我们这里来的，这可太不凑巧了，我们老爷子从前些日子就出去了，也没说到什么地方去，也没说什么时候回来，既没有地方找，也不准知道什么时候回来。您的事情既是很急，我也不敢做主替我们老爷子答应日子。要据我说，您还是趁早儿去找别人去好，不然把事情耽搁了，反倒对不住您。"

魏奇一听，准知道这不是实话，可是也知道方闻确是没在家，现在要是一个盯紧了，反倒弄得不是意思，不如暂时出去，等找着静姑，再跟她商量个什么法子，下一次再来，也不算晚。想着便笑了一笑道："您说得是，我这次来得真是不凑巧了，既是老爷子不知什么时候回来，我也不在这里久等了，姑娘还有什么话没有？没有的话，我可就要告辞了。"

方淑道："您这也未免太脸急了一点儿。我们老爷子不在家，还有我呢，无论如何，也不能让您深更半夜再找地方睡觉去。来，来，来，我给您找地方，您先歇一宵，有什么话，第二天再说，您瞧好不好？"

魏奇道："您这话是不错，不过有一节儿，我们来的不是我一个，我还有一个伙伴儿，现在不知道到什么地方去了，我还要出去找她一趟，明天好一同走。"

方淑哟了一声道："怎么您还同着人呢？您怎么也不说一声儿？我们这个地方荒僻得厉害，要是走丢了可就麻烦了。现在您可以在这里等一等，我去给您找一趟去。"

魏奇道："那可不敢劳动。"

方淑道："那也没有什么，您就在这屋里坐一坐好了，可别满处乱走，因为这院子里有几只恶狗，要是下嘴咬了您，可就更不好办了。"说着一推帘子，便走出去了。

魏奇坐在屋里，看着地下搁着那个贼，心想现在也没事，何妨拿他开心，岂不甚好，便弯着腰低着头道："喂，朋友，你姓什么叫什么？你为什么来到这个地方？你有胆子说话没有？"那人听了就跟没听见一样，一声儿也不言语。魏奇又问了两声，依然听不见一点声息，不由往上撞气，过去用脚踢了一脚道："嘿！我说你哪！你怎么不言语呀？"那个贼依然躺在那里一声儿也不言语，连眼都不转一转。魏奇不由哎呀一声道："我错了，看这个样儿，这个人浑身并没

263

有什么，他怎么不打算跑，八成儿是让方淑给点了哑穴了，所以连一句话都没有，这个我也就不用问了。"闷坐了一会儿，忽然又一想起，方才临来时候，慈静曾和自己说过，方闻这个人最爱闹着玩儿，也许他是在家，故意说是没有在家，逗的是自己，这个倒不可以叫她瞒过。别听方淑说外头出去不得，其实任什么也没有，即使有几条狗，又能闹到什么地步？干脆出去瞧瞧，也许能够找出一点棱缝儿来，亦未可知。想到这里，也不顾屋里那个贼，一转身出了屋门。

来到院里一听，一点声儿都没有，四下一看，后院隐隐还有灯光，便一伏身顺着墙根，走到后院。一看北屋三间，东西两间漆黑，就是正中的那间有亮儿，便蹑足潜踪，来到了窗根底下，从门缝儿往屋里看时，只见正中间搁着一张方桌，方桌两旁坐着三个小孩儿，两个男孩儿，一个女孩儿，交头接耳，不知说些什么。一看这个神气，屋里绝没有方闻，正待趄转身时，只觉脖子上仿佛有个什么虫儿，恶实实叮了一口，非常疼痛，差点儿没喊出声儿来，用手一摸，任什么也没有，自己暗道一声晦气，不由意兴索然，究竟到什么地方去，也想不出来了。低头一想，静姑现在不知在什么地方，不如自己赶紧走出去，到方近左右去找一找，如果能够把她找着，一个人是死的，两个人是活的，法子也就可以想出来了。脚下一加紧，走出后院。才到前院，就觉方才自己望的那间屋里，有人说话，心说这可是怪事，方才明明一个人没有，有一个贼话也说不出来，即使说得出来，自己一个人跟什么人说话？这倒不可不留神，人家姓方的，为了自己的事，出去找静姑，倘若这个时候，又有贼人羽党，来到这里，不但把人救走，再要闹出点事来，可是对人家姓方的不起。踢起一纵，就到了台阶上头，顺着帘子缝儿往屋里一看，依然地下扔着一个人，余外再没有人了。魏奇心里可就害了怕了，这是什么缘故？明明听见有人，怎么自己到了临近，人又没了？这可是怪事。方在沉思，就在自己左腿洼子上，哧地就是一下儿，仿佛是被什么叮住一样。魏奇准知道是狗，因为方才方淑说过，这院里狗太多。这条狗也真厉害，一声儿不言语，就把自己腿叼住了，心里一害怕，使劲往后一蹬，意思是把狗踢开。腿才往后一蹬，那条狗更是乖觉，不但没有甩开，右腿洼子上又是一下子，可也不觉乎太疼。魏奇更慌了，斜身往后一看，只见满院子黑摸咕咚，任什么也没有，更害怕了，提身一纵，打算上房，还真不错，狗真没有下口，身子就起来了，两条腿还没有够着房檐，脖子上便跟一根红桶条般的东西正正杵在脖颈子上，一烫一痛一吸气，整个儿就掉下来了。顾不得摔得疼不疼，也不敢往四下里看了，撒腿往外就跑。刚到大门，用手要把门闩，脖子上哧的一下子又烫上了，就这么一来不要紧，当时把个魏奇，简直就吓傻了。烫得还是真疼，也不敢瞧，也不敢问，伸手往门上一摸，根本就没上闩，赶紧把门一拉，开门就跑。这一口气跑出去足有半里多地，听听后头没有什么，这才止住脚步，长长出了一口气，不由得一阵发怔。暗叫自己魏奇，今天真是遇见邪事了，到底是怎么档子事情，始终还没有明白，请人没请着，把自己同来的人也丢了一个，这家子究竟是不是姓方，也不敢说一声。这家子也真特别，除去女的就是小孩儿，始终连个大人都没见着，为了自己家里的事，当然没有什么可抱怨的，不过事情一件没办，闹得糊里糊涂，这算怎么回事？再回去，干脆没有那个胆子，不回去，事情办不了。再者说，自己家里的事，非常紧急，也不是可以多耽搁的，如今求人求不着，自己又没有本事，看来是到绝地，不如干脆一死，倒是好办法，反正自己问心总可以对得住家里人了。这一想左道儿，当时就觉得自己除去一死，再无办法。眼里含着眼泪，一咬牙，就把自己的鸾带解下来了，抬头一看，前头仿佛有一棵小树儿，提着带子来到树前，把带子往上一扔系好了扣儿，心里一阵好惨，想不到自己二十多岁的人，会死到此处。长叹一声，提身一拧腰，就把扣儿揪住了，两手往起一耍劲，带子纹丝儿没动，脑袋就钻进去了。要撒手还没等往外撒，咔哧一声，扑咚一声，带子折成两截儿，人就掉在地下了。地下尽是小石头子儿，摔得还是真疼，心里更难受了，他也不看看那带子是怎么折的，一跺脚道："上吊不成，我不上吊，我往树上撞，树还能折了吗？"往后倒退了两三步，一挺腰，一冲脑袋，直挺挺便往树上撞去。身子才往前一挺，眼看离着树不到一尺远了，猛觉腰上有东西一点，浑身劲就散了，一溜歪斜，便往横里去了，扑哧一声，又摔了一下儿。魏奇心想，这可真是遇见邪的了，怎么上吊不成，撞头不成，难道我还不该死？可是我一身急事，全不能办，我不死活着又有什么意思。好！既是老天爷还不让我死，也许家里人还有救，不如等一等，等到天亮，我可以再回去看一看，如果能够有了救星，那才是不该死呢。心里这么一想，当时也就不起来了，就势往地下一躺，眼看满天星斗，不由又是一阵难过。人家慈静大师，把静姑派下山来，所为的是帮着自己办事请人，再也没有想到，到了这里，会有这些怪事，别的不说，倘若静姑真要有个好歹，这事情可怎么好，就算自己回去了，又拿什么脸去见慈静大师？等到天亮，豁出一死，也要去找姓方的，无论如何，第一先要请她帮忙把静姑找到，再请她帮忙去找仇人，如果她要一定不答应，就是死也死在她的家里，总算对得起慈静大师跟自己的父兄。

正在怔着胡思乱想，猛听前边有脚步声儿，侧耳一听，正是奔自己这边来的，便把身子歪着坐起。这时候脚步声儿益发近了，只听嘴里叨叨念念地道："我姓庄的向例也没信过什么叫神，什么叫鬼，今天这事可未免太邪了，我受了这么一套儿，将来要是一出去，我活着也没有意思，不如干脆一死，倒是干净。师父，你老人家教我一场，我也没能够给你老人家挣下一点脸，这辈子报答不了您，只有那辈子了。"说着话就也奔那棵树来了。

魏奇一听，正是静姑的口音，不由大喜，可是听着静姑叨念，也不知为了什么事，难道也跟自己犯了一样病？那可别价，我得把她拦住，只要有了她，事情可就好办立成了。一看静姑也奔了那棵树去，正要喊她使不得，就见静姑身后一道白光，直奔静姑腰际。这回魏奇可看清楚了，在离静姑不远，有个穿白的人，虽然看不清脸貌，可准看出是个人来了。心说，八成儿刚才也是你，那可不成，人家静姑娘是个姑娘，不能跟我比，要是叫你戳了一手指头儿，我也对不起人家。心里一着急，嘴里就喊出来了："什么人暗地算计人？静姑娘别着急，魏奇在这里。"

果然那人正是静姑，一听魏奇喊，当时便收住脚步，急喊一声道："什么人？"

魏奇道："我，魏奇。静姑娘您到什么地方去了，倒害我好找！"

静姑叹了一口气道："嗐，别提了！咱们自从分手之后，我就往那边去了。走了半天，才找出一座小户人家，到了里头一看，是个种庄稼的，绝不是方一爷的家，我便打算回来找你。就在这儿往回一走，笑话可闹大了，我向例不懂什么叫鬼，什么叫神，今天可全让我遇见了。我往东，东边有东西挡着我，我往西西边有东西挡着我，不但挡着我，他还把我扔了两个跟斗。魏大哥，我可也不是说大话，我真没有受过这个，事情给人家帮不了忙，反给师父丢了不少的人，因此我才一时心窄，我想找个地方，把我自己放倒了完事，省得活着丢人。没有想到又会遇见魏大哥你，魏大哥你可曾见着方一爷？他可曾答应给你帮忙？"

魏奇唉了一声道："静姑娘，咱们全受了一样的病了。"遂把自己如何到方家，如何看见两个人去行刺，如何自己动手没逮着一个，后来怎么遇见有人和自己开玩笑，怎么样烫自己，怎么样咬自己，全都细说了一遍。

静姑不住点头道："咱们所受的全是一样了，只不知道这个人究竟是人不是人。"

魏奇道："据我看，人是没错儿的，至于他是个什么人，我可实在想不出来。"

静姑道："不管他是什么人，大致是跟咱们有点仇，不然他不能够这么毁咱们。"

静姑道："这就不说了，您就说您有什么法子能够见着姓方的不能够？"

魏奇道："夜里去既是吃了亏，爽得咱们等到天亮了，再去找他也不晚。青天白日，见了他看他说什么。"

静姑道："据我看这件事确是我老师做错了，姓方的既是不肯帮助，也就完了，咱们何必还跟着往下走呢。再者我说一句不好听的话，那姓方的也不够个汉子，他也没有多大能耐，他也不过是虚有其表，就是把他请出来，他也未必能够办什么事，贪生怕死，那还能做出什么事来？就以现在说，他也未必能够敢出去。"

静姑跟魏奇两个，你一句我一句，说个没结没完。正在这么个时候，就听身后有人哈哈一笑道："好孩子，果然是强将手下无弱兵，二位打算走趟刀山，我也陪着。"

静姑、魏奇出其不意，全都吓了一跳，急忙回头看时，这时候已然天光大亮，看得很清，只见一个老头儿，笑容满面，手里拿着一根长烟袋，摇头晃脑地走了过来。这两个受了一夜惊恐，一看老头儿，并不知是怎么一个人物，便全都往后一退道："什么人？"

老头儿微微一笑道："你们要找什么人？怎么倒问起我来了？"

两个人一听说话的口气，仿佛这个人就是方闻，可是方闻在江湖上既有那么大的名，无论如何，也得够个英雄样儿，如今一看，简直就是一个乡下老头儿，还怕是背地里把话听了去，故意找便宜。还在犹疑之间，却听后面又有一人笑道："老爷子，我说什么来着？人家瞧不起您，您干吗还往前巴结？这么大的岁数，还是在家里跟着孩子们玩玩，不比千山万水地乱跑强吗？"

静姑没听出来，魏奇可听出来了，正是方淑，准知道老头儿就是方闻了，什么话也顾不得再说，往地下一趴，咚咚咚就磕了三个响头，跪在地下道："老爷子，我实在不知道是您，您可别见怪，您无论如何，也得大发慈悲，救我一家人性命。"

方闻道："这话不用说了，我冲着拉纤的老姑子我也不能不管哪，走，走。"

（民国报纸连载至此终止，无后续。——编者注）

附　录

徐春羽家世生平初探①

王振良

在民国通俗小说作家中，徐春羽的名气不算大也不算小。他长期活跃于京津两地，其以《碧血鸳鸯》为代表的武侠小说创作，虽然无法与还珠楼主、白羽、郑证因、王度庐、朱贞木等"五大家"比肩，然亦据有一席之地。探讨民国武侠小说尤其是"北派"的创作，徐春羽总是个绕不过去的存在。台湾武侠小说研究专家叶洪生先生认为："徐氏作品'说书'味道甚浓，善于用京白行文；描写小人物声口，颇为传神。尝一度与还珠、白羽齐名；唯以笔墨平实，未建立独特小说风格，致不为世所重，渐趋没落。"其褒抑可谓中肯，堪称对徐氏之的评。

关于徐春羽的家世生平，目前学界所知甚微，各种记录大同小异，追根溯源均来自天津张赣生先生："徐春羽（约1905—?），北京人。据说是旗人。他通医术，曾开业以中医应诊；20世纪40年代至天津，自办《天津新小报》；50年代初，曾在北京西直门一家百货商店当售货员。"

今距张赣生氏所谈已有二十余年，可对徐氏家世生平之认知，大体仍停留在20世纪90年代初的水平上。而且现在看来，就是这仅有的认知，仍然存在着重要的失误。笔者以一次偶然，有了"接

---

① 原载2015年《苏州教育学院学报》第4期，略有删节，此为全文。

近"徐春羽的机会，因将前后过程琐述于下，或可对研究通俗小说作家的手段有所启发，同时兼就访谈考索所得徐氏家世生平情况做粗浅报告，以呈教于民国通俗文学研究的方家。

一、"发现"徐春羽

2010 年 7 月 16 日，笔者拜访天津地方文献研究专家高洪钧先生，见书桌上有巢章甫《海天楼艺话》，谈论京津文林艺坛掌故，颇有可资文史研究采掇者。7 月 27 日，笔者自孔夫子旧书网购归一册。7 月 31 日闲读时，发现有《徐春羽》一目，以徐氏生平资料罕见，因此甚是欣喜。今全文抄录如下：

> 吾甥徐春羽，少即聪颖好弄，未尝力学，而自然通顺。好交游，又喜济人之急。索稿者盈门，而春羽则好以暇待。每喜朋友相过共话，风趣横生，夜以继日，必待客去，始伏案疾书，漏夜成万言，习以为常。盖其精力饱满，不以为苦。人或不知也，其所擅为武侠小说。人亦豪爽，笔耕所入，得之不易，然到手即尽，居恒不给，燕如也。又传医学，悬壶问世，而不取人钱。能作细字如蝇头，刻竹刻玉，并能之。

旋即仔细翻阅全书，又见《周孝怀》目也涉及徐氏："诸暨周孝怀名善培……尝出资创《新小报》，约吾甥徐春羽主其事，氏亦时撰评论发布。旋以日寇入天津，不获继续。"

《海天楼艺话》由人民美术出版社出版，署曰"巢章甫著，巢星初、吕凤仪、方惠君、翟启惠整理"。又细阅该书序言，知整理者之一巢星初乃巢章甫先生三女。

2010 年 8 月 5 日，笔者通过"谷歌"搜索引擎，检索到人民美术出版社办公室电话，联系上《海天楼艺话》的责任编辑刘普生，又从刘先生处获知巢星初的电话号码。笔者立即拨电话给巢星初，简单说明意图之后，她热情地介绍说，徐春羽是巢章甫之表外甥（具体姻亲关系不详），但两家已多年不联系。因巢星初无法提供更多情况，笔者对此甚感失望。

8月12日，巢星初女士打来电话，说迩来询问其叔叔（在台湾）等，对徐春羽亦不甚了了，仅知其擅写武侠小说，在报纸连载时很是走红，常有亲友问他小说中人物结局，他多以"等着看报纸就知道了"来搪塞（其实他自己也不知道人物该如何结局）；又说徐工医术，会唱戏，善联语。巢星初还介绍道，她小时随父亲住天津市唐山道，河北大学数学系毕业后，在汉阳道中学教书，其间与徐春羽的两个妹妹——徐家二姐（嫁洪姓）、徐家四姐（嫁张姓）时常过往，但迁京后已失联多年。虽然所述视初次通话有所丰富，但徐家的面貌仍旧模糊不清。

8月16日，巢星初女士又来电话告知，徐家四姐曾住天津市哈密道利安里（具体门牌号码不详），并说线索得自新近翻出的信封，不知道循此追寻能否有所收获。

9月3日午后，笔者思忖到外面走走，就骑上自行车，直奔徐家四姐二十年前住过的哈密道，并期待着某种奇迹的发生。初秋的津城最是舒适，气温不冷不热，让人十分的惬意。因为事先核查过地图，故此顺利地找到利安里。这里的巷道并不长，只有二十几个门牌，从哈密道入口进去，前行三十来米右拐，再走三十来米就是河南路了。因徐家四姐的丈夫姓张，笔者就向住户问询利安里是否有张姓居民。问了几位年轻些的居民，全都不得要领；这时里巷转角处的院里，走出一位七十多岁的大娘，笔者马上迎了过去，问利安里有无张姓老居民，曰"有"。"爱人姓徐吗？"曰"是"。"年纪有九十多岁？"曰"对"……随着基本信息的不断重合，笔者已经按捺不住惊喜，接着发问："您与张家熟悉吗？住几号？"大娘麻利地

275

跨了十几步，把我领到斜对面的利安里 17 号。"有人吗？"随着大娘的话音，出来位六十岁上下的先生。因为已有若干前期铺垫，笔者径直问道："您知道徐春羽吗？"曰"是我舅舅"。"您老爷子老太太都好？"曰"都好"。这位先生名叫张裕肇，其母徐帼英，就是徐春羽的妹妹，即巢星初所说"徐家四姐"。

2012 年 1 月 12 日，笔者与张元卿先生通电话，他特意提醒我说，在《许宝蘅日记》（许之四女许恪儒整理）中发现徐春羽的踪迹。当晚笔者就翻出许氏的日记，检索并析读有关徐春羽的信息。

2012 年 1 月 13 日，通过解读《许宝蘅日记》了解到，徐春羽的父亲徐思允，与许宝蘅是儿女亲家。许的三女许富儒（小名盈儿），嫁与徐思允之子徐良辅。在日记中，常出现徐良辅之子"传藻"的名字，根据日记中的各种线索，可推知其生于 1940 年左右。笔者对徐传藻这个名字，当时很是感兴趣，就打开"谷歌"搜索引擎，同时输入"徐传藻"和"电话"两个关键词，本来是未抱任何期望的随意之举，没想到收获的结果却令人振奋，在一份 20 世纪 60 年代初中国农业大学毕业生名录中，赫然列有徐传藻的名字，后面还附有联系电话。经过初步判断，1940 年左右出生，20 世纪 60 年代初大学毕业，时间上可以吻合，于是笔者给这位徐先生拨通电话，经过小心翼翼地核实，此徐传藻正是徐春羽之侄，他称徐春羽为"大伯"。

利用既有的些微线索，通过城市田野调查和网络搜索引擎，笔者每次都用不到十分钟时间，联系上徐春羽的两位近亲——妹妹徐帼英和侄子徐传藻，为初步解开徐春羽身世生平之谜找到了突破口。

二、父亲和祖父

徐春羽祖上世代业医。父名叫徐思允，字裕斋（又作豫斋、愈斋），号苕雪，又号裕家。徐思允生平脉络大体清楚，但细节则多难

276

得其详。他生于 1876 年 2 月 13 日。① 1906 年入张之洞幕府，任两湖师范学堂文学教员。1907 年初，调充学部书记并与编译局事。② 徐思允有《忆广化寺》诗云："千金筑馆辟蒿莱，却锁重门未忍开。湖上清光余几许？春来风信又多回。事经变幻忘初意，土失雕镌定不才。此局废兴争属目，宁论吾辈寸心灰。"此广化寺即学部编译局所在地。1909 年张之洞病危之际，徐思允至少两次进诊。张曾畴《张文襄公辞世日记》记云："十九中医进诊，前广西柳州府李日谦，号葆初；学部书记徐思允，号裕家，即徐士安先生之子也。"又云："廿日晚……畴与徐医进视问安。"1911 年徐思允受聘京师大学堂法政科教员，主讲《大清会典》。

1912 年中华民国成立，10 月许宝蘅任北京政府铨叙局局长，徐以许的关系出任勋章科科长③。10 月 30 日，铨叙局又呈请国务总理批准，以调局之徐思允、吴国光二员作为记名佥事分任办公。④ 其后，又外任安徽省宿县县长等。⑤ 1919 年，徐思允拜在武术名家杨澄甫门下习太极拳，后又拜李景林为师学武当剑。1925 年，为同门陈微明所撰《太极拳术》作序。嗣后经周孝怀介绍，成为溥仪之侍医。1931 年溥仪出逃东北后，徐思允追随赴新京（今长春），充任伪满宫廷"御医"，并教授皇族子弟国文。溥仪的《我的前半生》、秦翰才的《满宫残照记》等书中，都留有徐思允的诸多痕迹。

徐思允不仅精通中医，还工于弈术，曾与围棋宗师吴清源交手。

---

① 民国乙酉正月十九日《许宝蘅日记》载云"愈斋七十生日"，据此可推知徐思允准确的出生日。又 2011 年 6 月 29 日徐恫英接受笔者采访时述，徐思允享年七十五岁，与日记所云正好相合。

② 1907 年 3 月 22 日，任职学部的许宝蘅首次在日记中提到"徐苕雪"名字，24 日亦称"徐苕雪"，再后则径作"苕雪""豫斋""愈斋"等，则 22 日或为两人初见，徐思允调京当在此前不久。

③ 2011 年 6 月 29 日徐恫英接受笔者采访时述。

④ 中华民国北京政府《政府公报》，1912 年第 195 期。

⑤ 2011 年 6 月 29 日徐恫英接受笔者采访时述。

据许恪儒回忆，徐愈斋先生在东北"和吴清源下过棋，而且是当着溥仪的面"。这次对局发生在 1935 年，其时吴清源访问长春，曾与木谷实在溥仪"御前"对局。此棋下了三天，结果吴胜 12 目。结束的当天下午，溥仪又要求吴让五子，与徐思允再下一盘，任务是"吃他的子，越多越好"。结果徐思允死命求活，吴清源"大吃"的任务未能完成。关于这段逸事，吴清源的各种传记均有记述。

1945 年苏军进入东北，徐思允随伪满皇后婉容等，流亡至临江县的大栗子沟（今吉林省临江市大栗子街道），旋被苏军俘虏至伯力（今俄罗斯哈巴罗夫斯克）。1949 年获释至长春，5 月份回到北京。1950 年 12 月 13 日病逝。

徐思允国学功底亦自不浅，否则溥仪不会让他教授子弟国文。他与陈衍、陈曾寿、郑孝胥、许宝蘅等长期交游，陈曾寿《苍虬阁诗集》即收有与徐的唱和之作。又陈衍《石遗室诗话》卷十载：

忆庚戌在都，仁先与苕雪（徐思允）、治芗（傅岳棻）、季湘（许宝蘅）、仪真（杨熊祥）诸君，亦建诗社，各有和昌黎《感春》诗甚佳。函向仁先索其稿，唯寄苕雪《感春》四首，治芗则他作，季湘、仪真则无矣，当更求之。苕雪诗其一云："出门四顾何所之？不寻同乐寻同悲。人人看春不我顾，还归空斋诵文词。庄生沈冥少庄语，《离骚》反覆如乱丝。二子胸中感百怪，所以踪迹绝诡奇。忽然扶日跻昆仑，俄见垂翼翔天池。东风卷地野马怒，安得乘此常相追？"其二云："我悲固无端，我乐亦有涯。斗食佐史免耕劚，得借一室栖全家。官书不多日易了，旧业虽薄还堪加。文章豪横逞意气，草木幽秀舒精华。如今一事不可得，岂免对景空咨嗟？"其三云："立春二十日，日日寒凛冽。九陌长起尘，众卉焉敢苗。尔来日渐暖，又恐骤发泄。少年狂不止，老病苦疲茶。百鸟已如簧，飞花乱回

雪。劝君守迟暮，病发不可绝。"其四云："一年青春能几
多？坐令千古悲蹉跎。夜烧红烛照桃李，日典春衣偿醉歌。
百川东流去不返，泪眼长注成脩河。我从崎岖识天意，才
见光景旋风波。去年看花载酒处，今年不忍重经过。一人
修短尚难料，万物变化将如何？"四诗颇觉有古意无俗艳。

陈衍论诗眼界甚高，对徐思允"有古意无俗艳"的评价可谓不
低。徐思允去世后，1952 年 8 月底 9 月初，许宝蘅曾整理其遗稿，
写定《大栗子临江记事》（又作《从亡大栗子记事》）及《苕雪诗》
两卷，其后许之日记仍断续地有补写《苕雪诗》的记载，未晓这些
诗文稿是否尚存于霄壤之间。

徐思允有三子六女：长女徐仲英，长子徐春羽，次女徐珍英，
三女徐淑英，次子徐××，四女徐帼英（属龙），三子徐××，五女
徐惠英，六女徐兰英。徐淑英中国大学毕业，1938 年到延安参加抗
日工作（化名李英），1949 年后曾任吉林省妇联副主任、长春市妇
联主任，丈夫是东北流亡学生，曾任吉林省监委书记。据许宝蘅所
记，徐良辅"原名百龄，其生父名有胜号明甫，系湖北军官，战殁，
有叔名有德，安徽休宁人"，许恪儒则径云徐良辅"本姓汪"，可知
其并非徐思允亲生，当是徐思允续弦夫人带来的。又徐思允在长春
时，常给天津的家人寄钱（每月三百元），一般是汇至山西路修二爷
（溥修）处，多由徐帼英去取。①

前引张曾畴《张文襄公辞世日记》，提到徐思允父名徐士安，应
该也是张之洞幕府中人。恽毓鼎的日记中，留有"徐士安"之踪影，
未知是否即徐思允之父：

（光绪八年五月）二十四日晴……申刻士安、蕴生招饮

----

① 2011 年 6 月 29 日徐帼英接受笔者采访时述。

279

天禄富，为予送行。座中方先生、道甫兄弟皆北闱应试者，尽欢而散。今早李方去看轮船，招商局"江表"船于廿七日开，即定于是日起身。

（光绪十二年四月）二十七日……十二点钟抵上海码头，命于升雇船，过拨行李，移泊观音阁。稍憩，往华众会剃头、吃点心……归船，见大哥字，知途遇陆彦侑、徐士安、张楚生，约馀（余）在万华楼茶话，再续他局。

又徐振尧、王树连、张子云《测绘军人与辛亥革命》谈到，1911年10月11日辛亥武昌起义，当晚即成立了军政府，下设参谋部、军务部、政务部、外交部，10月16日又增设测量部，主要由湖北陆军测绘学堂学生组成，部长朱次璋，副部长徐士安。此徐士安或即其人。

三、关于徐春羽

回过头来我们再讨论关于徐春羽的几个问题。

一是籍贯，应是江苏省武进县（今常州市武进区）。此乃徐帼英接受笔者采访时所述，又徐思允《太极拳术序》末署"乙丑夏日武进徐思允谨序"，亦可佐证无疑。张赣生先生所说北京，或与徐春羽长期在京居住有关；又《许宝蘅日记》附录的《日记中部分人名字号对照表》记徐思允为"湖北人"，或因其曾在楚地工作致误。至于徐春羽生于北京的可能性，现在看来也几乎没有（徐思允调京时徐春羽已出生），更与旗人云云无涉。

二是生年，徐春羽诞于光绪三十一年乙巳十月二十一日（1905年11月17日）。据徐帼英述，徐春羽属蛇无疑，据此再前推十二年（1893年）或后推十二年（1917年），均与徐春羽去世时"未及六十"不合，与徐家姐妹的年龄差距也对不上茬口。至于具体之出生月日，是因为在 20 世纪 40 年代，每年徐春羽过生日都很热闹，故此徐帼英记忆深刻。张赣生所云徐春羽生年大体不差，但以证据不足存有疑问，故此在"1905 年"之前加了"约"字。至于后来的有些叙述，径书徐春羽生于 1905 年，亦应是源自张说，但不科学地省略了"约"字，因为似无人为此提出确据。

三是卒年，笔者采访所获线索无法得出准确结论。徐传藻说，其大伯徐春羽 1949 年后在北京开诊所，"镇反"时被逮捕入狱，后因病保外就医，然为其续弦吴氏所不容，走投无路之下重回监狱，未久即病死狱中；又说徐春羽住大乘寺 19 号（此与《许宝蘅日记》所载相吻合），吴氏住武定侯胡同。① 徐春羽五妹徐惠英则说，徐春羽解放后被捕，死在北京某模范监狱。② 而据《许宝蘅日记》，解放后较长一段时间，许宝蘅与徐春羽交往频繁，许家的人遇有头疼脑热等，多请徐春羽到家诊治。然自 1957 年 8 月 16 日"春羽来为宴儿复诊"之后，许家虽然仍是病人不断，但徐春羽在日记中却突然失踪，因推测其被捕在此后不久。至于徐传藻所云"镇反"恐不确切，很可能是"反右"。徐春羽之病逝，或在 20 世纪 50 年代末期。

四是生平，除本文前引零散资料所述，仍可说是未得其详。略可补充者仍是徐帼英所谈：徐春羽抗战前在天津市教育局工作，其间曾安排三妹淑英在天津的学校教书；徐春羽的住所在今天津市河北区的平安街上，紧邻平安街与进步道交口的王占元旧宅（今已拆除）；徐春羽兴趣广泛，多才多艺，通医术，精书法，会评书，善烹饪，尤其喜欢票戏，常找艺人（包括翁偶虹）到家中交流。③ 又徐春羽嗜麻雀战，每有报馆催稿，辄嘱牌局暂停，提笔疾书以应，然

---

① 2012 年 1 月 13 日徐传藻接受笔者电话采访时述。
② 2013 年 1 月 13 日徐惠英接受笔者电话采访时述。
③ 2011 年 6 月 29 日徐帼英接受笔者采访时述。

后又继续打牌。①

　　五是后人，徐春羽有一子二女。长女徐小菊，1949 年随四野南下，现居赣州；次女徐小羽，退休前在北京市海甸小学（原八一小学）教书；一子徐××，已去世。② 又据《许宝蘅日记》，徐春羽之子女有名小龄、小迪者，徐小龄或即其子，徐小迪或即徐小菊。

　　① 2010 年 9 月 3 日张裕肇接受笔者采访时述。
　　② 2011 年 6 月 29 日徐恂英接受笔者采访时述。

图书在版编目（CIP）数据

英雄台·铁观音／徐春羽著. — 北京：中国文史
出版社，2018.6

（民国武侠小说典藏文库·徐春羽卷）

ISBN 978 – 7 –5034 –9971 –5

Ⅰ. ①英… Ⅱ. ①徐… Ⅲ. ①侠义小说 – 小说集 – 中
国 – 现代 Ⅳ. ①I246.5

中国版本图书馆 CIP 数据核字（2018）第 010042 号

整　　理：卢 军　卢 斌　金文君
责任编辑：薛媛媛

出版发行：**中国文史出版社**

社　　址：北京市西城区太平桥大街 23 号　邮编：100811

电　　话：010 – 66173572　66168268　66192736（发行部）

传　　真：010 – 66192703

印　　装：廊坊市海涛印刷有限公司

经　　销：全国新华书店

开　　本：720 × 1020　1/16

印　　张：18.75　　字数：234 千字

版　　次：2018 年 6 月第 1 版

印　　次：2018 年 7 月第 1 次印刷

定　　价：55.00 元